소울 시크릿

연금술사와 함께 떠난 여행

소울 시크릿

스콧 블룸 지음
이솔내 · 류가미 옮김

내서재

차 례

2부
가을을 기다리며

당신이 만일 준비가 되었다면

　많은 사람들이 내게 이 책의 이야기가 사실인가 허구인가 하는 질문을 한다. 그런 질문을 받을 때마다 나는 대답을 찾기가 어려워진다. 내게 현실이란 오로지 물리적 형태로만 존재하는 것을 뜻하지 않는다. 오히려 진정한 현실은 에너지의 형태에 가깝다. 현실은 시간과 공간이라는 틈 사이를 흐르는 마음의 흐름이라고 할 수 있다. 이 마음의 흐름은 어떤 목적이나 방향을 가지고 흐른다. 그러나 이 마음의 흐름을 한마디로 정의하기란 매우 어려운 일이다. 선뜻 믿기 어렵겠지만 이 페이지에는 에너지가 담겨 있다. 이 페이지에 담긴 에너지는 우리가 흔히 볼 수 있는 빛이나 흔히 들을 수 있는 노래 소리나 즐겨먹는 과일처럼 실제적인 존재이다. 한 올 한 올 실을 엮어 옷감을 짜듯이, 나는 한마디 한마디 말을 엮어 허구적인 이야기를 만들었다. 그렇게 하는 편이 독자들이 이 책의 내용을 이해하기 쉬울 것이라고 생각했기 때문이다. 그러나 또한 이 책에 나오는 수많은 사건들은 대다수 사람들에게 실제로 일어날 수 있는 일이기도 하다. 사실 내게는 이 책의 이야기가 사실인가 아닌가는 그다지 중요한 문제가 아니다. 내게 있어서 중요한 것은 바로 이 책에 담겨진 에너지와 내가 전달하고자 하는 진실이다.

나는 당신이 내가 전달하고자 하는 진실을 즐거운 마음으로 읽어 주기를 바란다. 그리고 그 진실에 마음을 열 수 있기 바란다.

스콧 블룸

1부

여름의 길

Summer's Path

1
....
끝없는 절망

배의 통증이 나날이 심해져 가고 있었다. 통증은 지난주 내내 밤마다 그를 깨웠고 오늘밤에는 다시 잠들 수조차 없었다. 잠을 더 자야 한다는 것은 알고 있었지만 차라리 일어나 걸어다니는 것이 식도에서 올라오는 타는 듯한 느낌을 덜어 주었다.

잠든 아내를 깨우지 않기 위해 조심하면서 던은 가만히 이불을 밀어내고 침대에서 빠져나왔다. 아내는 그를 돌보느라 최선을 다하는 한편 작은 제지회사에서 상근 회계담당자로 일하고 있었다. 아내가 자기로 인해 겪어야만 하는 일들에 던은 심한 죄책감을 느꼈다. 그는 경제적으로 아무 도움도 되지 못했다. 그가 할 수 있는 일이라고는 한밤중에 그녀의 잠을 방해하지 않는 일이었다.

침실 옆 좁은 복도를 걸어가면서 던은 열린 커튼 사이로 비치는 보름달을 보았다. 그들의 집은 시내의 야트막한 언덕배기에 있었지만 오리건 주 윌러멧밸리 안에 흩어진 유진 시의 반짝이는 불빛들을 내려다볼 수 있을 만큼은 충분히 높았다. 이곳에다 자신들의 첫 번째 집을 마련하기 위해 두 사람은 여러 해 동안 돈을 저축해야만 했고 마침내 이사를 왔을 때는 이 집은 감출 길 없는 자부심의 상징이 되었다.

그러나 이제 머지않아 이 집을 팔고 다시 월세집으로 옮겨가게 되리라는 생각을 떨칠 수가 없었다. 오리건 주립대학을 졸업한 후 던은 현지 반도체 회사에서 연구원으로 일했었다. 그러나 삼 년 전에 다국적 기업이 그 회사를 인수했고, 그가 '검은 금요일'이라 부른 18개월 전 어느 날 그의 차례가 될 때까지 대대적인 정리해고가 시작되었다. 그 이후 초창기 설립자 중 한 사람이 새로운 사업을 위한 투자금을 얻으러 뛰어다녔는데, 그는 회사가 세워지면 던에게 다시 일자리를 주겠다고 약속했다. 그러나 자금 상태는 여전히 좋지 않았고 거액의 투자금이 마련될 전망은 아직 없었다.

던은 복통을 가라앉힐 만한 약을 찾아 주방으로 가서 찬장과 서랍들을 열어보았다. 마음 한구석에서는 약이 아무 도움도 되지 않는다는 것을 알고 있었으나 그것은 습관이 되었고 신체적으로는 아니더라도 심적인 편안함을 가져다주었다. 주말에만 사용하는 변색된 은수저들이 담긴 서랍을 여는 순간 던은 최근에 들른 병원들과 의사들이 보낸 청구서들이 뜯지도 않은 채 들어 있는 것을 보았다. 움직일 수도 없을 만큼의 심한 통증으로 응급실에 실려 간 어느 늦은 밤 이후 던은 줄곧 이 날을 두려워해 왔다. 응급실로 왔기 때문에 병원에서 할 수 없이 받아주기는 했지만 그가 아무 보험에도 가입되어 있지 않다고 하자 형편을 알 것 같다는 듯 바라보던 간호사의 얼굴이 잊혀지지 않았다.

던은 조심스럽게 서랍의 진료비 청구서들을 꺼내 주방 바닥에 쪼그리고 앉아서 봉투들을 반원형으로 펼쳐놓았다. 봉투들은 흰색부터 시작해서 좀 더 선명한 노란색, 주황색, 초록색, 파란색, 그리고 마침내는 빨간색까지 무지개 색을 그렸다. 던은 그것들을 색깔과 크기별로 정리한 후에 하나씩 뜯어보기 시작했다. 납입 기한이 지난 금액들을 천천히 확인한 다음 그것들을 두 개의 더미로 분류했다. 한쪽에는 빈 봉투들을, 다른 한쪽에는 내용물들을.

처음에는 마음이 차분했으나 청구서들을 확인해 나갈수록 화가 치밀었다. 단 며칠 동안의 진료에 어떻게 이토록 엄청난 금액을 청구할 수 있단 말인가? 사실 진통제 몇 알 외에 도움이 될 만한 것은 아무것도 해준 것이 없었다. 대부분의 시간을 무엇이 병의 원인인가조차 모르는 의사들과 보냈는데도 그들은 자신들이 전혀 알아내지 못한 것에 대해 가차없이 진료비

전액을 청구했다. 마침내 그의 몸에 무슨 문제가 있는지 발견했을 때에도 의사들은 어떤 진단을 내려야 할지 확신하지 못했다. 그들은 말했다.

"그나마 좋은 소식은 우리가 이제 당신에게 무슨 문제가 있는지 안다는 사실입니다."

서른아홉 살에 암 진단을 받았다는 것도 그러했지만 자신이 세상을 떠난 후에 수전이 이 천문학적인 청구서들을 지불해야만 한다는 사실에 던은 절망했다. 의사들은 그가 정확히 얼마나 더 살 것인지에 대해서는 의견이 일치하지 않았지만 6개월이 넘지 않으리라는 것에 대해서는 다들 동의했다. 그리고 췌장암을 완치시킬 수는 없지만 일시적으로 삶의 질을 개선시키기 위해 시도해 볼 만한 많은 선택 사항들을 제시했다.

그러나 첫 2주 동안 병원에서 겪은 소란과 의사들의 진료 후에 날아온 산더미 같은 청구서들로 판단해 볼 때, 조금 편하게 죽기 위해 수전의 돈을 더 쓴다는 것은 있을 수 없는 일이었다. 극심한 통증이 시작된 첫날 그는 밤에 응급실로 실려 갔었다. 하지만 무엇이 잘못됐는지 알아내는 데에만 들어간 돈이 얼마인지를 보고 그는 정신이 멍해졌다.

수전이 눈을 비비면서 비틀거리며 주방으로 들어왔다.

"무슨 일이야?"

그녀가 물었다. 바닥을 내려다보니 병원 청구서들이 그녀의 소울메이트를 에워싸고 있었다.

"아, 그걸 찾았군."

던이 물었다.

"왜 청구서가 왔다고 말하지 않았어? 나한테 숨기고 있었던 거야?"

"숨기고 있었던 게 아니야. 난 다만 그것들을 열어볼 수 없었을 뿐이야. 그게 잘못이야?"

"너무 충격적이어서 말이 안 나올 정도야. 이 자들이 청구한 금액은 터무니가 없어. 본 적도 없는 열 명이 넘는 의사들이 난 발음할 수도 없는 항목들에 대해 진료비를 청구했어. 이런 식으로 돈을 청구하려면 적어도 자신들을 소개하는 예절쯤은 갖췄어야지."

"아마도 그 사람들은 보험 없는 환자를 다루는 데 익숙하지 않아서 그랬을 거야. 우리가 더 일찍 결혼을 했어야 하는 건데."

그 말을 하면서 그녀는 목이 메고 눈에는 눈물이 차오르기 시작했다.

던은 수전에게 10년도 훨씬 전에 청혼을 했지만 그녀는 결혼을 거부했다. 결혼할 마음의 준비는 되어 있었으나 두 사람 사이의 신성한 합의로 여기는 결혼을 정부가 서약시키도록 하고 싶지 않기 때문이다. 결혼이 금전적 보상이 딸린 일종의 제재 계약이라는 사실이 수전을 마음 밑바닥까지 화나게 했다. 사랑은 팔거나 사는 것이 될 수 없었다. 그래서 그들은 5년 전쯤에 전통적인 결혼식 대신 비공개 결혼식을 치렀다. 가족들조차도 식에 초대하지 않았기 때문에 아무도 그들이 결혼한 것을 알지 못했다.

해가 지나면서 두 사람의 '서약'은 그들 자신을 제외하고는 누구에게도 무의미해 보였다. 처음에는 그것이 좋은 의도였지만 서서히 일들을 더 복잡하게 만들었다. 특히 건강보험에 있어서 그러했다. 수전이 다니는 회사에서 제공하는 의료보험은 동거인을 인정하지 않았기 때문에 던은 직장을 잃은 후 일 년 넘도록 보험을 적용받을 수가 없었다.

병을 진단 받고 나서야 두 사람은 결국 주 정부청사로 가서 공식적으로 부부가 되기 위한 서류에 서명을 했다. 그러나 그 후에 수전은 회사의 의료보험 정책이 배우자의 기존 병력은 제외한다는 사실을 발견했고 결국 던은 암과 관련된 증상들에 대해 아무 보장도 받지 못했다.

던이 말했다.

"우리는 이미 오래 전부터 결혼한 사이야. 내 마음속에선 그래. 우리는 우리 방식대로 결혼식을 치렀고, 그건 아름다웠어."

던 역시 보험 혜택을 받을 수 있었더라면 얼마나 일이 수월해졌을까 생각하고 있었지만 그것보다는 일자리를 잃은 자신을 탓했다. 비공식적인 결혼을 유지하고 있던 것은 결코 후회하지 않았으나 해고된 자신은 용서할 수가 없었다. 만약 자신을 더 가치 있는 인물로 내세웠더라면, 혹은 그렇게 심하게 낯가림을 하지 않았더라면 새로운 임원들과 잘 어울릴 수 있었을 것이고 직장에서 떨려나지도 않았을 것이다.

"그렇지만 보험 문제는 해결되었을 거야……."

수전은 더 이상 눈물을 감추지 못했고 우는 동안 얼굴이 붉게 충혈되었다.

던은 무릎으로 기어가 아내의 긴 갈색 머리를 부드럽게 어루만졌다. 자신으로 인해 겪게 된 일들 때문에 그녀가 눈물 흘리는 것을 보면서 마음이 아파 왔다.

던이 말했다.

"미안해. 당신을 떠나게 되어서 정말 미안해."

하지만 목이 잠겨 그 말이 간신히 들렸다.

이튿날 아침, 던과 수전은 새로운 기분으로 눈을 떴다. 던은 지난밤의 충격으로부터 완전히 벗어나지 못했지만 수전은 생기가 넘쳐 보였다. 오늘 하루를 최대한 즐기기로 결심한 듯했다.

수전이 말했다.

"어서 일어나. 우리 아침 먹으러 나가자."

던이 물었다.

"오늘은 화요일인데, 당신 일하러 가야 하지 않아?"

"아파서 못 나간다고 미리 얘기해 놓았어. 난 휴가가 필요해. 그리고 당신하고 같이 시간을 보내고 싶어."

"당신 휴가 쓸 여유가 없을 텐데."

던은 간밤의 진료비 청구서 더미가 생각나 더 우울해졌다.

수전이 재촉했다.

"난 휴식이 필요해. 당신도 그렇고. 어서 일어나. 빨리 나가자."

"난 배 안 고파."

던이 말했다. 하루하루 지날수록 먹는 것이 점점 더 거북해지고 있었다. 간밤의 타는 듯한 식도의 통증이 되돌아왔다.

"그럼 우리 공원에 가자. 내가 빵하고 물을 챙길게. 연못가에서 둘이 시간을 보내는 거야."

던은 자신이 이기적이었음을 깨달았다. 그래서 정말 집을 나설 기분이 아니었지만 수전을 위해 외출하기로 했다.

나들이에 필요한 몇 가지 물건을 준비한 후 수전은 앞장서서 던과 함께 작은 빨간색 스포츠카가 기다리고 있는 현관으로 갔다. 두 사람이 차에 올라 좌석벨트를 채웠을 때 던은 무의식적으로 조수석 위에 있는 손잡이를 꼭 움켜잡으며 시내를 가로질러 공원으로 갈 마음의 준비를 했다. 수전은 재빨리 후진해서 차도 쪽으로 나온 뒤 언덕 아래로 차를 몰았다. 몇 개의 네거리를 지나는 동안 수전은 아무 생각 없이 두 개의 정지 신호를 그냥 지나쳤다. 두 번째 그랬을 때는 던이 눈에 띄게 긴장했다.

짜증과 공포가 가득 섞인 목소리로 던이 말했다.

"여긴 제한 속도가 시속 40킬로미터야."

"나도 알아."

수전이 부드러운 목소리로 말했다.

그러자 던이 지적했다.

"당신은 지금 50킬로미터로 달리고 있어."

두 사람 사이에서 이런 대화는 잦은 일이었다.

"아냐, 난 고작 43킬로미터로 가고 있을 뿐이야."

"만약 자전거를 탄 아이가 끼어들기라도 하면 차를 멈추기 위해 적어도 1.5미터의 거리가 필요해."

그러자 수전이 말했다.

"의사가 말했어. 당신은 건강을 위해서 마음을 편하게 가져야 한다고."

"그렇다면 제발 속도 좀 줄여."

던은 이제 온 힘을 다해 손잡이를 움켜잡고 있었다. 그의 손등과 목옆의 핏줄이 눈에 띄게 튀어나와 있었다.

던이 갑자기 소리쳤다.

"조심해!"

"뭘? 뭘 조심하라는 거야?"

"신호가 노란색으로 바뀌고 있어!"

"진정해. 나도 신호 봤어. 당신이 오히려 나를 긴장시키잖아."

"제발 속도 좀 줄여."

던이 반복해서 하는 말에 수전은 하는 수 없이 따랐다.

"알았어, 천천히 갈게."

수전은 속도를 정확하게 시속 39킬로미터로 줄이고 자동주행 속도장치를 켰다.

시내를 통과하는 남은 구간 내내 두 사람은 침묵 속에서 달렸다. 수전은 던을 위해 제한속도에 맞추려고 최선을 다했다. 처음 만났을 때부터 던은 수전이 운전할 때마다 항상 긴장하곤 했다. 하지만 수전이 보기엔 던이 더 난폭한 운전자였다. 그래서 운전은 언제나 수전이 하기로 두 사람은 무언의 협정을 맺었다. 앨튼 베이커 파크(오리건 주 유진 시에 위치한 공원) 주차장에 도착했을 때 그들은 입구 가까이에 있는 빈자리를 금방 발견했다.

"우리가 운이 좋네."

수전은 미소를 지으면서 대시보드에 놓인 작은 조각상을

문질렀다. 안전벨트를 풀고 문의 손잡이를 잡으면서 던은 문득 계기판의 시계를 보았다. '11:11.' 그가 무심코 시계를 보았을 때 똑같은 시간을 가리킨 것이 일주일도 안 되어서 이번이 세 번째였다. 던은 미신을 믿지는 않았지만 충분히 신경 쓰일 만큼 이런 현상이 잦아지고 있었다.

"저쪽을 좀 봐! 벚꽃이 아직도 피어 있어!"

수전은 차에서 내려 재빨리 물건들을 챙긴 뒤 던의 손을 잡았다. 두 사람 모두 봄의 화사한 빛깔을 좋아했지만 불행하게도 이번 해에는 많이 볼 수가 없었다. 굽은 오솔길을 걸으면서 그들은 기분이 많이 좋아졌다. 암진단을 받은 후 처음으로 던의 얼굴에 만족스러운 미소가 번졌다.

"우리 여기서 잠깐 시간을 보내자."

벚꽃나무 그늘 사이를 걸으며 수전이 말했다.

던은 분홍빛 꽃들에 에워싸인 기분이 들었다. 수천 송이 꽃들이 나뭇가지 위에 매달려 있었고 거의 같은 수의 여린 분홍색 꽃잎들이 오솔길을 뒤덮고 있었다.

벚꽃나무 그늘에서 빠져나오자 황금빛 아침 햇살이 수전의 갈색 머리를 어루만졌다. 태양은 또 그녀의 머릿단에 그림자를 드리운 밤나무 꼭대기를 비추었다. 던은 조깅하는 사람이 지나가도록 길가에 멈춰 서서는 수전을 잠시 바라보았다. 그녀는 그에게 말을 건넨 모든 사람들 중에서 가장 아름다운 여자였다. 그녀를 만난 이후로 그는 다른 어떤 여자도 바라볼 수가 없었다. 그녀가 웃을 때면 밝은 초록색 눈이 반짝였고, 치아가 드러나는 큰 미소는 돌아가신 그의 어머니를 떠올리게 했다. 던은 그녀가 자신을 어떻게 생각하는지 자주 궁금했다. 어째서 그토록 활기차고 생기발랄한 여성이 수줍음 많고 오리건 주를 한 번도 떠나 본 적이 없는 빨강머리 말라깽이에게 관심을 가질 수 있었는지.

"아름다워."

던은 자신이 할 수 있는 최대의 감정을 담아 그 말을 했다.

수전이 말했다.

"정말이야. 올해의 꽃송이들은 정말 대단해."

"꽃에 대해 말하는 게 아니야."

던은 수전의 어깨에 두 손을 올려놓고 얼굴을 바라볼 수 있도록 그녀를 돌려세웠다. 던은 말로 표현할 수 없는 것들을 침묵으로 전하려 애쓰며 강렬한 눈길로 수전의 눈을 바라보았다.

수전이 부끄러워하며 말했다.

"아, 이제 그만 해. 사람들이 너무 많아지기 전에 연못으로 가자."

그들은 느긋한 걸음걸이로 숲을 통해 나 있는 오솔길을 지나갔다. 연못으로 다가갈수록 두 사람은 걸음을 재촉했다.

"우리 자리가 비어 있어!"

수전이 그들이 가장 좋아하는, 언제나 오리들이 가득 모여 있는 작은 연못가로 달려가며 소리쳤다.

수전은 털실로 짠 빨강과 주홍 색깔의 줄무늬 담요를 펼친 뒤 가방에서 갓 구운 바게트 빵과 작은 물병 두 개를 꺼냈다. 던은 물병 하나를 집어 목을 축이고는 봄의 기운을 한껏 들이마시며 미소를 지었다.

"빵 좀 먹겠어?"

수전이 바게트 빵을 자르며 물었다.

"난 배고프지 않아. 그리고 우리 둘 다 빵이 누구 것인지 잘 알잖아."

수전이 아이처럼 싱글거리며 빵을 뜯어내기 시작했다. 그러고는 작은 빵조각들을 하나씩 수백 마리의 오리와 거위들이 있는 물속으로 던지기 시작했다. 새들은 빵조각을 차지하기 위해 서로 앞서려고 큰 소리로 꽥꽥거리고 끼룩거렸다.

수전이 부드럽게 말했다.

"얌전히 좀 굴어. 빵은 충분히 있어. 너희들은 순서만 기다리면 돼."

수전은 계속해서 빵을 새들이 먹기 좋은 크기로 잘라 서로 먹으려고 다투는 청둥오리와 거위가 있는 뒤쪽으로 던져주었다. 던은 수전이 새들에게 먹이 주는 모습을 즐겁게 지켜보았다. 그녀는 동물들과 교감할 때 특히 행복해했다.

몇 분 되지 않아 수전은 바게트 빵을 모두 나눠 주었고 빵을 쌌던 포장지를 작은 공 모양으로 구겨 가방에 넣었다.

"당신한테 줄 게 있어."

수전이 가방에서 작은 선물을 꺼내며 말했다. 포장지는 갖가지 색의 큰 풍선들과 체리색 리본으로 장식되어 있었다.

던의 표정이 어두워지며 입가가 굳어졌다.

"우리에게 선물 살 여유가 없을 텐데. 우리는 좀 더 책임감 있게 행동할 필요가……."

수전이 말을 가로막았다.

"조용히 좀 해. 비싼 거 아니야. 어서 열어 봐."

수전이 던의 손에 선물을 쥐어주며 미소 지었다.

마치 외과 수술을 하는 사람처럼 던은 손가락으로 신중하게 포장지 끝에 붙은 작은 셀로판지를 벗겨냈다. 자신의 느리고 신중한 행동방식을 수전이 언제나 불만스러워하는 것을 알면서도 던은 그녀를 화나게 하기 위해 일부러 천천히 선물을 뜯었다. 그러자 수전이 몸을 굽혀 포장지 한가운데를 과감하게 뜯어 버렸다.

"당신 지금 뭐한 거야?"

던의 미소가 사라진 반면 수전은 걷잡을 수 없이 키득거리기 시작했다. 던은 수전이 웃을 때마다 그녀의 코가 절반으로 오그라드는 것을 좋아했다. 처음 만났을 때 그들은 늘상 웃었지만 사는 것이 힘들어지면서 그런 일은 점점 줄어들었다.

던은 포장지 안에서 나온 작은 책의 초록색 표지를 수전이 직접 나뭇잎과 풀들로 장식한 것을 보고 감탄했다. 책을 뒤집자 크고 붉은색의 특이한 일본단풍잎이 한가운데 놓여 있었다. 책장을 넘겨보니 모두 공백이었다.

수전이 말했다.

"일기장이야."

"뭐라고?"

"당신의 이야기를 써 봐."

"하지만 난 작가가 아니야."

수전이 다시 말했다.

"내가 요즘 읽고 있는 책이 있는데 절망을 선물로 바라보는 것이 도움이 된다고 쓰여 있어. 당신의 경험을 다른 사람들과 나누고 그들은 당신이 겪은 일들로부터 도움을 받을 기회가 될 거야."

"말도 안 되는 소리야."

"누군가 당신의 글을 읽을 필요는 없어. 그저 당신이 털어놓기에 좋을 거야. 안으로 곪아 들어가지 않도록."

"어쨌든……."

던은 자신이 선물을 마음에 들어 하지 않자 수전이 실망하는 것을 보았다. 그런 자신의 무심함에 던은 마음이 편치 않았다. 그리고 자신의 병이 초래한 마음의 상처들을 그녀가 겪지 않게 되기를 바랐다.

"예쁜 책이야. 뭔가 의미 있는 글을 써 볼게. 고마워."

웃음을 되찾은 수전이 말했다.

"난 이제 끝났어. 당신은 돌아갈 준비가 됐어?"

던이 고개를 끄덕였다. 두 사람은 소지품을 챙겨 다시 차를 향해 걸어갔다.

집으로 돌아온 던은 문에 들어서자마자 전화 메시지를 확인했다. 자동응답기에 남겨진 익숙한 목소리가 그의 예전 상사의 것이란 걸 알고는 던은 긴장이 되었다.

"던, 잘 지냈나? 난 자네를 새 회사의 중추적 인물로 삼고 싶었어. 그런데 뉴욕 투자자들로부터의 자금조달이 성사될 것 같지 않아. 그리고 내 꿈도 더 이상 남아 있지 않고. 그래서 모 대기업이 제안한 일자리를 위해 캘리포니아 주로 떠나기로 했네. 그 사람들이 거액을 제시했고 차마 놓칠 수가 없었어. 날 이해해 줄 거라 믿어. 내가 해내지 못해 미안하네, 친구. 그렇지만 자네는 괜찮을 거야. 앞으로도 연락하며 지내자구. 나중에 또 연락할게. 잘 있어. 참, 자네 아내에게도 안부 좀 전해 주게. 잘 있게."

메시지를 듣고 난 던은 배신감과 분노가 치밀었다. 사실 가능성이 없는 일이라는 것을 그도 알고 있었다. 더 솔직히 말하면, 그가 취직을 한다 해도 얼마나 오래 일을 할 수 있을지 자신할 수 없었다. 그러나 직장이나 의료보험 같은 인간의 기본권이 어쩌면 이렇게 완전히 거부당할 수 있는지 상상이 가지 않았다. 마치 발밑에 깔려 있던 담요를 누군가 잡아당겨 뒤통수를 땅바닥에 심하게 부딪힌 기분이었다.

정신을 차린 던은 메시지를 한 번 더 듣고는 거칠게 삭제 버튼을 두들겨 눌러 지워 버렸다. 그 상사에게 자신의 병에 대해 얘기를 했어야만 했는지도 모른다. 만약 그가 던의 처지를 알았다면 이렇게 쉽게 포기하지 않았을지도 모른다. 던은 자신의 병이 어떤 빌미가 되는 것이 싫어 아무에게도 말하지 않았었다. 그러나 돌이켜 생각해 보니, 그것이 옳은 결정이었는지 의심이 들었다.

2
....

조력자, 그리고 이행

그로부터 몇 주 동안, 던은 우울함이 깊어졌다. 거의 침대 밖으로 나오지도 않고 하루에 빵 두 조각 이상을 먹지 못했다. 음식 섭취량이 적어지면서 몸도 점점 쇠약해져 갔다. 그렇게 약해질수록 극심한 고통으로부터 잠시라도 벗어나기 위해 잠만 청했다.

침대 밖으로 나올 때면 종종 중력에 이끌리듯 주방으로 가서 서랍을 열었다. 그럴 때마다 지불 연체 통지서가 나날이 쌓여 가는 것을 발견했다. 그 양이 두 배에 가까워지고, 새로운 청구서는 적었지만 이자가 빠르게 늘어나고 있었다. 그리고 청구서 봉투에는 더 화려한 색깔이 입혀지고 있었다. 뿐만 아니라 의사 비서들이 자동응답기에 가식적인 우려가 담긴 메시지를 남기기 시작했다.

"요즘 상태가 어떠신지 확인하기 위해 의사 선생님께서 진료 일자를 정하고 싶어 하십니다. 그렇지만 저희로서는 미지불 청구서를 먼저 처리해야 합니다. 가능하면 빨리 전화 주세요. 필요하시다면 할부 결제를 하실 수 있도록 저희가 조치를 취하겠습니다."

통증이 갈수록 심해지면서 던은 다양한 치료법에 드는 비용을 조사하기 시작했다. 그 치료법들이 일시적 조치에 불과하다는 것을 알고 있었지만 이제 통증은 몸을 움직일 수도 없을 만큼 참기 힘들었다.

어느 오후, 다른 날보다 일찍 집에 온 수전은 욕실 바닥에 뒹굴고 있는 던을 발견했다.

수전이 불안한 얼굴로 말했다.

"내 생각에 이제는 의사에게 가봐야 할 것 같아."

던은 말했다.

"그들이 할 수 있는 건 아무것도 없어."

"당신의 기분이 좀 더 나아지도록 해줄 순 있다고 했어."

"어떻게? 이건 치료 가능한 병이 아니야."

"하지만 다른 처방으로 좀 더 편안해지게 할 순 있다고 했어. 한 번쯤 화학요법을 받아 보는 것이 도움이 될지도 모르잖아."

"한 번으로는 아무 차이가 없어. 그리고 그 비용이 얼마인

줄이나 알아? 뭘 했는지도 모르지만 의사들에게 우린 아직 한 푼도 진료비를 내지 못했어. 그리고 가장 많은 비용을 청구한 건 화학요법을 담당하는 종양의학과 의사야."

"매달 조금씩이라도 돈을 내서 일단 치료를 계속 받을 수 있도록 하면 돼."

"지금 상황에서 빚을 더 낸다고? 그건 안 돼."

던은 화학요법 비용이 얼마인지는 조사했지만 치료비를 구할 방법은 찾을 수가 없었다. 병에 완전히 굴복할 때까지 치료를 받을 수는 있겠지만 그 비용은 아무리 적게 잡더라도 최소 몇 년 동안 수전에게 막대한 경제적 부담을 지울 것이었다. 결국 채무자들을 떼어내기 위해 수전은 집을 팔아야 할 것이다. 그것조차도 모든 비용을 변제하기에는 충분하지 않을 수 있었다. 던은 이미 자신이 시한부 선고를 받았다는 것을 알고 있었다. 수전이 자신과 사랑에 빠진 불행으로 인해 또 다른 짐을 지는 것을 그는 원치 않았다.

긴 침묵 후에 수전이 입을 열었다.

"돈보다 더 중요한 게 있어. 난 당신이 이렇게 고통스러워 하는 걸 가만히 보고 있을 수가 없어."

"어쩌면 내가 그냥 떠나야만 하는지도 모르지. 이제 내 시간은 다한 것 같아."

"농담이라도 그런 말은 하지마!"

수전이 화를 내며 말했다.

입 밖으로 꺼낸 적은 없지만, 던은 그것에 대해 이미 오래 전부터 생각하고 있었다. 처음 암 진단을 받고서 곧 죽게 된다는 사실에 직면했을 때, 죽음에 대한 두려움은 받아들일 수밖에 없었지만 가능하면 뒤로 미룰 수 있기를 바랐다.

던은 사후세계에 대한 믿음이 없었다. 이제 자신이 계획했던 모든 일들을 이룰 수 없다는 결론에 다다르자 생이 무의미하게 느껴졌다. 처음 수전을 만났을 때 던은 자신이 살아 있든 그렇지 않든 경제적으로 수전을 보호해 주겠다고 스스로 다짐했었다. 자신이 세상을 떠난 후에도 그럴 수 있게 하겠다는 것이 그의 굳은 다짐이었다. 이제 수전에게 한 푼의 돈도 남겨주지 못한 채 죽는다는 생각이 들자 인생 전체가 시간낭비로 느껴졌다.

그러나 죽고 싶지 않은 가장 큰 이유는 수전을 떠나기 싫어서였다. 던의 어머니는 던이 두 살 때 암으로 세상을 떠났고, 아버지도 그가 대학생일 때 암에 걸려 돌아가셨다. 그래서 늘 부모로부터 버림받은 기분이 들었고, 어떤 이유로든 자신이 사랑하는 누군가를 떠나는 무책임한 행동은 하지 않겠다고 맹세했었다.

마침내 수전이 몸을 일으키며 말했다.

"진통제를 가져다줄게."

"진통제도 더 이상 듣지 않아. 먹어 봤자 약만 낭비할 뿐이야."

통증을 얼마나 더 참아낼 수 있을지 던은 자신할 수 없었다. 그리고 통증 완화를 위해 화학요법에 의존하게 되면 더 많은 청구서가 날아오리라는 생각 때문에 더 견디기 힘들었다. 처음에는 스스로 삶을 끝낸다는 생각에 몸서리가 쳐졌지만, 차츰 선택 가능한 대안으로 여겨졌다. 수전이 받을 충격을 최소화하기 위해 세부적인 계획을 잘 세운다면 그녀도 결국 그를 용서하고 그것이 모두를 위한 최선책이었음을 받아들이게 될 것이다.

그 주가 지난 후, 던은 마치 현실과도 같은 강렬하고 생생한 꿈 하나를 꾸었다. 꿈은 빛으로 가득한 터널로부터 시작되었다. 그가 멈춰 서 있는 길 앞에 시계 반대 방향으로 돌아가는 그 터널이 나타났다. 빛으로 가까이 다가서자, 돌아가신 아버지가 그에게 가라는 손짓을 하는 게 보였다. 아버지는 그에게 무슨 말인가를 하기 위해 가까이 다가왔지만 던이 서 있는 곳으로 다가올수록 모습이 희미하게 사라졌다. 그러고는 터널 전체가 어두워지면서 암흑이 되었다. 던은 자신에게 다가오는 발자국 소리만 들을 수 있었다. 극심한 공포에 등골이 오싹해졌다. 뛰고 싶었지만 몸을 움직일 수가 없었고 발자국 소리가 나는 쪽을 향해 꼼짝없이 붙들려 있었다.

불길한 발자국 소리가 점점 커져갈 때 던은 문득 자신이 완전히 벗은 채로 서 있음을 알았다. 두 팔로 몸을 감싸면서 자신이 매우 쇠약해져 있음을 느꼈다. 몇 분이 지난 후, 발자국 소리는 조용해졌지만 무엇인가가 바로 앞에서 숨을 쉬고 있는 소리가 들렸다. 마음을 진정시키려고 애쓰면서 던은 앞에서 들려오는 숨소리에 무엇인가 낯익은 것이 느껴졌다.

서서히 주위가 밝아지면서 그 형체가 모습을 드러내기 시작했다. 두 사람은 암흑 속에 서 있었는데 빛이 차츰 밝아오면서 던은 앞에 서 있는 중간 체격의, 온통 흰색 옷을 입은 남자를 볼 수 있었다. 던은 그의 얼굴을 자세히 알아보기 위해 애를 썼다. 처음에는 자신의 눈이 헛것을 보는 것이라 생각했다. 손등으로 두 눈을 비비고 눈의 초점이 완전히 돌아왔을 때에도 달라지지 않았다. 앞에 서 있는 그 사람은 자신과 똑같이 생긴 사람이었다. 마치 거울을 보는 듯한 느낌이었다. 한 가지 중요한 차이만 제외하면. 그 형체에서는 정확히 두 배에 가까운 에너지가 뿜어져 나오고 있고, 움직임도 던의 움직임과 일치하지 않는다는 점이었다.

던은 자신이 알몸으로 서 있었다는 사실로 의식이 돌아왔다. 하지만 자신을 다시 내려다보았을 때 옷을 모두 갖춰 입고 있는 것을 발견하고는 안심이 되었다. 앞에 있는 남자와 똑같은 모양의 옷을 입고 있었지만 던의 옷은 완전히 검은색이었다. 앞에 있는 사람이 흰색 옷을 입고 있는 반면에 자신은 온통 검은색 옷을 입고 있는 것이 무엇인가 중요한 의미를 가지고 있으리라 생각했지만 지금은 단지 자신이 알몸이 아닌 것만으로도 기뻤다.

두 사람은 그렇게 긴 시간 동안 서로를 바라보면서 말없이 서 있었다.

마침내 던이 먼저 입을 열었다.

"안녕하세요."

앞에 있는 사람이 던과 비슷한 목소리로 대답했다.

"안녕."

또다시 어색한 침묵이 흐른 뒤, 던이 생각해 낼 수 있는 유일한 질문은 이것이었다.

"당신은 누구인가요?"

그 남자는 조금도 주저함 없이 대답했다.

"내 이름은 로버트일세. 만나서 반갑네."

로버트가 손을 내밀며 던에게 인사를 청했다. 그러나 던은 말문이 막힌 채 로버트가 내민 손을 바라만 보고 서 있었다. 잠시 후 로버트는 던이 웃는 모습을 보고는 손을 거둬들였다. 그 웃음은 얼굴 전체로 퍼져 나갔고 이내 던은 큰소리로 웃기 시작했다. 배를 움켜잡고 바닥을 두드리며 한동안 웃었다. 너무 심하게 웃어 눈물이 날 정도였다.

던이 웃는 중간에 말했다.

"로버트, 정말 최고예요! 내가 드디어 도플갱어(같은 공간과 시간에서 자신과 똑같은 대상을 보는 현상. 독일어로 '이중으로 돌아다니는 사람'의 뜻)를 만나다니. 그의 이름은 로버트! 물론 당신 이름은 로버트이겠죠, 왜 아니겠어요?"

던은 그 이름이 왜 그토록 우스운지 몰랐지만, 아무튼 참을 수 없이 우스웠다. 이런 초자연적 경험에서 그렇게 흔한 이름을 듣는 것이 무엇인가 모순되어 보였다.

던은 웃음을 진정시키려 했지만 잘 되지 않았다.

"그래서요, 로버트, 당신이 여기에 온 이유가 뭐죠?"

"난 그대를 도우러 왔네."

로버트는 약간 화가 난 듯 보였다.

"돕다니? 뭘 돕는다는 거죠?"

"그대의 여행을. 그리고 그대가 이해할 수 없는 어떤 것, 혹은 그대에게 도움이 되는 어떤 것이라도. 난 그대를 위해 여기 있네. 그대를 도울 수 있게 되어 기뻐."

던이 웃음을 멈추고 말했다.

"나의 여행이라고요? 무슨 여행이요?"

"다음 차원으로의 여행. 그대 여정의 다음 단계."

던은 그 말을 이해하기 위해 잠시 생각에 잠겼다.

"당신은 죽음의 신이나 그 비슷한 존재인가요?"

이번엔 로버트가 웃을 차례였다.

"그렇지 않아. 난 조력자에 가깝지. 그대가 선택한 길로 나아가도록 돕기 위해 난 여기에 온 거야."

"그러니까 당신 말은 내가 죽는 것을 돕기 위해 왔다는 것이군요."

"너무 단순화하는 것이긴 하지만 그렇게 말할 수도 있겠지."

던은 등골이 오싹해지는 것을 느꼈다.

"당신은 죽음의 천사인가요?"

"내가 그 죽음의 천사라고 말하지는 않겠지만, 그들 중 하나인 건 분명해."

"한 명 말고 더 있다는 거예요?"

"그럼. 하루에 몇 명이 죽는지 알고 있나? 만일 우리가 한 명뿐이라면 시간이 부족해 어떤 의미 있는 일도 할 수 없을 거야."

던이 심각한 어조로 물었다.

"물어볼 게 있어요. 왜 나죠? 그리고 왜 지금이에요?"

"모든 사람은 궁극적으로 같은 여행을 하고 있네. 그리고 지금은 그대가 여름의 길로 가야 할 시간이야."

그러면서 로버트는 시 한 편을 읊었다.

봄의 꽃들이 시들고

밀월이 빛을 짙게 하며

여름의 길이 시작되네.

"나로선 이해하기 어려운 시에요. 밀월이 빛을 짙게 하다니, 무슨 뜻이죠?"

"밀월은 여름의 첫 번째 달을 가리키지. 하지를 기리는 달."

"그럼 빛을 짙게 한다는 것은요?"

"하지 이후에는 낮의 시간이 줄어들게 되지. 여름이 시작되면 낮이 점점 길어지고 빛을 당연한 것으로 받아들이지만 낮이 짧아지기 시작하면 빛의 모든 순간들이 소중해지지."

"빛이 비유하는 게 무엇인가요?"

로버트가 웃으며 말했다.

"빛은 우리 생명의 힘이야. 우리가 존재하기 위해 필요한 에너지. 그대가 그 비유를 무엇이라고 하든 그대 마음이지만."

던은 말을 잇기 전에 로버트의 알 수 없는 말들을 이해하려고 노력했다.

"그걸 밀월이라고 부르는 건 좀 이상하군요. 마치 신혼여행을 뜻하는 것 같아요, 그렇지 않아요?"

로버트가 대답했다.

"전혀 그렇지 않아. 사실, 함께할 삶의 시작을 표현하는 데

이보다 더 좋은 말은 생각해 낼 수가 없어."

던은 좁은 터널 입구에 앉아 크레이터 호(오리건 주 남서부에 위치한 국립공원)로 떠났던 수전과의 신혼여행을 생각하며 손으로 머리를 감싸 쥐었다. 삶이 짧다는 것은 알았지만, 수전과 함께한 시간들을 지나치게 소홀히 해왔다는 생각이 들었다. 수전과 함께했던 몇 년간을 당연하게 여겨 왔다는 생각에 마음이 슬퍼졌다. 그리고 지금 이 순간은 자신이 또 하나의 중요한 갈림길에 놓여 있는 것처럼 보였다. 암이 그대로 진행되도록 놓아두어야 할지, 그 과정을 짧게 끝낼 준비를 해야 할지를 결정해야만 했다.

그 순간, 던의 머릿속에서 수백 개의 목소리들이 메아리치기 시작했다. 그중에서 가장 크게 들린 목소리는 수전의 것이었다.

"농담이라도 그런 말 하지마."

목소리들이 희미해지고, 던은 천천히 일어나면서 로버트를 믿어도 될지, 그리고 그가 정말 자신의 여행을 도울 수 있을지 판단하려 애쓰며 로버트의 눈을 깊이 들여다보았다.

마침내 던이 말했다.

"좋아요, 기대되는군요. 무엇을 도와줄 건가요?"

"먼저 그대의 여행이 어떻게 하면 쉽게 이루어질 수 있을지에 대해 조언을 해줄 수 있네."

"예를 들면요?"

"첫 번째로, 그대가 해야 할 일들에 순서를 정하는 거야. 그대는 세상을 떠나면서 사랑하는 사람에게 짐을 떠넘기고 싶어 하지 않으니까."

"하지만 난 돈이 없어요."

"그렇지. 하지만 그대에겐 할 일이 있어. 그걸 알아내는 게 더 중요하지. 바로 변호사를 만나보도록 하게."

"변호사요?"

던이 의심스러운 말투로 반복해서 말했다.

"왜 내가 변호사를 만나야 해요? 만나서 무엇을 묻지요?"

로버트는 이미 뒤돌아서 멀리 걸어가고 있었다. 그는 뒤돌아보지도 않은 채 손을 흔들며 모습이 사라지기 전에 말했다.

"나는 조력자이지 보모가 아니야. 변호사에게 가서 그대가 원하는 대답을 들은 후에 내게 다시 오게."

꿈을 꾼 이후 며칠 동안 던은 몸으로부터 분리되어 있는 것 같은 이상한 기분이 들었다. 자신의 주위에서 일어나는 모든 일들을 보고 들을 수는 있었지만, 마치 감정이 솜뭉치로 채워져 있고 주위의 모든 일들이 옆방에서 일어나고 있는 듯했다. 자동차 영화관에서 볼륨을 죽인 채 영화를 보는 듯한 느낌이었다. 수전이 무엇인가 이상하다는 것을 눈치 채고 평소보다 더 자주 그에게 괜찮은지 물어온다는 걸 알고 있었다. 실제로 던은 로버트를 만난 이후에는 고맙게도 통증을 느끼지 않았다. 로버트의 존재가 사실이란 것을 확신할 수는 없었지만 그와 나눈 대화 때문에 던은 생각이 많아졌다.

일주일이 지나서도 던은 왜 변호사가 필요한지 여전히 알 수 없었다. 무엇인가 다른 이유를 생각해 봤지만 도무지 납득이 가지 않았다. 아무도 자신을 고소하지 않았고, 자기가 누군가를 고소할 일도 없었다. 무능한 병원과 의사들을 고소하는 것에 대해 생각해 보기는 했었지만 그들이 결국 던의 병과 관련된 사항을 잘 알고 있는 종양 전문의를 연결해 주긴 했다. 사실 암이 너무 늦게 발견되어 그들이 할 수 있는 일은 없었다. 특히나 던이 정기적인 건강검진을 받지 않아 암을 진행시켰기 때문이다.

어느 날 아침 던은 진료비 연체 청구서들을 습관적으로 정리하다가 한 가지 생각이 떠올랐다. 만일 변호사가 병원비를 지불하지 않아도 되는 방법을 찾을 수 있다면? 죽기 전에 모든 병원 빚을 깨끗하게 정리할 방법을 찾을 수 있다면 수전의 짐을 덜어줄 수 있을 것이다.

지난 이삼 년 동안 쌓인 빚의 무게에 짓눌려 수전이 고통받으리라는 생각을 던은 떨쳐 버릴 수가 없었다. 터무니없이 높은 이자가 쌓여 가고 있었고 간단히 계산을 해보아도 지금까지 받은 청구서만으로도 수전은 앞으로 최소한 15년 동안 빚에 허덕일 것이었다. 게다가 이름을 들어본 적도 없는 또 다른 의사가 매주 청구서를 보내는 것 같았다.

변호사가 빚을 탕감할 수 있게 해줄지도 모른다는 생각에 흥분한 던은 곧바로 오리건 주에서 함께 지냈던 친구 에릭을 떠올렸다. 그들은 대학 신입생 때 함께 엔지니어링 수업을 들었는데 에릭은 돈을 벌고 싶어 동부의 아이비리그 학교로 옮겼고 학부 과정을 마친 후 변호사가 되었다. 졸업 후에 에릭은 잘사는 부모의 도움을 받아 유진 시에 법률 사무소를 차렸다.

한번은 술에 취한 에릭이 수전에게 치근덕거리는 바람에 수전이 매우 불쾌해했고, 그 이후로 던과 에릭의 사이는 점점 멀어졌다. 던이 수전에게 에릭은 원래 누구에게나 그렇다고 설명했지만 수전은 에릭이 넘어서는 안 될 선을 넘었다며 그와 관련해서는 아무것도 하고 싶어하지 않았다. 천성적으로 부적절한 성향을 지닌 에릭은 실력 있는 변호사이긴 했지만 저녁 식사에 초대할 사람으로는 적합하지 않았다.

던은 전화번호부에서 에릭의 번호를 찾아내 전화를 걸었다.

"에릭, 나 던이야."

"어이, 친구, 웬일이야? 섹시한 아가씨는 잘 계시나?"

에릭은 수전을 항상 '섹시한 아가씨'라고 불렀다. 그에 대한 그녀의 선입견에 전혀 보탬이 되지 않는.

"잘 지내지. 너는 아직 그 여자를……. 그 여자 이름이 뭐였더라?"

에릭이 웃으며 말했다.

"누구? 내가 너한테 얘기한 사람이 한둘이 아니잖아. 섹시한 여자 몇 명을 만나고는 있지. 난 독신주의자니까."

던은 같이 웃으려고 했지만 그러지 못했다. 몇 년 동안 똑같은 대화를 반복하는 에릭이 안 됐다는 생각이 들었다.

"그런데 에릭, 너의 전문가적 도움이 필요한데 잠깐 만날 수 있을까?"

"너라면 언제든 시간을 낼 수 있지. 잠깐 기다려 봐."

에릭은 손으로 수화기를 막고 비서에게 무엇인가를 소리쳐 말했다.

"너 진짜 운 좋구나. 열한 시 약속이 방금 취소됐어. 네가 오늘 시간이 안 된다면 다음 달까지 기다려야 해. 보츠와나(아프리카 남부에 있는 공화국)로 6주짜리 사파리 여행을 가기로 했거든. 내일 떠나. 자연으로 돌아가는 거지. 완전 끝내줄 거야. 코끼리랑 호랑이랑 그리고 똥이랑!"

"와, 보츠와나라니. 정말 멋지군. 그럼 오늘 열한 시에 만났으면 좋겠어."

"좋았어."

스피커폰으로 던과 대화하면서 에릭은 사무실 안의 누군가에게 얘기를 하기 시작했다.

"그럼 열한 시에 보자구, 친구."

던은 방을 정리하고 시내로 차를 몰고 갈 준비를 했다. 아끼는 랜드 크루저가 있긴 했지만 병이 나기 전에도 운전하는 것을 그다지 좋아하지 않았고 직장을 잃은 후에는 거의 몰지 않았다. 차가 너무 오래 멈춰 있어서 움직일 수 있을까 걱정했는데 곧장 시동이 걸려 시내로 출발할 수 있었다.

에릭은 중앙에 빛이 잘 드는 넓은 아트리움(건물 중앙 높은 곳에 유리로 지붕을 한 널찍한 공간)이 있는 크고 하얀 건물에서 일하고 있었다. 지난 몇 년 동안 에릭을 찾아온 적이 없었는데도 그의 사무실 위치가 어디인지 기억이 났다. 던은 1층에 있는 경비실에 방문 기록을 남기고 엘리베이터를 탔다.

"에릭을 만나러 왔습니다."

던이 안내원에게 말했다. 안내원은 커다란 검은 책상 뒤에 등을 기대고 앉아 있었고 그 뒤 책장에는 노란 가죽 양장의 책들이 꽂혀 있었다.

"윌리엄 씨에게 오셨다고 알려 드릴게요. 잠시만 여기서 기다려 주세요."

잠시 후, 안내원이 던을 에릭의 사무실로 데려가 들어가라는 손짓을 했다. 전화 통화를 마무리하고 있던 에릭의 모습은 살이 조금 붙은 것 외엔 예전과 똑같았다. 불어난 몸무게는 그에게 어울렸고 그의 성격에 적합해 보이는 체형을 갖게 했다.

"어이, 친구. 보게 되니 좋네."

에릭은 큰 적갈색 책상을 돌아 나와 던 앞에 서서는 던을 위아래로 쳐다보았다.

"네 꼴이 이게 뭐야! 대체 무슨 일이 있었던 거야? 너 괜찮은 거야?"

늘 그랬듯이 에릭의 솔직함이 던의 경계심을 풀어주었다.

"음, 그게 오늘 내가 너한테 해야 할 얘기인데, 자리에 앉아도 될까?"

에릭이 사무실 구석 창가에 있는 작은 가죽의자를 가리켰다. 던은 창가를 향해 걸어가면서 약간의 현기증을 느꼈다. 밖으로 유진 시 건너편을 보니 그가 사는 동네가 보였고 던은 자신의 집을 찾아보려고 했다.

소파에 앉으면서 던은 탁자 위에 놓인 검은색 디지털 시계를 발견했다. 던은 손바닥으로 눈을 비비고는 다시금 시계를 보았다. 11:11. 그는 무의식적으로 끝자리가 12로 바뀔 때까지 숨을 참고 기다렸다.

던이 먼저 입을 열었다.

"바쁠 텐데 만나줘서 고마워. 정말 중요한 일이야. 하지만 미리 말해 둬야 할 게 있는데, 내가 수임료를……."

"네 돈은 필요 없어."

에릭이 손을 휘저으며 말을 가로막았다.

"우리가 기숙사에 있을 때 네가 나를 구해 줬잖아. 난 절대 잊지 않아."

던은 어느 아침 에릭이 전날 밤 파티에서 돌아오지 않고 있을 때 그의 부모님이 연락도 없이 기숙사에 도착한 날을 기억했다.

"그런 시절도 있었군."

던이 말했다.

에릭이 웃으며 말했다.

"그래, 뭔가?"

던이 깊은 숨을 쉬고는 말했다.

"음, 먼저, 나 암에 걸렸어."

"이런 제기랄. 이런 젠장, 젠장, 젠장! 환장하겠군. 심각한 거야? 내가 지금 무슨 말을 하는 거지? 당연히 심각하겠지. 너 좀 봐! 빌어먹을! 정말 안 됐네. 어떤 암인데?"

"췌장암이야."

"이런 빌어먹을. 너의 아버지도 같은 병이었잖아, 맞지?"

던이 고개를 끄덕였다.

"병원에선 어떻게 해야 할지 모를 텐데, 그렇지?"

에릭은 계속 자신의 머리를 흔들어 댔다.

"네 의사가 뭐래?"

"3개월에서 6개월 정도 살 수 있을 거래."

"뭘 좀 마셔야겠어."

에릭이 깊은 한숨을 쉬며 비밀스러워 보이는 적갈색 캐비닛을 열었다. 그 안은 각종 위스키와 유리잔들로 채워져 있었다.

"너도 마실래?"

"아니, 괜찮아."

에릭이 큰 잔에 술을 채우고는 되돌아와 앉았다.

"내가 뭘 해줄 수 있을까? 아무거나, 아무거나."

"나 회사에서도 쫓겨났어."

"후⋯⋯."

"그래서 의료보험도 일 년 전에 소멸됐지."

"맙소사. 그래서 너 돈 필요하구나. 얼마나 필요해?"

던은 에릭에게 현재까지의 의료비가 얼마인지 말해 주었다.

"이런, 엄청 많네. 알았어, 알았어. 어디 보자. 그래, 내가 할 수 있을 것 같아."

"고마워, 하지만 돈을 달라는 얘기가 아니야."

에릭이 병원비를 대신 내준 것을 수전이 알게 된다면 엄청 화를 내리라는 것을 던은 알고 있었다. 에릭이 만나는 모든 여자들에게 수작을 건 것은 사실이지만 그날 밤엔 정말로 수전을 겁나게 했었다. 그리고 자신이 떠난 후에 친구가 수전의 인생에 끼어드는 방법으로 돈을 사용할 수도 있다는 가능성을 무시할 수가 없었다. 던은 수전을 보호하기 위해 강한 말투로 반복해서 말했다.

"돈을 달라는 게 아니야."

"아무 문제없어, 정말이야. 돈이란 게 왜 있는 건데, 안 그래?"

"에릭, 진심으로 말하는데, 난 네 돈을 받지 않을 거야. 난 너의 전문 지식이 필요해. 진료비 지불을 면제 받을 수 있는 방법이 없을까?"

"음……. 가만 있어 봐. 너 병원에 입원했을 때 그 사람들이 어딘가에 서명하라고 한 적이 있어?"

던이 끄덕였다.

"한 묶음은 될 걸."

"그래, 그 사람들이 그걸 잊진 않았을 거야. 부채가 너무 많아. 네가 서명한 서류들의 복사본을 가져오면 내가 검토해 볼게. 하지만 승산은 별로 없어 보여."

"알았어."

"진료비 지불을 면제 받는 유일한 방법은 파산신고를 하거나 죽는 것뿐이야."

에릭의 머리와 입 사이의 여과 장치는 언제나 작용하는 법이 없었다.

"이렇게 말해서 미안해, 친구."

"괜찮아."

"잠깐."

에릭이 끼어들었다.

"바로 그거야. 넌 죽어가고 있어, 안 그래? 그렇다는 건 청구서를 누군가에게 상속하거나 양도해야 한다는 거지. 그런데 그럴 사람이 아무도 없다면, 병원이 그 비용을 탕감하고 없애버릴 거야!"

"나도 그것에 대해 생각해 봤는데 결국 수전이 지불을 해야 한다는 거야."

"아닐 수도 있지. 넌 아직도 죄를 짓고 살고 있잖아, 안 그래?"

"무슨 소리야?"

"결혼을 하지 않았다는 거지."

"우리 결혼했어. 너한테도 말했었는데."

"그런 허튼 결혼식을 말하는 게 아니야. 진짜 결혼 말이야. 너 주 정부청사에 가서 혼인신고 했어?"

"응. 보험 혜택을 받으려고 얼마 전에 했지. 하지만 너무 늦었어."

"기존 병력 조항?"

"맞아."

"그럼 이혼하면 되겠네."

던도 같은 생각을 했었지만 단지 몇 달러를 절약하고자 그들의 추억을 망가뜨릴 수는 없다는 결론을 내렸다. 그들의 사랑은 그가 이번 생에서 경험한 것 중 가장 아름다운 것이었고 지금처럼 공식적으로 결혼한 상태로 죽음을 맞이하기를 원했다.

에릭이 말했다.

"네가 원한다면 새로운 청구서들을 계속 쌓아 가든가. 그렇게 되면 수전은 지금까지의 청구서들만으로도 꼼짝 못하게 되겠지. 가서 의사한테 너에게 필요한 모든 처방을 내놓으라고 해. 최고급 병실도 달라고 하고. 그러고는 돈이 없다고 말해 버려."

에릭이 낄낄거리며 큰 소리로 웃었다.

던이 말했다.

"나도 그게 그렇게 쉬웠으면 좋겠어. 병원에서는 내가 치료를 더 받으려면 기존의 병원비를 지불해야 한다고 아주 명확하게 밝혔어."

"내 친구 번스타인한테 가봐. 유진에 있는 최고의 암 전문의야."

"이미 만나 본 사람이야. 그 사람도 돈을 달라고 닥달하고 있지."

에릭이 약간의 감탄이 섞인 목소리로 말했다.

"그래, 상황판단이 빠른 사람이지. 그런데, 아마 그 친구는 할부로 지불하는 것도 받아줄 거야. 내가 번스타인을 기쁘게 할 만큼 충분한 돈을 내줄게. 그러면 넌 치료를 계속 받을 수 있어."

던이 고개를 흔들었다.

에릭이 말했다.

"알았어. 마음이 바뀌면 언제라도 말해. 내 제안은 유효하니까."

"고마워."

"미안해. 더 좋은 얘기를 해줬어야 하는데."

던은 에릭의 대답이 마음에 들지는 않았지만, 그를 만나러 온 것은 만족스러웠다. 모든 진료비 청구서를 수전이 지불해야 한다는 사실을 분명히 알게 되었고 더 이상 상황을 악화시키는 일은 하지 않겠다는 마음을 확고히 다지게 했다.

던은 일어나 문으로 걸어가기 전에 에릭과 악수를 하며 말했다.

"괜찮아. 네가 생각하는 것보다 많은 도움이 됐어. 정말 고마워."

"그런 소리 하지 마. 내가 보츠나와에서 돌아오면 한번 모이자구."

던은 에릭을 보는 것이 이번이 마지막이란 것을 알았지만 이 만남을 우울하게 끝내고 싶지 않았다.

던은 최대한의 열의를 담아 대답했다.

"그래, 즐거운 여행이 되기를 바래."

"내가 혼자 생각해 봤는데……."

수전이 던의 머리를 부드럽게 쓰다듬으며 말했다.

"당신이 떠난 후에 우리 아이를 가질 수 있도록 당신의 씨 앗을 냉동시켜 보관해 놓는 게 어떨까?"

던이 웃음을 터뜨리며 물었다.

"내 씨앗? 내 씨앗이라고! 어디서 그런 말을 들었지? 당신 이 그런 말도 할 줄 알아?"

던이 그렇게 크게 웃은 것은 최근 들어 처음 있는 일이었 다. 기분이 무척 좋아 보였다.

"내가 뭐지? 이제 나무가 된 건가?"

전염성 있는 그의 웃음에 수전도 웃음을 터뜨렸다.

"알았어, '정자'라고 바꿀게. 당신의 정자를 보관했다가 이 모든 게 끝나고 나면 우리 아이를 갖고 싶어."

던이 이내 심각해졌다.

"아이 갖는 문제에 대해선 전에 이미 얘기했잖아."

"알아. 세상은 험한 곳이고, 인구도 너무 많고…… 어쩌고 저쩌고. 하지만 난 지금은 상황이 다르다고 생각해."

던이 손을 내저으며 강한 어조로 말했다.

"그래, 지금은 상황이 아주 많이 달라졌지! 난 유전병으로 곧 죽을 거야. 그리고 문제 있는 내 유전자를 또 다른 인간에게 물려준다는 건 있을 수 없는 일이야!"

"의사들도 그게 유전이 되는지는 확실히 몰라."

"우리 어머니도 암으로 돌아가셨어. 아버지도 암, 할아버지도 암. 그리고 지금은 내가 암으로 죽어가고 있지. 어떻게 해야 당신에게 더 확신을 심어 줄 수 있지?"

"난 단지 한번 생각을 해보자는……."

"아니, 당신은 생각을 하지 않아. 그게 바로 문제라구!"

수전이 울음을 터뜨렸다. 던이 위로하며 다가가자 수전은 뒤로 몸을 움츠렸다.

던이 말했다.

"미안해, 진심이 아니었어."

수전이 뺨에 흐르는 눈물을 손등으로 닦아내며 흐느꼈다.

"당신이 이렇게 나올 때는 말도 못 꺼내겠어. 이건 나만을 위한 게 아니야. 나도 감정이 있어. 무슨 말인지 알잖아."

던은 깊은 한숨을 내쉬며 눈을 감았다. 긴 침묵이 흐른 후 그는 최대한의 마음을 담아 차분히 말했다.

"알고 있어. 그렇지만 모두를 위해서 난 이 잔인한 대물림을 그만 끝내야 해. 내 부모님이 했어야만 했던 일이야. 당신을 혼자 남겨 두고 싶진 않지만 당신이 말한 일은 일어나지 않을 거야."

이튿날 밤, 던은 지난번 만남 이후 처음으로 꿈에 로버트를 만났다.

로버트가 말했다.

"변호사를 만났더군."

"네, 어떻게 알았죠?"

"나는 조력자이지 장님이 아니야."

던은 꿈속의 이 사람이 자신이 깨어 있는 동안 일어난 일들을 어떻게 아는지 궁금했다. 그러고는 문득 깨달았다.

"아, 알겠다. 당신은 내 상상속의 허상일 뿐이군요. 당신은 실제로 존재하는 사람이 아닌 거야, 그렇죠? 이 사태를 해결하려고 내가 잠재의식으로 당신을 만들어낸 존재예요. 전형적인 심리작용이죠."

"바보 같은 소리 말게. 두 말할 필요 없이 난 실제로 존재하는 나 자신이야. 우리가 동일한 에너지 장에 연결되어 있는 것은 사실이지만 그대가 그런 의미로 말한 건 아니지?"

"그렇다면 당신은 내가 변호사를 만나러 갔던 걸 어떻게 알죠? 그리고 왜 나랑 똑같이 생긴 거죠?"

"생각을 너무 많이 하지 말게. 이 일을 해내려면 나를 믿어야 할 거야. 그대가 써야 할 것은 가슴이지 머리가 아니야. 난 그대가 지금 당장은 입을 다물고 무슨 일들이 일어나고 있는지 느껴보길 바래. 그대의 직감은 내가 말하는 게 사실이라는 것을 알고 있지 않나?"

던은 눈을 감고 자신의 감정을 살펴보려 했다. 그것들은 그가 처음에 편안해했던 것이 아니었으며 그것들에게 다가가자 뭔가 불편한 느낌이 들었다. 몇 분 후, 그는 생각과 감정의 차이를 느끼기 시작했다. 그리고 자신이 느끼는 것에 대해 온전히 마음을 여니 그곳에 앎이 있었다……. 로버트가 말한 것이 진실이라는 완전한 이해. 생각은 계속 의심을 품었지만 앎은 온전한 존재로 채워진 마음으로부터 빛을 내뿜고 있었다. 그리고 전에 없던 평화를 느꼈다.

던이 눈을 뜨자, 로버트가 앞에 서 있었다. 외견상으로 여전히 던의 모습을 하고 있었지만 매우 다른 불빛에 둘러싸여 있었다.

한참 후에 던이 물었다.

"물어볼 게 있어요."

"알고 싶은 것이 뭔가?"

"왜 내가 시간을 볼 때마다 모든 시계들이 정확히 11시 11분을 가리키고 있죠? 이것이 어떤 의미를 가진 일인가요?"

로버트가 대답했다.

"물론이지. 우주는 오랜 역사 동안 여러 가지 신호들을 사용해 영적인 길에 놓인 사람들의 주의를 끌어 왔네. 최근에는 사람들이 옳은 궤도에 있다는 것을 확신시켜 주기 위해서 시계를 신호로 삼는 일이 많아졌지."

"불타는 덤불(불이 붙었으나 타지 않은 덤불. 하느님이 모세에게 계시를 내릴 때 사용한 신호)처럼 말인가요?"

"그대가 신호에 주의를 기울이지 않아서 불타는 덤불까지 보는 일이 없기를 바라겠네."

던이 웃었다.

"그래야죠. 그렇게 되면 사람들이 어떻게 생각하겠어요?"

로버트가 미소를 지으며 말했다.

"그대의 직감이 좀 더 강해질 때까지 우주는 그대가 흐름에 있다는 것을 알 수 있도록 주기적인 신호를 보낼 거야."

"흐름에 있다니요? 그건 무슨 뜻이에요?"

"우주의 흐름을 말하는 것이지. 어떤 점에서는 강의 흐름과 매우 비슷해. 예를 들어 만약 그대가 강둑에 누워 있다면, 그대는 어느 곳에도 가지 못할 거야. 하지만 강의 흐름에 자신을 맡긴다면, 어떤 노력 없이도 멀리 여행을 갈 수 있지. 그 흐름이 지금 우리의 운명이야."

"많은 사람들이 운명과 자유의지의 차이에 대해 이야기하잖아요. 당신은 자유의지를 믿지 않는 것 같네요."

"나도 전적으로 자유의지를 믿네. 유감스럽게도."

"왜 유감스럽다고 말하는 거죠?"

"왜냐하면 우주는 모든 사람들을 위해 잘 만들어진 계획을 가지고 있는데 우리들 대부분이 그걸 무시하기 때문이야. 우리는 자신에게 가장 좋은 게 무엇인지 누구보다도 잘 안다고 생각하며 너무 교만해. 그렇기 때문에 자신의 의지가 실현되도록 밀어붙이면서 할 수 있는 모든 시도를 하는 거야. 그게 바로 인생을 힘들게 살게 되는 이유이지. 사람들은 주어진 운명에 자신을 맡기는 대신 그들이 원한다고 생각하는 삶을 위해 그토록 바쁘게 사는 거야."

"그러니까 나의 운명을 따르는 것이 자유의지를 실현하는 것보다 더 쉽다는 얘기인가요?"

"맞아."

던이 비꼬듯 말했다.

"그렇다면 난 운이 매우 좋은 거로군요. 흐름에 놓여 있으니 이제 내 삶이 훨씬 쉬워지겠네요."

"그대가 자신의 운명을 마음에 들어 할 거라는 뜻은 아니야. 단지 그대에게 주어진 운명으로 가는 길에 가닿는 것이 쉬워진다는 것을 의미해. 그러나 더 중요한 것은, 운명을 당연하게 받아들여선 안 된다는 거야. 운명은 목적지가 아니야. 그건 길이지. 그대는 매일, 매달, 매년 운명을 따라가다가 순식간에 내던질 수도 있어. 다행인 것은 지금 그대가 옳은 길에 있다는 신호를 받았다는 것이야. 그러나 너무 익숙해지지는 말아. 곧 사라질 테니까."

"11시 11분을 더 이상 볼 수 없다면 내가 옳은 길로 가고 있다는 것을 어떻게 알죠?"

"다른 직감을 개발해야 하겠지. 그러면 어떤 외부의 신호 없이도 느낄 수 있게 될 거야."

던은 주어진 운명이 있다는 것을 완전히 납득할 수는 없었지만 계획된 것을 따를지 말지는 그의 선택이라고 로버트가 설명하자 조금은 이해가 되었다. 가끔씩 그는 삶이 어떻게 돌아가는지 설명해주는 지침서가 있으면 좋겠다고 생각했다. 어떻게 살았어야 했는지를 알기 위해 죽을 때까지 기다리는 것은 불공평해 보였다. 로버트가 말했다.

"자, 그럼 일을 시작해 보도록 하지. 불행하게도 그대의 육체적 고통은 곧 더 심해지게 될 거야."

던이 그 말을 믿게 되기까지는 오랜 시간이 걸리지 않았다. 식도의 타는 듯한 통증이 지난주 동안 또다시 견딜 수 없을 정도가 되었고, 그 통증은 배 전체로 퍼져 나갔다.

로버트가 말을 이었다.

"그대는 선택할 수 있어. 쉬운 일은 아니겠지만 통증과 함께 살아가며 암이 서서히 진행되도록 둘 수도 있고, 보험 없이 치료해 주겠다는 또 다른 의사를 만날 수도 있어. 처음엔 응급실에서 보낸 환자였기 때문에 번스타인 의사가 그대를 치료할 수밖에 없었지. 하지만 그대가 병원비를 지불하지 않았으니 그에게는 치료를 계속할 의무가 없어. 나는 그대를 무료로 치료해 줄 의사가 어딘가에 있을 거라고 확신해. 하지만 유진 시안에는 없어. 그리고 변호사와 말한 그들의 비용을 그대는 기억하고 있겠지."

"내가 떠난 후에 모두 수전이 지불해야 할 것들이지요."

로버트가 고개를 끄덕였다.

던은 무엇인가 다른 방법이 있을 거라는 느낌을 버릴 수가 없었다.

"그런데 다른 선택은 없는 건가요?"

"좋아. 그대는 내면의 소리를 듣고 있군. 하지만 난 그대가 세 번째 방법을 이미 알고 있다고 생각하네. 그것이 그대가 여기에 온 진짜 이유 아닌가? 안 그런가?"

던은 등골이 오싹해졌다. 그는 세 번째 선택이 무엇인지 알고 있었다. 수전 때문에라도 그 방법만은 피해 보려 했지만 지금 이 순간에는 그에게 궁극적으로 다른 선택이 남아 있지 않은 것 같았다.

던이 속삭이듯 말했다.

"내 삶을 스스로 끝내야 할 거예요."

"그게 그대가 원하는 건가?"

던은 자신이 세 번째 방법을 결국 입 밖으로 꺼냈으므로 이제는 오직 하나의 대답만이 가능하다는 것을 알았다. 오랜 침묵 끝에 던이 대답했다.

"그래요. 그게 최선인 것 같아요."

"알겠네. 그럼 그대에게 힘이 남아 있을 때 실행하는 게 좋겠어."

3

자살 준비

그 후 사흘 동안 던은 로버트의 자세한 지시 사항들을 성실히 수행했다. 꼼꼼한 준비 목록에 놀라며 아마도 로버트가 이 일을 처음 하는 것은 아닐 거라는 결론을 내렸다.

가장 특이한 지시 사항은 던이 떠난 후 수전의 곁에 있을 반려견을 찾는 일이었다. 아무 개가 아니라 매우 구체적인, '새디'라는 이름의 검정색 암컷 래브라도를 찾아야 했다.

새 집으로 이사 온 후 수전이 강아지를 키우자고 줄곧 말했지만 던은 동의하지 않았다. 여행을 가고 싶을 때 매일 먹이고 산책시켜야 하는 동물에 대한 책임감으로 부담스러워지는 것이 싫었다. 두 사람 중 누구도 여행에 대해 특별히 열정적이지는 않았지만 던은 항상 전 세계의 다양한 축제에 가보는 환상을 품고 있었다. 스페인의 황소달리기, 브라질의 카니발 축제,

멕시코의 죽은 자의 날 같은.

그러나 던은 강아지를 키우자고 제안했을 때 수전의 눈이 얼마나 반짝이는가를 보고, 몇 년 전에라도 진작 강아지를 키웠으면 좋았을 거라는 생각이 들었다.

던과 수전은 강아지를 찾기 위해 동물보호소에 먼저 가보기로 했다. 버려진 동물들을 비참한 운명으로부터 구해낼 수 있다는 생각이 그들의 마음을 움직였다. 동물보호소로 가는 길에 던은 수전만큼이나 한껏 들떠 있었다.

운전하는 수전의 옆에서 던이 물었다.

"어딘지 알고 있어?"

"당연히 알고 있지. 회사에 갈 때마다 지나다녀."

던이 농담을 했다.

"아마도 점심시간마다 매일 들르는 게 분명할 걸."

수전이 맞받아쳤다.

"만약 그랬다면 지금쯤 당신이 잘 방은 남아나지 않았을 거야."

둘이 함께 유쾌한 웃음을 터뜨렸다. 집에 강아지를 데리고 온다는 흥분감에 잠시나마 그들 주위를 맴돌던 무거운 기운이 가벼워졌다.

수전이 웃음을 그치고 갑작스레 물었다.

"로버트가 누구야?"

던은 얼굴에 피가 몰려드는 것을 느꼈다. 그러고는 이내 완전히 창백해졌다. 로버트의 이름을 입 밖에 낸 적이 없었는데 수전이 그의 이름을 어떻게 알았는지 당황스러웠다. 던이 재빨리 라디오의 볼륨을 높이며 말을 돌렸다.

"난 이 노래가 좋아."

수전이 또다시 물었다.

"로버트가 누군데?"

던이 생각하는 척하며 한참 후에 말했다.

"로버트가 누군지 모르겠는데……. 그걸 왜 묻는 거야?"

"당신이 지난주에 자면서 매일 밤 그 이름을 소리쳤어. 어릴 적 친구나 아는 사람 아니야?"

"음, 아닌 것 같아."

던은 거짓말을 들킬 것 같았지만 어떻게 벗어나야 할지 몰랐다.

"그래? 그냥 궁금했을 뿐이야. 내가 잘못 들었을 수도 있지."

"과거에 로버트라는 이름을 가진 사람이 있었는지 기억나지 않아."

던은 대답을 조금 더 구체적으로 해서 확실하게 해두는 것이 좋을 것 같았다.

"아마 내가 어렸을 때 함께 놀던 상상 속의 강아지일지도 모르겠네."

던은 웃어 보려 했지만 웃음소리가 자연스럽게 나오지 않았다.

수전이 의심쩍게 말했다.

"그래, 어쩌면."

다행히 동물보호소에 도착해 주차장으로 들어서자 수전이 그 주제를 잊은 것 같아 던은 안심이 되었다.

"강아지를 데리러 가자!"

수전이 차문을 쾅 닫으며 소리를 질렀다. 그러고는 초록색 지붕에 흰색 판자로 된 건물 입구를 향해 달려갔다.

수전이 카운터 뒤에 앉아 있는 십대 자원봉사자에게 큰소리로 말했다.

"강아지를 입양하려고 해요."

자원봉사자는 뒤쪽에 있는 개집을 손으로 가리키며 날카로운 목소리로 말했다.

"개들은 왼쪽, 고양이들은 오른쪽에 있어요. 원하시는 만큼 시간을 보내셔도 되지만 우리를 직접 열지는 마세요. 대부분 순하지만 몇 놈은 괴팍하거든요. 결정을 하시게 되면 제게 와서 알려주세요. 제가 가서 열어 드릴게요."

개들이 있는 장소로 들어가자 양쪽으로 개집이 줄지어 있는 것이 보였다. 철창이 바닥에서 천정까지 닿아 있었고 양쪽 줄 사이에 있는 좁은 시멘트 통로가 더욱 비인간적으로 느껴졌다.

수전이 나지막이 말했다.

"슬픈 일이야."

던이 고개를 끄덕였다. 두 사람이 개집들 사이를 걸어갈 때 어떤 개들은 무관심으로 일관했지만 어떤 개들은 사납게 짖어댔다.

"모두 다 자란 개들뿐이야. 어린 강아지를 가질 수 있기를 바랐는데."

수전이 실망을 감추지 못하자 던이 수전을 위로하며 말했다.

"반대편에 있을지도 몰라."

개집의 긴 줄 끝에 앞줄과 뒷줄을 구분하는 파란 천의 칸막이가 있었다. 던이 그 천을 옆으로 밀어젖히고 수전에게 지나가라는 손짓을 했다. 반대편 개집들 중 상당수는 비어 있었다. 그들이 거의 끝에 이르렀을 때 던이 수전을 바라보니 수전은 눈물을 흘리고 있었다. 던은 자신도 모르게 그녀를 팔로 감싸 안았다.

수전이 울면서 말했다.

"난 그저 어린 강아지를 원했을 뿐이야."

그녀의 목소리가 울음 때문에 갈라졌다.

"그런데 어째서 강아지를 가질 수 없는 거지?"

수전은 벽에 기대 미끄러지듯 바닥에 주저앉았다. 던이 그 옆에 앉아 그녀의 머리를 부드럽게 어루만졌다.

"애완동물 가게에 가보자. 거기에는 분명히 어린 강아지들이 있을 거야."

그 순간 낑낑거리는 소리가 그들의 뒤에서 들려왔다. 수전의 등 뒤에서 무엇인가가 조금씩 움직였다. 뒤돌아보니 반들거리는 검은색 개 한 마리가 젖은 코를 철창 사이로 내밀려고 하는 것이 보였다. 그 개 역시 다 자라 있었지만 강아지 같은 모습이 조금은 남아 있는 듯했다.

수전이 말했다.

"안녕? 그곳에 있는 게 불편하니?"

그 개는 다시 낑낑거리며 철창을 통해 수전의 얼굴을 핥기 시작했다.

"아, 너무 귀엽다! 너 우리랑 함께 집에 갈래?"

수전이 개집의 빗장을 열어 검정색 개를 복도로 꺼내자 던이 주위를 살펴보며 말했다.

"여기 직원이 우리가 직접 개집을 열면 안 된다고 했는데."

"괜찮아. 안 그러니, 아가?"

그 개는 수전 앞에 앉기 전에 모든 각도에서 수전과 던을 살펴보며 신중히 그들 주위를 세 번 서성거렸다. 그러고는 정식 소개라도 하듯 앞발을 수전에게 내밀었다. 마치 미소를 짓는 듯했다. 수전은 개와 얼굴을 맞댈 수 있도록 고쳐 앉아 앞발을 잡고 악수를 했다. 환한 미소가 그녀의 얼굴에 번졌다.

그토록 밝은 수전의 미소를 보는 것은 몇 달 만에 처음이었다. 억지스럽거나 조금의 빈정댐이나 두려움이 서려 있지 않은 미소였다. 힘든 생활로 인해 수전의 눈주름은 깊어지고 입가의 주름들도 늘어나 있었다. 그들이 겪어 낸 시간들 때문에 이 순간이 더 많은 것을 의미하는 것 같았다.

자원봉사자가 그들을 향해 걸어오는 것을 보자 던은 긴장이 되었다. 그들이 해서는 안 될 일을 한 것이 분명했지만 자원봉사자는 그런 일에 익숙한 듯 보였다.

"새디를 만나셨군요."

자원봉사자가 명랑한 목소리로 말했다. 던은 그녀가 개의 이름을 말하는 것을 듣고 등에 소름이 돋았다.

"방금 뭐라고 불렀지요?"

"새디요."

자원봉사자가 개의 이름을 반복해서 말해 주었다.

수전이 말했다.

"너무 귀여운 이름이에요. 너 우리랑 함께 집에 가고 싶니, 새디?"

"미안하지만 안 좋은 소식이 있어요. 새디는 임신 중이에요. 아마 입양을 원치 않으실 거예요. 이 개가 첫 번째 개이신가요?"

자원봉사자의 말에 수전이 화를 내며 물었다.

"네, 첫 번째 개예요. 하지만 임신이 무슨 상관이죠? 우리는 이 개를 원해요."

수전이 새디의 주둥이를 가만히 쓰다듬는 동안 새디는 그녀의 무릎 위에 머리를 올려놓고 지그시 눈을 감았다.

"원하신다면 그 개를 입양하실 수 있어요. 하지만 개를 처음 기르시는 분들은 대부분 너무 빨리 할아버지, 할머니가 되고 싶어 하지 않아서요."

던이 물었다.

"언제쯤 낳을 예정이죠?"

"곧이요. 보름도 안 남았겠네요."

수전이 그들의 대화에 끼어들며 말했다.

"우리가 데려갈게요. 이리와, 새디. 집으로 가자."

던이 자원봉사자와 함께 필요한 서류를 작성하는 동안 수전과 새디는 밖으로 나와 차로 갔다. 절차를 마치고 차에 다가간 던은 수전의 눈에서 전에는 본 적 없는 무엇인가를 보았다. 그녀의 영혼 깊은 곳의 에너지가 풀려난 것 같은 따뜻하고도 굳은 의지의 감정.

모성애는 그녀에게 잘 어울려 보였다.

새디를 집으로 데려온 후, 로버트는 던의 꿈에 나타나지 않았다. 그 도플갱어는 던이 임무를 끝낼 때마다 추가적인 지시 사항을 주고는 했었는데 더 이상 나타나지 않는 것이 이상했다. 던은 로버트가 알려준 모든 사항들을 마쳤고 건강은 지속적으로 악화되어 피를 토하는 것이 아침의 첫 번째 일과가 되었다. 수전에게 통증을 숨기려 애썼지만 개를 입양한 후에는 암의 끔찍한 여파를 감추는 것이 훨씬 쉬워졌다. 수전은 새디를 위해 차고를 편안하게 정돈하는 데 자주 몰두해 있었기 때문이다.

동물보호소에 다녀오고 닷새가 지난 어느 오후, 던이 낮잠을 자고 있는데 로버트가 나타났다.

던이 물었다.

"그동안 어디 있었어요?"

"나는 마지막 과정을 준비하고 있었어. 그대는 준비가 되었나?"

"물론이에요. 이제는 통증을 견디기가 힘들어요. 당신의 경고를 무시하고 치료를 받을 뻔했어요."

"지금이 그대의 결심을 바꿀 수 있는 마지막 기회야. 계속 살아가는 것에 아무런 잘못은 없어. 하지만 지금 알려줘야 해. 오늘이 바로 그날이기 때문이지."

"오늘이 그날이라구요?"

던은 슬픔과 흥분을 동시에 느꼈다. 수전에게 작별 인사를 하지 않은 것을 깨달았고 할 수 있게 될지도 염려가 되었다.

로버트는 던의 마음을 읽은 듯 말했다.

"걱정하지 말게. 작별 인사를 할 수 있을 거야. 그러나 오늘이어야 해. 그대의 창문은 오늘밤에 열릴 예정이야. 그대가 창을 통과할 수 있도록 내가 도울 수 있는 유일한 시간이지. 그대는 이 모든 것을 원하는 게 확실한가?"

잠시 동안 던은 약간의 두려움을 느꼈다. 그러나 통증이 꿈속에까지 스며들기 시작했고 배는 칼로 찌르는 듯 아팠다. 긴 침묵 후에 던이 대답했다.

"확실해요. 다음으로 해야 할 일은 뭔가요?"

"우리는 그대의 시신을 어떻게 처리할 것인가를 결정해야만 해. 내가 예상하건데 그대는 수전이 가능한 한 덜 괴로워하기를 바라겠지?"

던은 그 문제에 대해 이미 생각해 보았었지만, 자신의 시신을 수전이 발견했을 때의 모습을 다시 한 번 그려보았다. 머릿속으로 여러 시나리오들을 그려 볼 때마다 수전이 자신을 발견하고 공포에 휩싸이는 얼굴을 볼 수 있었다. 던은 그 순간을 가능하면 빠르고 고통 없이 치를 수 있기를 바랐다. 그 문제에 대해 생각할수록, 수전이 상처 받지 않도록 하는 것이 첫 번째 우선사항이라는 확신이 들었다.

던이 마침내 말했다.

"난 수전이 그 어떤 것도 할 필요가 없길 바라요. 그게 가능할까요?"

"물론 가능하네."

"내가 어떻게 하면 될까요?"

던은 총, 약, 면도칼, 자동차 배기가스를 생각해 보았다. 그가 생각할 수 있는 방법들은 모두 수전이 그의 시신을 직접 처리해야만 했다. 던은 수전에게 그런 일을 치르게 하고 싶지 않았다. 만약 그가 순식간에 사라질 수 있는 방법이 있다면 그게 최선일 것이었다.

"그대가 별로 고상하지 않은 몇 가지 방법을 생각하고 있다는 걸 알아. 하지만 내 생각에는 자동차 사고가 최선의 방법이야."

던이 잠시 생각해 보고는 곧 동의했다. 그의 차는 할부도 끝난 상태였고 그 차를 무척 좋아했지만 그렇게 값이 나가는 것은 아니었다. 제대로만 한다면 사고는 곧바로 일어날 것이고 그의 몸은 흔적도 없이 타버릴 것이었다. 어쨌든 수전이 그의 시신을 집 안에서 발견할 필요가 없었다. 완벽해 보였다.

로버트가 계속해서 말했다.

"하지만 그 방법에는 한 가지 큰 문제가 있어. 그대와 같은 상황에서도 모든 인간에게 내재된 투쟁 도주 반응(갑작스런 자극에 대하여 투쟁할 것인가 도주할 것인가의 본능적 반응) 때문에 도망치게 될 수 있다는 것이지. 계획된 자동차 사고는 강한 마음을 먹고 몇 초 만에 끝내야 해. 우선 차의 속도를 높이게. 그러고는 치명적인 지점을 향해 필사적으로 달려야만 해."

던이 자신 있게 대답했다.

"할 수 있어요."

"난 자신할 수 없어. 그렇게 쉬운 일이 아니야. 그대가 자신을 해칠 수 있다는 것은 알고 있지만 그 과정을 거치는 것은 매우 어려운 일이야. 단 한 순간의 주저함이 그대를 남은 평생 동안 식물인간으로 살게 할 수도 있어."

던은 식물인간이 될지도 모른다는 생각에 소름이 끼쳤다. 인생을 통제할 수 없게 될 뿐만 아니라, 의료비 청구서가 수전에게 날아들고, 모든 목적을 무산시키는 일이었다. 던은 화가 났다.

"그럼 당신은 그 얘기를 왜 꺼낸 거예요? 자동차 사고가 가능하지 않다면 뭐가 요점이죠?"

"그건 가능한 일이야. 단지 그대는 도움이 좀 필요하게 될 거야."

"난 당신이 존재하는 이유가 바로 그것이라고 생각하는데요."

"내가 그대를 도울 수 있는 건 사실이야. 하지만 그대는 왜 그래야 하는지를 이해해야 해."

던은 이용당하는 기분이 얼핏 들었으나 달리 방법이 없었다.

"좋아요. 당신이 어떻게 돕겠다는 거죠?"

"내가 대신 해야만 해."

"뭘 대신 해요? 당신이 운전을 대신 하겠다구요? 계속 얘기해 봐요. 아주 작은 문제가 하나 있는데, 당신은 육체가 없잖아요!"

"맞아. 그래서 그대는 내가 그대의 몸을 인계 받을 수 있도록 해야만 해. 그러면 나는 살고 죽는 것에 대한 주저함 없이 운전할 수 있어."

던은 자신이 로버트를 전적으로 믿는지 어떤지는 몰랐지만 그가 말한 방법에는 무엇인가 이상한 확신이 들었다. 던은 자신이 이용당하고 있다는 생각이 들었으나 상관없었다. 요점은 어찌되었든 죽기로 했다는 것이었으므로 다른 것은 문제가 되지 않았다.

"뭐 어쨌든, 좋아요. 그건 어떻게 하는 거죠?"

"그대가 해야 할 일은 동의를 하는 것뿐이야. 그러면 지금 바로 시작할 수 있어. 나는 그대가 잠을 자는 동안 그대의 마음속에 있어. 이제는 그대가 깨어 있을 때에도 내가 존재할 수 있도록 나를 받아들여야만 해. 그러면 우리는 그대 몸 안에서 동시에 존재하게 되지. 하지만 운전대 앞에는 내가 앉아 있게 될 거야."

"내가 당신을 믿어도 된다는 것을 어떻게 알죠?"

"매우 좋은 질문이군. 그건 그대 자신에게 물어봐야 해. 의심을 버리고 확신을 갖게. 이것은 매우 신성한 조약이므로 아주 적은 의심으로도 성사될 수 없는 일이야."

던은 로버트를 믿었다. 더 알맞은 표현은 너무 피곤하다는 것이었다. 단지 모든 시련이 빨리 끝나기만을 바랐다. 더 살고 싶지 않았고, 그의 도플갱어가 무엇을 해야 할지 정확히 알고 있기를 원했다.

"당신을 믿어요, 로버트. 당신이 필요한 대로 해요."

"좋아. 그대가 깨어나면 우린 그대의 몸속에 함께 있게 될 거야. 그러면 마지막 과정을 함께 끝낼 수 있어."

낮잠에서 깨어났을 때, 던은 누군가 자기 위에 누워 있는 듯한 불편한 느낌이 들었다. 암으로 인한 통증은 점차 심해졌지만 이것은 그것과 달랐다. 마치 물밑에 가라앉아 빨대 하나만을 통해 숨 쉬려고 애쓰는 것 같았다. 몸 표면으로 나가보려 애를 썼지만 불가능했다.

숨이 가빠 헐떡거리는 동안 던은 공황 상태에 빠졌고 경련을 일으켰다. 소리를 크게 지르려 했지만 어떤 소리도 입 밖으로 나오지 않았다. 결국 거의 1분여 동안 경련이 지속된 후에야 던은 자신의 피부를 뚫고 밖으로 나와 숨을 쉴 수 있게 되었다. 진정이 되면서 그의 맥박도 서서히 정상을 되찾았다.

그때 등 뒤에서 익숙한 목소리가 들려왔다.

"괜찮은가?"

던이 뒤돌아봤지만 방에는 아무도 없었다.

"거기 누구예요?"

던의 목소리가 침실 벽에서 울려 퍼지며 그는 다시 공황상
태에 빠졌다.

"로버트야."

"당신 어디 있는 거예요?"

"안에 있어. 그대처럼 말이야. 이상하겠지만 금방 익숙해질
거야."

던은 잠을 자는 동안 무슨 일이 있었는지 기억해 냈고 곧
자신이 아직 깨어나지 않은 것이라 생각했다.

"아, 알았다. 내가 아직 꿈꾸고 있군요."

로버트는 화가 난 듯 말했다.

"아니야, 그대는 분명 깨어 있어. 이건 그대가 동의하고 원
했던 일이야. 내가 그대를 돕기를 바라는 건가, 아닌가?"

던은 상황의 현실감이 되살아났다.

"아, 미안해요. 물론 당신의 도움을 원해요. 단지 진짜 같지
않았을 뿐이에요."

"이건 아마도 그대가 지난 수년 동안 느껴 본 것 중 가장 현

실적인 일이 될 거야."

던은 로버트의 말이 무엇을 의미하는지 알 수 없었다. 로버트가 계속해서 말했다.

"그리고 또 하나. 내게 말을 하기 위해 목소리를 낼 필요는 없어. 내가 그대 안에 있다는 것을 기억하게. 나는 그대가 생각을 하자마자 그 생각을 들을 수 있어. 수전이 집으로 돌아와서 그대가 자신에게 말하는 것을 보고 걱정하게 되길 원하지는 않겠지?"

로버트가 수전의 이름을 말한 것은 이번이 처음이었는데 던은 그것이 불쾌했다. 이유는 알 수 없었지만 그의 깊은 곳을 동요시켰다.

던이 물었다.

"왜 처음에는 숨을 쉬는 게 그렇게 힘들었지요?"

"미안해. 내가 들어왔을 때 첫 번째 자리를 차지했어. 그것에 적응하는 데는 시간이 좀 걸리지. 절대적으로 안전하지만 만약 무슨 일이 일어나고 있는지 몰랐다면 굉장히 이상했을 거야. 몸을 인계하는 것은 어려운 일이야. 특히 몸의 내부를 인계한다는 것은 더 그렇지. 안에서 무슨 일이 일어나고 있는지 알고 나면 나는 두 번째 자리로 물러날 것이고, 그때는 좀 더 자연스럽게 느껴질 거야."

"하지만 숨을 쉴 수가 없었다고요."

"그럴 필요가 없었기 때문이지. 내가 그대를 위해 숨 쉬고 있었으니까. 곧 익숙해질 거야. 하지만 나는 우리가 모든 세부사항들을 정리하는 동안만 그대를 첫 번째 자리에 남겨 둘 거야."

던은 로버트의 말을 들으며 그가 몸 안을 인계하는 것이 얼마나 오래 걸리지 궁금했다. 처음에 깼을 때 던은 자신이 죽어가는 줄 알았다. 하지만 또, 그것이 핵심이라는 것을 깨닫게 되었다. 그 순간에 투쟁 도주 반응에 대한 로버트의 말이 맞을지도 모른다고 생각했다. 머리가 무엇을 원하든 간에 몸 안에는 살려고 하는 본능이 깊이 배어 있었던 것이다. 혼자서는 해낼 수 없으며 로버트의 도움이 절대적으로 필요하다는 결론에 도달했다.

"그대는 준비가 되어 있는 게 맞나?"

던이 잠시 후에 말했다.

"그런 것 같아요."

"그러는 게 좋아. 오늘밤이 그 밤이니까. 그대는 정말 확실한가? 아직 그만둘 수 있어. 하지만 마음을 바꿀 시간이 많이 남아 있지는 않아."

"난 변함없어요. 다음에 해야 할 일은 뭐죠?"

"좋아. 펜과 종이를 구해서 수전에 대한 그대의 마지막 마음을 적게. 그대가 왜 이 일을 하고 있는지, 사랑한다고, 모든 것이 괜찮아질 거라고 말해 주게."

던은 수전의 노란색 책상 서랍을 열고 금테가 둘러져 있는 작은 종이를 꺼냈다. 몇 년 전 수전의 생일날에 필기도구를 선물했었다. 그녀가 마음에 들어 하는 것을 알고 있었지만 사용한 흔적은 전혀 없었다. 두 사람 모두 특별한 물건들을 일상에서 써버리기보다는 무한정 보관해 놓는 습관이 있었다. 던은 평범한 다른 종이를 찾아볼까 했지만 이 특별한 편지를 위해 그 종이를 쓰는 것이 분명 가치 있을 것이라고 생각했다.

종이의 공백을 마주한 순간, 던은 무슨 말을 해야 할지 알 수가 없었다. 상황의 무게를 덜어낼 만한 말들이 떠오르지 않았다. '고마워. 나중에 봐.' 같은 가벼운 표현을 쓸 수도 없었다. 자살에 대해 쓰는 것은 그가 예상했던 것보다 훨씬 어려운 일이었다.

로버트가 말했다.

"마음으로 쓰면 돼. 말에 대해 걱정하지 말고 그대의 감정에 대해 쓰면 돼."

깨어 있는 동안 자신의 머릿속에서 로버트가 말하는 것에 아직도 적응 중이었기 때문에 던은 또다시 놀랐다. 하나의 몸 안에 두개의 영혼이 존재함으로써 생긴 폐쇄공포증 같은 느낌에는 조금 편안해졌지만 목소리는 언제나 던을 놀라게 했다. 로버트의 목소리는 던의 몸속 깊은 곳에서부터 나왔다. 아무도 듣지 못한다는 것은 알았지만 그 소리는 집 전체에서 울려 퍼지는 듯했다.

던은 마음에 있는 많은 기억들을 떠올리기 시작했다. 수전과 처음 만났을 때, 처음 사랑을 나누었을 때, 오리건 주 해변으로 떠났던 휴가, 가구도 없는 그들의 새 집에서 바닥에 초를 켜고 저녁을 먹었을 때, 그리고 수전이 미소를 지을 때면 반짝였던 엷은 갈색 눈동자의 여러 모습들.

기억을 멈추고 아래를 보니 글자들이 쓰여 있는 것이 보였다. 글자들은 종이 위에 떠 있었고, 공간을 부유하며 종이 위에 옮겨지기를 기다리고 있었다. 던은 펜을 들어 그들을 한 번에 한 글자씩, 천천히 따라 적기 시작했다. 모두 마친 후에 종이를 반으로 접어 어울리는 봉투에 넣고 봉인을 했다. 봉투의 앞면에는 가장 보기 쉬운 필체로 조심스레 '나의 수전에게'라고 썼다.

로버트가 말했다.

"잘했어. 편지를 안전한 장소에 보관하게. 오늘밤에 필요할 거야."

편지를 책상 서랍의 필기도구 더미 밑에 놓고는 던은 하늘이 어두워진 것을 보았다. 서랍을 제자리에 밀어 넣자 수전이 현관문을 열쇠로 여는 익숙한 소리가 들려왔다. 던은 그녀를 맞이하기 위해 거실을 가로질러 갔다.

"안녕, 오늘은 기분이 어때?"

수전의 질문에 던이 말했다.

"좀 피곤해."

편지를 쓰는 것은 처음에 생각했던 것보다 더 힘든 일이었다. 던은 아내와 포옹을 하고 곧 자리에 앉았다.

"늦어서 미안해. 내일 회의 전에 월말 정산을 해야만 했어. 저녁은 먹었어?"

음식 생각이 던의 위장을 자극했다. 그는 지난주 내내 제대로 식사를 하지 못했다. 로버트까지 안에 있으니 뱃속에 다른 것을 위한 공간이 남아 있는 것 같지 같았다.

"아니, 괜찮아. 당신 먹도록 해."

"저녁으로 중국음식을 먹어서 괜찮아. 당신한테 뭔가 만들어 주고 싶은데, 말해 봐. 토스트 어때?"

"정말이야, 난 괜찮아. 배고프지 않아."

수전이 하품을 하며 말했다.

"그럼 난 자러 갈게. 내일 아침 회의 전에 복사를 해야 해서 일찍 출근해야 하거든."

비틀거리며 침실로 향해 가는 길에 수전은 습관적으로 복도의 등을 껐다.

"당신도 같이 잘래?"

"곧 갈게."

던은 수전과 함께 가꾸어온 집 주변을 돌아보았다. 주방 식탁, 거실 소파, 커피 탁자. 그들이 함께 만든 삶이었다. 자신이 이런 식으로 수전을 떠나는 것이 옳은 것인지 의문스러웠다. 이기적인 행동이 아닐까? 그는 항상 자살은 이기적인 것이며, 살아 있는 사람들을 상처 입히는 행위라는 얘기를 들어왔다. 수전은 그가 가족이라 말할 수 있는 유일한 사람이었다. 아는 사람은 몇 명뿐이었고, 진정한 친구라 할 수 있는 사람은 아무도 없었다. 수전이 전부였으며, 그녀를 위해서 이 일을 하고 있는 것이었다. 처음에는 슬퍼하겠지만 던이 그녀를 위해 한 일이 무엇인지 깨닫게 되면 그녀도 결국 고마워하게 될 것이다.

던은 마지막으로 주방으로 걸어가 눈을 감은 채 그가 상상했던 상황을 기대하며 은수저들이 담긴 서랍을 천천히 열었다. 하지만 그가 다시 눈을 떴을 때, 그것들은 여전히 남아 있었다. 수전에게 남기게 될 의료비 청구서들. 그러나 고맙게도 더 이상은 없을 것이다. 그는 더 많은 빚에 대한 가능성을 끝내고 있었으며 그녀는 고마워하게 되리라.

그는 그녀를 위해 이 일을 하고 있었다.

"일어나게. 가야 할 시간이야."

던이 깜짝 놀라 일어나며 목소리의 주인을 찾아 두리번거리다가 무슨 일이 있었는지 곧 기억해 냈다.

로버트가 계속해서 말했다.

"잠이 들었었어. 시간이 됐어. 어서 가지."

자고 있는 수전을 보자 던은 목이 메어 왔다. 뺨 위로 눈물이 흘러내렸다. 그녀를 깨우게 될까 봐 손으로 입을 막고 소리죽여 울며 말했다.

"미안해, 당신을 너무나 사랑해."

던은 가만히 침실을 빠져 나와 최대한 조용히 문을 닫았다. 그러고는 거실로 내려와 차 열쇠를 찾아 들고 차고 쪽으로 향했다. 차는 길가에 주차되어 있었지만 수전을 깨우지 않기 위해 차고 옆문을 통해 나가기로 했다. 차고 안 불을 켜니 전에 살던 아파트에서 이사 온 후 아직 풀지 않은 상자들이 눈에 들어 왔다.

'떠나기 전에 차고를 정리했어야 하는데, 이제는 너무 늦어 버렸어.'

던이 밖으로 나가려 할 때 작업대 밑 어디선가 찍찍거리는 소리가 들리는 듯했다. 그가 작업대로 가까이 다가서자 소리가 멈췄다. 뒤돌아 문으로 걸어가려는 순간, 찍찍거리는 소리가 또다시 들려왔다.

"빌어먹을 쥐들 같으니!"

던은 다시 되돌아와 허리를 굽혀 작업대 밑을 살펴보았다. 흘낏 바라보니 무엇인가 커다란 것이 움직였다. 조금 더 가까이 다가가 보자 상자들 중 하나가 앞뒤로 흔들리고 있었다. 상자의 내용물들은 바닥에 흩뿌려져 있었고 그것들을 싸놓았던 신문지는 갈기갈기 찢겨져 있었다. 흔들리고 있는 상자로 다가가자 특이하게 찍찍거리는 소리가 다시 들려왔다. 던은 상자 더미에 기대어 있던 빗자루를 살며시 집어 들고 빗솔을 움켜잡고는 손잡이 쪽으로 그 상자를 탁탁 내리쳤다.

너구리나 스컹크가 허둥대며 빠져 나오기를 반쯤 기대했지만 아무것도 나타나지 않았다. 그리고 조금 더 가까이 다가가자 눈에 익은 검은색 꼬리가 상자 입구에 삐져나와 있는 것이 보였다.

"새디, 너니?"

상자 앞에 앉아 안을 들여다보니 때마침 작고 검은 강아지 한마리가 태어난 것이 보였다. 새디가 방금 태어난 강아지의 반짝이는 태반을 핥고는 이미 젖을 먹고 있는 다른 강아지들 옆으로 조심스레 밀어 넣었다.

검은 얼굴과 감겨진 눈꺼풀을 한 다섯 마리의 강아지가 행복하게 꼼지락대며 찍찍거리고 있었다. 어미가 새끼들을 돌보는 아름다운 광경을 보며 던은 새디가 어떻게 자신이 해야 할 일들을 정확히 알고 있는지 궁금했다. 동물보호소의 자원봉사자가 새디는 새끼를 처음 낳는 것이라고 말했었는데 스스로를 보살피는 모습을 직접 보니 정말 놀라웠다.

갓 태어난 강아지들이 첫 식사를 즐기는 것을 잠시 지켜본 뒤 던은 자리에서 일어나며 말했다.

"세상에 나온 것을 환영한다. 이제는 내가 떠나야 할 차례인 것 같구나."

그 때, 머릿속 낯익은 목소리가 말했다.

"다시 앉아 보게. 그대에게 말해 줄 매우 중요한 것이 있어."

던이 깜짝 놀라 앉으며 말했다.

"그만 좀 해요. 놀라 죽을 것 같아요."

로버트가 빈정거리며 말했다.

"곧 그렇게 될 거야."

"너무 지나치게 말하는군요."

"그렇지 않을 수도 있지. 그게 지금 내가 그대에게 말하고자 하는 것이야."

던은 무슨 말인지 이해가 되지 않아 불안해지기 시작했다.

"빨리 가면 안 될까요? 수전이 우리 소리를 듣고 무슨 일인지 보러 내려올지도 몰라요."

"수전은 아직 잠들어 있어. 걱정 말고 잠깐만 들어보게. 우리는 곧 떠날 거야."

"알았어요, 말해요."

"우선 나는 전에 얘기한 대로 그대의 여행을 반드시 도울 거라는 얘기를 해두고 싶네."

던이 의심쩍은 눈초리로 말했다.

"아하, 그런데요?"

"먼저 말하고 싶은 것은 그대가 하고자 하는 일이 무엇을 암시하는가에 대해서야."

"그 암시에 대해선 이미 알고 있어요. 난 죽어서 내 고통을 끝낼 거란 얘기죠. 그리고 말도 안 되는 병원 빚이 쌓여가는 걸 막을 거예요. 수전이 무척 슬퍼하겠지만 언젠가는 그녀도 내가 이기적인 것만은 아니었다고 생각할 거예요. 나를 치료하지 못한 바보 같은 의사들에게 더 이상 돈을 낼 필요가 없을 테니까요."

"맞아. 하지만 그런 것은 육체적인 암시들이지. 삶은 지구상에서 일어나는 것보다 훨씬 더 복잡해. 자살에는 심각한 영적 암시들이 있어."

던이 잔뜩 화가 나 말했다.

"아, 대단하군요. 이제 당신은 종교에 대해 얘기하려 하네요. 내가 지옥에라도 가게 된다는 말을 하고 싶은 건가요? 당신은 이게 살아있는 지옥이라는 생각이 안 들어요? 난 지독한 암에 걸렸고, 사랑하는 사람의 미래를 파괴하지 않고는 치료비를 낼 수도 없어요. 아무도 신경 쓰지 않는 멍청한 공식 결혼 서약 때문에!"

던의 얼굴이 벌겋게 상기되고 목의 핏대가 튀어나왔다.

로버트는 던의 말이 끝나기를 기다린 후 차분히 말했다.

"나는 지옥에 대해선 아무것도 몰라. 내 소관이 아니야. 하지만 영혼이 자신만의 시간틀을 가지고 있다는 건 알지. 언제 죽어야 할지를 결정하는 것은 영혼들이야."

"이번엔 내가 결정할 시간이에요. 날 도울 거예요, 말 거예요?"

"말했지만, 그대가 원하는 대로 할 거야. 다만 조금만 더 내 말을 들어보게. 그 다음에 가도 늦지 않아."

던이 화를 가라앉히려 애쓰며 말했다.

"알았어요. 미안해요. 계속 해봐요."

"그대는 자신의 몸을 제어할 수 있다고 믿겠지만 근본적으로 그렇지 않아. 그대의 영혼은 육체로부터 독립된 자신만의 길을 갖고 있어. 영혼은 그들의 목적을 달성하기 위해 태어나기 전의 육체와 협정을 맺지."

"그럼 왜 내 영혼은 암에 걸릴 몸을 고른 거죠? 바보 같은 건가요, 아니면 형편없는 유머감각이라도 가지고 있는 건가요?"

"좋은 질문이군. 영혼들이 각자 다른 몸을 선택하는 데는 많은 이유들이 있어. 간단히 말하자면, 그것으로부터 뭔가 중요한 것을 배우려 하는 것이지. 깊은 성장은 힘든 역경을 극복하면서 얻어지네. 심각한 장애를 가진 육체를 선택하는 영혼들은 대게 특별한 삶 동안 소중한 교훈을 배우려 준비하는 거야."

다시 화가 나기 시작한 던이 흥분하여 말했다.

"좋아요, 난 내 교훈을 이미 배웠어요. '삶은 거지같다.' 다음으로 넘어가요."

"유감스럽게도 이번 생에서 배워야 할 교훈을 결정하는 사람은 그대가 아니야. 그리고 그대가 아직 아무것도 배우지 못했다고 나는 분명히 말할 수 있어."

"어째서 그렇게 얘기하는 거죠?"

"아직 죽지 않았기 때문이지. 만약 그대의 배움이 끝났다면 영혼은 이미 빠져 나갔을 거고 그대는 그대의 갈 길 위에 있을 거야."

던은 깊어가는 좌절감에 팔꿈치를 무릎 위에 얹고 손으로 얼굴을 감쌌다.

로버트가 말을 이었다.

"그대에게는 분명히 자유의지가 있어. 그대 육체의 생명을 끝낼 수 있지. 하지만 그렇게 되면 세상에서의 여정을 짧게 순회하게 되기 때문에 그대의 영혼도 이곳에 온 목적을 이루지 못하게 돼. 안타까운 일이지. 특히나 그대가 모든 시련을 거친 후일 테니 말이야. 나는 그것들 중에 가장 나쁜 것을 이미 그대가 겪었다고 말할 수 있어. 의사들이 뭐라던가? 몇 개월 남았다고 했지?"

"3개월에서 6개월이요."

"그렇군. 그대는 지금까지 39년을 견뎌 놓고선 고작 몇 달을 덜어내려고 그 같은 고통을 반복하려 하는군. 내겐 말도 안 되는 소리 같아."

던이 물었다.

"하지만 자살이 숭고한 행위였던 적은 없나요? 주위 사람들을 위해 실행하는 건 옳은 일 아닐까요?"

"그럴 수도 있지. 하지만 그건 전적으로 개인의 상황에 달린 문제야. 만약 스스로 생명을 끊는 게 완벽히 이타적이라면, 온전히 사랑에 의해 동기가 부여되었다면 그 영혼은 이 세상에서의 여정을 마치는 것이 가능해."

"내가 말하려는 게 바로 그거예요. 난 이 일을 수전을 위해서 하고 있어요. 의사들의 무의미한 진료비 청구서가 더 이상 쌓이지 않을 거라구요."

"이건 협상이 아니네, 던. 그 방법으로는 그대의 길에 가닿을 수 없어. 나는 그대가 돈에 대해 걱정한다고 여겨질 뿐 이타적인 차원에서 말하는 걸로는 느껴지지 않아. 돈에 대한 그대의 걱정이 단지 수전을 보호하기 위해서인 게 맞나? 그 모든 감정들 밑에 다른 무엇인가가 있지는 않은가?"

로버트의 말에 던이 화를 내며 말했다.

"내가 그걸 어떻게 알아요?"

"그대는 마음으로 알고 있어. 만일 조금이라도 의심해 본다면 내 말이 사실이라는 걸 알 거야."

"하지만 통증을 견딜 수가 없어요."

"통증이 지금 그대의 몸을 괴롭히고 있다는 건 알아. 하지만 생각해 볼 만한 다른 선택이 있을 수도 있어."

"그게 뭐죠?"

"그대에게 새로운 몸을 주는 것이지. 그대의 몸은 내가 갖고."

던이 말도 안 된다는 듯 빈정거리며 말했다.

"참 재미있군요."

로버트가 말했다.

"진담이야. 만약 이 세상에 계속 머문다면 그대가 이미 배운 교훈들은 없어지지 않아. 그리고 현재의 길을 계속해서 나아갈 수 있지. 암으로 고통 받는 일 없이 말이야."

"하지만 암은 계속 남아 있게 될 텐데 당신은 그걸 어떻게 견뎌낼 거죠?"

"우선, 나는 고통에 대해 그대보다 훨씬 높은 한계점을 가지고 있어. 더 중요한 건, 애초에 암을 발생시킨 감정적 상처에 집착하지 않을 거라는 것이지. 완전히 초월할 수 있을 거야."

"당신이 내 암을 치유할 수 있다고 생각하는 건가요?"

"아마도."

"그렇다면 왜 내가 건강한 몸으로 더 오래 살 수 있도록 지금 그렇게 하지 않는 거죠? 당신은 이미 내 안에 있잖아요. 당신이 암을 치료할 수 있다면, 지금 그렇게 해요."

"그건 그렇게 쉬운 일이 아니야. 그대가 원하든 원하지 않든 그대는 여전히 근본적인 원인을 가지고 있어. 사실 그 암은 그대의 영혼에 내재되어 있지. 그대의 영혼이 그대가 태어나기도 전에 이번 생의 배움을 위한 도구로써 암을 사용하기로 계약을 맺어 놓았어. 내가 그대를 암으로부터 떼어낼 방법은 없어."

로버트의 말에 혼란스러워진 딘이 물었다.

"그건 내가 새로운 몸을 갖게 되더라도 다시 암에 걸릴 거란 뜻인가요? 그렇다면 새로운 몸을 갖는 것에 무슨 의미가 있죠?"

"또 다른 좋은 질문이군. 그것에 대한 답을 난 모르지만 그렇게 될 것 같지는 않아. 암처럼 치명적인 병을 일으키는 것은 상당한 에너지를 필요로 해. 그리고 질병 자체가 그대를 아프게 하는 진짜 이유는 아니기 때문에 그런 일은 다시 일어나지 않을 거야. 그래서 이 계획이 그대에게 최선의 선택이 될 수 있다는 것이지. 그대는 여전히 암과 동일한 차원에서 얻어지는 강력한 교훈에 접근할 수 있어. 하지만 고통을 치를 필요는 없어."

"그러면 당신이 얻게 되는 것은 뭔가요?"

"나는 이 세상에서 해야 할 일들을 위해 사용할 수 있는 육체를 얻게 되지."

"그러면 암에 걸리지 않은 새로운 육체를 얻지 그래요? 우리들처럼 새로 태어나요."

"시간을 아끼기 위해서야. 그대는 이미 걷고 말할 수 있으니까. 새로운 육체는 내가 할 일을 할 수 있을 만큼 성장하기 위해 많은 시간을 필요로 해. 그리고 그대가 내가 있어야 할 미국에 살고 있다는 것이 매우 편리한 점이야."

"뭘 하기 위해서요?"

"많은 것들, 주로 치유하는 것이지. 지금은 전 인류의 영적 성장을 위한 중요한 시대야. 그런데 미국은 상대적으로 짧은 역사 때문에 세계의 다른 곳들만큼 충분한 영적 성장을 할 수가 없었어. 그래서 우리 같은 사람들이 와서 지혜를 전하고, 세계의 다른 나라들과 나란히 할 수 있도록 도우려는 거야."

"우리? '우리'가 누구죠? 암에 걸린 육체를 인계하는 또 다른 존재들이 있다는 말인가요? 당신은 외계인이나 뭐 다른 종족이에요?"

로버트가 웃으며 말했다.

"아니야. 우리들은 예고 없는 방문자로 불리지. 해야 할 일들을 위해 육체가 필요한 천사들이야. 수천 년 간 계속되어 온 일이지만 육체가 태어나기 전에 협의하는 경우가 대부분이지. 그래서 우리의 이런 대화는 자주 하지 않아. 그러나 나는 자살하는 사람들에게 약한 면이 있어. 나와 매우 가까운 여자가 자살을 했는데, 나를 깊이 상처 입혔을 뿐 아니라 그녀의 영혼에게 어떤 일이 일어났는지 직접 목격해야 했어. 유쾌한 일이 아니었지. 그녀는 그 일로부터 벗어나려 여전히 애를 쓰고 있는데 이미 여러 번의 생이 흘렀어."

"안 됐군요."

"고마워. 하지만 그렇게 될 운명이었던 거야. 그것이 그녀의 운명이었지. 그녀는 최선을 다해 품위와 굳은 의지를 지키며 살아가고 있어. 딱한 일이긴 하지만······. 해방될 순간을 위해 또 다른 고통의 삶을 치러야 한다는 것은 시간낭비야. 그래서 나는 내가 해야 할 일을 하는 것이야. 나를 믿게. 태어나기 전의 건강한 영혼과 계약을 맺는 것이 내겐 훨씬 간단해. 하지만 나는 그대와 같은 사람들의 영혼을 피할 수 있는 고통의 삶으로부터 구하기 위해 더 많이 노력하는 것을 좋아해."

"음······. 정말 놀라운 일이네요."

로버트가 말을 이었다.

"그대는 선택을 할 수 있네. 원래 계획을 실행할 수도 있고, 새로운 몸을 찾은 후 내가 그대의 몸을 인계 받을 수도 있어."

던이 한참을 생각한 후 결심이 선 듯 말했다.

"좋아요, 그렇게 하죠. 몸을 바꾸도록 해요. 그런데 내가 사용할 몸은 어디서 찾죠?"

"이미 찾아 놓았어."

로버트가 새디를 향해 의미심장한 표정을 지었다.

"개? 당신은 내가 개가 되기를 바라는 거예요? 미쳤어요? 내가 사용할 인간의 몸은 없는 거예요?"

"미안하지만 이게 그대의 유일한 선택이야. 나는 그대를 위해 그것을 마련하느라 바쁘게 일했어. 그리고 다른 몸을 발견할 시간이 더 이상 없네. 그대도 알다시피 요즘 새로 태어날 인간의 몸을 구하는 것은 쉽지 않아. 게다가 그대는 영혼의 계약을 충족시키기 위해 가능한 한 오래 내 곁에 있어야 해. 강아지가 되는 것이 가장 현실적인 선택이야. 사람을 성장시키기에는 너무 많은 시간이 걸린다는 걸 잊지 말게."

던이 소리 내어 툴툴거리며 불만스러워 했다.

로버트가 계속 말을 이었다.

"그렇게 나쁘지만은 않아. 나도 몇 번 강아지로 지낸 적이 있지. 짧은 시간 안에 상대적으로 많은 것들을 이룰 수 있어."

"모르겠어요……."

"자, 빨리 결정을 내려야 해. 단 한 번의 기회만이 남아 있네. 뱃속에 여덟 마리의 강아지가 있었는데 마지막 녀석이 이제 막 나오려고 해."

던은 일곱 마리의 강아지가 새디에게 코를 비벼대는 것을 보았다.

"강아지들이 너무 귀여워요."

로버트가 웃으며 말했다.

"그보다 더 좋은 이유는 없지. 겉모습만으로 몸을 선택하는 사람이 그대가 첫 번째는 아닐 걸세."

던은 로버트의 직접적인 표현에 약간 기분이 상했다. 그러나 개가 되는 것에 대해 생각할수록 점점 마음에 들었다.

"개는 그렇게 오래 살지 않을 테니 개가 되는 게 낫겠다는 생각이 들어요. 그러면 난 더 빨리 나아갈 수 있을 테니까요."

"맞는 말이야. 그럼 마음의 준비가 된 건가?"

"네. 하지만 당신에게서 한 가지 약속을 받고 싶어요."

로버트가 물었다.

"그게 뭔가?"

"수전에게 손대지 않겠다고 약속해 줘요. 수전이 다른 사람을 만나 행복해지기를 원하지만 당신이 내 몸에 남아 그녀와 함께 지낸다고 생각하니 무서워요."

"이해해, 약속하지. 다른 건 없나?"

"아니요, 그게 다예요."

"좋아, 그럼 시작하지. 새디 옆에서 등을 대고 누워. 그리고 눈을 감고 깊은 호흡을 하게."

"네."

"쉿. 아무 말도 하지 말고 편안히 마음을 열어. 그리고 그대의 에너지를 머리 꼭대기에 집중시켜. 그대가 아기였을 때 가장 연약했던 부분, 그곳이 따뜻하게 느껴질 때까지 집중하도록 해."

던은 머리 꼭대기가 따뜻해지는 것을 느낄 수 있을 때까지 온 정신을 집중했다.

"좋아. 이제 그대의 두개골을 형성했던 뼈들이 유연해지는 상상을 해봐."

던이 그 상상을 하자 처음엔 메스꺼웠지만 마음을 가라앉히고 머리 꼭대기가 부드러워지는 상상을 했다. 잠시 후, 그것은 이상하리만치 편안해졌고, 곧 공중에 떠 있는 느낌이 들기 시작했다.

"좋아, 그렇게 열려 있도록 해. 이제 그대가 몸을 빠져나갈 수 있도록 내가 도울 거야. 긴장을 풀고 이건 아주 자연스러운 일이라는 것을 기억해. 지극히 안전한 일이라는 것도. 내가 항상 그대와 함께 있을 거야."

던은 속이 울렁거리기 시작했다. 마치 원치 않는 것을 억지로 먹은 느낌이었다. 메스꺼움은 좀 더 강렬해졌고, 위장 안에는 부풀어 오르는 커다란 풍선이 들어있는 듯했다. 부푼 느낌이 너무나 명확해서 던은 배가 팽창되었는지 보기 위해 거의 눈을 뜰 뻔했다. 그러나 그 느낌은 생겨날 때만큼 빠르게 소멸되었고 에너지의 흐름이 척추 끝에서부터 다리로 내려가며 맹렬하게 빨라지는 것을 느꼈다. 그러고는 그의 발에 모아졌다. 에너지가 발을 매우 따뜻하게 하는가 싶더니 발목이 맥박에 맞춰 욱신거리기 시작했다. 마치 발의 원래 크기의 세 배나 네 배 정도 되는 것을 집어삼킨 듯한 느낌이었다. 발이 터질 것 같다는 느낌이 들었을 때 그 에너지는 다리 위로, 척추 위로, 위장과 심장 그리고 목구멍을 역류해 머리 꼭대기로 빠져나갔다. 에너지가 몸을 돌아다니면서 몸속에 남아 있던 모든 감각들을 쓸어낸 것 같은 느낌이었다. 에너지가 머리에 도달했을 때, 목 아래로는 아무런 감각이 남아 있지 않았다.

　던은 자신이 암으로 인한 지속적인 통증에 얼마나 익숙해졌었는지 그것이 사라지기 전까지는 깨닫지 못했다. 엄청난 무게가 그의 몸통에서 떨어져 나간 것 같았고, 몇 년 만에 처음으로 가볍고 홀가분한 느낌이었다. 그러고는 곧, 몸으로부터 완전히 벗어나 물에 떠 있는 듯한 느낌이 들었다. 눈을 떠보니 자신이 차고의 서까래 가까이에 둥둥 떠 있었다. 아래를 내려다보니 그의 몸은 여전히 차고 바닥에 누워 있었다.

던은 사물들이 흐릿해 보일 때까지 원을 그리며 빠른 속도로 빙빙 돌기 시작했다. 그러다 강력한 진공청소기에 빨려 들어가는 것처럼 바닥을 향해 돌진했고, 새디에게 다다르기 전에 정신을 잃었다.

4

....

두려움의 정체

이튿날 아침, 수전은 또다시 비어 있는 침대에서 잠이 깼다. 바닥에 놓여 있던 던의 옷이 없어진 것을 보고 그가 잠을 다 자고 일어난 것이라 생각했다. 진단을 받은 이후로 던의 불면증은 줄곧 심해졌고 수전은 그 없이 깨는 것에 익숙해져 갔다. 몸을 일으켜 침대 가장자리에 앉은 수전은 어지러움이 느껴져 자리에 다시 누워야 했다. 지난밤 내내 나쁜 꿈에 시달려 잠을 푹 잘 수가 없었다. 어떤 내용인지 정확히 기억은 안 나지만 던과 그녀의 사이에 관한 것이었다. 꿈은 지난주부터 계속해서 우울해졌고 수전은 그것이 던에 대한 걱정 때문이라고 생각했다.

잠시 후 어지러움이 어느 정도 가라앉았다. 수전이 가운을 챙겨 입고 주방으로 가자 차고 쪽에서 낑낑거리는 소리가 들

려왔다. 그 소리가 무엇을 의미하는지 알아챈 수전은 잔뜩 흥분하여 차고 쪽으로 달려가 문을 활짝 열어젖혔다. 차고 바닥에는 그녀가 상상할 수 있었던 가장 아름다운 모습이 펼쳐져 있었다. 남편은 귀엽고 까만 강아지 한 마리를 가슴에 올려놓은 채 바닥에 누워 잠들어 있었고 새디는 그 옆 상자 속에서 일곱 마리의 강아지들에게 열심히 젖을 먹이고 있었다. 강아지들은 끙끙거리고, 할딱거리고, 낑낑거리는 소리를 번갈아 내며 합주를 하고 있었다.

그 모습에 매료된 수전은 한참 동안 그들을 바라보며 서 있었다. 너무 활짝 미소를 지어 얼굴이 아파오기까지 했다. 수전이 허리를 굽혀 남편의 품에서 잠든 강아지를 조심스럽게 들어 올려 그녀의 얼굴로 가져갔다. 코와 뺨으로 부드러운 털을 비비자 강아지가 잠에서 깨어났고 그녀는 강아지가 젖을 물 수 있도록 가만히 다른 새끼들 옆에 놓아주었다. 그때까지 꿈틀거리고 꼼지락거리던 강아지는 간밤의 여정으로 굶주린 듯 본능적으로 젖을 먹기 시작했다.

수전은 남편이 눈을 비비며 일어나 잠을 쫓는 것을 보면서 미소를 지었다. 그는 일어나는 것이 힘겨워 보였으나 몸을 옆으로 뒤틀며 마침내 일어났다.

수전이 다정하게 말했다.

"좋은 아침이야, 여보."

로버트가 던의 아내에게 대답하려 했다.

"조오은 아아아치임."

수전이 남편을 바라보자 노래진 그의 눈이 전보다 더 깊게 가라앉은 것이 보였다. 분명 암이 빠르게 진행되어 그의 언어 능력에 영향을 끼치고 있는 것 같았다. 암이 뇌로 전이되면 인격장애가 시작될 수 있다는 경고를 받았을 때 수전은 던의 변화를 지켜볼 수 있을지 걱정이 되었다. 수전의 친구들은 한결같이 던을 병원에 입원시키든가, 아니면 상주하는 호스피스 직원이라도 구하라고 충고했었다. 수전은 던에게 그렇게 하지 않겠다고 약속했지만 그날 아침 힘겹게 말하는 그를 보자 약속을 지킬 수 있을지 의문이 생겼다.

수전이 한참 뒤에 물었다.

"새끼들이 태어나는 걸 봤어?"

"그으으래애."

"아름다웠지?"

로버트는 비뚤어진 미소를 지으며 천천히 고개를 끄덕였다.

수전은 어미가 된 새디 쪽으로 주의를 돌려 옆에 쪼그려 앉아 말했다.

"기분이 어때, 엄마? 지난밤엔 많이 힘들었니?"

새디가 머리를 고정시킨 채 수전을 바라보았다. 새디는 분명 지쳐 보였지만 엄마들만이 느끼는 행복감에 젖어 있었다.

던과 함께는 모성애를 느껴볼 수 없을 거라는 것을 받아들여야 했을 때 수전은 깊은 슬픔에 젖었었다. 수전이 뒤돌아 남편을 보았다. 그는 그녀의 차 앞 범퍼에 의지해 힘겹게 일어나고 있었다. 그가 일어나도록 도울까 했었지만 언젠가 그녀가 부축하려는 순간 그는 소리를 질렀었다. 그는 자존심이 무척 셌다. 수전은 그가 자존심을 곧 꺾어야 할 것이라는 것을 알고 있었으나 지금은 그의 신체를 조금 더 사용할 수 있도록 놓아두기로 했다.

로버트는 천천히 일어나 벽에 의지하면서 집 안으로 들어가는 문을 향해 발을 끌었다. 문에 도달했을 때 그는 고개를 돌려 할 수 있는 한 또렷하게 말했다.

"다앙신 여기 이있어. 나아는 잠자러 가알게."

남편이 떠나자 수전이 눈물을 터뜨렸다. 천천히 죽어가는 던을 지켜볼 만큼 자신이 강한지 확신이 서지 않았다. 적어도 화학 치료를 시도해 보는 것에는 던이 동의해 주기를 바랐다. 의사들이 화학치료가 그의 생명을 연장시킬 수는 없지만 편해지는 데는 도움이 될 거라고 말했었기 때문이다. 처음엔 던에게 얼마만큼의 시간이 남아 있는지 궁금했었다. 하지만 오늘처럼 움직이는 것을 봐서는 그리 오래 남은 것 같지 않았다.

수전이 억지로 웃어 보이며 강아지들에게 말했다.

"곧 우리만 남게 될 거야. 우리들만."

"일어나, 당신 괜찮은 거야? 일어나 여보."

로버트가 눈을 뜨자 던의 아내가 시야에 들어왔다. 그가 정신을 차리고 나니 수전의 눈에 안도감이 드는 것이 보였다. 그녀의 진실한 마음에서 흘러나오는 사랑은 그가 전에 느껴보지 못한 순수함이었다. 로버트는 왜 던이 그 모든 일들을 준비해 왔는지 이해할 수 있었다. 만약 누군가의 삶을 내던질 수 있는 위대한 사랑이 있다면 바로 이것이었다.

수전이 남편을 일으켜 세우며 말했다.

"당신이 이틀 내내 잠만 자서 걱정했었어."

로버트는 말을 해보려 했지만 입 안이 바싹 말라 있었고 목구멍은 꽉 막혀 있는 느낌이었다. 그가 꺽꺽거리며 말했다.

"무우우."

수전이 침대 탁자에 있던 물잔을 건네주며 말했다.

"자, 여기. 물 좀 마셔. 당신 탈수가 됐나 봐."

로버트는 단숨에 물을 들이켜고 수전에게 물잔을 건네주었다.

"더, 좀 더 마실래."

남편이 말을 더듬는 것에 수전은 불안해했지만 로버트는 던의 목소리에 점점 익숙해지는 것이 기뻤다.

"알았어. 목이 많이 말랐나 보네."

수전이 욕실로 가서 수도꼭지를 틀어 물잔을 채워 침실로 돌아왔다.

"여기 있어."

로버트가 두 번째 잔을 첫 번째 만큼이나 빨리 마시고 물잔을 침대 탁자 위에 놓았다. 그가 한숨을 내쉬며 말했다.

"고마워. 목이 말랐었어."

수전이 다정히 미소를 지었다.

"그런 것 같아. 당신 괜찮은 거지? 너무 오래 자서 걱정했었어."

"좀 피곤했었어."

"오늘 회사 가지 말고 당신 곁에 있을까?"

"아니야, 괜찮아. 일하러 가."

"먹을 것 좀 가져다줄까? 먹겠어?"

"별로 배고프지 않아."

로버트는 어떤 음식물이 필요한지 살펴본 뒤 말했다. 새로운 몸으로 들어갈 때면 그는 보통 굶주려 있고는 했다. 그러나 이번에는 어떤 이유에서인지 음식 생각에 구역질이 났다.

"내가 필요하면 언제든 전화해. 바로 집으로 올게."

"알았어."

수전이 물잔에 물을 다시 채워 침대 탁자에 가져다 놓고 남편에게 키스를 하기 위해 몸을 기울였다. 로버트가 움찔하며 머리를 심하게 흔들었다. 당황한 수전이 물었다.

"당신 왜 그래?"

수전의 물음에 답할 거리를 찾는 동안 로버트는 계속 머리를 흔들었다. 그는 던과 진지한 약속을 했었다. 수전이 키스를 한다 해도 던이 알 방법은 없었지만 로버트는 그에게 아무 일이 없었다는 안심을 시켜주고 싶었다.

"입 냄새 때문이야."

로버트가 찡긋 웃으며 대답했다. 그는 유머가 종종 불편한 상황을 모면시켜 준다는 것을 기억하고 있었다.

수전이 웃었다.

"알았어. 당신 괴짜야."

"난 괜찮을 거야, 일하러 가. 필요한 게 있으면 전화할게."

수전이 시간을 보며 고개를 끄덕였다.

"이제 가야겠네, 늦었어."

수전이 문 밖으로 나가며 그에게 키스를 보냈다.

수전이 나간 후, 로버트는 던이 겪어왔던 통증을 느끼기 시작했다. 통증은 몸통 전체에서 욱신거리는 것으로 시작해 명치끝을 날카로운 것으로 찌르는 듯한 아픔으로 끝이 났다. 따끔거리는 목구멍은 침을 삼킬 때마다 타는 듯한 통증을 식도로 보냈다.

"몸속을 먼저 살펴봐야겠어."

그는 특별히 누군가를 향하지 않고 소리 내어 말했다. 암이

106

급속도로 퍼져 가는 것을 느낄 수가 있었다. 빨리 통제하는 것이 무엇보다 중요했다. 그렇지 않으면 그 몸은 쓸모없게 될 것이었다.

로버트는 예고 없는 방문자로서의 경험을 통해 생각과 기억이 인간의 몸 세포 안에 저장되어 있다는 것을 알고 있었다. 세포 기억은 몸이 어떻게 걷고 말하는지 이미 알고 있기 때문에 원래의 영혼이 떠난 후에도 예고 없는 방문자의 몸이 될 수 있는 하나의 이유였다. 그러나 세포 안에는 건강한 방법으로 분출되지 못한 감정 또한 저장되어 있었다. 억압된 감정은 몸의 세포에 가두어져 병을 유발하기도 했다. 로버트는 이것이 던의 건강에 문제를 일으킨 것으로 추측하고 갇혀져 있는 주요 감정들을 알아내 보기로 했다.

로버트는 눈을 감고 식도의 통증부터 살펴보았다. 통증에 얽혀 있는 던의 분출되지 못한 감정들을 느껴 보려 했다. 처음에는 타는 듯한 느낌 외에는 아무것도 느낄 수가 없었다. 그러나 위장 밑으로 깊숙이 들어가자 드러나지 않았던 큰 근심 덩어리가 있는 것이 보였다. 처음에 그것은 악화되고 있는 통증 자체에 대한 것으로 보였지만 실은 돈에 대한 걱정이 더 컸다. 로버트가 위장에 집중할 때까지 그 근심은 거의 마비상태에 가까웠고 이 감정들이 암을 위장에까지 퍼뜨리고 있었다. 던이 왜 먹으려 하지 않았는지 알 수 있었다.

로버트가 목청껏 소리를 질렀다.

"보험이 없어서 걱정돼!

병원비가 우리를 파산시킬 것 같아 걱정돼!

나의 빌어먹을 병 때문에 우리집을 잃게 될까봐 걱정돼!"

로버트는 위장 속에 갇혀져 있는 감정들을 깊이 느꼈다. 그
것들은 대부분 비슷한 종류의 걱정들이었다. 그는 감정들을 하
나씩 느끼면서 다시 최대한의 힘을 모아 소리 질러 표현했다.

"다시 일할 수 없을 것 같아 걱정돼!"

던의 진짜 두려움을 깨달아 가는 것은 충격적이었다. 던이
그의 개인적 가치를 경력에 두었고, 다시 일하지 못할 거라는
생각으로 두려워했다는 것을 로버트는 분명히 알게 되었다.
등골이 오싹해졌다.

"난 다시 일할 수 없을 거야!"

할 수 있는 한 크게 다시 소리쳤다.

"난 다시 일할 수 없을 거야!"

그는 눈물이 날 때까지 같은 말을 계속해서 외쳤다. 약간의
눈물이 눈가에 차오르기 시작하더니 몇 분이 지나자 울부짖
음으로 커져갔다. 급기야 침대에서 경련을 일으키고, 웅크렸
다가, 온몸을 비틀어가며 심하게 울었다. 그가 힘껏 소리치려
했다.

"난 다시 일할 수……."

그러나 아무런 소리가 나오지 않았다. 그의 말은 마른 들썩거림이 되어 숨을 제대로 쉴 수가 없었다. 호흡이 돌아올 때까지 배를 움켜잡고 온몸을 비틀거리며 한참을 가쁘게 헐떡거렸다.

잠시 후 경련이 진정되고, 로버트는 눈을 떠 방안의 사물들이 시야에 들어올 때까지 천장을 응시했다. 식도의 타는 듯한 통증이 현저하게 줄어든 것을 느꼈다. 그리고 복부 윗부분이 훨씬 가벼워졌다.

로버트는 여러 장기들의 세포 속에 깊이 박혀 있는 감정들을 계속해서 풀어냈다. 위장과 췌장에 있던 불안과 근심 외에도 신장에는 두려움이, 폐에는 비애가, 간에는 분노가 저장되어 있었다. 다른 장기들의 상태를 고려했을 때 던이 단지 췌장암만 선고 받았다는 것은 거의 기적과도 같은 일이었다.

로버트는 이런 자기파괴적 행동이 빈번해질 시점까지 사회가 진화해 왔다는 것을 믿을 수가 없었다. 사람들은 조화라는 명분으로 조절 가능한 감정들을 솔직하게 표현하기보다 억누르는 것을 부추겨 왔다. 던의 경우처럼 자초한 비극뿐 아니라 제어하지 못한 감정을 다른 사람들에게까지 휘두르게 되면서 밖으로 드러나는 파괴적인 비극들이 흔해지기 시작했다. 때로 그 피해는 그들의 가정 안에 한정되었지만, 점점 더 많은 외부 희생자들의 목숨을 앗아갔다.

몇 시간이 지나자 로버트는 급격히 배가 고파졌다. 그는 침대를 빠져 나와 먹을 것을 찾기 위해 주방으로 갔다. 냉장고를 뒤져 아직 뜯지 않은 당근 한 봉지와 먹다 남은 빵 한 덩어리를 찾아냈다. 서둘러 그 두 가지를 들고 침실로 돌아와서는 당근 전부와 빵 대부분을 앉은 자리에서 허겁지겁 먹어치웠다.

음식의 영양분이 몸속으로 흘러드는 것이 느껴졌다. 식사를 마친 후에 위장이 경련을 일으켰지만 고맙게도 음식을 끝까지 내려 보내 영양분을 섭취할 수 있었다. 로버트는 던이 음식을 먹지 않고 정확히 얼마나 지냈는지 몰랐다. 하지만 그의 몸이 반응하는 것으로 봐서 얼마 되지 않은 듯했다.

아침 일찍 풀어낸 근심들로 로버트는 진이 빠져 있었다. 그러나 아직 손대지 않은 암의 근원을 해결해야 했으므로 에너지를 얻기 위해 잠시 낮잠을 자기로 했다. 그는 곧 잠이 들어 꿈도 꾸지 않은 채 낮잠을 잤다. 로버트에게는 놀랍고도 드문 일이었다. 그가 현실세계에 있을 때는 종종 영적 차원에 있는 자신과 접촉하기 위해 꿈을 꾸곤 했었다. 그러나 이번에는 그의 무의식까지도 잠들기 전에 섭취한 영양분을 소화시키는 데 열중하고 있었다. 회사에서 돌아온 수전이 깨울 때까지 로버트는 오후 내내 잠을 잤다.

수전이 옷을 갈아입으며 말했다.

"오늘은 기분이 어때?"

로버트가 급히 눈을 피해 아무렇지 않은 척 마시고 있던 물에 시선을 돌리자 수전이 물었다.

"왜 그래? 왜 나를 쳐다보지 않으려고 해?"

로버트는 부끄러워하는 것은 아니었지만 던의 부탁을 진지하게 여겼다. 누군가에게 몸을 내주었다는 무력감은 아무리 좋은 환경에서라도 그 영혼을 매우 빨리 우울함에 빠뜨릴 수 있었다. 그는 그런 일이 일어나기를 원하지 않았다. 특히 수전을 잃는 것에 대한 던의 두려움을 느끼고 난 후에는 그녀로부터 가능한 한 빨리 거리를 두는 것이 좋겠다고 생각했다.

재빨리 방법을 생각해 낸 로버트는 가짜로 기침을 해서 그녀가 물은 것을 못들은 척했다. 얼굴이 빨갛게 되고 목의 핏줄이 튀어나올 때까지 계속 기침을 했다. 수전이 그의 곁으로 달려가 기침이 멎을 때까지 등을 두드려 주었다.

로버트가 말했다.

"고마워, 물을 잘못 마셨나 봐."

"지금은 좀 괜찮아?"

로버트가 고개를 끄덕이며 다시 말했다.

"좋은 소식이 있어. 오늘은 당근하고 빵을 좀 먹었어."

수전이 침대 탁자에 놓인 빈 봉지들을 보며 말했다.

"알아. 온통 부스러기가 널려 있네."

그녀가 손으로 침대 위 부스러기들을 쓸어내며 미소를 지었다.

"저녁을 만들어 줄게. 뭐 먹고 싶어?"

"당근을 좀 더 먹고 싶어."

"당신이 다 먹어 버린 것 같은데. 가게에 가서 더 사올게."

"당신만 괜찮다면."

"다른 건 필요한 거 없어?"

로버트는 잠시 생각해 보고 무엇이 먹고 싶은지 구체적인 단어를 붙여 보려 했다. 그러고는 마침내 말했다.

"과일, 그리고 빵도 더 부탁해."

"정말? 당신은 과일을 싫어하잖아. 어떤 과일이 먹고 싶은데?"

로버트는 마음속으로 특별한 과일의 영상을 보았지만 그것의 이름을 알아낼 수가 없었다.

"모르겠어. 그냥 과일."

수전이 흉내를 내며 미소를 지었다.

"'그냥 과일', 알았어. 내가 당근, 빵, 그리고 '그냥 과일'을 좀 사올게. 금방 올게."

수전이 돌아왔을 때 로버트는 주방에서 기다리고 있었다. 그리고 그녀가 장바구니에서 꺼내 놓는 작은 꾸러미들을 하나하나 유심히 살펴보았다.

수전이 모든 물건들을 조리대 위에 꺼내 놓자, 로버트는 연한 녹색을 띤 중간 크기의 붉은색 껍질의 과일을 반사적으로 집어 들었다.

수전이 말했다.

"망고가 먹고 싶었구나. 재미있네. 난 당신이 모든 과일을 싫어하는 줄 알았는데."

로버트는 망고를 입으로 가져가 마치 그게 사과인 것처럼 크게 한입을 베어 먹었다. 맛이 풍부하고 달았다. 하지만 껍질은 단단하고 썼다.

"껍질을 먹으면 안 되지!"

수전이 소리치며 망고를 그의 손에서 뺏어 들고는 과도를 꺼내 껍질을 깎으면서 키득거렸다.

"내가 껍질을 까 줄게."

망고의 에너지가 곧바로 로버트의 혈류 속으로 들어왔다. 그러자 모든 것이 뚜렷하게 보였다. 불행하게도 그것은 복부 통증도 불러일으켰다. 로버트가 던의 몸으로 들어온 이후로 췌장이 지속적인 둔통과 함께 욱신거리기는 했지만 망고를 먹고 난 후에는 무시할 수 없을 만큼 극심해졌다. 그는 배를 움켜잡고 췌장을 진정시키기 위해 늑골 사이를 할 수 있는 한 세게 압박했지만 소용없었다. 통증이 빠르게 심해져 그는 수전의 도움을 받아 휘청거리면서 침실로 되돌아가 누웠다.

수전이 말했다.

"망고를 그렇게 빨리 먹는 게 아니었어."

로버트는 위장의 통증이 췌장의 통증을 가려온 것이 진짜 문제라는 것을 직감적으로 알게 되었다. 그곳에 갇혀 있는 감정들을 풀어내야 한다는 것을 알고 있었지만 그것은 쉽지 않은 일이 될 것이었다. 또한 수전이 지켜보기가 거북할 것이므로 다음날 그녀가 회사에 가 있을 때까지 기다리기로 했다.

수전이 잠옷으로 갈아입는 동안 로버트는 눈을 감고 잠이 든 척했다. 그녀는 가만히 침대로 들어와 불을 끄기 전에 몇 시간 동안 책을 읽었다. 로버트는 극심한 피로가 통증을 앞지르자 잠이 들었다.

이튿날 아침, 눈을 뜬 로버트는 영양분이 소진되어 배고픔의 상태에 있는 것을 느꼈다. 좋은 신호였다. 그는 주방으로 가서 냉장고 문에 무당벌레 자석으로 고정되어 있는 쪽지를 발견했다.

'월말 결산 업무를 하는 날이야. 냉장고에 과일 깎아 놨어.
사랑해. - 수전'

로버트는 냉장고 문을 열고 수전이 준비해 놓은 과일을 먹었다. 망고의 자연 당분은 곧장 혈류 속으로 들어가 다른 어떤 음식보다도 많은 에너지를 공급해 주는 듯했다. 걸신들린 듯 망고를 먹고 난 후 냉장고에 남아 있는 다른 과일들까지 모두 먹어 치웠다.

식사를 마친 로버트는 몸을 바꾼 후 처음으로 차고에 갔다. 눈을 반쯤 감고 지쳐 잠들려 하는 어미에게 강아지들이 달려들어 젖을 먹고 있었다.

로버트는 새디 옆에 꿇어 앉아 새디의 주둥이에 손을 가만히 얹고 텔레파시로 말했다.

"고맙다, 새디. 너는 정말 사심 없는 숭고한 일을 해냈어. 나와 던이 너에게 영원한 빚을 졌다."

새디가 깊은 숨을 내쉬었다.

"나는 잠시 던을 데리고 가야해. 하지만 잘 돌볼 거라고 약속할게. 곧 다시 데리고 올거야."

새디는 살짝 쿵쿵거리더니 왼쪽 세 번째에 잠들어 있는 작은 강아지를 핥았다.

로버트가 그 강아지를 가만히 들어 올려 오른쪽 팔로 감싸 안고는 소리 내어 말했다.

"던, 나와 함께 가세. 해야 할 일이 있어."

로버트는 그 작은 강아지를 침실로 데려와 침대머리에 있는 베개 위에 놓았다. 그런 다음 청록색과 크림색으로 된 이불을 반듯하게 펴고 누워 강아지를 가슴 위에 올려놓았다. 그리고 배꼽과 흉곽 끝 사이, 아직도 통증이 남아 있는 몸통 위로 손바닥을 얹기 전에 잠시 검은 털북숭이 강아지가 자신의 숨에 맞추어 오르락내리락 하는 것을 지켜보았다.

"좋아, 친구, 이제 이 모든 것의 근원을 캐야 할 시간이야."

로버트가 팔을 제자리에 돌려놓고 크게 소리 내어 말했다.

"자네가 진짜로 걱정하는 게 뭔가, 던?"

"난 장님인가 봐요."

던이 말했다.

강아지의 몸으로 태어난 이후 줄곧 그는 아무것도 볼 수가 없었다.

로버트가 웃으며 말했다.

"그대는 장님이 아니야. 아직 눈을 못 떴을 뿐이야."

던은 그가 어렸을 때 이웃이 보여준 갓 태어난 강아지들이 모두 눈을 감고 있던 것을 기억하고는 안심이 되었다.

"아, 맞아요, 잊고 있었어요. 이건 정상적인 거죠?"

"물론 정상적이지."

로버트가 다시 웃었다.

던은 아직도 강아지의 몸에 적응하는 중이었다. 어떤 면에서 그것은 인간의 것과 매우 비슷했는데 몇 가지 분명한 차이가 있었다. 우선 두 개 대신 네 개의 다리로 걸어야만 했다. 더 이상 손으로 물건을 잡을 수 없다는 것을 의미했다. 이것은 던에게 가장 당황스러운 일이었다. 하지만 그는 손을 대신할 또 다른 방법이 항상 있다는 것을 발견했다. 예를 들어 코가 간지러울 때 혀로 코를 핥는 것이 전에 손가락으로 긁었을 때보다 훨씬 더 만족스럽다는 것이었다. 사실 그는 그 기분이 좋아서 몇 시간이나 따뜻한 혀로 코를 핥기도 했다.

던이 가장 즐기는 것은 꼬리였다. 꼬리는 그의 감정에 바로 연결되어 있어 생각해 볼 필요도 없이 기분을 드러내는 것 같았다. 기분이 좋을 때면 '행복한 춤'으로 표현될 수밖에 없는, 엉덩이를 앞뒤로 움직이는 리듬에 따라 꼬리를 흔들었다. 그리고 우울한 기분이 들 때면 분노와 불만에 대한 극적인 표현으로써 무엇이든 근처에 있는 것을 향해 꼬리를 내려쳤다. 수전은 던이 기분을 표현하지 않는다며 자주 불평했었는데 이제는 그녀가 그를 매우 자랑스러워 할 거라는 생각이 들었다. 그 생각을 할수록 던은 자신이 항상 꼬리로 스스로를 표현해 왔다는 것을 깨달아 갔다. 그러나 인간의 몸이었을 때, 그의 꼬리는 너무 작아서 알아볼 수가 없었다.

로버트가 말했다.

"이제 나는 우리가 서로의 감정을 느낄 수 있도록 에너지장을 다시 연결시킬 거야. 이건 내가 정기적으로 하기를 권유하는 일은 아니지만 그대의 인간 몸에 내재되어 있는 독성의 감정들을 풀어내기 위해서는 함께 일해야만 해."

"무슨 소리인지 모르겠어요."

"간단해. 예전 몸에 있었던 것처럼 그대가 모든 감각을 다시 한 번 느낄 수 있다는 것을 뜻해."

몇 초 지나지 않아 던은 인간의 몸 안에 있던 낯익은 고통을 느끼기 시작했다. 강아지의 몸을 여전히 감지했지만 예전 몸을 포함한 확장된 의식이 생겨났다. 그 의식에 완전히 초점이 맞춰지자 던은 고통으로 얼굴을 찡그릴 수밖에 없었다. 그것은 그의 정신을 엄청나게 짓눌렀다. 그리고 왜 가능한 한 빨리 그 몸으로부터 벗어나기를 원했었는지 기억나기 시작했다.

로버트가 말했다.

"돌아온 것을 환영해. 지금부터 내가 하려는 것은 그대가 예전 몸속에 묻어 둔 다양한 감정들이 있는 장소들로 그대를 안내하는 것이야."

"거기서 내가 뭘 해야 하는데요?"

"말해 주지. 어떤 감정에 다다르게 되면 그저 그대가 할 수 있는 만큼 깊게 느끼면 돼. 수 년 동안 그랬던 것처럼 감정으로부터 도망가지 말고 지금은 온전히 그들을 느끼도록 하게."

"알았어요."

"그리고 그대가 느끼는 것을 나도 느낄 수가 있어. 그대가 맞닥뜨리는 감정들이 무엇이든 나는 그것들이 더 이상 몸을 해치지 않도록 풀어내기 위해 목소리로 표현할 거야."

잠시 후, 던은 썰매를 타고 눈을 미끄러져 나가는 것과 비슷한 움직임을 느꼈다. 속도가 빨라질수록 자유로움의 황홀감이 생겨났다. 그 느낌을 막 즐기기 시작했을 때 그는 췌장의 날카로운 통증을 느꼈다. 육체의 통증이 순식간에 공포와 돈에 대한 두려움으로 뒤바뀌었다.

로버트가 지르는 큰 소리에 던이 깜짝 놀랐다.

"우리가 이 의료비들을 어떻게 지불하지? 수전은 나를 증오하게 될 거야!"

로버트는 더 크게 비명을 질렀다.

"내가 그녀의 삶을 파괴해서 나를 증오하게 될 거야!"

던은 누군가가 로버트의 고함을 듣게 될까 봐 걱정이 되었다. 수전과 던은 항상 침착한 사람들이었다. 가끔씩 의견이 일치하지 않을 때도 그들은 비교적 조용한 말투로 대화를 했었다.

로버트가 던에게 말했다.

"아무도 듣지 못해. 남을 의식하느라 주의를 딴 데로 돌리지 말아. 그저 그 고통을 느끼고 어떤 느낌이든 자유롭게 나와서 흐르도록 하게."

"노력할게요."

던은 다시 한 번 췌장 안에 있는 고통의 한가운데로 밀려 나아가는 것을 느꼈다. 이번에는 자신의 가장 큰 두려움 중 하나가 생애 처음으로 밖으로 내질러지는 것을 듣고 숨이 멎는 것만 같았다.

로버트가 소리 질렀다.

"그녀는 나를 증오하게 될 거야! 그리고 결국 나를 떠나게 될 거야!"

던은 온 몸에 소름이 돋았다.

"수전이 나를 떠나서 혼자 죽게 되는 것이 두려워!"

던은 몸속으로 확 밀쳐지는 느낌이 들었다. 그리고 하나의 고통스러운 장소에서 또 다른 곳으로, 예전 몸의 장기 속 깊이 순식간에 옮겨졌다. 자신의 깊은 공포에 대한 로버트의 외침을 던이 따라 하기 시작했다. 하지만 그 말들을 들었을 때의 충격을 줄여 주지는 못했다. 특히 수전에 대해서는.

"수전은 돈 많은 다른 사람을 만나서 나를 떠나게 될 거야! 수전은 더 잘생긴 사람을 만나서 나를 떠나게 될 거야! 수전은 내가 사기꾼이라고 생각하고 나를 떠나게 될 거야! 수전은 내가 얼마나 아픈지 알게 되면 나를 떠나게 될 거야! 수전은 내가 누워 있게 되면 나를 떠나게 될 거야! 수전은 내가 바보라는 걸 알게 되면 나를 떠나게 될 거야! 수전은 내가 정말 어떤 사람인지 알게 되면 나를 떠나게 될 거야! 수전은 내가 너무 들러붙는 게 싫어 나를 떠나게 될 거야!"

던의 머리가 소용돌이쳤다. 토할 것 같았다. 눈은 감겨져 있었기 때문에 위아래를 분간할 수 없었고 자신이 아직 침대에 있는 것인지도 알 수 없었다. 어디에서 그의 사람 몸이 끝나고 강아지 몸이 시작되는지 구분할 수가 없었다. 그는 로버트가 울먹이는 소리를 들으며 그의 옆에서 몸을 앞뒤로 천천히 움직여 보았다. 로버트가 흐느꼈다.

"그녀가 나를 떠나리란 걸 알아. 그녀가 나를 떠나리란 걸 알아. 그녀는 나를 떠날 거야. 그녀는 나를 떠날 거야."

로버트는 잠시 침묵 속에 빠져들었다가 지금까지 했던 것보다 더 크게 소리를 질렀다.

"왜 모든 사람들은 나를 떠나는 걸까?!"

그 말을 들은 던은 더 이상 자신을 제어할 수 없었고 침대에서 극심한 경련을 일으켰다. 이불과 베개가 바닥에 떨어지는 소리가 들릴 때까지 그의 앞발이 침대 시트를 할퀴었다. 던은 로버트가 그를 또 다른 장소로 데려가려 하는 것을 느꼈다. 이번엔 폐였다.

"왜 모든 사람들은 나를 떠나는 걸까?"

로버트가 울었다. 던은 로버트가 울먹거리며 내뱉는 말들을 하나씩 걸러 들을 수 있었다.

"우리…… 엄마가…… 나를…… 떠났어."

로버트는 숨을 제대로 쉬지 못했다.

"우리⋯⋯ 아빠가⋯⋯ 나를⋯⋯ 떠났어."

부모님 모두가 어쩔 수 없는 병으로 돌아가셨다는 것을 던은 알고 있었다. 그러나 그는 항상 자신이 나쁜 아이였기 때문에 부모님이 일부러 그를 떠났다고 생각했다. 언제나 어머니에게서 버림받은 느낌이었다.

"왜⋯⋯ 그들은⋯⋯ 나를⋯⋯ 떠났을까? 내가⋯⋯ 뭘⋯⋯ 잘못⋯⋯ 했지? 왜⋯⋯ 그녀가⋯⋯ 나를⋯⋯ 미워⋯⋯ 하지? 엄마들은⋯⋯ 자신의⋯⋯ 아이들을⋯⋯ 미워하면⋯⋯ 안 돼!"

로버트가 침대 위로 쓰러지고 던은 그 어느 때보다도 화가 나는 것을 느꼈다. 로버트는 거칠게 숨을 쉬며 계속 흐느끼다가 잠잠해졌다.

누운 채로 몇 분이 지나고, 던은 그의 예전 몸에 있었던 복부의 통증이 크게 줄어든 것을 느꼈다. 몸통 전체가 몇 킬로그램 가벼워진 듯했고 췌장을 에워쌌던 어둠이 많이 밝아졌다. 통증이 남아 있는 것은 분명했지만 배어 있는 정도가 전에 비해 많이 약해졌다.

던이 물었다.

"사라졌어요?"

"뭐가 말인가?"

"암 말이에요."

로버트가 대답했다.

"완전히는 아니지만 장기로부터 거의 몰아내졌지. 그리고 자유롭게 움직이고 있는 것들은 축출해 내기가 훨씬 쉬워졌을 거야."

로버트의 안내에 따라 강아지의 몸으로 돌아온 던은 완전히 탈진이 되었다. 그러나 인간의 몸을 빠져 나온 후에도 따라다니는 것 같은 벗어날 수 없는 감정이 하나 있었다.

"어머니가 돌아가셨을 때 어머니에게 화를 냈기 때문에 난 나쁜 사람인 걸까요?"

"그건 사실이 아니야. 단지 그대가 느끼는 것일 뿐이지. 부모가 죽었을 때 분노를 느끼는 것은 매우 자연스러운 일이야."

"이론적으로 어머니가 일부러 죽었을 리는 없으니까 말이에요, 안 그래요?"

로버트는 침묵을 지켰다. 던이 반복해 물었다.

"안 그래요?"

로버트가 아리송하게 대답했다.

"어떤 것이든 가능하지. 자, 이제 새로운 엄마에게 돌아갈 시간이야."

로버트가 던을 들어 올려 차고로 데리고 갔다. 그리고 다른 새끼들 옆에 살며시 놓아주었다. 인간 가족보다 훨씬 덜 복잡해 보이는 새로운 가족으로 돌아온 것은 던에게 위로가 되었다.

과일 몇 조각과 프렌치 빵으로 저녁을 먹은 후에 수전이 물었다.

"왜 나를 무시해?"

로버트가 대답했다.

"무시하지 않아, 단지 할 말이 없을 뿐이야."

"당신이 말하는 걸 얘기하는 게 아니야. 당신의 행동을 얘기하는 거야."

로버트는 음식을 먹다가 잠시 올려다보며 어색한 웃음을 지었다.

"난 괜찮아."

"아니, 당신은 괜찮지 않아. 우리는 괜찮지 않아. 당신은 항상 나를 무시해."

수전의 말에 로버트가 언성을 높여 말했다.

"당신을 무시하는 게 아니라니까. 난 지금 내 모든 에너지를 회복하기 위해 집중하고 있는 거야."

수전은 그가 회복에 집중하는 것이 감사했다. 한 달이 조금 되기 전에는 던이 삶에 대한 의지를 포기하고 떠나려 한다고 생각했다. 지금은 그가 진정으로 나아지려고 노력하는 눈에 띄는 변화가 생겨난 것은 사실이었다. 그리고 효과가 있는 것 같았다. 그러나 그의 성격 또한 변하고 있다는 것도 무시하기 힘들었다. 전에는 가끔씩 그녀를 질식시킬 만큼 그녀가 그의 인생 전부였는데 지금은 자기가 주변에 있든 말든 신경 쓰지 않는 것처럼 느껴졌다. 마치 룸메이트가 된 것 같았다. 수전이 힘없는 목소리로 말했다.

"난 외로워, 그래서 그래."

"그래서 개를 구해 줬잖아."

수전은 남편의 말이 모욕적으로 느껴졌다.

"왜 그런 식으로 말해?"

로버트가 대답했다.

"당신도 의사가 하는 말 들었잖아. 내겐 완치될 희망이 없다고. 시간의 문제라고."

"하지만 당신은 많이 나아지고 있어. 의사한테 가서 병이 차도를 보이는 건지 물어봐야 할 것 같아."

로버트가 단호히 말했다.

"그건 의미가 없어. 돈 낭비라는 것을 알잖아. 그냥 하루하루 즐기면 돼."

수전도 그렇게 하려고 노력해 왔지만 던의 두드러진 회복을 보고 암이 어떻게든 사라질지 모른다는 희망을 품게 되었다.

그들은 말없이 주방에 앉아 있었다. 포크와 나이프가 접시에 부딪치는 소리만이 불편한 정적을 채웠다. 잠시 후 수전이 던의 초췌한 얼굴을 어루만지려 하자 던이 물러섰다. 그것은 그가 회복되기 시작한 후에 자주 해온 행동이었다.

수전이 물었다.

"언제 면도할 거야?"

"안 할 거야."

수전을 안 이후로 던은 면도를 하지 않은 적이 한 번도 없었다. 그의 사무적인 대답에 놀란 수전이 다시 물었다.

"왜? 거슬리지 않아?"

"아니, 괜찮아. 매일 내 털을 긁어내는 것보다 훨씬 자연스러워."

수전이 한숨을 내쉬며 말했다.

"난 그만 자야겠어. 같이 잘래?"

"아니, 난 강아지들을 보러 가야겠어. 곧 갈게."

"생각해 봤는데, 난 여기에 머물러야 할 것 같아요."

던이 말했다.

던은 로버트와 텔레파시로 말 하는 것에 익숙해졌다. 그리고 꽤 쉬워졌다. 그들의 접속이 여전히 강했기 때문에 같은 몸에 있었던 때와 조금밖에 다르지 않았다.

"그대는 여기 머물 수 없어. 우리 영혼들이 동의한 걸 잊었나?"

"하지만…… 여기 머물면서 내가 수전을 보살펴 줄 수 있을지도 몰라요."

"그대의 바람을 깨뜨리긴 싫지만 그대는 여기서 강아지야. 수전은 그녀를 보살필 사람이 필요해."

"하지만 난 그녀를 사랑할 수 있어요."

"이미 그랬어. 이제는 다른 사람 차례야."

수전이 다른 사람과 함께 있다는 생각에 던은 그러리라 예상했던 것보다 더 화가 났다. 그는 대신 새로운 엄마로부터 받는 사랑에 집중하려 애를 썼다. 새디는 놀라울 정도로 그를 잘 보살폈다. 그리고 그는 몇 년 만에 처음으로 안정과 행복을 느꼈다.

던이 말했다.

"난 여기가 좋아요."

"수전이 아홉 마리의 개를 전부 키울 수는 없어. 아마도 강아지들이 귀여움을 간직하고 있는 몇 주 안에 모두 떠나보내게 될 거야."

던은 매우 슬퍼졌다. 강아지 형제들 사이에는 강한 유대감이 있었고 그들이 뿔뿔이 흩어지는 것은 상상하기 힘들었다.

"누군가 우리를 한꺼번에 원할 수는 없을까요?"

"말도 안 되는 소리. 던, 그대의 새 본능을 무시하기 어렵다는 건 알지만 운명을 받아들여야 해. 그대는 더 이상 인간인 것도, 온전히 강아지인 것도 아니야. 암이 주는 교훈을 다시 겪을 필요는 없어졌지만 이제부터 그대는 나를 믿어야 해. 내가 떠나야 한다고 말하면 우리는 떠나는 거야. 좋든 싫든 간에 우리는 이번 생의 남은 부분 동안을 끊임없이 함께 하게 됐어. 나는 여기서 해야 할 일들이 많아. 그러니 그만 하고 떠날 준비를 해."

던은 눈을 꼭 감고 끙 앓는 소리를 냈다.

로버트가 물었다.

"괜찮은가?"

던은 검은 털뭉치 같은 몸을 동그랗게 말고 잠든 척했다.

로버트가 소리를 질렀다.

"던, 일어나게!"

던이 당황하여 낑낑거리며 일어났다.

"수전에게 작별인사를 할 수 있을까요?"

로버트가 짜증을 내며 말했다.

"그럴 수 없어. 그녀는 이미 잠들었어."

"딱 한 번만 더 그녀를 볼 수 없을까요?"

며칠 전에 드디어 눈을 뜬 그는 아내를 다시 보게 될 기회를 고대해 왔었다.

로버트가 한숨을 쉬며 말했다.

"그러도록 하지. 하지만 조용해야 해."

로버트가 작은 강아지를 들어 올려 침실 쪽으로 조용히 걸어갔다. 문 앞에 도착했을 때 로버트가 집게손가락을 입술에 대고 조용히 하라는 몸짓을 하자 강아지는 고개를 끄덕였다. 그들은 천천히 문을 열고 침대에 누워 있는 수전을 바라보았다. 그녀의 긴 머리카락이 베개 위로 흩어져 있었고 부드러운 입술은 입을 통해 숨 쉴 수 있도록 약간 벌어져 있었다. 던은 그들이 처음으로 함께 밤을 보냈던 날을 기억했다. 그녀가 꿈꾸기 시작했을 때 그는 밤의 아름다움에 취해 잠든 그녀의 감춰진 모습을 밤새 지켜보았었다.

그들은 처음 데이트를 시작하면서 서로의 꿈속을 찾아가는 것에 대해 종종 농담을 했었다. 최근의 사건에 비추어볼 때 던은 그것이 있을 수 있는 일이라고 믿기 시작했다. 그리고 다시 한 번 시도해 보기로 했다.

던은 눈을 감고 최대한 집중했다. 그는 어둠을 통과하여 작은 도시의 공원에서 회전목마를 타고 있는 어린 수전을 보았다. 그녀는 전에 그녀의 아버지를 떠올리며 이 장소에서 찍은 사진을 여러 번 보여줬었다. 던은 공원에 있는 수전의 아버지 옆에 서서 그녀가 난간의 손잡이를 꼭 잡고 말총머리를 위 아래로 풀쩍이며 도는 것을 지켜보았다. 그는 그녀가 빠르게 회전하면서 자신을 알아보는 눈길을 보냈다고 생각했다. 그녀의 눈은 미래로의 창문이 되어 그들이 함께 했던 삶이 눈앞에서 불현듯 스쳐 지나갔다.

공원의 모습이 점차 사라지고 던은 자신이 어둠속에 서 있는 것을 발견했다. 로버트가 자신을 쿡 찌르는 것을 느끼고 눈을 떠보니 아내의 베게 옆에 있는 침대 탁자 위 시계가 11시 11분을 가리키고 있었다.

로버트가 텔레파시로 물었다.

"준비됐나?"

던이 고개를 끄덕였다. 천천히 방을 빠져 나오고 로버트가 문을 가만히 닫았다.

로버트와 던은 차고 문을 통해 밖으로 나와 집 앞에 주차되어 있는 녹슨 황백색의 랜드 크루저 쪽으로 걸어갔다.

"이게 그대의 차지?"

로버트가 삐걱거리는 자동차 문을 열며 강아지에게 물었다.

던이 로버트의 팔에서 천으로 씌운 오래된 좌석 위로 폴짝 뛰어내리는 것으로 대답했다. 던은 그 랜드 크루저를 사랑했다. 대학을 졸업하며 산 첫 번째 차였고, 마치 탱크 같았다. 그 사륜구동 자동차를 제대로 활용해 본 적은 없었지만 도심의 거리 위에서도 평소에 가져보지 못한 무적의 느낌을 갖게 해주었다.

로버트는 운전석에 앉아 시동을 걸고 전조등을 켰다. 그리고는 손을 운전대에 놓고 눈을 꼭 감은 채 가만히 앉아 있었다.

던이 물었다.

"수동 기어 자동차를 몰아본 적이 없어요?"

로버트가 발로 바닥의 왼쪽 페달을 밟고 양손을 사용해 변속 기어를 1단으로 놓았다. 그는 재미있다는 듯이 강아지를 쳐다보고는 어깨를 으쓱했다.

"브레이크를 풀어야지요!"

던은 당혹스러움을 감추지 못했다. 누구에게도 자신의 차를 운전하게 한 적이 없었는데 로버트는 어떻게 운전하는지조차 모르는 것처럼 보였다.

"아, 그렇군."

로버트가 레버를 제자리에 놓고 클러치를 풀자 랜드 크루저가 갑자기 앞으로 쏠리면서 작은 강아지가 좌석 등받이 쪽으로 내동댕이쳐졌다. 거의 반 블록 동안을 가다 서다 하면서 로버트는 요령을 터득하는 듯했다. 그들은 길 끝에 있는 정지 사인을 천천히 지나쳐 갔다.

"정지 신호예요! 내가 운전하길 바라는 거예요?"

던이 아무 생각 없이 물었다.

그들은 동시에 웃음을 터뜨리고는 굽은 거리를 지나 고속도로에 이를 때까지 계속 낄낄거리며 웃었다. 십 분 정도 지나자 그들은 5번 고속도로에 도달했다.

던이 물었다.

"어디로 가는 거예요?"

로버트가 웃으며 말했다.

"우선 그대 과거의 유산을 살펴볼 거야. 그런 다음 우리의 운명을 향해 갈 거야."

"내 과거의 유산이요? 그게 무슨 뜻이에요?"

"그대는 죽고 싶어 하잖아, 그렇지? 그러니 우리가 해야 할 첫 번째 일은 모든 사람들이 그 사실을 정확히 알 수 있도록 해주는 거야."

"그걸 우리가 어떻게 할 건데요?"

"걱정 말게. 그대가 진짜로 죽는 건 아니니까. 우린 그냥 그렇게 보이도록 만들 거야."

"그게 정말 필요한 일이에요?"

"그대가 자살했다는 걸 사람들에게 분명히 해주는 거야. 자상하지 않은가? 그리고 그대도 강아지로 3주를 지내 보았으니 이제 살고자 하는 의지를 발견했을 텐데."

로버트가 웃으며 말했지만 던은 즐거워하지 않았다.

"참 재미도 있겠군요. 난 이 일로 수전이 충격을 받을까 봐 걱정이에요. 내가 그냥 사라져 버리면 될 텐데."

"수전은 그대가 죽거나, 적어도 사라져야 할 가장 중요한 이유이지. 그녀는 종결을 짓게 될 거야. 그리고 그대가 할 수 있는 최선의 배려는 그녀에게 빨리 극복할 기회를 주는 것뿐. 그녀는 내일 아침 가장 먼저 그대의 편지를 발견하게 될 거야."

"당신이 내가 쓴 편지를 남겨 두었어요?"

"그래. 그녀의 책상 의자 위에 놓고 왔어."

던은 자살 편지에 대해 까마득히 잊고 있었다.

"왜 그랬어요?"

"내가 왜 그래야 했는지 이미 그대에게 말했어. 수전은 종결이 필요하다고. 그대가 선택권을 가지고 있는 게 아니야. 그대는 정말 수전이 강아지와 결혼한 채 살 수 있다고 생각하나?"

"당신은 왜 가끔씩 그렇게 모질어요?"

"이봐, 던, 우리는 멋진 시간을 가질 거야. 그저 이걸 다음 모험의 시작쯤으로 생각해 봐."

던은 오래된 좌석 위에서 둥글게 몸을 말고 눈을 감았다. 그는 우울해졌고 기회가 있었을 때 스스로 죽었어야 한 것은 아닐까 하고 생각했다. 한편으로는 로버트의 꼭두각시 노릇을 하면서 더 이상 자신의 삶을 통제할 수 없게 된 것 같은 느낌이 들었다.

그들은 오리건 주 중심을 통과하는 고속도로를 타고 계속 남쪽으로 향했다. 밤하늘은 맑았고 보름달이 신비한 은빛으로 길을 비추었다. 고속도로에는 다른 차들이 별로 없었다. 대부분이 벌목 트럭이었으며 캘리포니아 주로 갓 자른 나무들을 가져가는 중인 것 같았다.

두 시간 후에 그들은 랜드 크루저와 로버트의 실력을 시험하는 험난한 산줄기를 지나가게 되었다.

로버트가 너무 빨리 커브를 돌아 문 쪽으로 내동댕이쳐진 던이 소리를 질렀다.

"속도를 줄여요! 이건 스포츠카가 아니에요. 원심력이 훨씬 크단 말이에요. 살살 몰아요!"

"하지만 내가 속도를 줄이면 엔진이 꺼질 것 같은데?"

"2단 기어로 바꿔야 해요."

로버트가 클러치 페달을 밟지 않은 채 저속기어로 바꾸려 하자 변속기에서 무섭게 드르륵거리는 소리가 났다.

"클러치!"

던이 강아지의 깽 소리를 내며 텔레파시로 말했다.

로버트가 재빨리 클러치를 밟고 저속기어로 바꿨다.

"고마워, 깜빡했군."

산의 오르막길을 천천히 가는 동안 몇 대의 벌목 트럭이 구불구불한 이차선 도로에서 그들을 지나갔다. 한 대씩 지나갈 때마다 작은 랜드 크루저가 심하게 흔들렸고 로버트는 코스를 유지하기 위해 핸들을 꽉 붙들었다.

던은 겁에 질려 본능적으로 손잡이를 잡으려다가 그의 앞발로는 닿지 않는다는 것을 깨달았다. 그는 결국 덜컹거리는 좌석보다 조금 더 안전하고 덜 위태로워 보이는 바닥으로 뛰어내리기로 했다. 그들은 산 사이로 계속 나아갔고 구불구불한 도로를 지난 지 삼십분쯤 지나자 도로 표지 하나가 로버트의 시선을 끌었다.

"멀린! 이름이 재미있네. 멀린에 가본 적 있나?"

던이 대답했다.

"아니요, 전혀요."

"그럼 오늘밤이 그대의 행운의 밤이 되겠군. 우린 그대 과거의 유산을 종결짓기 위해 멀린으로 갈 거야."

로버트가 다음 출구로 빠져나가며 말했다.

그들이 멀린에 가까워지자 던은 차의 뒷좌석으로 뛰어 올라 차창 밖을 내다보았다. 중심가라고 할 만한 곳은 없었고, 산발적인 집들과 드문드문 있던 작은 상가들이 몇 분 되지 않아 커다란 상록수로 밀집된 숲으로 바뀌었다.

던이 물었다.

"저기인가요? 내 과거의 유산이 숲 한가운데서 종결되는 거예요?"

"인내심을 가지게. 난 지금 더 먼 길에서 무엇인가가 우릴 부르고 있는 것을 느껴."

그들은 자동차의 전조등과 때때로 달빛에 비치는 칠흑같이 어두운 굽은 숲길로 계속 갔다. 십오 분쯤 지난 후에 그들은 로버트의 주의를 끄는 또 다른 도로 표지판에 다가갔다.

로버트가 표지판을 크게 읽으며 말했다.

"'지옥문 협곡', 이게 그걸 거야."

"불길하게 들려요. 내가 좋아할지 모르겠군요."

로버트가 넓고 뿌연 지역 쪽으로 차의 방향을 바꿨다. 차가 먼지를 내며 멈추자마자 그는 좌석벨트를 풀고 랜드 크루저에서 뛰어내렸다. 그리고 재빨리 차를 돌아 던을 위해 차문을 열었다. 로버트가 들어 올려 땅 위에 내려놓기 전까지 강아지는 움직이지 않고 그를 빤히 쳐다보았다.

던이 랜드 크루저에 커다란 바퀴를 설치한 후 수전은 차가 너무 높다고 자주 불평했다. 드레스를 입고 차에서 숙녀답지 않게 내려야 했던 경험을 한 뒤로는 타는 것조차 거부했다. 반면에 던은 그 작은 차가 얼마나 높아졌는지를 보며 항상 즐거워했다. 운전석에 앉아 앞에 있는 다른 차들의 위를 볼 수 있었기 때문에 안전하다고 느꼈었다. 그러나 지금의 새로운 모습으로는 그가 여전히 예전만큼 그 차를 좋아하는지 알 수가 없었다.

던이 말했다.

"난 아무것도 안 보여요. 여기가 확실해요?"

"따라오게."

로버트가 협곡이 내려다보이는 가파른 절벽의 가장자리로 강아지를 몇 발자국 이끌었다. 보름달이 날카로운 바위 끝을 비췄고 반사된 달빛은 거친 물살의 강과 연결되어 있는 서로 다른 세 개의 저수지 물 위에서 어른거렸다. 그들이 절벽 가장자리에 다가 갔을 때 던은 현기증이 나서 곧 안전한 거리에서 달빛을 받을 수 있도록 뒤로 물러섰다.

던이 괴로워하며 말했다.

"느낌이 이상해요."

"이곳의 에너지는 강해. 많은 역사가 여기 바위들에 담겨져 있어. 많은 꿈들이 깨어졌고, 많은 사람들이 여기서 생명을 잃었어. 자신에게 무슨 일이 일어났는지 모르는 몇몇 영혼들이 아직 남아 있네."

"그들이 어떻게 죽었어요?"

"확실하지 않아. 대부분 비참한 사고였던 것 같아. 아마도 익사이겠지."

"난 여기가 마음에 들지 않아요."

로버트가 무릎 높이의 바위벽 가장자리를 둘러본 후, 한쪽 구석에서 플라스틱 가방에 들어 있던 십대 소녀의 작은 사진을 가지고 꽃과 돌 더미가 있는 곳으로 갔다.

로버트가 말했다.

"이것 좀 봐. 추도비인 것 같은데 사라가 이 모퉁이를 너무 빨리 돌았었던 것 같아."

던은 임시로 만들어진 추도비 옆에 있는 로버트에게로 갔다. 그는 꽃을 잠시 바라보다가 근처 땅바닥에서 반짝이는 작은 유리조각과 플라스틱을 발견했다.

던이 말했다.

"당신 소름끼쳐요. 당신은 이런 것들에서 즐거움을 찾나요? 난 가고 싶어요. 떠나요."

"죽음에 대해 소름끼쳐 할 것은 아무것도 없어. 그건 숨 쉬는 것과 같이 자연스러운 거지. 하지만 슬픈 것은 사라가 이 행성에서 더 이상 살고 있지 않다는 것을 모른다는 거야. 그녀는 아직도 여기에 있어. 그리고 혼란스러워 해. 아마 내가 도울 수 있을 거야. 오늘밤 시간이 별로 없지만 난 맹세를 했어."

"무슨 맹세요?"

로버트가 사무적으로 대답했다.

"저승사자의 맹세."

"저승사자? 저승사자가 뭐예요?"

"그건 죽음 후에 다른 세상으로의 이행을 하는 영혼을 돕는 사람이야. 매우 흔했던 전통이지. 그런데 시간이 흐르면서 서구 문화의 장례식이 그걸 거의 파괴했어."

"난 그게 장례식이 있는 이유라고 생각했어요."

"아니, 장례식은 살아 있는 사람들만을 위한 거야. 하지만 죽은 이들이야말로 정말 도움이 필요한 사람들이지. 더구나 그들이 사라처럼 갑작스러운 사고로 죽었다면."

"그래서 뭘 하려고 해요?"

"짧은 의식을 치를 거야. 그대가 여전히 사람의 모습을 하고 있다면 나와 함께 자세를 취해 달라고 하겠지만 그대는 소리를 내는 것으로 나와 함께 할 수 있어."

"소리를 낸다고요? 하지만 내 목소리는⋯⋯."

로버트가 가로막으며 말했다.

"괜찮아. 그대 목소리는 훌륭할 거야. 나에게 귀를 기울이고 내가 하는 것을 최선을 다해서 흉내 내게. 그건 소리가 아니라 의도야. 우리가 하려는 것은 사라가 사후로의 길을 따라가기 쉽도록 하는 것이야. 준비됐나?"

"그런 것 같아요."

로버트는 조심스럽게 추도비가 자신과 보름달 사이에 놓이도록 섰다. 그는 발을 15센티미터 정도 벌리고 손을 신중하게 귀 위로 가져가 손바닥으로 관자놀이를 덮었다. 그리고 팔은 커다란 원 모양이 되도록 양쪽으로 벌렸다. 그는 천천히 가능한 한 멀리까지 목을 뒤로 젖히고 입을 크게 벌리고는 그 상태로 몇 초 동안 멈추어 있었다. 그리고 예고 없이 이상하고 괴상한 소리를 내기 시작했다.

"아아아아아아아⋯⋯."

그는 조용히 시작하여 멈출 때까지 거의 십오 초 동안 소리를 계속해서 냈다. 그리고 침묵에 빠졌다. 거대한 야외 성당 같은 협곡의 벽들이 그가 처음 소리를 냈던 시간만큼 그의 목소리를 괴기하게 울려 냈다. 로버트는 깊이 숨을 들이마시고 더 크게 반복했다.

"아아아아아아아……."

던이 함께하기 전까지 로버트와 협곡은 몇 분 동안 그들의 이중창을 계속했다. 던은 강아지가 되고 나서 말하기를 처음 시도한 이후 남들의 시선을 의식해 대부분의 시간을 조용히 보냈다. 그가 처음으로 로버트를 흉내 내어 나온 소리는 낑낑거리는 게 다였다. 그는 로버트가 말했던 의도를 기억해 내고 마음을 '가라'라는 단어로 채우며 소리를 만들어 보기로 결심했다.

'가라.' 그는 반복해서 생각했다. '가라.' 그리고는 입을 크게 열고 전에는 한 번도 냈을 것 같지 않은 높은 소리로 울부짖었다. 그 소리는 가슴을 후비는 혼이 담긴 듯했으며 던은 강렬함과 자신감을 느꼈다.

던의 울부짖음은 로버트의 목소리에 완벽하게 휘감아지고, 협곡은 두 목소리를 울려 내며 함께 했다. 그들은 강렬함과 복합된 음성으로 '아' 소리와 울부짖음을 계속했다. 다섯 번째 후에 던은 울부짖기 시작할 때마다 입에서 희미한 빛이 나오는 것을 보았다. 마치 달빛이 그의 입김을 비추는 듯했다. 그러나 날씨는 입김이 나올 만큼 춥지 않았다. 희미한 빛이 로버트의 입에서도 나오는 것을 볼 때까지 던은 자신이 상상하는 것이라고 생각했다. 그 빛은 점점 밝아지는 것 같았고 울부짖을 때마다 더 확연해졌다. 그리고 밤하늘을 통해 보름달 바로 옆의 반짝이는 별로 이동하기 시작했다. 그 별은 점점 더 밝아지면서 지구 가까이로 당겨지는 것처럼 보였다.

몇 분 동안의 울부짖음 후에, 그 희미했던 빛은 완전하게 빛을 내면서 손이 닿을 것 같이 가까워 보이는 별을 잇는 듯했다. 로버트가 손으로 조용히 하라는 몸짓을 하고, 목소리의 울림이 협곡의 벽을 씻어 내릴 때까지 조용히 멈춰 섰다. 그리고 살아 있는 듯 춤추고 반짝이며, 그 우아한 길에 함께할 누군가를 기다리는 것 같은 빛을 바라보았다.

잠시 후 메아리가 잦아들자마자 던은 자신도 모르게 숨을 크게 들이쉬고 그가 낼 수 있는 가장 애절한 울부짖음을 큰 소리로 내질렀다.

"아아아아아아아아아!"

그들이 함께 울부짖었다. 그러자 곧 어린 소녀의 영혼이 빛을 향해 천천히 떠가는 것이 보였다.

그녀가 빛에 닿자마자, 빠르고 신중하게 움직이던 선명한 섬광이 빛을 별 위로 데려갔다. 마치 거대한 불빛이 켜진 것처럼 하늘 전체가 하얗게 번쩍였다. 그리고 빠르게 사라졌다. 머리 위의 불빛과 별은 곧 사라지고 밤은 어두워졌다. 보름달은 여전히 제자리에 있었지만 그 모습은 이제는 사라지고 없는 빛나는 별에 비해 현저히 어두웠다.

던이 풀썩 땅에 쓰러져 눈을 감고 헐떡거렸다.

"강렬했어요."

던이 숨을 고르고 말했다.

"이제 그녀는 갔나요?"

"그래, 드디어 그녀가 있어야 할 곳에 있어."

"이런 일을 많이 하나요?"

로버트가 웃으며 대답했다.

"이제 그렇게 많지는 않지. 예전엔 자주 했었지만 지금은 예기치 않은 죽음이 확실한 곳은 피하려 하네."

"무슨 뜻이에요?"

매우 심각해진 로버트가 잠시 후 말을 이었다.

"한 번은 자신들이 다른 세상으로 가는 죽음의 이행에 있다는 것을 모르는 수천 명의 사람들을 도우며 전 생애를 보냈어. 그대는 그렇게 끔찍한 혼란과 불안을 그대 생에서 본적이 없을 거야. 그건 정말 충격적이었어. 난 다시는 그걸 보고 싶지 않아."

"그게 어디였어요?"

로버트는 잠시 침묵을 유지했다. 달빛 속에서, 던은 완전한 절대의 공포가 그의 얼굴에 엄습하는 것을 볼 수 있었다. 로버트가 조용하고 떨리는 목소리로 마침내 말했다.

"히로시마, 1945년."

그들은 몇 분 동안 정적 속에 앉아 있었다. 그리고 던은 로버트가 안쓰러워지기 시작했다. 던은 왜 갑자기 죽게 되었는지 이해하지 못하는, 육체로부터 분리된 수천 명의 영혼들을 보는 것이 어떤 느낌이었을지 상상할 수 없었다. 전쟁은 그가 알고 있는 가장 나쁜 것이었지만, 죽은 후의 영혼들에게 어떤 일이 있어났는지에 대해서는 생각해 본 적이 없었다.

로버트를 만난 이후로 던은 자신과 다른 사람들을 보는 관점이 극적으로 바뀌었다. 전에는 그와 그의 몸이 하나이며 동일하다고 믿었다. 그러나 지금은 강아지의 몸속에 살고 있었고 새로운 친구는 그 자신의 것이라 불렀던 몸속에 살고 있었다. 너무나 혼란스러웠다. 그는 죽은 사람들은 죽었고, 산 사람들은 산, 그리고 그 둘이 절대 만나지 않는 단순한 시간을 갖기를 원했다.

"됐어, 이런 슬픈 얘기는 충분해. 이제 가지, 우린 꾸며야 할 죽음이 있지 않은가."

로버트가 웃고는 바지에 묻은 먼지를 털어내며 일어났다.

그는 돌 벽을 뛰어넘어 어둠속으로 사라졌다. 던은 그가 빗질을 하며 뒤적거리는 소리를 들었다. 얼마 되지 않아 로버트는 중간 크기의 휘어진 나뭇가지 두 개를 가지고 다시 나타났다. 던은 그 유연한 붉은 나뭇가지가 자신이 좋아하는 철쭉 관목이라는 것을 알았다.

던이 물었다.

"그걸 가지고 뭘 하려는 거예요?"

로버트는 질문을 무시하고 묵묵히 차로 걸어가서 나뭇가지들을 좌석에 던졌다. 던은 그를 따라가 그가 랜드 크루저에 시동을 거는 것을 바라보았다. 로버트는 길의 한가운데로 천천히 후진해 나와 자리를 잡은 후에 길과 협곡을 가르는 바위벽 위를 밝게 비추도록 전조등을 켰다.

그러고는 밖으로 나와 첫 번째 나뭇가지의 끝으로 클러치를 눌렀다. 그리고 그 반대편 끝을 좌석을 향해 고정시켰다. 그는 차에 다시 올라 타서 변속장치를 낮은 기어로 옮기더니 다시 빠져나와 두 번째 나뭇가지를 가속 페달을 향해 꽂았다. 엔진 속도가 급격히 높아졌다.

그 순간, 던은 무슨 일이 벌어지고 있는지 알아챘고 로버트에게 달려들어 본능적으로 그의 바지 자락을 물어 당겼다.

"내 차에 무슨 짓을 하는 거예요?! 다른 방법은 없는 거예요?"

던은 그의 차를 사랑했고 자신이 목격하고 있는 것을 믿을 수가 없었다.

로버트가 시끄러운 엔진보다 더 크게 소리 질렀다.

"비켜 서! 그대는 더 이상 이 차가 필요 없어. 이건 수전에
게 종결을 짓게 하는 완벽한 방법이야. 이기적이 되지 마. 그
대를 위해 하는 짓이 아니야."

로버트의 말에 던은 강한 충격을 받았다. 마음속으로 다른
방법들을 수없이 생각해 보았지만 다른 어떤 좋은 것도 생각
해 낼 수는 없었다. 던이 수전에 대해 생각하는 동안 로버트는
주머니에서 던의 지갑을 꺼내 앞좌석으로 던진 후 클러치를
누르고 있던 나뭇가지를 빼냈다. 랜드 크루저가 움직이며 바
위벽으로 향해 속도를 냈다.

사륜구동 차의 커다란 바퀴들이 돌로 쌓은 벽에 부딪히는
순간 던의 눈에는 모든 것이 슬로우 모션으로 보였다. 그는 차
의 뒷부분이 잠깐 튕겨져 올라오는 것을 보았다고 생각했지만
곧 타이어의 깊은 접지면이 장애물의 꼭대기에 밀착되면서 앞
으로 들어 올려지고, 들린 앞바퀴가 벽을 타고 올라갔다.

그 순간에, 모든 것이 제 시간으로 돌아왔다. 뒷바퀴는 힘
들이지 않고 벽을 타고 넘어갔고 차는 절벽에서 가속도를 내
며 협곡 속으로 돌진했다. 반쯤 내려갔을 때 차는 뒤집혀졌고
커다란 바위들 위로 굴러 떨어져 내려가 큰 소리와 함께 강 속
으로 곤두박질을 쳤다. 엔진소리는 곧 잠잠해졌고 바위와 돌

조각들이 굴러 떨어지는 소리만이 들렸다. 장엄한 협곡의 공기는 다시 한 번 조용해졌다.

로버트가 무미건조하게 말했다.

"저기, 그대는 죽었어. 누군가 차를 발견하기 전에 어서 가세."

던은 그의 소중한 차가 물속에 잠긴 것을 보고 망연자실했다. 마지막 바퀴가 가라앉아 보이지 않게 되자, 마음은 수전에게 돌아가 그녀를 다시는 못 보게 되리라는 것을 깨달았다. 그는 그녀를 떠나는 사람이 된 자신에게 심하게 실망했다. 그의 삶은 너무 어렸을 때 부모를 잃게 되면서부터 고통과 괴로움으로 가득 찼다. 그리고 사랑했던 유일한 사람을 버림으로써 끝이 났다. 수전이 자신을 떠날 것이라고 확신해 왔으나 결국엔 자신이 그녀를 떠났다. 그렇게 한 자신을 결코 용서할 수 없었다.

그러나 더 괴로운 것은 이 모든 상황을 자신이 제어할 수 없다는 느낌이었다. 로버트는 던의 삶을 통째로 가져갔고 그가 무엇을 원했었는지는 더 이상 아무런 상관이 없어 보였다. 옳은 결정을 했는지 의문이었고 기회가 있을 때 자신을 죽이지 않은 것을 후회하기 시작했다. 강아지로서 자살하는 게 여전히 가능할 수도 있겠지만 어떻게 해야 할지 몰랐다.

로버트가 서둘렀다.

"이리 오게. 이제 가야 해."

던이 차를 한 번 더 본 뒤 마지못해 로버트를 따라갔다. 물 밖으로 보이는 범퍼의 마지막 부분은 다음날 누군가가 쉽게 발견할 수 있게 하려는 것처럼 더 이상 가라앉지 않았다. 달은 아무 일도 없었다는 듯 강을 비추고 있었다.

그들은 키 큰 나무들 사이로 달빛에 빛나는 굽은 숲길을 통해 고요한 도시 속으로 걸어 들어갔다. 말없이 두 시간쯤 걸은 후, 그들은 길고 좁은, 구조물의 전체 길이를 따라 줄무늬 천이 걸려 있는 목조 건물에 도착했다. 마당에 흩어져 있는 것은 커다란 소파를 포함한 가구 몇 점이었다. 그들은 분리대를 지나 중고 가구점의 주차장으로 이동해 소파 앞에 섰다. 달빛에 비친 건물 위에는 손으로 쓴 표지판이 있었다.

'이 휴식 공간에서 18시간 동안만 머물 수 있음'

"문제없어."

로버트가 부드럽게 웃음 지으며 의자에 주저앉고는 먼지 구름을 휘저었다. 던이 그의 무릎 위로 폴짝 뛰어올랐고 둘은 곧 잠이 들었다. 그들의 긴 밤으로 기진맥진하여 지친 채.

5

....

세 개의 영체

이튿날 아침 수전은 현관문을 두드리는 시끄러운 소리에 잠을 깼다. 그녀는 간밤에 남편이 잠자리로 돌아오지 않아 제대로 잘 수가 없었다. 남편은 최근에 생긴 습관대로 차고에서 잠이 든 것 같았다. 다시 노크 소리가 났고 이번엔 조금 더 크고 끈질겼다.

수전이 가운을 찾아 더듬거리며 말했다.

"곧 나가요."

수전이 게슴츠레한 눈으로 문을 열자 경찰관 두 명이 현관 앞에 서 있었다. 여자 하나가 약간 긴 머리를 하고 있는 것을 제외하고는 두 사람이 똑같아 보였다.

수전이 물었다.

"무슨 일이에요?"

여자 경찰이 낮은 목소리로 물었다.

"뉴포트 부인이신가요?"

"그런데요?"

"유감입니다만 남편분의 차가 지난밤 차 사고에 관련되었습니다."

"그럴 리가 없어요, 그 사람 차는 바로……."

수전은 지난 몇 주 동안 랜드 크루저가 주차되어 있던 도로를 가리키려다가 말을 잃었다. 그 장소에는 던의 차 대신 경찰차가 있었다.

"이런 세상에."

수전이 현관 앞의 경찰관들을 떠나 남편의 이름을 외치며 차고로 달려갔다.

"던!"

그녀는 방에서 방으로 황급히 다니며 그를 불렀다.

"장난하지 말아! 어디 있는 거야?"

그들의 작은 집에 있는 모든 방을 세 번 뒤지고 난 후, 수전은 경찰관들이 기다리고 있는 현관으로 돌아왔다. 그녀는 숨이 턱에 차 완전히 제정신이 아니었다.

수전이 경찰관에게 물었다.

"그 사람 어디 있어요? 지금 어디 있어요?"

"죄송합니다만 지금으로서는 정확히 알 수 없습니다."

"정확히 알 수 없다는 게 무슨 뜻인가요? 남편의 차를 발견했다고 했잖아요. 무슨 일이 있었던 거예요?"

수전의 숨이 가빠지기 시작했다.

"무슨 일이 있었는지 말해 줘요!"

"진정하세요. 우리가 알고 있는 것을 말씀드리겠습니다."

수전이 남자 경찰관 손에 있는 던의 지갑을 보았다. 그리고 반사적으로 그것을 잡아챘다. 그 경찰관은 젖은 가죽 지갑을 그녀에게 건네주고 처음으로 말했다.

"차량은 깊은 협곡 바닥에서 물속에 잠긴 채 발견되었습니다. 이 지갑은 강 아래 사십 킬로미터 떨어진 물가에 떠 내려와 있었어요. 저희가 남편 분을 찾고 있는 중입니다만 강의 물속 어딘가에서 발견될 것 같습니다."

수전은 어지러워지고 눈앞이 캄캄해졌다. 문고리를 붙잡고 몸을 지탱하다가 결국 바닥에 주저앉았다. 그녀는 문에 힘없이 기대고 앉아 지갑을 열어 그의 운전면허증을 보았다. 몇 년 전에 찍은 그 사진은 그들이 처음 만났을 때와 다름없는 모습이었다. 그의 병이나 경제적 문제가 있기 오래 전, 삶이 훨씬 쉬울 때였다. 사진을 지갑에서 꺼내자 흠뻑 젖은 그 사진 뒤에서 그녀의 사진이 떨어져 나왔다.

수전이 경찰관을 올려다보며 물었다.

"확실한가요?"

여자 경찰관이 대답했다.

"그런 것 같습니다. 유감입니다, 부인."

"이제 내가 뭘 해야 하나요?"

"지금 당장 하실 수 있는 일은 없습니다. 저희가 오늘 강에서 차를 꺼낼 겁니다. 그리고 남편 분을 찾기 위한 전면 구조 수사를 이미 시작했습니다. 남편이 살아 계실 가능성이 있으므로 찾기 위한 모든 일을 할 것입니다."

수전이 평소답지 않게 목소리를 높여 말했다.

"그가 살아 있는 게 '가능' 하다고요? 가능?"

"유감입니다. 남편 분을 찾을 수 있도록 모든 것을 다하겠습니다."

"그건 이미 말했잖아요."

수전은 그들의 원칙적인 대답에 분이 치솟았다.

"죄송합니다. 힘드실 거란 걸 이해합니다."

"차를 봤나요?"

남자 경찰관이 고개를 끄덕였다.

"발견하자마자 이곳으로 달려온 것입니다."

그가 수전의 눈을 피하며 계속해서 말했다.

"부인을 위해서 우리가 연락할 다른 사람이 있습니까?"

수전이 그 경찰관이 시야에서 사라질 정도로 세차게 머리를 흔들었다.

"친구나 가족이 곁에 계시다면 도움이 될 겁니다."

"아니에요. 혼자 있고 싶어요."

두 경찰관이 수전에게 그들의 명함을 건네주고 동시에 말했다.

"저희들 연락처입니다."

여자 경찰관이 덧붙여 말했다.

"궁금한 게 있거나 저희가 도와드릴 수 있는 게 있다면 전화 주세요. 제 명함 뒤에 사회복지과의 연락처도 적혀 있습니다. 누군가 얘기할 사람이 필요하면 그들에게 전화하세요."

수전은 자리에서 일어나 서서 명함을 받았다.

"알았어요. 고마워요."

그녀는 갈라진 목소리로 말하고 무심히 그들의 얼굴 앞에서 문을 닫았다.

"오, 이런."

수전은 비틀거리며 주방 쪽으로 걸어갔다.

"오, 이런 세상에."

수전은 자신의 노란색 책상으로 왔을 때 '나의 수전에게'라고 쓰여 있는 하얀색 봉투가 의자 위에 놓여 있는 것을 발견했다. 그녀는 그것을 곧바로 집어 들어 봉투를 뜯고 남편의 손글씨로 쓰인 편지를 펼쳤다.

나의 수전에게,

당신을 떠나게 되어 너무나 미안해. 당신은 내 평생의 사랑
이고, 당신이 내게 해줬던 모든 것에 대해 영원한 빚을 졌어.
하지만 난 더 이상 지속할 수 없어. 통증, 돈, 스트레스……
이 모든 것을 견뎌내야 할 만큼 가치 있는 삶이 아니야. 난 어
차피 올해가 가기 전에 떠나게 되어 있었어. 제발 내 방식대로
당신을 떠나게 된 것에 화내지 말아줘.

너무 슬퍼하지 말고, 나 없이 당신이 할 수 있는 일을 하기
바래. 내게는 당신의 행복이 전부야.

아름다운 삶을 살게 해줘서 고마워.

당신의 던.

걷잡을 수 없이 떨리는 손으로 쥐고 있던 편지 위로 수전의
눈물이 떨어졌다. 배가 뒤틀렸고 유리그릇을 울리는 찢어지는
비명을 내뱉기 전까지 그녀는 제대로 숨을 쉴 수가 없었다.

"나쁜 자식!"

수전이 찢어지는 비명을 질렀다.

"이기적인 자식, 나쁜 놈! 나한테 어떻게 이럴 수가 있어?"

수전이 편지를 반으로 찢었다. 그리고 다시 반으로 찢었다.
그녀는 편지를 알아볼 수 없을 정도로 작은 조각이 될 때까지
계속해서 찢었다. 그러고는 작은 조각들 한 움큼을 입 속으로

밀어 넣어 씹기 시작했다. 그 걸쭉한 덩어리를 삼키려하자 구역질이 났다.

다시 비명을 질렀다.

"나쁜 놈!"

그녀의 눈이 뒤집히고, 결국 바닥에 쓰러져 정신을 잃었다.

"강아지가 이 소파에 포함된 건지 궁금하네."

피터가 농담을 했다.

"그러게요, 그러면 옆에 있는 히피도 데려갈 수 있을 텐데."

미란다가 키득거렸다.

눈을 뜬 던은 떠오르는 아침 해 앞에 서 있는 두 사람을 보았다. 키가 크고, 머리가 벗겨지고, 두꺼운 안경을 쓴 남자가 짧고 붉은 곱슬머리에 밝은 노란색 여름 원피스를 입은 여자 옆에 서 있었다. 눈과 입 주변의 오래된 깊은 주름살들이 그들은 잘 웃는 사람들이라는 것을 자랑스럽게 보여주는 듯했다. 피터가 웃으며 인사했다.

"좋은 아침이에요. 나는 피터고 이쪽은 미란다에요. 만나서 기뻐요."

"반갑습니다. 저는 로버트고 여기는 던이에요."

로버트가 강아지를 가리키며 말했다.

피터가 물었다.

"여긴 언제 열지요?"

던은 그들이 어디서 밤을 보냈는지 기억하려 주위를 돌아보았다. 건물 위에 있는 큰 간판에 쓰인 것을 읽고 나자 모든 기억이 돌아왔다.

'골동품점'

"일요일엔 문을 닫는다고 쓰여 있어요. 우리가 운이 없는 것 같네요."

조금 더 가까이 보기 위해 주차장을 건너간 미란다가 외쳤다. 그 말을 들은 피터가 어깨를 으쓱이며 말했다.

"잘 됐네. 내 생각에 우리한테 더 많은 가구가 필요할 것 같지는 않거든. 그래, 당신은 여기서 뭘 하고 있는 거예요, 로버트? 왜 주차장에서 잠을 자고 있어요?"

로버트가 굳은 표정으로 말했다.

"우리 차가 죽었어요. 이제 어떻게 해야 할지 알아보는 중이에요."

그 순간 두 대의 경찰차가 사이렌을 울리며 지옥문 협곡을 향해 갔다. 로버트가 사이렌 소리보다 목소리를 높여 물었다.

"어디서 왔어요?"

미란다가 피터에게 되돌아와 대답했다.

"포틀랜드에서 왔어요, 당신은요?"

"유진이요."

로버트가 대답하자 던이 살짝 낑낑거렸다. 로버트가 자신의 고향 이름을 말하는 것이 이상하게 거슬렸다.

미란다가 말했다.

"우린 유진을 좋아해요. 매년 그 도시축제에 가죠."

던은 그가 살았던 기간 동안, 그 도시 축제에 딱 두 번 갔었다. 두 번 모두 수전과 함께 가서 즐겁게 보냈지만 그 축제 때문에 일 년에 한 번씩 와서 유진 시내를 휘젓고 다니는 히피들은 매우 싫어했다.

피터가 물었다.

"어디로 가고 있는 거예요?"

로버트가 긴 침묵 후에 말했다.

"남쪽이요."

"당신 차 수리는 언제 끝나죠?"

"수리하지 못해요. 그냥 가까운 폐차장으로 견인해 달라고 쪽지를 남겼어요."

피터가 말했다.

"그거 안 됐네요."

"떠나기 전에 지옥문 협곡을 봐야 할 것 같아요."

미란다가 주제를 바꿔 얘기하자 로버트가 끼어들었다.

"거긴 별로 재미없어요. 우리가 어제 거길 갔었는데 바위와 나무뿐이었어요. 꽤 실망스러웠죠."

피터와 미란다가 그들의 차를 향해 걸어가며 뭔가를 속삭이고는 잠시 뒤에 피터가 되돌아와 말했다.

"원한다면 우리가 애슐랜드(미국 오리건 주 남서부의 도시)까지 태워 줄게요."

"그거 좋겠는데요. 언제 떠나실 거죠?"

"곧이요. 지옥문 협곡을 제외하고는 그곳이 우리가 보고 싶었던 마지막 장소였어요. 그리고 당신이 빛나는 비평으로 지옥문 협곡에는 가 볼 필요가 없을 것 같아요."

피터가 웃으며 미란다에게 윙크를 했다.

"난 갈 준비가 됐어. 당신도 준비됐어?"

"그럼요."

미란다가 대답하고 로버트를 향해 물었다.

"당신들은 어때요?"

"물론이에요. 여길 떠나요."

그들 넷은 은색 세단 차를 타고 고속도로 쪽으로 향했다. 피터가 운전하고 미란다는 앞좌석에 앉았다. 로버트와 던은 운전석 뒤에 있는 좌석에서 문 쪽으로 쭈그려 앉았다.

미란다가 말했다.

"자리가 너무 좁아 미안해요. 우리는 애슐랜드에서 일주일짜리 명상 모임에 참석했다가 그 이후엔 시스키유 산(캘리포니아 주 시스키유 카운티에 위치한 설산) 밑으로 가서 또 일주일을 지낼 거예요. 그래서 보름치 옷들로 꽉 찼죠."

로버트가 옆에서 고개를 끄덕이는 동안 미란다가 로버트에게 물었다.

"아, 이런. 당신들 짐 가방은 어디 있어요? 골동품점에 놓고 온 거 아니에요?"

"아니요, 우리는 가볍게 여행하고 있어요. 어딘가에 머물게 되면 필요한 걸 구할 거예요"

"아, 그거 좋은 방법이네요. 도시에 들를 때마다 새 옷을 살 수 있다면 나도 분명 그랬을 거예요."

"미란다는 옷을 사랑하지요."

피터가 한참을 크게 웃었다.

"어떤 명상 모임에 가시는 건가요?"

로버트의 질문에 미란다가 대답했다.

"자신의 몸 속 영체에 다가가는 명상 모임이에요. 정말 멋진 모임이죠."

"몸 속 영체에 다가간다구요? 그게 무슨 말이에요?"

"좀 더 정확히 말하자면 자신의 몸 안으로 들어가는 거죠. 짧은 대답이지만 당신이 진정한 삶을 살 수 있도록 당신 몸속을 온전히 채우는 것을 말해요."

피터가 덧붙여 말했다.

"대부분의 사람들이 일이 어려워질 때마다 그들의 몸을 떠나요."

미란다가 그들의 승객 얼굴을 볼 수 있도록 몸을 돌리고 말을 이었다.

"네, 사실이에요. 상처, 학대, 그런 것들. 말하자면, 당신에겐 심한 감정적 스트레스를 겪을 때 잠시 몸을 떠나도록 해주는 내재된 방어 기능이 있어요. 아니면 고통으로부터 쉽게 해주기 위해서 당신의 일부분을 닫아 버리거나. 그리고 그런 식으로 몇 년이 지나고 나면 우리들 중 많은 사람들이 몸 밖에서 사는 것에 익숙해져요. 왜냐하면 우리 자신으로부터 분리된 채 사는 것이 우리 내부에 설계된 세 개의 영체들과 각각 연결되어 지내는 것보다 쉬워 보이거든요."

로버트가 던에게 텔레파시로 말했다.

"이건 중요한 얘기야. 나는 미란다가 무엇을 얘기하고 있는지 잘 알아. 그리고 이건 그대에게 많은 도움이 될 거야. 질문이 있다면 말해 주게. 내가 대신 물어보도록 하지."

로버트가 던을 대신해서 물었다.

"영체요? 그게 하나 이상 있다구요?"

"네, 우리의 영혼은 함께 일하는 세 개의 영체들로 이루어져 있어요. 그들은 의식의 영혼, 감정의 영혼, 그리고 육체적 감각의 영혼이에요."

"그렇군요……."

"이 세 개의 영체가 우리 영혼 속에서 충분히 활성화되면, 자연스럽게 인간의 몸과 완전히 융화하게 되는데 그것을 우리는 영체에 다가간다고 말하죠."

로버트가 다시 한 번 던을 대신하여 물었다.

"세 개의 영체에 대해 조금 더 말해 주시겠어요?"

"물론이죠. 의식은 우리들 자각의 일부분이에요. 그리고 우리 주변의 세상이죠. 그것은 우리에게 삶이 조금 더 쉽고 생산적이도록 배우고 기억할 수 있게 해줘요. 우리들 대부분이 정신적인 힘으로 의식의 영혼에 연결될 수 있어요."

"의식은 생각하는 거란 뜻인가요?"

"부분적으로는요. 하지만 그건 영적인 의식도 포함해요. 지능으로만 아는 게 아니고 모든 관점에서 아는 것을 말하죠. 무슨 말인지 알겠어요?"

로버트가 던을 쳐다보며 말했다.

"그런 것 같아요. 다른 두 개의 특성에 대해서도 말씀해 주세요."

"그러죠. 감정은 가장 명확하긴 하지만 세 개의 영체 중에 제일 복잡해요. 기본적으로 감정은 우리를 보호하기 위한 것일 뿐 다른 일은 하지 않아요. 그같이 숭고한 목적을 달성하기 위해서 감정은 끊임없이 움직여요. 감정 스스로 다른 많은 감정들과 지속적으로 대응하면서 우리에게 보내는 신호들의 균형을 맞추려 애쓰는 거예요."

"감정은 보호를 위한 것이군요. 어떻게 작용하나요?"

"생각해 보면 간단해요. 당신이 길을 건너고 있을 때 차가 당신 앞으로 달려온다고 해봐요. 당신의 감정은 두려움을 내보내서 당신이 길 밖으로 뛰쳐나가도록 할 거예요. 문제는 우리가 좋은 것들에 너무 쉽게 익숙해진다는 거예요. 오래 가는 건 별로 없지만 말이죠. 예를 들어 우리가 두려움과 같은 감정에 중독된다면 그건 쉽게 우리를 약화시키고 생산적인 일들을 하지 못하도록 막게 될 거예요. 그리고 두려움이 훌륭한 감정이기는 해도 매우 쉽게 상처를 입힐 수 있어요."

로버트가 미란다의 말을 주의 깊게 들으며 말했다.

"사람들이 감정을 줄이고 싶어할 만하네요. 끊임없이 균형을 잡느라 힘들 것 같아요."

미란다가 계속해서 말했다.

"보호받아야 할 필요가 있을 때면 감정들은 끊임없이 움직여요. 하지만 우리가 멈춰 있으면 감정 또한 멈춰 있게 되죠. 아름다운 것은 그것들이 모두 하나의 감정으로부터 온다는 거예요. 사랑이요. 그래서 우리가 감정에 연결되어 있으면 온 몸 전체가 사랑으로 가득 차게 되요. 그게 바로 우리를 안전하고, 자신 있고, 행복하게 만드는 사랑인 거예요."

"하지만 왜 '육체적 감각'이 우리 영혼의 일부라고 말하는 거죠? 대부분의 영적 수행에서는 우리가 육체의 몸으로부터 떨어져 나와야 한다고 가르치잖아요. 그게 그것들 대부분의 목적이고요. 우리의 육체적 감각이 분명히 육체의 몸의 일부분인 게 맞나요?"

"영혼은 영원히 살아 있는 우리의 일부분이에요. 당신과 내가 보는 부분인 인간의 몸은 단순히 우리 영혼의 보관소이자 유한한 길에 있는 생명체일 뿐이에요. 인간의 몸이 분명 미각 같은 감각기관을 가지고 있긴 하지만 감각 그 자체는 영혼이 느끼는 거죠. 두 개의 사이가 단절 된다는 건 우리 몸에 발생하는 일들을 감지할 수 없게 된다는 뜻이에요."

"심각한 통증으로 쇼크 상태에 빠지는 것 같은 것을 의미하는 건가요?"

"맞아요, 좋은 예로군요."

로버트가 던을 대신해 계속 질문을 했다.

"그럼 영적인 관점에서 육체적 감각이 갖는 의미는 무엇인가요? 무의미해 보이는데요."

"아, 그렇지 않아요. 육체적 감각은 우리에게 즐거움을, 그리고 그 즐거움은 이 지구상에서 삶을 만족시키며 살아갈 동기를 부여해 줘요. 그 느낌이 우리 빰을 어루만져 주는 것이든, 맛있는 음식을 먹는 것이든, 아니면 아름다운 노래를 듣는 것이든, 육체적 감각은 우리가 일을 계속할 수 있도록 동기를 부여해 주는 우주의 선물이에요. 그러므로 육체적 감각으로부터 자신을 위축시킬 때 우리는 좌절하게 돼요. 왜냐하면 우리가 이곳에 존재하는 것에 대해 더 이상 보상받지 못하기 때문이죠. 불행하게도 이것은 내가 아주 잘 아는 부분이에요."

로버트가 말했다.

"당신은 이런 것들에 대해 많이 알고 있는 것 같네요. 아직 명상 모임에 가지도 않았는데 어떻게 그토록 많이 구체화에 대해 알고 있나요?"

"전에 갔었어요. 다음 주는 두 번째 단계를 위한 명상 모임이에요. 우리는 이미 첫 번째 단계를 마쳤어요."

"왜 이 일에 관심을 갖게 됐죠?"

"많은 심리 치료사들이 갖고 있는 이유와 같아요. 난 심각하게 상처받았고 내 자신을 치유하고 싶었어요."

피터가 끼어들었다.

"매우 절제된 표현이군."

미란다가 말을 이었다.

"난 어렸을 때 육체적으로 학대를 받았어요. 우울증으로 거의 사십 년을 보내고 나서, 그중 십오 년은 심리치료사로 일했었는데 이 명상 모임은 나의 가장 큰 문제 중 하나가 수년 전에 나 자신을 육체적 감각으로부터 단절시킨 것이었다는 걸

깨닫도록 해줬어요."

로버트가 물었다.

"그걸 어떻게 깨달았어요?"

"영체에 다가가는 연습으로부터요. 원한다면 내가 한번 보여줄게요. 차 안에서도 할 수 있어요."

"던도 할 수 있을까요?"

로버트의 질문에 미란다가 대답했다.

"개하고는 해본 적이 없지만 그가 나를 이해할 수 있다면 괜찮을 거예요."

"그건 걱정하지 마세요. 분명히 당신을 이해할 수 있어요."

로버트의 말에 미란다가 어깨를 으쓱이며 말했다.

"좋아요. 둘 다 똑바로 앉으세요."

던은 자리에서 일어나자 다음에 어떤 일이 생기게 될지 곧 긴장이 되었다. 로버트는 신뢰했지만 이 사람은 확실하지 않았다. 그녀는 착해 보였지만 조금은 지나치게 행복해했다.

"우선 두 눈을 감고 머리의 정 가운데를 찾아봐요. 그건 당신의 두 귀 사이에, 그리고 이마와 뒤통수 사이에 있어요."

던은 눈을 감고 머릿속에서 좌우로 움직이며 가운데를 찾아보았다. 잠시 뒤에 그는 몸으로도 똑같이 움직이고 있다는 것을 알았다.

미란다가 차분한 목소리로 속삭이듯 말했다.

"인내심을 가져요. 마음의 눈으로 밝은 빛을 볼 수 있을 때 점점 더 가까워지는 것을 느낄 수 있을 거예요. 그저 당신 머리 가운데에 있는 정확한 중심을 향해 움직여요."

던은 어두운 마음속에서 희미한 불빛을 보기 시작했다.

"당신이 빛에 에워싸일 때까지 천천히 움직이세요."

바로 그 순간 던은 빛에 연결되었고 번쩍하는 섬광과 함께 그 에너지가 척추를 타고 내려와 몸의 중심부를 통과했다. 갑자기 그는 자신을 강렬하게 자각하게 되었고 그것은 그가 온몸으로 생각할 수 있게 된 것과도 같았다.

미란다가 외쳤다.

"정말 대단해요! 당신이 그걸 느껴요?"

던은 미란다가 그의 머릿속에서 일어나고 있는 일들을 분명히 감지하는 것을 보고 깜짝 놀랐다. 로버트가 머릿속으로 들어오는 데 겨우 익숙해지기 시작했기 때문에 다른 사람이 자신의 머릿속 일들을 아는 것에 어떻게 대응해야 할지 당황스러웠다. 그녀가 계속해서 말했다.

"이제 당신의 의식 속에 머물러요. 그리고 머릿속에서 숨쉬기 시작해요. 지금 당신이 있는 그 빛 속에서. 코를 통해 깊이 숨을 들이쉬고 풍성한 숨이 당신의 폐에서부터 의식까지 하나의 우아한 움직임으로 여행하도록 두세요. 당신의 의식을 각각의 숨과 함께 보살피세요."

처음에 던은 폐를 제외한 곳에서 숨을 쉰다는 것에 회의적이었다. 그러나 그것에 대한 생각을 멈추자 그 일이 얼마나 쉬운지 놀랐다. 지속적인 움직임 안에서 숨이 흘러들고 나갈 수 있게 천천히 조절함으로써 머리 중심으로 향할 수 있었다. 숨을 들이쉴 때마다 그 호흡은 머리를 에너지로 가득 채우는 것 같았다. 그리고 숨을 내쉴 때는 그 에너지가 사라지지 않고 차분하게 안정되는 듯했다. 몇 번의 호흡 후에, 그는 놀랍도록 편안해지는 것을 느꼈다.

미란다가 긴 침묵 후에 말했다.

"좋아요. 당신 둘 모두 의식에 잘 연결된 것 같군요. 정신적 능력이 상당히 향상됐어요. 이제 감정으로 넘어가요."

던은 긴장이 되어 의식으로의 연결을 바로 놓치고 말았다. 미란다가 '감정'이라는 단어를 말하자 이내 불편해졌다. 그는 그 단어를 좋아한 적이 없었다.

"계속 눈을 감고 흉골 중심 아래, 가슴 가운데에 있는 감정에 집중해요. 순수한 사랑, 행복, 혹은 즐거움 같은 감정들로 가득 찰 때까지 이곳에 집중해요."

던은 이 자리를 찾는 게 더 어려웠다. 머릿속으로 가슴에 있는 그곳을 찾기 위해 여러 다른 장소들을 돌아다녔다.

"던, 척추 쪽으로 이동해서 집중해 봐요. 당신은 너무 앞으로 갔어요. 지금 당신은 몸 15센티미터 앞에서 집중하고 있어요."

던은 척추 쪽으로 나아가 보려 했으나 사랑과 행복은 고사하고 감정과 비슷한 그 무엇에도 연결될 수 없었다. 그가 새로운 몸에 있기는 했지만 암 때문에 가슴과 복부를 둘러싼 모든 감정을 피하는 것에 너무나 익숙해져 버렸기 때문이었다. 그는 그곳을 찾을 수 있을 것 같지 않았다.

이때, 미란다가 외쳤다.

"거기예요! 아주 좋아요, 로버트. 당신은 감정의 중심과 연결됐어요. 의식만큼 향상되지는 않았지만 이 연습을 계속한다면 당신은 사랑 이상의 것으로 자신을 채울 수 있게 될 거예요."

던은 로버트가 자신보다 먼저 감정에 연결된 것에 화가 났다. 경쟁을 하고 있는 게 아니라는 것은 알고 있었지만 로버트가 먼저 성공한 것이 짜증나는 무엇인가가 있었다.

"자, 던, 당신은 여전히 더 뒤쪽으로 옮겨가야 해요. 무서워 보이는 건 알지만 당신의 몸속에 있다는 건 두려워할 일이 아니에요. 난 당신이 감정으로부터 단절된 어떤 이유가 있었을 거란 걸 이해해요. 무척 고통스러웠을 거예요. 하지만 지금은 안전해요. 안심하고 척추 뒤쪽으로 몇 센티미터 정도 더 나아가서 집중해요."

미란다의 말은 그를 진정시키는 효과가 있었다. 그는 앞과 뒤로 동시에 움직이면서 어지러움을 느꼈다. 추락하는 동시에 떠오르는 듯한 느낌이었다. 그러나 그의 움직임이 뚜렷해졌을 때, 따뜻한 액체가 가슴 중심으로부터 배 위로 천천히 떨어지기 시작하는 것 같은 느낌이 들었다.

미란다가 가만히 말했다.

"거기예요. 기분 좋게 느껴지지 않아요?"

던은 그가 얼마나 편안해졌는지를 보고 깜짝 놀랐다. 지난 몇 년 동안 경험해 보지 못한 느낌이었지만 이상하리만치 익숙했다.

"당신 둘 다 감정에 연결하는 연습을 정기적으로 해야 해요. 연습할수록 조금씩 쉬워질 거예요. 이제 당신의 육체적 감각으로 움직일 준비가 되었나요?"

어떤 까닭인지 던은 기진맥진해졌고 잠자는 것 외엔 더 이상 아무것도 하고 싶지 않았다.

"자, 이제 마지막이에요. 이 연습들이 어렵다는 건 알지만 당신 스스로를 균형 잡기 위해서는 육체적 감각에 연결되는 것 또한 중요해요."

던은 그가 피곤하다는 것을 알리려고 소리 내어 투덜거렸다. 그의 몸속에 있다는 게 얼마나 피곤한 일인지 놀라웠다.

"당신의 배꼽에서 4센티미터 밑에 있는 곳에 집중해요. 이곳은 육체적 감각의 중심이에요. 하지만 영체의 다른 부분들처럼, 그건 사실상 당신 온몸에 스며들어 있는 거예요. 육체적 감각의 에너지를 느낄 수 있는지 보세요."

이번엔 던이 익숙했던 과정이었으므로 빠르게 배꼽 밑에 집중할 수 있었다. 그는 곧 불편해지기 시작했는데 그 직후에 로버트는 그가 느끼고 있는 것을 소리 내어 말했다.

"나는…… 부끄러워요."

미란다가 길게 숨을 내쉰 후 말했다.

"유감스럽게도 그건 오늘날의 사회에 살고 있는 사람들에게 매우 흔한 반응이에요. 육체적 중심은 곧장 성생활과 연결되어 있는데 우리는 몇 년 동안이나 몸을 부끄러워하도록 교육 받았어요. 특히 성생활에 관련되었을 때는."

던이 꼼지락거렸다. 이런 연습들의 진가를 알아보기 시작하긴 했지만 이번 것은 정말 마음에 들지 않았다. '부끄럽다'는 절제된 표현이었다. 어머니가 돌아가신 후, 그는 부부들이 서로에게 어떻게 애정을 표시해야 하는지를 볼 만한 대상이 없었다. 가끔씩 등을 어루만져 주는 것을 제외하고는 그의 아버지도 그를 거의 만지지 않았다. 수전이 그를 안으러 다가올 때마다 피하지 않게 되기까지도 몇 년이 걸렸다. 그러나 지금 그의 부끄러움은 완전히 새로운 차원의 것이었다. 육체적 감각에 집중하는 동안, 그는 새 몸으로 들어온 이후 처음으로 그가 발가벗고 있다는 사실을 깨달았다.

"좋은 소식은 당신 둘 다 느끼고 있다는 거예요. 죄책감이

나 부끄러움 없이 육체적 감각의 즐거움을 알게 될 때까지는 약간의 연습이 필요할 거예요. 하지만 적어도 내가 다뤄야 할 어떤 심각한 벽은 보이지 않네요. 난 내 육체적 감각을 알기 위해 노력하는 처음 몇 달 동안 아무것도 느낄 수 없었어요. 어린 시절의 학대는 나를 영체로부터 완전히 분리시켰어요. 내가 모든 것을 다시 느끼게 되기까지 여러 차례 구체화 치료를 받았어야 했죠."

던은 미란다가 불쌍했다. 그는 이번 생에서 많은 시련을 거쳐 왔지만 감사하게도 어렸을 때 학대를 받은 적은 없었다.

"이제 모두 천천히 눈을 뜨고 깊이 숨 쉬기를 계속하세요. 당신이 눈을 뜨고 있는 동안에도 영체와 융화된 채로 남아 있을 수 있는지 보세요."

던이 천천히 눈을 떠 미란다와 차 내부에 초점을 맞췄을 때 이상한 감각을 느꼈다. 모든 것이 아주 멀리 있는 것 같았고 차는 훨씬 커 보였다.

로버트가 소리 내어 말했다.

"지금 모든 것이 멀리 있는 것처럼 보여요."

"그건 당신이 드디어 몸속으로 돌아갔기 때문이에요. 대부분이 그렇듯 당신들은 몸의 몇 센티미터 앞에서 살고 있었어요. 그러나 지금은 영체와 융화되어 있기 때문에 사물들이 예전보다 멀어져 보이는 거예요."

이 말을 들은 던이 미란다에게 시선을 돌렸지만 그녀의 얼굴에 초점을 맞출 수가 없었다. 그가 긴장을 풀자, 초점이 돌아왔다. 그러나 그의 깊은 자각도 함께 돌아왔다. 모든 것이 원래처럼 가까워졌고, 잡고 있던 자신의 몸을 놓쳤다는 것을 깨닫자 화가 났다.

미란다가 말했다.

"걱정 말아요. 만약 당신이 몸 밖에서 사는 데만 익숙했었다면 몸속에서 살 수 있게 되기까지 연습이 필요해요. 하지만 이 연습은 정기적으로 해야 도움이 될 거예요."

피터가 끼어들며 말했다.

"방해하려는 건 아니지만, 우린 방금 애슐랜드 시내에 도착했어요."

고속도로를 빠져나온 후에 차의 속도가 상당히 줄었다는 것을 던은 알고 있었다. 그러나 피터가 얘기해 주기 전까지는 창밖을 내다보지 않았었다. 그들은 초록색 차양들, 매달려 있는 커다란 꽃바구니들, 그리고 반 블록마다 무심히 차 앞을 가로 질러가는 보행자들이 있는 목가적인 광장을 바라보며 조용히 앉아 있었다.

미란다가 말했다.

"나와 함께 나누어 줘서 정말 고마워요. 동물과 해본 적은 없었는데 던이 그 일을 잘 받아들여서 놀랐어요."

로버트가 강아지를 바라보며 말했다.

"던은 매우 특별해요."

"네, 알 수 있어요, 대단한 일이에요! 가능성은 무한하지요. 난 정말 흥분돼요."

미란다가 흥분하여 소리지르자 피터가 눈을 부릅뜨며 냉담하게 말했다.

"나도 그래. 서로 다른 종 사이의 치료를 위한 엄청난 시장이 있을 거야."

"이런, 입 다물어요, 나쁜 사람."

미란다가 핀잔을 주자 뾰로통해진 피터가 로버트에게 물었다.

"어디에 내려주면 좋겠어요?"

"우리랑 함께 마르티카한테 가도 될 것 같아요. 안 그래요?"

미란다가 말하며 로버트와 던을 돌아보았다.

"명상 센터를 운영하는 우리 친구는 인심이 후해요. 당신들에게 식사를 대접하는 걸 기쁘게 생각할 거예요."

유진을 떠난 이후로 던은 아무것도 먹지 못했고 힘들었던 밤으로 에너지가 바닥난 상태였다.

로버트가 말했다.

"그거 좋겠네요. 당신의 친구를 만나보고 싶어요."

도심으로 진입한 지 얼마 되지 않아 피터는 언덕 쪽으로 차를 돌려 넓은 주택가로 들어갔다. 깔끔하게 손질된 사유지에는 양, 말, 라마, 닭들 같은 인상적이고 다양한 동물농장들이 있었다. 그들은 언덕 아래 자갈밭 도로 쪽으로 들어가 허름한 두 채의 붉은색 건물 사이에 주차했다.

"여기가 마르티카의 집이에요."

미란다가 차 밖으로 나와 말한 뒤 기지개를 켜며 하늘을 바라보았다.

"내가 들어가서 친구한테 당신들이 여기서 저녁을 먹을 거라고 얘기할게요."

로버트가 말했다.

"너무 폐가 안 된다면요."

미란다가 큰 집 옆문을 향해 걸어가며 말했다.

"물론 괜찮을 거예요. 곧 돌아올게요."

미란다와 친구가 함께 돌아오기를 기다리면서 로버트는 이 장소에 매우 익숙한 에너지 형태가 있다는 것을 알아챘다. 오리건 주 남부에 가본 적은 한 번도 없었지만 이 특별한 사유지의 조경 방식을 알아볼 수 있었다. 에너지의 흐름이 매우 뚜렷했고 그의 과거에 깊이 묻혀 있는 무엇인가를 기억나게 했다. 피터가 옆에서 계속 잡담을 했지만 로버트는 주의가 딴 데 팔려 있어 엉뚱한 순간에 고개를 끄덕였다.

그 순간, 그가 느끼고 있는 에너지를 관찰하고 있는 누군가가 뒤에서 다가오는 것이 느껴졌다. 그가 돌아보자 물결 모양의 짧은 금발머리 여자가 다정히 미소를 지었다. 그녀는 매끈하게 늘어진 하얀색 면 드레스를 입고 있었고 네 개의 얼음 물잔이 놓인 은색 쟁반을 들고 오는 중이었다.

미란다가 두 사람을 서로에게 소개했다.

"로버트, 여긴 마르티카예요. 마르티카, 이쪽은 로버트야."

"만나서 반가워요, 로버트."

마르티카가 재채기를 크게 하는 바람에 쟁반의 물잔을 떨어뜨릴 뻔했다. 그러고는 코를 훌쩍거리며 말했다.

"우리와 함께 저녁을 드시겠어요?"

로버트가 대답했다.

"너무 번거롭게 해드리는 게 아니라면요."

로버트는 침착해 보이려 노력했지만 손이 너무 떨려서 쟁반에서 물잔을 집어들 때 달그락거리는 소리가 났다.

피터가 마르티카에게 물었다.

"방은 준비됐어요?"

"그럼요. 어딘지 기억하지요?"

마르티카가 쟁반을 든 채 가능한 한 조심스럽게 다시 재채기를 했다.

"물론이지."

미란다가 대답하고 피터를 따라 허름한 건물 중 하나인 콘도의 계단 쪽으로 갔다.

"저녁 먹을 때 봐요. 고마워, 마르티카!"

마르티카가 주의 깊게 둘러보더니 로버트에게 물었다.

"강아지가 있어요?"

"네, 까만 래브라도요."

로버트가 차의 좌석에서 마르티카를 보고 있던 던을 가리키며 말했다.

그녀가 다시 재채기를 했다.

"아, 어쩐지. 난 개한테 심한 알레르기가 있어요. 안으로 들어가야겠네요. 저녁식사에 온 걸 환영해요. 하지만 개는 밖에 두셨으면 좋겠어요. 어렸을 때부터 알레르기가 있어서 조심하지 않으면 식도가 막혀 버려 밤새 병원에 있어야 할 거예요."

마르티카는 프랑스식 주방까지 걸어가는 짧은 거리 동안 세 번 더 재채기를 했다. 그녀가 안으로 들어가는 것을 보고 차로 돌아온 로버트는 던이 바닥에 웅크려 떨고 있는 것을 발견하고 그를 세게 흔들었다.

"왜 그러나? 자네 괜찮은 거야?"

던이 집을 향해 몸짓하며 낑낑거렸다.

"그 사람이에요."

"마르티카? 그녀가 누군데?"

로버트는 마르티카가 자신의 삶에 있어 중요한 사람이라는 것을 알고 있었지만, 던 또한 그녀에게 강한 반응을 하는 것을 보고 놀랐다.

"우리 엄마인 것 같아요."

"그게 어떻게 가능하지? 당신 어머니는 암으로 돌아가셨다고 했잖아?"

"아버지가 나한테 그렇게 말한 거예요. 하지만 이모는 내가 두 살이 되자 엄마가 우리를 떠난 거라고 말했어요. 엄마가 부모가 되는 것을 감당할 수 없어 우리를 버렸다고 했어요."

로버트가 생각했다.

'이건 매우 복잡해지겠군. 앞으로 몸을 선택할 때는 더 잘 알아봐야겠어.'

던이 계속해서 말했다.

"그녀의 이름이 메리가 아닌지 물어봐요. 엄마가 확실해요. 당신이 내 지갑을 강에 던져 버릴 때까지 매일 간직하고 있던 사진이 있었어요. 완벽하지 않나요? 내 엄마가 나한테 알레르기가 있다는 게! 난 그녀를 결국 찾아냈는데 그녀는 내 근처 5미터 안으로 들어올 때마다 아파하잖아요."

로버트가 조심스러운 목소리로 말했다.

"안 됐군. 자네 괜찮은 건가?"

던이 화를 내며 대답했다.

"아니, 괜찮지 않아요. 왜 이런 일이 내게 벌어지는 거죠? 요점이 뭐예요? 잔인한 농담인가요? 당신은 정말 나를 돕기 위해 온 건가요, 아니면 나를 고문하기 위해 온 건가요?"

"그녀가 그대의 어머니인 줄은 몰랐어."

"당신은 모든 것을 알고 있어야만 해요!"

던의 말들은 높은 비명 소리로 터져나와 그냥 지나가는 사람이라도 어린 강아지가 아프다는 것을 추측할 수가 있었다.

로버트가 강한 어조로 말했다.

"아니야. 우주가 모든 것을 알고 있어. 그래서 우주가 그대를 여기로 데려온 거야. 내가 아는 것은 그대의 운명이 아직 완성되지 않았다는 것이고, 난 이게 그중 가장 중요한 이유라고 확신해. 그대는 어머니가 아직 살아 있다는 것을 알아야 했고, 그녀가 일부러 그대를 버렸다는 사실을 직면해야만 해."

로버트의 말에 던은 마음이 아파 왔다.

"알고 있었어요. 엄마가 날 사랑하지 않았다는 걸 알고 있었어요."

로버트가 숨을 깊게 내쉬며 던의 주둥이 옆을 가만히 쓰다듬었다.

"그건 사실이 아니야. 어떤 엄마가 이런 귀여운 얼굴을 사랑하지 않을 수 있겠어?"

"하나도 재미있지 않아요."

"알았어, 미안하네. 좋아, 마르티카에게 가서 얘기해 보지. 그러면 우리가 이 모든 것에 대해 나중에 무엇을 해야 할지 알아낼 수 있을 거야."

던이 훌쩍이며 말했다.

"나에 대해 그녀에게 말할 건가요?"

로버트가 깊이 숨을 들이쉬고는 한숨을 내쉬었다.

"그냥 대화를 시작할 거라고 약속하지."

로버트는 자갈밭 도로를 가로질러가 흰색의 프랑스식 주방 문을 두드렸다. 마르티카가 나와 로버트를 들어오게 하고 스토브로 돌아가서 큰 밥솥을 휘저은 뒤 뚜껑을 닫았다.

마르티카가 로버트에게 주방 가운데 있는 탁자 옆 의자를 가리키며 물었다.

"차 좀 마실래요?"

로버트가 마르티카의 눈을 깊게 응시하며 대답했다.

"아니요, 괜찮아요."

그의 시선이 마르티카를 불시에 덮쳤다. 그녀는 그의 반대편에 앉아 식탁을 정리하면서 시선을 피하려 했다. 그녀의 부산스러움이 결국 멈추자 그들은 한마디 말도 없이 한동안 서로를 바라보았다. 로버트는 마르티카의 손이 떨리고 있는 것을 보았다. 로버트가 그것을 눈치채자마자 마르티카는 그의 시선을 의식해 손을 깔고 앉았다.

로버트가 말했다.

"마르티카, 재미있는 이름이에요"

"내 이름은 메리예요, 하지만 그건 '아픔'을 의미하지요."

그녀가 초조해하며 웃었다. 그리고 말을 이었다.

"난 내 인생을 슬프게 하고 싶지 않았어요. 그래서 바꾼 거예요."

"그게 언제예요?"

"음…… 언제더라, 거의 37년 전인 것 같네요. 시간 정말 빠르죠. 내 열여덟 번째 생일날이었어요. 난 내 예전 삶에서 도망쳐야 했고, 그래서 이름을 바꾸고 모든 것을 뒤에 남겨 두었지요."

"그랬군요."

로버트가 알고 있다는 듯 말하고 그녀를 잠시 바라보았다.

마르티카가 어색한 침묵을 깨며 물었다.

"당신은 어디에서 머물 건가요?"

"아직 몰라요. 던과 난 아마 별들 밑 어딘가에서 잠을 자게 되겠죠. 날씨는 따뜻하고, 자연 속에서 다시 일어나는 건 멋질 거예요."

"던은 당신의 강아지인가요?"

로버트가 웃으며 대답했다.

"내 강아지라고 말하지는 않겠어요. 하지만 그를 잠시 돌봐 주기로 약속했지요."

마르티카가 자리에서 어색하게 자세를 바꾸며 말했다.

"같이 초대하지 못해서 미안해요. 하지만 알레르기가 너무 심하거든요."

"괜찮아요. 그는 결국 이해하게 될 거예요."

로버트가 재미있게 하려고 한 말이었지만, 얘기를 하고 나니 던이 정말 이해할 수 있을지 확신이 서지 않았다.

로버트는 마르티카의 눈을 다시 한 번 깊이 들여다보며 그녀가 참아낼 수 있는 만큼 오래 그녀의 시선을 붙잡았다. 그녀에게서 느껴지는 깊은 슬픔에 로버트는 서글퍼졌다. 그녀는 이번에도 쉬운 삶을 살고 있지 않은 게 분명했다.

초조해하는 마르티카가 탁자 위에 있는 화분을 옮기며 말했다.

"저녁을 먹기 전에 옷을 갈아입어야겠어요. 당신이나 강아지한테 특별히 식이요법이 있나요?"

"아니요, 아무거나 먹습니다. 하지만 던은 과일을 싫어해요."

마르티카가 웃으며 말했다.

"대부분의 개들이 그렇지요. 그럼 조금 있다가 봐요."

저녁을 먹는 동안 마르티카는 품위 있는 주인 역할을 충실히 했다. 주말 명상 모임을 위해 그녀의 집에 머물고 있는 일

곱 명을 위한 아스파라거스 리조또를 혼자서 준비하고 예의를
갖춰 모든 손님들과 대화를 하려 했다. 그러나 분명히 로버트
에게 말할 때는 긴장했으며 저녁 내내 피하려 했다.

저녁식사 후 손님들이 명상 모임의 첫날을 위해 일찍 방으
로 되돌아갔다. 그러나 로버트는 저녁식사 자리에 머물렀다.
모든 사람들이 가고 나자 그는 조용히 주방에 있는 마르티카
에게로 가서 그녀가 설거지를 끝낸 접시의 물기를 닦았다.

싱크대에서 로버트는 다시 한 번 마르티카의 시선을 잡고
그녀의 눈을 깊게 바라보았다. 그녀가 느껴본 적 없는 강렬함
이었지만 로버트의 눈길에는 무엇인가 매우 낯익은 것이 있었
다. 그것은 그녀가 지난 몇 년 동안 수없이 꿈에서 보았던 눈
길이었다. 그녀는 바로 이런 눈을 가진 사람을 찾아 헤맸었던
걸 기억했다. 그러나 세월이 지날수록 꿈들은 희미해져 갔고,
이 순간이 오기 전까지 모든 것을 거의 잊어버리고 있었다.

마르티카가 오랜 침묵을 깨고 마침내 물었다.

"내가 당신을 알던가요?"

로버트가 사무적으로 대답했다.

"네."

"아니, 내가 당신을 정말 아느냐고요."

그가 반복해서 대답했다.

"네."

"당신을 전부터 알았었다는 느낌이 들어요."

"우리는 서로를 여러 생 동안 알아왔었어요."

로버트가 은수저들을 서랍 속에 땡그랑 소리를 내어 넣으며 말했다.

그 소리를 듣자 마르티카는 긴장이 풀어졌다. 그녀의 불안함이 두 사람 사이에 흐르기 시작한 무조건적인 사랑으로 바뀌는 낯익은 느낌이 있었다. 매 순간 그 사랑은 강해졌고, 점차 그들 주변의 모든 것들을 사라지게 만드는 힘이 있었다.

"우리는 원래 어떤 사이였어요? 기억하나요?"

마르티카가 초조해하며 물었다. 로버트가 무엇을 말하든 간에 그녀의 삶을 돌이킬 수 없도록 영원히 바꾸리라는 것을 알고 있었으나 어쩔 수 없었다.

로버트가 고통스럽게 말했다.

"물론 기억해요. 당신은 다른 생에서 나의 어머니였어요. 오래 전에."

마르티카의 눈에 차오른 눈물이 그녀의 뺨을 타고 흘러 드레스 위로 떨어져 내렸다. 오래전에 잃은 아들이라는 것을 깨닫자 그녀를 움츠러들게 했던 감정이 쏟아져 나왔다. 주방의 불빛이 아른거렸다.

마르티카가 흐느끼며 말했다.

"미안해요. 내가 왜 우는지 모르겠어요."

"나는 알아요. 당신이 내가 일곱 살 때 나를 버렸기 때문이에요."

로버트의 말에 마르티카는 놀라움에 사로잡혔다.

"그게 무슨 뜻이에요?"

로버트가 진지하게 말했다

"당신은 자신의 삶을 선택했어요."

그 말을 듣자마자, 기억의 홍수가 마르티카의 의식으로 밀려 들어왔고 그녀는 겁에 질렸다. 그녀는 로버트의 아버지와 그녀가 그를 얼마나 사랑했는지, 그리고 남편이 죽었을 때 아이를 혼자 키워야 한다는 책임감에 얼마나 당황스러웠는지를 기억했다. 로버트를 혼자 힘으로 키워 보려 했지만 슬픔은 극에 달했고, 아이를 돌볼 힘이 없었다. 그녀가 울며 말했다.

"미안해요. 나를 용서해 줄래요?"

"아니요, 당신을 용서할 수 없어요."

그의 말은 그녀의 가슴을 깊게 찌르는 칼처럼 느껴졌다. 그녀가 긴 침묵 후에 물었다.

"어째서요?"

"용서는 당신의 영혼과 우주 사이에 있는 거예요. 난 사랑을 줄 수는 있지만 용서는 내가 줄 수 있는 게 아니에요. 그게 바로 당신이 계속 돌아와서 같은 고통을 당신과 가족에게 가하고 있는 이유예요."

로버트가 말하는 것들은 듣기에 너무 괴로웠지만 진실을 알려주는 무엇인가가 있었다.

로버트가 물었다.

"아직도 당신은 아이들과 어려움을 겪고 있나요?"

마르티카가 훌쩍이며 대답했다.

"내 딸이요. 집을 나간 지 삼 년 됐어요. 난 아직도 그 애가 어디 있는지 몰라요."

그녀가 손에 얼굴을 묻고 흐느꼈다. 그녀의 온몸이 떨리기 시작했다.

"그 애가 너무 걱정 돼요. 왜 그렇게 불행해하는 걸까요?"

"왜냐하면 해결되지 않은 당신의 실수에 대해 그 아이가 대가를 치르고 있기 때문이에요. 부모가 가장 중요한 삶의 교훈들을 겪지 않고 나아갈 때 그 교훈은 그들의 자식들과 손자들에게로 전달돼요. 그들이 결국 해결할 때까지요. 가족의 저주에 대해 들어본 적 있어요?"

마르티카가 끄덕였다.

"그것이 가족의 저주라고 하는 거예요. 아이들은 부모와 조부모의 얽히고설킨 관계의 짐을 부여 받고 그들은 또 그들의 아이에게 그 얽힘의 원인이 풀릴 때까지 끝없이 물려주게 되죠."

"내가 무엇을 할 수 있을까요?"

"당신의 영혼이 무엇을 할지 이미 알고 있어요. 왜냐하면 당신이 다시 이곳에 왔기 때문이에요. 당신은 실수를 바로잡기 위해 같은 유형의 가족으로 계속해서 태어나고 있어요. 하지만 곧 희생당했다고 느끼며 당신의 오랜 습성으로 물러나요. 그래서 당신은 영혼의 계약을 충족시키지 못한 채 떠나게 되는 거예요."

"하지만 내가 딸을 떠난 게 아니에요. 그 애가 나를 떠났어요."

"당신이 그 애를 떠난 후였지요. 감정적으로."

마르티카는 로버트의 날카로운 지적에 놀라 물었다.

"언제 그걸 알게 된 거예요?"

로버트가 웃으며 말했다.

"지난 몇 백 년 혹은 그쯤 동안에요."

"당신 어머니가 당신을 매우 자랑스러워하겠어요."

"난 어머니가 없어요. 당신 이후로 어머니를 가져본 적이 없어요."

이 말은 마르티카를 슬프게 했다.

"어째서요?"

"내가 아무도 원하지 않았기 때문이에요."

"어떻게 어머니를 원하지 않을 수 있어요?"

"당신은 그 이유를 듣고 싶지 않을 거예요."

"듣고 싶어요. 왜죠?"

"왜냐하면 난 그녀가 나를 떠나길 바라지 않았기 때문이에요. 당신이 그랬던 것처럼."

마르티카는 방금 배를 주먹으로 맞은 것처럼 폐에서 숨이 빠져나오는 느낌이 들었다.

"내가 초래한 일이었군요."

긴 침묵 후에, 로버트가 물었다.

"당신이 이름을 바꾸고 떠났던 삶은 어땠나요?"

마르티카는 로버트가 미소를 지을 때 처지는 입가가 무척 낯익다는 것을 알았다. 그의 편평한 작은 코끝이 먼 과거의 누군가를 떠올리게 했다. 그리고 그의 파란색 물빛 눈을 깊게 바라볼수록 그가 더 낯익어졌다. 그녀는 감정을 더 이상 주체할 수 없었다. 눈에서 다시 눈물이 흘러내렸다. 그녀는 입을 떼면서 굳이 눈물을 닦아내려 애쓰지 않았다.

그녀가 흐느꼈다.

"내…… 첫아들……. 그 애가 태어날 때 난 겨우 열여섯 살이었어요……. 엄마가 된다는 걸 감당할 수 없었어요. 내 자신이 어린아이였어요."

로버트는 자신도 모르게 그녀의 손을 감쌌다.

그녀가 손등으로 뺨의 눈물을 닦아내며 말했다.

"당신은 그 애를 닮았어요. 오늘 당신을 처음 봤을 때 알아차렸어요. 하지만 내 자신에게 울지 않겠다고 약속했었죠. 미안해요."

그녀가 훌쩍거리며 말을 이었다.

"당신이 정말 그 아이는 아닌 거죠? 그렇죠? 당신이 나의 던인가요?"

"아니요, 난 로버트예요. 하지만 내 생각에 당신은 곧 던을 찾을 수 있을 거예요."

"내가 그 아이를 다시 볼 수 있을지 모르겠어요. 날 봐요. 난 망신창이예요. 오늘 전에는 난 당신을 기억하지도 않았어요. 마음 상해하지 말아요."

"그렇지 않아요."

"하지만 던을 떠난 것에 대해 후회하지 않은 날이 하루도 없었어요. 그 애를 매일 생각했어요. 그 애가 어디에 있는지, 그리고 무엇을 하고 있는지 걱정돼요. 몇 년 전에 찾아보려 했었지만 그 애 아버지가 죽었고, 어디서 찾아야 할지 알 수가 없었어요. 그 애가 잘 지내고 있으면 좋겠어요."

마르티카가 다시 흐느끼기 시작했다.

"내 아이가 무사했으면 좋겠어요."

"그가 잘 지내고 있다는 건 확실해요."

"그러길 바라요. 울어서 미안해요. 이런 모습 보이려던 게 아니었는데."

"처음 있는 일은 아니에요."

로버트가 미소를 짓고는 계속 해서 말했다.

"난 그저 이번에는 당신이 아이들에게 보상을 해줄 힘을 찾게 되길 바라요. 그래서 다음 생에서는 다시 이곳으로 돌아와 그 모든 것들을 되풀이하지 않기를 바랄 뿐이에요."

"난 이걸 반복할 힘이 없어요."

"그럼 우리의 부탁을 들어줘요. 이번 생 동안 그것을 최종적으로 마무리하겠다고."

"내가 어떻게 해야 할지 모르겠어요."

"당신은 뭘 해야 할지 정확히 알고 있어요. 먼저 당신 아이들을 찾아야 해요. 그리고 진심으로 말해요. 당신 아이들은 당신의 머릿속에 뭐가 있는지 신경 쓰지 않아요. 그들은 단지 당신의 사랑을 원해요. 당신의 마음을 그들과 함께 나눠요. 그리고 그들의 마음을 당신한테 말할 때 다시는 도망가지 말아요."

"알았어요."

로버트가 말했다.

"그리고 한 가지 더."

"네?"

"내 생각에 당신은 알레르기 약을 좀 준비해 두는 게 좋겠어요."

6

영혼 가족

다음 며칠 동안, 로버트와 던은 마르티카의 소유지 한쪽 구석에서 작은 텐트를 치고 야영을 했다. 로버트는 얼마나 오래 애슐랜드에 머무르고 싶은지 알 수 없었지만, 시간이 지나면서 만나야 할 특별한 사람이 있다는 것을 느끼기 시작했다. 그가 여름이 끝날 때까지 기묘한 산 도시에 남아 있겠다는 의사를 밝히자, 마르티카는 로버트와 던이 도시 외곽에 있는 친구의 전통적인 티피(인디언 원주민들이 살던 동물 가죽의 삼각형 텐트)에서 지낼 수 있도록 해주었다.

티피에서 시내까지는 먼 거리였지만 로버트는 운동을 즐겼고 던에게는 마르티카에 대한 그의 감정을 충분히 공유할 수 있는 시간을 주었다. 봄의 마지막 날에, 로버트는 바닥에 떨어진 나무들로 땔감을 만들어 티피 한가운데에 불을 지폈다.

던이 불을 바라보며 말했다.

"우리가 형제였다는 걸 의미하는 것 같아요."

로버트가 웃으며 말했다.

"음……, 나도 그런 것 같아. 재미있는 반전이야, 안 그런가?"

"당신은 우리가 형제였다는 걸 몰랐어요?"

"그대가 내 영혼 가족의 일부분이라는 건 알았지만 같은 어머니를 갖고 있는 줄은 몰랐어."

던이 물었다.

"영혼 가족이 뭐예요?"

"그건 그냥 보통 가족과 똑같은 거야. 하지만 이번 생에 제한되어 있는 건 아니지. 과거의 어떤 생에서든 자네와 관련됐던 모든 사람들이 영혼 가족의 일부야."

던이 못 믿겠다는 듯 말했다.

"그건 당신이 전생을 믿는다는 말이군요."

그러자 로버트가 웃으며 말했다.

"그대는 지금 강아지의 몸속에 있어. 그러면서도 전생을 믿지 않는다고? 진심인가?"

던이 한숨을 내쉬며 말했다.

"믿기 어려워요. 당신은 어떤 사람이 당신 영혼 가족의 일부분인지 아닌지 어떻게 알아요?"

"그건 어렵지 않아. 그대도 알고 있어. 영혼 가족의 일원에게는 그대를 곧 편안하게 만들어 주는 익숙함이 있지. 좋아하는 것과 싫어하는 것 같은 매우 명확한 공통점들을 가지고 있어. 또 어떤 사람을 처음 만났을 때 수다 같은 것을 떨지 않고 바로 깊은 단계에서 소통할 수 있는 즉각적인 교감을 느낄 수 있어."

"그런 일이 전에 일어났었어요. 수전이 그랬어요. 난 수다를 싫어하는데 그녀는 내가 만나자마자 의미 있는 대화를 할 수 있었던 첫 번째 사람이었어요."

로버트가 고개를 끄덕였다.

"그리고 예고 없는 방문자가 되는 것에는 시간이 항상 중요한 문제이지. 그래서 난 내 영혼 가족의 일원들과만 일하려 하는 거야."

긴 침묵 후에 던이 말했다.

"로버트?"

"말하게, 던."

"그녀가 나를 기억하나요?"

"물론 기억하고 있어."

"그녀가 나를 알아보던가요? 내 말은…… 당신을…… 내 뜻은, 그녀가 당신을 보고 나로 생각하던가요?"

로버트가 웃었다.

"그랬어."

"그녀가 왜 나를 떠났는지에 대해 얘기해 봤어요? 내가 무슨 잘못을 한 건가요?"

로버트가 매우 진지해지며 말했다.

"들어보게, 던. 그대는 그런 감정들을 완전히 버려야 해. 그대의 그런 이기적인 생각이 암의 원인이 됐을 뿐 아니라 어머니가 치유되는 것을 막고 있어."

"이기적이라니요? 그게 무슨 뜻이에요?"

"그대는 어머니의 짐을 붙잡고 있어. 그래서 그녀가 그 짐을 해결할 수 없는 거야."

"무슨 말인지 모르겠어요."

"그녀는 그대의 어머니였는데 그대를 떠났어."

"알아요."

"그대는 어린아이였고 그녀는 어머니였어. 그녀는 그대를 상처 입혔고 그 외에는 아무것도 없어."

"하지만 그녀는 너무 어린 엄마였어요. 그리고 난 무척 다루기 힘들었대요. 아버지가 난 언제나 울기만 했다고 말했어요. 내가 좀 더 행복한 아이였더라면, 그녀는 머물러 있었을 거예요."

"난 그게 그대가 느끼는 실제 감정이라는 것은 알지만 사실인 건 아니야."

"모르겠어요."

로버트가 계속해서 말했다.

"그대는 분명히 해야 할 필요가 있어. 그녀는 그대를 떠났고 그것에 대해 그대가 할 수 있는 일은 아무것도 없었어."

"그런 것 같아요."

"그리고 어머니가 그대를 떠났던 그 짐을 다루는 것은 그녀 혼자 해야 할 일이야. 그대가 그 고통을 붙잡은 채 어머니가 떠나는 것을 막도록 무언가를 했어야만 한다고 생각하는 것은 그녀를 짐으로부터 떼어 놓는 것이고 그녀 자신을 치료하기 위해 일할 수 없도록 하는 것이야."

"당신의 얘기를 들으니 슬퍼지는군요."

"그건 그녀의 짐이 진짜로 그대의 일부분이 되었기 때문이야. 그 짐이 그녀에게로 돌아가게 되면 그대는 깊은 상실감을 느끼게 될 거야. 하지만 그대는 그녀의 짐으로 그녀의 사랑을 대체할 수 없어. 그건 그대에게 아무 소용이 없는 일이야. 그대도 알다시피 그건 그대에게 심각한 상처를 입힐 수 있어."

"당신은 엄마가 떠난 게 내 암의 원인이라고 생각해요?"

"확실하지 않아. 하지만 그대가 모든 것을 포기하게 된 것에 크게 기여했다는 건 알지."

"그 짐을 어떻게 그녀에게 되돌려 주나요?"

로버트가 말했다.

"지금 그렇게 하도록 내가 도와줄 수 있어. 그렇게 하고 싶은가?"

"그런 것 같아요."

"좋아, 그럼 시작하지. 그대 마음의 깊은 곳에서부터 내가 하는 말을 따라 반복하게."

로버트는 던이 준비가 되었는지 확인할 때까지 그의 눈을 깊게 바라보았다. 그리고는 계속했다.

"엄마, 당신은 나를 버렸어요. 그리고 상처 입혔어요."

던은 잠시 멈추고 깊이 숨을 내쉬었다.

"엄마, 당신은 나를 버렸어요. 그리고 상처 입혔어요."

"좋아."

로버트가 그의 셔츠 주머니에서 사진을 꺼내 던의 앞에 놓았다.

"그걸 어떻게 구했어요?"

던이 그가 지갑에 넣어 다녔던 어머니의 낡은 사진을 보고 외쳤다.

"난 당신이 그걸 강에 내던진 줄 알았어요!"

"이게 언젠가 유용할 거라 생각했지. 그래서 유진 시를 떠나기 전에 그대의 지갑에서 꺼내 놓았었어."

던은 반사된 불빛이 사진 위에서 어른거리는 것을 보고는 머리를 흔들었다.

"이제 어머니가 그대를 떠났을 때 어떤 느낌이 들었었는지 어머니에게 말하게."

그 강아지는 로버트를 겁에 질린 눈으로 올려다보고는 머리를 세게 흔들었다. 흔들림이 강해질수록 낑낑거리는 소리는 작아졌다.

로버트가 말했다.

"괜찮아, 내가 여기 있어. 그대는 괜찮을 거라고 약속할게."

던은 눈을 꼭 감고 긴 침묵 후에 드디어 말하기 시작했다. 그의 목소리가 떨렸다.

"엄마. 당신이 떠날 때 난 상처 받았어요. 당신이 어디로 갔는지, 언제 떠났는지 몰랐어요. 난 너무 슬펐어요. 내가 당신이 떠날만한 잘못을 했다고 생각했어요. 왜 내게 그런 생각이 들게 했나요? 왜 당신이 떠난 게 내 잘못이라는 생각을 하게 했나요?"

던의 온몸이 심하게 떨렸고 그는 계속하기 전에 숨을 깊이 들이쉬려 애썼다.

"난 단 하나뿐인 아이였어요. 내 자신을 돌볼 수가 없었어요. 그리고 당신은 갑자기 사라졌어요. 당신이 떠났을 때 난 가치가 없다고 느끼게 됐어요. 내가 당신의 사랑을 받을 가치가 없는 것처럼."

그 강아지는 눈을 뜨고 사진을 깊은 눈으로 바라보았다.

"엄마, 왜 나를 떠났어요? 난 당신의 아이였어요! 당신은 당신의 아이를 떠나면 안 되는 거였어요. 엄마, 왜 나를 떠난 거예요?"

던이 바닥에 쓰러져 발작을 일으켰다. 한참이나 길고 쉰 신음 소리를 내는 동안 그의 네 다리가 버둥거리면서 그의 몸통 전체가 심하게 떨렸다. 로버트가 강아지 옆으로 다가가 그의 목 뒤를 어루만지며 부드러운 목소리로 말했다.

"괜찮아……. 괜찮아질 거야. 진정하고 숨을 깊게 쉬게. 모든 것을 내보내고 숨을 계속 쉬어."

던이 진정되기 시작하자 그의 숨은 정상으로 돌아왔고 발작도 곧 잦아들었다. 로버트가 말했다.

"좋아, 그대가 무척 자랑스럽네. 이제 우리가 해야 할 게 하나 더 남았어."

그 강아지가 조용히 낑낑거리며 그의 머리를 천천히 흔들었다.

로버트가 계속해서 말했다.

"괜찮아. 거의 다 됐네. 그대가 해야 할 마지막 일은 나를 따라 반복하는 거야. '엄마, 내가 지금까지 당신의 짐을 붙들고 있어서 미안해요. 당신이 나를 버린 것은 이제 더 이상 내게 의미가 없어요. 오늘, 나는 당신이 치유를 시작할 수 있도록 당신의 짐을 되돌려 보냅니다.' 자, 따라해 보게."

던이 이 말을 반복하자 안에 있는 커다란 분노의 덩어리가 소멸되기 시작하는 것을 느낄 수 있었다. 그가 기억하는 한 처음으로 그의 안에 버려졌다는 감정이 더 이상 차 있지 않았다. 그리고는 곧 가벼움을 느꼈다. 그러나 분노가 사라졌던 것만큼 빠른 속도로 거대한 슬픔의 홍수가 그 장소로 밀려 들어왔다. 그는 흐느끼기 시작했다.

로버트는 그가 한참동안 울도록 두며 눈물에 젖은 주둥이 옆을 쓰다듬었다.

"개들은 보통 울 수 없는데."

어떤 이유에선지 그 말이 던을 웃기게 만들었고 던은 강아지 소리로 짖으며 크게 웃었다.

"이제 끝난 거예요?"

던은 웃음이 진정되자 작아진 목소리로 물었다.

"그래. 그대가 정말 자랑스럽군. 그대는 매우 어려운 일을 해냈어. 그리고 난 그대가 이 모든 것들로부터 나아갈 수 있을 거라고 믿네."

"난 정말 피곤해요."

"그대에게 일어난 모든 일들과 융화되어 있는 동안은 피곤할 거야. 하지만 걱정할 필요 없어. 쉬면 괜찮아질 거야."

"로버트?"

"말하게, 던."

"엄마가 나를 알아볼 수 있을까요?"

"그러길 바라네."

로버트가 부드럽게 말했다.

"그러길 바래."

도시를 모두 탐험한 후에, 로버트와 던은 현지주민들의 만남의 장소 같은 아파트 슈퍼마켓에 자주 다니기 시작했다. 매일 아침 로버트는 강아지를 데리고 아침 7시에 문을 여는 자연 식료품 가게로 갔다. 그는 출구의 유리문 건너편에서 명상을 하며 각자의 식료품을 가지고 나서는 사람들의 에너지를 살펴보았다. 손님들이 슈퍼마켓에 들어올 때 그들의 에너지는 매우 복잡했으나 나갈 때면 한결 편안해져 이해하기 쉬운 단일한 관심사를 가지고 있었다.

대부분 그들의 생각은 매우 일상적이었다. 가령 '다시 일하러 가야 해', 아니면 '오늘은 너무 피곤해'. 그런데 그가 기대했던 것보다는 더 자주 사람들이 로버트의 관심을 끄는 생각을 했다. 예를 들어 '당신은 더러운 물에서 깨끗해질 수 없어'. 로버트는 이런 생각들을 시장에서 재활용되는 낡은 골판지 위에 쓰기 시작했다. 그러고는 슈퍼마켓을 나가는 모든 사람들이 볼 수 있도록 했다.

사람들은 대부분 골판지의 내용을 보고 아무 말 없이 지나갔으나, 가끔은 특별한 내용이 그들의 신경을 건드렸다. 여름이 시작되는 매우 아름다운 날에, 그는 옅은 녹색 눈의 은빛머리 아가씨 생각을 옮겨 적었다.

모든 것을 기쁜 마음으로 받아들이라.

어떤 이유에서인지 이 특별한 내용은 평소보다 더 많은 수의 쇼핑객들이 그에게 돈을 주게 만들었다. 사람들의 돈은 로버트가 다른 사람들의 생각을 표현해 준 것에 대한 대가는 아니었지만 그는 감사해했다. 그 돈으로 던과 자신을 훨씬 쉽게 보살필 수 있었기 때문이었다. 로버트가 골판지 내용을 바꾸며 말했다.

"오늘은 여름의 첫 번째 날이야."

던이 덧붙였다.

"밀월."

로버트가 미소를 지으며 말했다.

"아, 기억하는군. 그대에게도 행복한 밀월이 되길 바라네."

"낮이 짧아지는군요."

"일 년 중 가장 따뜻한 날이야."

던은 덥수룩한 갈색 머리의 젊은 남자가 슈퍼마켓 문을 빠져나가는 것을 보았다. 그는 평범한 청바지와 티셔츠를 입고 있었지만 로버트의 주의를 끌만한 에너지를 갖고 있었다.

로버트는 그 젊은 남자가 문을 빠져 나가면서 골판지의 내용을 주의 깊게 읽고 있음을 알아챘다.

젊은 남자가 곁을 스쳐 지나가며 혼자 말로 중얼거렸다.

"정말 이상하군."

로버트가 물었다.

"뭐가 이상하다는 건가?"

그가 빨리 걸어가 버리자 로버트가 반복해서 물었다.

"뭐가 이상하다는 거지?"

젊은 남자는 당황한 표정으로 뒤돌아 말했다.

"당신이 모든 것을 기쁘게 받아들이라고 충고하고 있는 것이요. 정작 당신은 돈이 없어 구걸하고 있으면서 말이죠."

로버트가 느물거리며 웃었다.

"난 어떤 것도 구걸한 적이 없는데. 난 지금 오히려 자네에게 뭔가를 주려고 하는 중이야."

"그래요? 언제, 무엇을 줄 건가요?"

"그대에게 줄 걸 이미 가지고 있어. 하지만 그대는 그것을 받아들이기는커녕 그것이 있다는 것조차 알아차리지 못하고 있군."

"이런, 내 생각에 당신이 실수한 것 같아요. 당신은 분명 내게 아무것도 주지 않을 걸요. 아마 나를 다른 사람으로 착각했나 봐요."

"아니, 난 그대를 다른 사람으로 착각하지 않았어!"

로버트는 강한 인상을 심어 주기 위해 일부러 화가 난 것처럼 행동했다.

"제발 내 주위에서 얼쩡대지 말고 가버리게. 난 지금 바빠."

젊은 남자는 전에 없이 텅텅 비어 있는 주차장을 둘러보았다. 분명 무언가 이상했다.

"제발 비켜 달라니까!"

로버트가 반복하고는 휑하니 돌아섰다. 그 젊은 남자는 놀라 잠시 서 있다가 슈퍼마켓을 떠나 버렸다.

던이 말했다.

"당신 못됐어요. 왜 그를 그런 식으로 괴롭힌 거예요?"

로버트가 대답했다.

"인상 깊게 보이려고."

"그럼 제대로 한 것 같네요. 그에게 준다는 건 뭐였어요?"

로버트가 웃었다.

"그가 곧 알아낼 거야. 이미 움직이기 시작했어. 그는 더 알아내기 위해 돌아올 거야."

그 순간 젊은 아이엄마가 유모차와 식료품 가방의 균형을 잡으며 슈퍼마켓을 나섰다. 로버트가 이전의 내용을 지우고 그녀의 생각을 적었다.

난 오렌지를 원합니다.
당신은 무엇을 원하나요?

십 분 안에 로버트는 열두 개의 오렌지를 얻었다. 그는 과일을 가방에 넣고는 인내심 있게 젊은 남자가 돌아오기를 기다렸다. 한 시간쯤 후에, 로버트는 그 젊은 남자가 그들 쪽을 흘깃 쳐다보며 슈퍼마켓으로 다시 돌아오는 것을 보고 던에게 말했다.

"그것 봐, 그가 돌아올 거라고 했잖아. 십중팔구 그가 우리에게 또 다른 오렌지를 줄 거라 장담하지."

던이 말했다.

"난 오렌지 싫어해요. 난 이제 과일을 먹는 생각조차 견딜 수 없어요."

불과 몇 분도 안 되어서 그 젊은 남자는 유리문을 빠져나와 로버트에게 오렌지 하나를 던져 주었다.

로버트가 놀라움과 감사한 모습을 보이려 애쓰며 말했다.

"고맙네. 오늘 하루 내게 일어난 일 중에 가장 멋진 일이야."

"그럼 이제 당신은 내가 원하는 것을 얻게 도와줄 수 있나요?"

로버트가 대답했다.

"물론 그대를 도울 수 있지."

"어떻게 나를 도울 거죠?"

"그대는 자신이 원하는 것을 나타나게 해서 무엇이든 이룰 수 있어."

"아, 정말요? 당신은 왜 그렇게 하지 않나요?"

"그렇게 한다네, 매일."

"그런데 왜 당신은 아직도 노숙자 신세인 거죠?"

"왜 그대는 내가 노숙자라고 생각하지?"

로버트는 그에게 어떤 추측도 하면 안 된다는 것을 보여주고 싶었다. 만약 그들이 어떤 일을 함께 하게 된다면 그것은 중요한 사항이 될 수 있었다.

젊은 남자가 긴 침묵 후에 물었다.

"나타나게 한다는 게 무슨 뜻이에요?"

"오늘은 내가 오렌지를 만들어 냈지."

"당신이 오렌지를 원한다는 표시를 했다는 거군요."

로버트가 웃으며 말했다.

"그리고 그대가 하나 줬어. 그러니 분명히 난 오렌지를 만들어 내는 데 성공했다고 생각하는데."

로버트가 자랑스럽게 미소 지었다.

"그러니까 만약 내가 백만 달러를 원한다면, 내가 해야 할 일은 '내게 백만 달러를 달라'는 표시를 하는 것이고, 그러면 누군가가 내게 그걸 준다는 말이에요?"

"그대는 정말 그런 일이 일어날 거라고 믿나?"

"물론 아니죠! 누군가가 그 표시를 보고 나한테 백만 달러를 줄 리가 없잖아요!"

"그렇다면 그대는 스스로의 질문에 대답한 셈이군."

"그러니 인정해요. 당신이 원하는 무언가를 난데없이 나타나게 할 수 없다는 걸."

"아니. 내가 인정하는 건 그대가 그런 방식으로는 백만 달러를 만들어낼 수 없다는 거야. 무엇인가를 이루어낸다는 것은 무성의한 노력으로 되는 일이 아니야. 그러면 실패하지. 그것은 그대의 목적과 운명이 하나가 되도록 노력해야 한다는 것을 뜻해. 그리고 한 점의 의심 없이 믿고 주저 없이 행동해야 해. 아니면 시간 낭비일 뿐이야. 그대는 정말 백만 달러를 원하는 건가?"

"물론이죠."

"난 그대를 말을 믿지 않아."

"왜 안 믿죠?"

"왜냐하면 난 진심으로 오렌지를 갖기를 원했고 결국 오렌지를 가졌기 때문이야. 그러나 그대의 주머니에는 백만 달러에 가까운 무엇도 없어. 그대가 진짜로 원하는 게 뭔가?"

로버트의 질문에 젊은 남자는 한참 생각한 후에 대답했다.

"행복해지는 거예요."

"그게 내가 그대를 도울 수 있는 일이야. 만약 자신에게 정직하게 되면 반은 이룬 거지. 나는 로버트라고 하네."

그가 손을 내밀며 말했다.

"나는 스콧이에요."

두 사람이 악수를 했다.

"만나서 반갑네, 스콧. 그리고 여기는 내 강아지 던이야. 내일 같은 시간에 다시 여기로 오게. 그대에게 줄 것이 있어."

스콧이 자신의 식료품을 들고 도시를 향해 언덕 위로 걸어갔다.

로버트가 자고 있는 강아지에게 말했다.

"내가 그에게 인상 깊게 했다고 말했지?"

그 순간에, 밝은 파란색 잠자리가 나무 위에서 내려와 로버트의 코앞에서 맴돌았다. 그는 잠자리의 눈을 깊게 들여다보며 천천히 고개를 끄덕였다.

"그래, 분명히 그였어."

로버트가 말했다.

"이제 재미있는 일이 시작될 거야."

2부

가을을 기다리며

Waiting for Autumn

7

·········

이상한 만남

그는 내가 본 사람들 중에서 가장 행복한 노숙자였다. 그의 미소는 따뜻했고 다정했다. 어깨까지 내려오는 머리카락은 헝클어진 턱수염과 잘 어울렸다. 그는 전날과 같은 남루한 갈색 옷을 입고 있었다. 또 한동안 목욕을 하지 않은 듯 몸에서는 냄새가 났다. 그럼에도 불구하고 그의 푸른 바다빛 눈동자에는 무엇인가가 있었다. 그 때문에 나는 그를 무심히 지나칠 수가 없었다.

나는 아파트 슈퍼마켓에서 산 식료품을 들고 주차장 쪽으로 걸어가고 있었다. 내 눈에 표지판을 들고 있는 그의 모습이 들어왔다. 골판지로 만든 표지판에는 손 글씨로 이렇게 적혀 있었다.

모든 것을 기쁜 마음으로 받아들이라.

그는 내가 곁을 지나가자 나를 잘 알고 있는 듯이 활짝 미소를 지었다. 그의 발밑에서 작은 검은색 강아지 한 마리가 잠들어 있는 것이 눈에 들어왔다. 나는 그의 곁을 스치듯 지나가면서 혼잣말로 중얼거렸다.

"정말 이상하군."

그가 물었다.

"뭐가 이상하다는 건가?"

나는 깜짝 놀랐지만, 짐짓 그의 말을 못 들은 척하고 다시 발길을 떼어 놓았다.

"뭐가 이상하다는 거지?"

그가 다시 반복해서 물었다. 나는 걸음을 멈추고 천천히 돌아섰다. 당황한 나는 이렇게 말했다.

"당신은 모든 것을 기쁘게 받아들이라고 충고하고 있습니다. 그런데 정작 당신은 돈이 없어 구걸하고 있지 않나요?"

"나는 아무것도 달라고 하지 않았네." 그는 웃으며 말했다. "오히려 나는 지금 자네에게 뭔가를 주려고 하는 중이야."

나는 미처 생각해 보지도 않고 그가 던진 미끼를 덥석 물고 말았다.

"그러니까 지금 당신이 내게 뭔가를 주고 있단 말인가요?"

"나는 자네에게 줄 것이 있어. 그런데 자네는 그것을 받아들이기는커녕 그것이 있다는 것조차 알아차리지 못하고 있군."

"아무래도 뭔가를 착각하고 있는 것 같군요. 당신이 내게 무언가를 줄 것이라고 생각하지 않습니다. 아마도 당신은 나를 다른 사람으로 착각하고 있는 것 같군요."

"아니. 난 자네를 다른 사람으로 착각하지 않았어!" 그는 약간 짜증이 난 듯했다. "제발 내 주위에서 얼쩡거리지 말게나. 난 무척 바쁘니까."

나는 주위를 돌아보았다. 근처 백 걸음 안에는 우리 말고 다른 사람은 아무도 없었다.

"제발 비켜 달라니까."

그는 다시 한 번 그렇게 말하고는 내게서 등을 돌렸다.

나는 너무도 당황했다. 나는 식료품을 들고 언덕길을 올라 내 아파트로 걸어갔다. 내가 무슨 말실수를 했기에 그가 그렇게 화가 났는지 이해할 수 없었다. 그는 아무래도 내 행동이 마음에 들지 않는 것 같았다.

집으로 돌아간 후에도 나는 그와의 일 때문에 마음이 편하지 않았다. 나는 그 일을 머릿속에서 털어 버리고 싶었다. 그가 나를 다른 사람으로 착각한 것이라고 믿고 모든 것을 잊어버리고 다시 일상으로 돌아오고 싶었다. 그러나 나는 그렇게 할 수가 없었다. 평상시 나는 다른 사람들이 나를 어떻게 생각하는가에 그다지 신경 쓰지 않았다. 그런데 그에게는 뭔가 이상한 인연이 느껴졌다. 나는 그것을 무시할 수가 없었다.

결국 한 시간쯤 뒤 나는 지갑을 들고 왔던 길을 되돌아 언덕을 내려갔다. 그를 다시 만나게 되면 무슨 말을 해야 할지 알 수 없었다. 어쨌거나 나는 그에게 말을 걸어 볼 작정이었다.

상점에 다가가자 헝클어진 붉은 머리 남자와 검은색 강아지가 시야에 들어왔다. 그 모습을 보자 왠지 안심이 되었다. 나는 그의 곁으로 다가갔다. 그러자 그가 들고 있는 새로운 표지판이 눈에 들어왔다. 그 표지판에는 이런 글이 적혀 있었다.

나는 오렌지를 원합니다.
당신은 무엇을 원하나요?

나는 웃으면서, 사람들에게서 무엇인가를 얻어내는 매우 좋은 방법이라고 생각했다. 상점 안으로 들어간 나는 눈에 보이는 것들 중 가장 좋은 오렌지를 몇 개 골랐다. 그리고 나서 아까 다 들고 갈 수가 없어서 구입하지 못한 물건들을 샀다.

상점의 유리문을 나온 나는 오렌지를 그에게 건넸다. 그리고 그 오렌지를 빌미로 그와 다시 한 번 이야기를 나누어야겠다고 결심했다. 나는 오렌지를 건네며 말했다.

"여기 당신이 원하는 것 있어요."

"고맙소."

그가 미소를 지었다. 그는 진심으로 오렌지를 받아 고마워하는 것 같았다.

"이것은 오늘 하루 동안 내게 일어난 일 중 가장 좋은 일이야."

그가 그렇게 말하자 내 기분도 좋아졌다. 나는 그에게 약간 장난을 치고 싶어졌다. 내가 웃으며 말했다.

"그럼 이제는 당신이 내가 원하는 것을 얻도록 도울 차례네요."

그가 말했다.

"물론이지. 나는 자네를 도울 수 있어."

"어떻게 나를 돕죠?"

"원래 사람은 말이야, 자신이 원하는 것은 무엇이든지 이룰 수 있어."

"아, 정말입니까? 그런데 왜 당신은 자신을 위해 원하는 것을 이루지 않는 거죠?"

"난 매일매일 내가 원하는 것을 이루고 살아."

"그런데 왜 당신은 아직까지 집 없는 노숙자 신세인 거죠?"

"왜 자네는 내가 집 없는 노숙자라고 생각하는 거지?"

오, 이런! 나는 좀 더 조심스럽게 단어를 골라 말했어야만 했다. 적어도 그와 좀 더 이야기를 나누고 싶다면.

"당신이 이루고 싶은 것은 뭐죠?"

내가 그에게 물었다. 그렇게 나는 화제를 바꾸기 위해 노력했다.

"오늘은 오렌지 하나를 만들어 냈지."

나는 웃었다.

"당신이 한 일은 오로지 '나는 오렌지 한 개를 원한다.'는 표지판을 적은 것뿐이잖아요?"

"그리고 자네가 오렌지를 주었지. 나는 내가 오렌지를 만들어 내는 데 성공했다고 생각하는데."

그는 자랑스럽게 웃고 있었다. 내가 말했다.

"만약 내가 백만 달러를 원한다면 나는 그저 표지판에 '내게 백만 달러를 주세요.' 하고 적으면 되겠군요. 그럼 누군가가 내게 백만 달러를 줄까요?"

"자네는 정말 그런 일이 일어날 것이라고 믿나?"

"그럴 리가 없잖아요! 대체 누가 표지판을 보고 내게 백만 달러를 주겠어요!"

"그럼 자네는 스스로 질문에 대답한 셈이군."

"그렇다면 당신도, 자신이 원하는 것을 눈앞에 뚝딱 나타나게 할 수 없다는 것을 인정하는 셈이군요."

"아니. 나는 단지 자네가 그런 방식으로는 백만 달러를 만들어 낼 수 없다고 말했을 뿐이야. 무엇인가를 이루어 낸다는 것은 어중간히 노력했다가 실패하는 것을 의미하지 않아. 그 것은 자신의 목표와 운명이 하나가 되게끔 노력하는 것을 뜻 해. 무엇인가를 이루기 위해서는 한 점 의심 없이 믿고 주저 없이 행동해야 해. 그렇지 않으면 그냥 시간 낭비일 뿐이지. 자네는 진짜 백만 달러를 가지고 싶나?"

"물론이죠."

"나는 자네의 말을 믿지 않아."

"왜 그렇죠?"

"나는 진심으로 오렌지를 갖기를 원했고 그 결과 오렌지를 가졌어. 자네가 진정으로 백만 달러를 원했다면 자네도 지금 백만 달러를 가지고 있겠지. 그런데 자네의 호주머니 속에는 백만 달러가 들어 있지 않은 것처럼 보이는군."

그의 말은 나름대로 타당해 보였다.

"자네가 진짜로 원하는 것이 뭐지?"

그의 눈이 마치 나를 꿰뚫어 보는 듯했다. 나는 한참 동안 생각한 끝에 대답했다.

"행복해지고 싶습니다."

"그거라면 내가 자네를 도울 수 있어. 만약 자네가 자신에 게 솔직해진다면, 자네는 이미 반쯤 목적을 이룬 셈이야." 그 가 내게 손을 내밀면서 말했다. "나는 로버트라고 하네."

그와 악수하며 내가 말했다.

"나는 스콧이라고 합니다."

"만나서 반갑네, 스콧. 여기 있는 것은 내 강아지 던이야. 내일 이 시간에 이곳으로 오게. 자네에게 줄 것이 있으니."

그런 후 나는 그와 헤어져 걷기 시작했다. 내 자신이 로버트에게 끌린다는 사실이 신기하기도 하고 두렵기도 했다. 내게는 이곳 애슐랜드 사람들이 가지고 있는 따뜻하고 열려 있는 태도가 낯설었다. 나는 그런 태도들에 익숙해지려고 노력하고 있었다. 내가 전에 머물렀던 로스앤젤레스는 큰 도시였고 그곳에 사는 군중들은 서로에게 무관심했다. 나는 그런 익명성 뒤에 자신을 감추는 것에 익숙해져 있었다. 그런데 오리건 주 남부에 있는 이 작은 산악 마을은 모든 것이 달랐다. 이곳 애슐랜드 사람들은 무척이나 친절했다. 그 때문에 내가 지난 몇 년 동안 얼마나 마음을 닫고 살았는지 새삼 깨달을 수 있었다. 나는 부끄러움을 느꼈고 다시 전처럼 마음을 열어야겠다고 마음먹었다. 이 작은 마을에서는 누구도 내가 로스앤젤레스에서 얼마나 사람들에게 치이고 그들을 불신했는지 아는 사람이 없다. 나는 전처럼 사람들의 좋은 면만 보는 친절한 사람으로 되돌아가고 싶었다. 그렇게 하기 위해서는 정신적으로 많은 노력이 필요할 것이다. 그 첫걸음으로 나는 어린 시절처럼 다시 사람에 대한 순진한 믿음을 가지려고 노력했다. 집

으로 돌아가기 위해 언덕길을 걸으면서 나는 그런 마음가짐을
잃지 않겠다고 다짐했다. 닫혀 버린 내 마음을 계속해서 열려
고 했다.

　나는 내 아파트를 좋아했다. 무엇보다 위치가 매우 좋았다.
아파트는 애슐랜드 북쪽 언덕에 있는 리시아 공원으로부터 겨
우 세 블록밖에 떨어져 있지 않았다. 더군다나 블록의 거리도
매우 짧았다. 아파트는 잘 자란 떡갈나무들이 쭉 늘어선 거리
한쪽에 숨겨져 있었다. 밝은 노란색으로 칠해진 이 복층 건물
은 전에 내가 살았던 집보다 무척 커서 아파트라고 하기보다
는 오히려 주택에 가까웠다. 더군다나 커다란 뒷마당도 있었
다. 침실에서 바라보는 전망은 매우 아름다웠다. 나는 월세로
이 아파트를 얻었다. 만약 더 이상 애슐랜드에 있고 싶지 않으
면 언제라도 북쪽으로 여행을 계속할 수 있었다. 더 이상 머물
기 싫어지면 나는 한 달 이상 이곳에 남을 필요가 없었다.
　불과 며칠 전, 나는 잔혹한 연예 사업계에서 직업을 잃은
뒤 삶을 새롭게 시작하기 위해 포틀랜드로 가고 있었다. 로스
앤젤레스로 이사 온 후, 내게 불운이 계속되었다. 몇 달도 못
버티고 계속 다른 직장들을 전전해야만 했다. 내가 다니던 회
사들은 예산상의 이유를 들어 나를 해고했다. 그러나 진실은
그 어떤 회사에서도 내가 있을 자리를 찾지 못했다는 것이다.

나는 그 회사들에서 일했지만 회사 형편이 어려워지면 맨 먼저 회사를 떠나야 했다. 또 한 가지 이유는 내가 잘못된 고용주들을 찾아내는 데 기가 막힌 솜씨를 발휘했다는 것이다. 사실 해고를 당한 경우보다 내가 못 견디고 회사를 나온 경우가 훨씬 더 많았다.

결국 나는 다시 한 번 직장을 잃게 된다면 아예 로스앤젤레스를 떠나기로 마음먹었다. 그동안 모아 놓았던 저축이 떨어져 로스앤젤레스를 떠날 수 없게 되기 전에. 운 좋게도, 처음 로스앤젤레스에 왔을 때 내가 만난 사람들 중에 젊고 야심 찬 밴드 매니저가 있었다. 그의 이름은 클라크였는데, 내가 로스앤젤레스에 와서 처음으로 일한 레코드 회사에 다니고 있었다. 그는 언제나 가장 빨리 큰돈을 벌 수 있는 계획을 꾸미고 있었다. 내가 그를 만났을 때 그는 회사를 떠나 자기 길을 갈 생각이었다. 그는 이미 할리우드 무대를 마음껏 누벼 봤고 이제 포틀랜드로 가서 새로운 독립 음반 회사를 차릴 계획이었다. 급격히 상승하는 포틀랜드 음반 시장에서라면 한몫 단단히 잡을 수 있을 것이라고 생각하고 있었다. 그는 오리건 주에 회사를 세운 후 곧바로 내게 일자리를 제안했다. 마침 이번 회사에서도 해고 통지를 받은 터라, 나는 그의 제안을 받아들이기로 결정했다.

나는 이삿짐 전문 회사에서 트레일러 하나를 빌렸다. 그리고 트레일러에 실을 물건을 제외하고는 모든 물건을 버렸다. 그런 다음 포틀랜드가 있는 북쪽을 향해 여행을 시작했다. 직장을 그만 두고 하루도 안 되어서의 일이었다. 나는 로스앤젤레스에서 알고 지낸 그 어떤 사람에게도 작별 인사를 하지 않은 채 길을 떠났다.

열두 시간 동안 내리 차를 달린 끝에, 나는 캘리포니아 주의 경계를 넘어 오리건 주에 들어섰다. 시스키유 산 근처에 이르렀을 때의 일이다. 나의 오래된 볼보 자동차가 그만 커다란 폭발음과 함께 검은 연기를 내뿜으며 장렬하게 생을 마감하고 말았다. 물론 나는 시스키유 산을 넘기 전에 이미 주유소에 들러 차를 정비했었다. 나는 전부터 시스키유 산을 차로 넘는 것이 얼마나 어려운지 잘 알고 있었다. 나는 오리건 주 경계로부터 팔십 킬로미터 떨어진 캘리포니아 주 남부의 작은 마을 이레카에서 자라났다. 그래서 몇 번이나 시스키유 산을 넘은 경험이 있었다. 그러나 내 가족들은 몇 년 전에 캘리포니아 주 중부로 이사했고 이레카에 살던 내 오랜 친구들도 이미 그곳을 떠났다. 그래서 나는 구태여 전에 살았던 마을을 들르지 않고 그냥 지나왔다. 돌이켜 생각해 보면 이레카에 잠시 들러 다시 한 번 차 상태를 점검했어야 했다는 후회가 든다.

운 좋게도 내 차가 폭발한 후 얼마 안 가 순찰 중이던 경찰차가 내 차를 발견했다. 경찰은 견인차가 올 때까지 내 차를 갓길에 세웠다. 견인차는 내 차와 트레일러를 가장 가까운 정비소를 끌고 갔다. 그 정비소가 애슐랜드에 있었다. 정비공이 내 차를 수리하는 데 드는 비용을 말해 주었을 때, 나는 포틀랜드로 가는 버스표를 살지 아니면 그동안 저축한 돈을 모두 수리하는 데 털어 넣을지를 결정해야만 했다.

나는 버스표를 사서 애슐랜드를 떠나려고 했다. 그런데 내 안의 무엇인가가 내게 며칠 동안만이라도 그 결정을 미루라고 말하고 있었다. 그래서 나는 잠시 애슐랜드에 머물기로 했다. 나는 내가 떠나온 로스앤젤레스만큼이나 포틀랜드에 애착이 있지는 않았다. 비록 포틀랜드에서는 새로운 직장이 나를 기다리고 있었지만 나는 일을 찾지 않아도 몇 달 동안 생계를 꾸릴 돈을 가지고 있었다.

나는 내가 얼마나 애슐랜드를 좋아하고 있었는지 잊고 있었다. 사실 애슐랜드는 어렸을 때부터 내가 아주 좋아하던 장소들 중 하나였다. 어렸을 때 나는 쇼핑을 하기 위해 혹은 레스토랑에서 식사를 하기 위해 혹은 이따금씩 공연되는 셰익스피어 연극을 보기 위해 이 목가적인 마을을 방문했었다. 마을은 아름다웠고 공기는 맑았다. 이곳에는 문화가 있었다. 그러나 그 모든 이유에 앞서, 나는 이유 없이 애슐랜드가 좋았다. 애슐랜드에 오면 평안함이 느껴졌다. 이제까지 살아오면서 다른 곳에서는 그런 평화로움을 느끼지 못했었다. 심지어 나는

222

내 육체 안에서도 편안함을 느끼지 못했다.

며칠 동안 애슐랜드에 머물기로 한 후, 갑자기 내 인생은 전보다 더 편해졌다. 나는 금세 원래 계획을 바꾸어 오리건 주 남쪽의 이 작은 마을에 남기로 마음먹었다. 그저 애슐랜드에 머무는 것만으로도 나는 로스앤젤레스에 있을 때보다 훨씬 더 행복했다. 심지어 차 없이 지내는 생활에도 금세 익숙해졌다. 애슐랜드에 도착한 이후 계속 두 발로 걸어다녔다. 나는 오랫동안 차 없이는 살 수 없는 생활을 해왔다. 그러나 드디어 그러한 속박에서 자유로워졌다.

다음 날 나는 기분 좋은 상태에서 잠을 깼다. 내 아파트는 미처 풀지 못한 짐으로 어지러웠다. 그러나 마음잡고 짐 정리를 할 수가 없었다. 이제껏 내가 본 곳 중에서 가장 아름다운 마을에 정식으로 살게 되었다는 사실에 나는 무척 흥분했다. 그래서 계속 마을 이곳저곳을 돌아다녔다. 내가 애슐랜드에 도착한 이후 계속 날씨가 더웠다. 가끔은 캘리포니아 주 남부의 뜨거운 기온을 웃돌 때도 있었다. 날씨가 더운 것은 차라리 내게 잘된 일이었다. 그도 그럴 것이, 최근 몇 년 동안 편한 옷차림을 선호하는 연예 사업계에서 일한 덕분에 내 옷장에는 짧은 소매의 티셔츠, 청바지, 운동화밖에 없었기 때문이다. 애슐랜드 사람들은 계절이 바뀌면 기온이 뚝 떨어질 것이라고 말해 주었다. 그 말을 듣자, 나는 어서 계절이 바뀌기를 바랐다. 왜냐하면 지난 몇 년 동안 계절의 변화를 경험하지 못했기 때문이다.

어제 약속한 시간이 다가오자, 나는 조합 매장으로 갔다. 나의 새로운 친구가 내게 무엇을 줄지 잔뜩 기대가 되었다. 로버트는 침엽수에 기댄 채 가부좌를 하고 앉아 있었다. 그의 발밑에는 검은색 래브라도 강아지가 잠을 자고 있었다. 그는 어제와 같은 낡은 갈색 옷을 입고 있었다. 그러나 빗질을 한 듯, 머리카락은 어제와 달리 말끔해 보였다. 내가 다가가자 강아지가 내가 왔다는 것을 알아채고는 눈을 떴다. 하지만 나를 흘깃 쳐다보고는 다시 영원히 끝나지 않을 것 같은 잠 속으로 빠져들었다.

로버트와 강아지 쪽으로 걸어가며 내가 말했다.

"잘 지냈어요?"

"안녕, 스콧."

로버트는 재빨리 일어나 소지품들을 챙겨 캔버스 천으로 만든 가방 안에 집어넣었다. 그는 바닥에 내려놓았던 표지판을 집어 내게 건넸다. 그가 새롭게 만든 표지판이었다. 표지판에는 이런 말이 적혀 있었다.

_____ 과 _____ 사이에는
아무 차이가 없다.

　그의 표지판이 나를 자극했다. 나는 그 표지판을 본 즉시,
머릿속으로 절대로 똑같다고 할 수 없는 두 낱말들을 찾았다.
내 머릿속에서는 서로 짝을 이룰 수 없는 여러 가지 두 낱말들
이 떠올랐다. 기린과 악어, 신출내기 배우와 자동차, 유리창과
깃털…….
　나는 그중 하나를 큰소리로 말했다. 그 낱말을 들으면 아무
리 로버트라도 당황하고 말 것이다.
　"팔꿈치와 버섯, 어때요?"
　"뭐라고?"
　나는 의기양양하게 말했다.
　"당신의 표지판 말예요. '팔꿈치와 버섯 사이에는 아무런
차이도 없다.'"
　"정말 그렇군." 그는 계속 가방을 싸면서 말했다. "그 둘 사
이에는 아무런 차이도 없어."
　그런데 오히려 그의 대답이 나를 당황하게 만들었다. 그래
서 나는 다시 한 번 그를 당황시킬 낱말들을 찾으려고 했다.
그런 내 마음을 눈치챘는지 그가 고개를 저었다. 그는 마치 이
렇게 말하는 것 같았다. '제발 내 일을 방해하지 마. 오늘 자

네는 많은 것을 배우게 될 거야.'

그는 바닥에 있던 표지판들을 집어 가방에 넣었다. 그리고 가방 속에 있는 잡동사니들을 정성스럽게 정리했다. 그는 가방 끈을 묶은 후, 그것을 내게 건넸다. 그리고 말했다.

"좀 들어주겠나?"

"물론이죠."

나는 천으로 만든 그 가방을 들어 어깨에 둘러맸다. 솔직히 말하면 그가 내가 찾은 낱말에 무관심한 것 때문에 나는 약간 자존심이 상했다.

"자, 이제 출발하지."

그가 말했다. 그러고는 마치 젖먹이 아기를 트림시킬 때처럼 강아지를 번쩍 안아 올렸다. 로버트가 그 작은 강아지를 들어 올리자, 강아지는 놀라 낑낑거렸다. 그러나 그것도 잠시 강아지는 별일 아니라는 듯 다시 눈을 감고 잠들었다.

로버트와 나는 시가지까지 함께 걸었다. 그리고 커다란 회색 도서관 건물 옆에 있는 언덕 밑에서 오른쪽으로 돌았다. 나는 이 공공 도서관에 들어가 본 적이 없었다. 사실 이 건물은 시가지 남쪽에서 가장 좋은 위치를 차지하고 있었다.

내가 물었다.

"어디로 갈 생각인가요?"

로버트는 잠시 날카로운 눈길로 나를 쳐다보았다. 나는 그것을 보고 로버트가 내 질문에 대답을 하지 않으리라는 것을 짐작할 수 있었다. 한순간 나는 과연 그를 믿어도 좋을까 하는 의심이 들었다. 왜냐하면 그는 무엇을 직접 설명해 주기보다 습관적으로 비밀로 남겨 두는 것을 더 좋아했다. 무엇을 설명할 때도 우회적으로 암시하는 데 그쳤다. 그럼에도 불구하고 나는 로버트와 함께 있을 때 편안함을 느꼈다. 아주 오래전부터 나와 그가 이렇게 만나기로 되어 있었던 것 같았다. 그는 모든 일이 잘 풀릴 것이라고 어린아이처럼 천진하게 믿고 있었다. 사실 만난 지 얼마 안 되는 사람을 완전히 믿는다는 것은 상식에 어긋나는 일이다. 하지만 나는 그에 대한 불신을 털어 버렸다. 마치 모든 의심은 로스앤젤레스에 두고 왔다는 듯이. 만약 내가 애슐랜드에 머물기로 작정했다면 나는 함께 할 친구가 필요했다. 나는 솟구치는 의심을 몰아내고 그저 오늘 하루를 즐기기로 했다. 더 이상 그를 믿어도 될까를 놓고 고민하고 싶지 않았다.

화제를 바꾸기 위해서 내가 질문을 했다.

"로버트, 당신은 어디서 왔나요?"

"나는 여기저기를 떠돌았어. 가장 최근에는 유진(오리건 주 서부에 있는 도시)에서 머물렀지."

"이곳에는 어떻게 오게 되었나요?"

"당연하잖아? 난 자네를 만나기 위해 이곳에 왔어."

나는 그 말을 듣고 웃었다. 그것이 농담인지 진담인지 확신할 수가 없었다.

"나는 필요하면 어디든 가지. 하지만 이곳 애슐랜드에는 항상 다른 차원으로 올라갈 사람들이 있는 것 같아."

"다른 차원이라니요?"

"의식의 다른 차원 말이야. 사실 애슐랜드는 소용돌이 같은 곳이지. 이곳은 의식의 성장을 추구하는 사람들을 끌어들인다네. 자네 같은 사람들 대다수는 나 같은 사람을 만나기 전까지는 자신이 의식의 성장을 추구한다는 사실조차 모르지만."

"나 같은 사람들이라니요? 그게 무슨 말이죠? 로버트, 그러니까 세상에 나 같은 사람들이 또 있단 말인가요?"

"물론이지. 세상에는 나 같은 사람들도 있고 자네 같은 사람들도 있어. 자네는 지금 영적으로 깨어날 순간에 있어. 스콧, 나는 자네의 영적인 자각을 돕기 위해 이곳에 있는 거야. 고맙게도 요즘 많은 사람들이 영적으로 깨어나고 있어. 전에는 없었던 일이지. 드디어 많은 사람들이 더 높은 의식의 차원으로 성장하기 위해 이 별이 영적으로 깨어나는 때가 온 것이야."

나는 내가 영적인 자각이나 성장 뭐 그런 일에 관련되었다고 생각하지 않았다. 나는 그저 단순하게 생각했다. 내 차가 산기슭에 있는 이 작은 마을 앞에서 고장이 나 버렸고 내가 가

진 적은 돈으로는 이곳에 남는 것이 최선이라고 결정했을 뿐
이다. 나는 전에 영적인 문제에 대해선 생각해 본 적이 없었
다. 비록 내 부모님들은 모두 신앙을 가진 집안에서 자라났지
만, 그분들은 자신의 아이들을 신앙인이 아니라 무신론자로
키웠다. 그래서 나는 그다지 종교적인 영향을 받지 않고 자라
났다. 물론 우리 집에서도 크리스마스를 기념했다. 그러나 크
리스마스는 성모 마리아가 아기 예수를 낳은 날이라기보다 산
타가 루돌프 썰매를 타고 아이들을 찾아오는 날에 가까웠다.

로버트와 나는 계속해서 도서관 위쪽의 언덕을 걸어 올라갔
다. 나는 드디어 로버트가 왜 그렇게 내게 친절했는지 이해할
수 있었다. 그는 일종의 종교적 광신도였고 나를 개종시키려
고 했던 것이다. 나는 이제 그가 자신의 의도를 드러낼 때가
되었다고 생각했다.

"로버트, 당신이 믿는 종교는 무엇인가요?"

"종교? 나는 아무 종교도 믿지 않아." 그는 화를 내며 내게
대답했다. "누가 종교에 대해서 이야기했다는 거지? 영성과
종교는 아주 다른 문제야."

"미안해요. 나는 단지 그럴 것이라고 생각……."

"종교는 진리에 대한 지식일 뿐이야." 그는 내 말을 끊고 끼
어들었다. "그러나 영성은 진리에 대한 지혜를 뜻하지."

나는 혼란스러웠다.

"그럼 종교적인 사람들이 전혀 영적이지 않을 수 있다는 건가요?"

"당연하지."

그의 목소리는 아까보다 부드러워졌다. 그의 설명을 듣자, 나는 차츰 그의 말뜻을 이해할 수 있게 되었다.

"물론 종교를 가진 사람들 중에는 영적인 사람들도 많아. 그러나 종교는 영적인 성장으로 가는 수많은 길들 중 하나일 뿐이야. 경전을 읽고 의식을 치르는 일은 우주과학을 공부하는 일과 다르지 않아. 그것은 모두 같은 일이야. 우리는 이런 일들을 통해 진리에 대한 지식을 얻게 되지. 그러나 그런 지식을 가지고 무엇을 할지 알기 위해서는 충분한 경험이 필요해. 경험을 통해서 지식은 지혜로 변하지. 지혜는 지식에 경험이 더해진 것이라고 할 수 있어."

"그런데 종교가 진리에 대한 지식이라면 어째서 종교마다 교리가 다른 거죠?"

"모든 종교들이 말하는 진리는 한 가지야. 경전에 기록되어 있거나 기록되어 있지 않거나 상관없이 세상을 지배하는 것은 하나의 진리야. 우리는 이 진리를 말로 표현하려고 하지만 그 진리의 참모습을 온전히 표현할 수 없어. 진리를 말로 옮길 때는 항상 모순에 부딪히고 말지."

나는 갑자기 현기증을 느꼈다. 나는 로버트를 향해 잠시 멈추라고 손을 흔들었다. 더 이상 언덕을 올라갔다가는 숨을 쉬기가 어려울 것 같았다. 나는 내가 무척 건강하다고 생각하고 있었다. 그러나 지난 몇 년 동안 운동을 하지 않고 차 안에만 앉아 있었던 결과 지금 혹독한 대가를 치르고 있었다.

로버트는 안고 있던 검은색 강아지를 길 옆에 내려놓으며 말을 이었다.

"우리 같은 사람들은 자신도 모르게 항상 존재하는 우주의 지혜를 추구하지. 결국 우리는 늦건 빠르건 진리를 찾는 모험의 길을 떠나게 되지."

나는 가파른 언덕을 천천히 오르기 시작했다. 로버트는 잠시 멈추어 서서 강아지의 상태를 확인했다. 그는 강아지가 괜찮은 것을 확인하자 다시 강아지를 번쩍 들어 안았다. 그리고 내가 있는 곳까지 가볍게 언덕을 뛰어 올라왔다.

나는 한동안 그가 말한 것을 곰곰이 생각했다. 그리고 이렇게 물었다.

"그러니까 나 같은 사람도 우주의 지혜에 접근할 수 있다는 건가요?"

"맞아. 자네는 우주의 지혜에 접근할 수 있어. 만약 자네가 기꺼이 자네의 경험을 우주에 넘겨준다면 말이지."

그는 몇 초 동안 강렬한 시선으로 나를 바라보았다. 나는 그런 시선이 견딜 수 없어 고개를 돌렸다. 내가 마침내 말했다.

"그것은 무척 어려운 일처럼 보이는군요."

"진짜 어려운 일은 자신의 운명에 저항하는 것이야. 자신의 운명에 저항하는 순간 우리는 잘못된 길로 가게 되지. 그러니 우리는 무엇이 자신의 운명인지 아닌지 알아야 해. 내 말 뜻을 알겠나?"

"네, 아니요. 솔직히 말해서 당신의 말을 이해할 수 없어요."

나는 더 이상 모르는 것을 아는 척할 기운도 남아 있지 않았다.

"그게 내가 자네를 좋아하는 이유야." 그가 웃었다. "나는 자네의 정직한 점이 정말 좋아."

나는 그의 말뜻을 이해하기 위해 어떤 질문을 던져야 하는지 생각이 나지 않았다. 그래서 결국 이렇게 묻고 말았다.

"로버트, 당신은 얼마 동안 사람들이 영적인 자각에 이르도록 도와왔나요?"

"한 천이백 년쯤 이 일을 해왔을 거야."

그 말을 듣고 나는 돌에 걸려 넘어질 뻔했다. 나는 내 귀를 의심했다.

"당신은 천이백 년 동안 산 사람처럼 보이지 않는 걸요?"

"재미있는 말이군. 물론이지. 난 천이백 년 동안 이 몸에 머물진 않았어. 사실 이 몸은 최근에 얻은 새것이거든."

"대체 얼마나 새것이라는 거죠?"

"몇 주밖에 안 됐네. 유진에 있을 때 여기 있는 던에게서 이 몸을 받았지."

그는 그렇게 말하면서 그의 작은 털북숭이 친구를 가리켰다. 그 작은 강아지는 눈을 반쯤 뜨고 있었다. 로버트가 걸을 때마다 강아지의 머리가 위아래로 들썩거렸다.

"이 애완견 던이 당신에게 지금의 몸을 주었다는 건가요? 맙소사, 어떻게 그런 일이 있을 수 있죠?"

"애완견 던이라, 멋진 표현이군." 그는 웃으면서 말했다. "나는 지금 다른 사람의 육체에 들어가는 것에 대해 말하고 있는 거라네." 그는 계속 말을 이어 갔다. "말하자면 이래. 지금 입고 있는 몸을 더 이상 쓸 수 없게 되면, 나는 내가 사용할 수 있는 새로운 매개체를 찾아. 그리고 새롭게 매개체가 된 그 몸에 들어가 사는 거지. 그것은 모든 사람들이 태어나기 전에 거치는 과정과 아주 비슷해. 다른 점이라고는 나는 새로 태어난 아기의 몸을 선택하지 않는다는 것뿐이지. 나는 이미 걸을 줄도 알고 말할 줄도 아는 성숙한 몸을 골라 들어가지. 그러는 편이 내 일을 하는 데 훨씬 편리하기 때문이야. 지난 천이백 년 이래로 난 한 번도 십대의 몸을 가진 적이 없어. 사실 십대라는 것은 매우 혼란스러운 시절이잖아?"

내 머리는 빠른 속도로 돌아가고 있다. 그의 말을 믿을 수도 믿지 않을 수도 없었다. 그러나 한 가지만은 인정할 수 있었다. 그는 결코 지루한 사람은 아니었다.

"그런데 애완견 던은 왜 당신에게 자신의 몸을 내준 거죠?"

"지금 내가 입고 있는 이 몸은 전에는 던이 살고 있던 몸이야. 불행하게도 던은 암에 걸리고 말았지. 그런데 그에게는 자신의 병을 치료할 돈이 없었어. 그는 현대 의학의 힘이 아니면 자신의 병을 고칠 수 없다고 믿고 있었지. 하지만 그것은 현대 의학이 만들어 놓은 환상에 불과해. 그는 자신의 힘으로 자신의 병을 치유할 수 있다는 사실을 몰랐던 거야. 던이 이 육체를 떠날 때가 왔을 때, 나는 그와 거래를 했어. 내가 그에게 새 몸을 주고 그를 돌봐 주는 대신 그가 입고 있던 인간의 몸을 달라고."

"그래서 당신은 그를 강아지로 변신시킨 건가요?"

"말도 안 돼! 그럴 리가 없잖아." 그는 웃으면서 말했다. "나는 그저 그의 영혼에게 가장 실질적인 제안을 했을 뿐이야. 그는 여러 가지로 생각해 본 끝에 지금 그가 입고 있는 몸을 골랐어. 지금 내가 입고 있는 몸으로는 오래 살기가 힘들어. 그래서 그도 나와 비슷한 수명을 가진 몸을 골라야 했지."

"그러니까 몇 년 동안 강아지의 몸으로 살기로 했다는 말입니까?"

"바로 맞추었네."

드디어 우리는 두 번째 언덕에 올랐다. 가파른 언덕을 오르느라 나는 숨쉬기도 힘들었다. 내가 세 번째 언덕을 오를 수 있을지 의심스러웠다. 로버트는 내게 뚜껑을 연 물병을 건넸다. 나는 물을 한 모금 마셨다. 그제야 내 눈에 멀리 있는 계곡의 아름다운 풍경이 들어왔다. 그 물을 마시자 몸에서 힘이 났다. 우리는 잠시 멈추어 서서 언덕 아래를 바라보았다. 우람한 벽난로 밑에 깔려 있는 손으로 짠 깔개처럼 산과 계곡이 촘촘히 엮여 있는 것이 보였다. 나는 애슐랜드에 있는 모든 장소를 가 본 것은 아니었다. 하지만 애슐랜드의 새로운 모습을 발견할 때마다 언제나 그곳의 아름다움에 마음을 빼앗기곤 했다.

"바로 여기야."

세 번째 언덕 정상에 도착하자 로버트가 말했다. 우리의 시야에 시멘트로 만든 커다란 저수지가 들어왔다. 우리가 오른쪽으로 돌아서자, 포장된 도로가 끝나고 먼지투성이의 작은 길이 나타났다. 그 길은 목초지 사이로 굽이굽이 나 있었다. 나는 로버트를 따라 왼쪽에 있는 큰 길에서 벗어나 포장되지 않은 작은 길을 걷기 시작했다. 우리는 무성한 덤불로 가려진 계단을 따라 언덕 꼭대기에 이르렀다. 내가 일찍이 본 적 없는 아름답고 신비스러운 초원이었다. 우리는 발밑을 가리는 덤불을 헤치며 조심스럽게 언덕 아래로 내려갔다. 한 줄기 황금색 빛이 이끼가 덮인 쓰러진 통나무 주위에서 춤을 추고 있었다.

바닥은 온통 무성한 풀들과 고운 담쟁이들로 뒤덮여 있었다.

"믿을 수가 없어요."

그 아름다운 풍경을 보자 나는 숨을 쉴 수가 없었다. 맥스 필드 패리시(웅장한 자연을 배경으로 한 그림을 많이 그린 화가이자 삽화가)의 그림에서나 볼 수 있는 신비스럽고 매혹적인 풍경이었다. 빛의 움직임에 따라 초원이 다른 색으로 물들고 있었다. 거대한 나무들과 풀들은 푸른색에서 초록색으로, 자주색에서 오렌지색으로 모습을 달리했다.

"그래, 이곳은 애슐랜드에서 가장 넓은 요정들의 초원이야. 부탁인데, 걸을 때 길에서 벗어나지 말게. 다른 존재의 집을 부수고 싶지 않다면 말이야."

나는 그가 한 말이 농담인지 진담인지 구별할 수 없었다. 그러나 그가 말하면서 이마를 찡그린 것을 보니, 그 말을 단지 농담으로 돌릴 수는 없었다.

"자네는 이미 존재하는 우주의 지혜를 모우는 법을 배우기를 원하고있네. 그래서 나는 자네를 이곳에 데려온 거야. 자연에는 우주의 지혜가 가득 차 있어. 그러니까 우리는 항상 우주의 지혜에 둘러싸여 있다고 할 수 있어. 이 초원에는 수많은 지혜로운 자연 정령들이 살고 있어. 자연 정령들의 에너지는 사람들의 에너지와 달라. 그렇지만 이곳에서는 사람들도 쉽게 자연 정령들의 에너지를 느낄 수 있지. 가만히 있으면 자네도 그들의 존재를 느낄 수 있을 거야."

나는 길 근처 바위에 앉았다. 그리고 눈을 감고 로버트가 말하는 것을 느끼려고 했다. 그 순간 내 위장에서 작은 경련이 일어났다. 그리고 나도 모르게 웃음을 터트리고 말았다.

"정령들이 장난을 치는군. 정령들이 자네에게 호기심을 보이고 있어. 스콧, 지금 기분이 어떤가?"

"음, 당신이 말한 대로예요."

나는 왠지 기분이 이상했다. 정령들이 장난친다는 말은 지금의 내 기분을 설명하는 가장 정확한 표현이었다. 감았던 눈을 뜨자, 마치 직접 내게 눈인사를 하려는 듯이 밝은 파란색의 잠자리들이 내 코 주변을 맴돌았다. 그러더니 내게 다가왔을 때처럼 재빨리 날아가 버렸다. 그리고 얼마 후, 네 마리의 잠자리가 삼각형 형태를 그리며 내 머리 주위로 날아왔다. 잠시 후 네 마리의 잠자리는 열두 마리로 늘어났다. 그리고 일 분도 안 되어 나무들 사이에 숨어 있던 수백의 잠자리들이 모습을 드러냈다. 그들은 삼각형 모양으로 편대를 이루어 날고 있었다. 내 코끝 바로 위를 맴도는 수많은 잠자리를 보자, 나는 현기증이 났다.

"잠자리들 좀 보세요!"

나는 너무 두근거려서 더 이상 말을 이을 수가 없었다. 흥분한 나머지 내 심장은 거칠게 뛰고 있었다. 나는 전부터 이 아름다운 생물에게 끌렸었다. 하지만 한 장소에서 이렇게 많은 잠자리를 본 적은 없었다.

"그래. 요정들은 인간들 앞에 모습을 드러내고 싶을 때면 종종 잠자리의 형태로 나타나지. 얼마나 아름다운가?"

"보세요, 얼마나 많은지. 지금 잠자리들이 무엇을 하고 있는 거죠?"

"이 숲에 있는 모든 나무들은 자신을 돌보는 자연 정령을 가지고 있지. 인간이 이 산을 찾아오기 이전부터 이곳에는 수많은 나무의 요정들이 살고 있었어. 그들은 그때부터 계속 이 숲을 돌봐 왔어. 이 별에 있는 모든 존재들은 각자 자신의 임무를 가지고 있네. 나무를 돌보는 것이 바로 나무의 요정들의 임무이지. 그런 점에서 요정들은 운이 좋다고 할 수 있어. 그들은 태어나는 순간부터 자신의 운명을 알고 있으니까. 하지만 인간이 자신의 운명을 안다는 것은 쉽지 않은 일이야. 그래서 깨달음으로 가는 긴 여정의 첫걸음은 이 별에서 해야 할 자신의 임무를 발견하는 것이지."

시간이 흐르자, 날이 어두워졌다. 나뭇가지들이 차양을 드리운 초원 위에 밤이 오고 있었다. 빛은 그림자와 함께 숨바꼭질을 하기 시작했다. 초록색과 푸른색은 갈색과 자줏빛으로 변했다. 빛이 비칠 때는 나무껍질들이 드러났다가 빛이 사라지면 나무껍질들도 사라졌다. 잠자리들은 각자 자기 집을 찾아 날아갔다. 그리고 로버트는 다시 풀밭에서 졸고 있는 애완견 던을 안았다.

로버트는 내게 자신을 따라오라고 손짓했다. 우리는 초원 안에서 희미하게 빛나는 곳을 향해 걸어갔다. 얼마 후 우리는 물을 모아 놓기 위해 만들어진 커다란 개울 앞에 이르렀다. 개울 주변에 무성하게 나 있는 풀들 사이로 사람들이 걸어가기 좋을 만한 길이 나 있었다. 여름인데도 불구하고 개울물 흐르는 물소리를 들을 수 있었다. 개울은 바위와 조약돌을 어루만지면서 숲 전체를 가로지르며 흘러가고 있었다. 부드럽게 흐르는 물소리를 듣자 내 마음도 편해졌다.

"발길을 조심하게나." 개울 가장자리에 있는 둑길을 걸으며 로버트가 말했다. "특별히 자네에게 보여줄 게 있어."

우리는 십 분쯤 개울을 따라 걸었다. 그리고 탁 트인 들판에 이르렀다. 어느새 날이 저물고 주위가 어두웠다.

"저기를 봐."

로버트가 손가락으로 한 곳을 가리키며 소리쳤다. 계곡을 가로질러 솟아 있는 산머리 위로 커다란 달이 떠오르고 있었다. 우리는 풀밭 위에 자리를 잡고 앉아 어두운 하늘 위로 은빛 달이 휘영청 떠오르는 것을 보았다. 달이 떠오르는 모습은 너무도 경이로웠다. 나는 지금까지 살아 오면서 실제로 달이 떠오르는 것을 본 적이 있었는지 기억이 나지 않았다.

은빛의 달이 어둠 속에서 온전한 모습을 드러내자마자 로버트가 말했다.

"이것은 특별한 보름달이야. 우리는 이 달을 '은총을 내리는 달'이라고 부르지. 이 달은 지상과 하늘이 하나가 되었음을 상징해. 이 달이 떠오를 때면 여름은 절정에 이르고 자연은 풍요로움과 활기로 가득 차지. 옛 사람들의 말에 따르면, 바로 이 시기보다 영적인 여행을 떠나기 좋을 때는 없어."

그러면서 로버트는 내게 물었다.

"준비가 됐나?"

"무엇을 말이죠?"

"저 달의 에너지를 마실 준비가 되었느냐는 거야."

"그게 무슨 말이죠?"

그는 내 질문 자체를 무시했다. 그리고 내게 몇 가지 자세를 보여 주었다. 나는 마지못해 그가 가르쳐 준 자세를 따라 했다. 로버트는가 몸을 구부리면서 말했다.

"먼저 일어서서 무릎을 약간 굽혀. 그런 다음 팔꿈치를 굽힌 채로 팔을 올리는 거야. 팔뚝과 직각을 이룬 채 말이지. 그리고 머리 양옆으로 팔을 들어 올려. 이때 손바닥을 활짝 펴 달을 향하도록 해야 해."

나는 최선을 다해 그의 동작을 따라 했다.

"좋아." 그는 동작을 계속하며 말했다. "이제 고개를 들어

코끝이 달을 향하도록 하게. 그리고 눈을 가늘게 뜬 채, 속눈썹 사이로 달을 바라보는 거야."

사실 그가 말한 동작을 따라하는 것은 쉽지 않은 일이었다. 금세 나의 목과 척추 아래가 저려 오기 시작했다.

"그런 다음 코를 통해 달의 에너지를 들이마셔. 가능하면 오랫 동안 천천히 숨을 쉬어. 달의 에너지를 들이마신 뒤에는 다섯을 셀 동안 숨을 멈춰. 그런 뒤 천천히 입을 통해 숨을 내쉬는 거야."

나는 그가 시키는 대로 했다. 잠시 후, 나는 달의 에너지를 들이마시는 데 성공했다. 코를 통해 들이마신 에너지가 목을 통해 위에 모이는 것을 느낄 수 있었다. 달의 에너지는 차갑고 평온했다. 더 많은 달의 에너지를 마실수록 내 안에 더 많은 에너지가 모이는 것 같았다. 그러나 이러한 흥분은 얼마 가지 않았다. 목과 척추 아래가 심하게 아팠기 때문이다. 달의 에너지를 마신 지 몇 분도 지나지 않아서, 나는 그만 털썩 주저앉고 말았다.

나는 로버트를 바라보았다. 그는 오른쪽 발을 왼쪽 무릎 바로 위에 있는 허벅지에 기댄 채 서 있었다. 그는 그렇게 한쪽 다리로 중심을 잡고 서 있었다. 조금도 흐트러짐 없이 자세를 유지한 채로.

"걱정하지 말게. 조만간 자네의 몸도 이런 자세에 익숙해질 테니까. 달의 에너지를 몇 번만 들이마셔도, 그 에너지로 다음 보름달까지 충분히 버틸 수 있어. 나는 보름달이 뜨는 밤이면 언제나 에너지를 들이마시지. 그렇게 다음 달까지 버틸 힘을 얻지."

나는 그가 왜 매달 달의 에너지를 들이마시는지 이해할 수 있었다. 그리고 나도 매달 그처럼 해야겠다고 생각했다. 달의 에너지를 마시자, 확실히 몸에서 전보다 힘이 솟구치는 것을 느낄 수 있었다. 달은 도움이 필요할 때면 언제나 내게 자신의 에너지를 줄 준비가 되어 있는 것 같았다.

"이 산에 있는 달의 에너지는 다른 어느 곳보다 훨씬 강해." 한동안 침묵을 유지한 후, 그가 말했다. "사막 한가운데를 제외하고는 지구상에서 이곳보다 달의 에너지가 강한 곳은 없을 거야."

달의 에너지를 다 마신 뒤 로버트는 자리에 앉았다. 그는 애완견 옆에 놓인 그의 가방을 열었다. 그는 작은 팔찌를 꺼내 두 손에 들고 절을 했다. 그런 뒤 그 팔찌를 내게 건넸다. 팔찌 군데군데에 보석들이 박혀 있었다. 팔찌는 세 겹으로 되어 있었는데, 가운데는 은으로 만들어졌고 양쪽은 오팔과 비슷하게 생긴 보석으로 만들어졌다. 그 오팔과 비슷하게 생긴 보석이 달빛처럼 환하게 빛났다.

"자네에게 주려고 이것을 만들었어. 이 팔찌에 군데군데 박

흰 보석은 카넬리안이야. 카넬리안은 자네가 진실을 말할 수 있게 도와줄 거야. 이 오팔과 비슷한 보석은 문스톤인데, 문스톤은 자네의 직관력을 높여 줄 거야. 그리고 은은 오늘 자네가 받은 달 에너지를 보존할 수 있도록 도와줄 것이고. 앞으로 28일 동안 매일 이 팔찌를 끼고 있게. 그럼 이 팔찌의 힘을 느낄 수 있을 거야. 보석이 가지고 있는 힘은 자연이 우리에게 주는 선물들 중 하나이지. 이 보석들에는 이미 많은 양의 달의 에너지가 담겨 있어. 이 팔찌만 있으면 낮 동안에도 자네는 달의 에너지를 얻을 수 있을 거야. 그런데 한 가지 잊지 말아야 할 것이 있어. 매월 보름달이 뜨는 날이면 잊지 말고 이 팔찌를 소금물이 담긴 접시 옆에 놓아 두게."

"알았어요. 그렇게 할게요."

나는 팔찌를 손목에 끼면서 그렇게 말했다. 전에 나는 한 번도 보석을 몸에 걸쳐 본 적이 없었다. 그러나 무슨 이유에선지, 그 팔찌는 내 몸의 일부처럼 느껴졌다. 그 팔찌는 내 손목의 일부였는데 잠시 나를 떠났다가 다시 돌아온 것 같았다.

몇 분 후, 로버트가 하늘을 바라보며 이렇게 말했다.

"난 이제 가야겠네."

그는 자신의 소지품을 챙겼다. 그리고 애완견 던을 안았다. 강아지는 여전히 잠을 자고 있었다.

"오늘 밤 할 일이 많은데도 나는 시간 가는 줄 모르고 있었군. 스콧, 자네는 원하는 만큼 이곳에 남아도 돼. 돌아오는 길은 기억하고 있겠지?"

"아마도 돌아가는 길은 찾을 수 있을 거예요. 하지만 나도 이만 돌아가 봐야 할 것 같아요."

나는 어느새 추위를 느끼고 있었다. 단지 짧은 소매의 티셔츠 하나만 입고 있었던 것이다. 이렇게 금세 해가 질 것이라고는 예상하지 못했었다.

"좋아. 함께 가지."

우리는 그렇게 왔던 길을 되돌아갔다. 우리는 구불구불한 둑 위를 걸었다. 둑길 아래 있는 개울이 달빛을 받아 은빛으로 반짝이고 있었다. 다시 우리는 초원으로 돌아왔다. 초원은 전에 내가 보았던 것과 전혀 다른 모습과 소리를 내고 있었다. 누군가가 쓰러진 나무들로 길을 막아 놓은 것 같았다. 나뭇가지에 가려 달빛조차 찾아보기 힘들었다. 숲에 오는 사람은 누구나 길을 잃기 딱 알맞은 상황이었다. 만약 내가 혼자서 왔다면 길을 잃고 말았을 것이다.

우리가 걷는 동안, 로버트는 내 질문에 대답을 해주었다.

내가 물었다.

"어떻게 보름달이 우리에게 에너지를 줄 수 있는 거죠?"

"그것은 간단해. 이 우주에 있는 모든 것은 서로 에너지를 교환하지. 어떤 것은 우리가 에너지를 모을 수 있게 도와주고 또 어떤 것은 우리가 에너지를 쓸 수 있게 도와줘. 동양 사람들은 그것을 음양이라고 불렀어. 자네도 음양에 대해서 알고 있겠지?"

"물론입니다. 검은색과 흰색 부분으로 된 원을 말하는 거죠?"

"맞아. 달의 에너지에는 음의 에너지가 가득 차 있어. 음의 에너지는 우리의 몸과 마음을 회복시키는 힘이 있어. 보름달이 뜨는 동안에는 이런 음의 기운이 절정에 이르지. 다음에 쓰기 위해 음의 에너지를 받아들이고 저장하는 일은 아주 쉬운 일이야. 달과 달리, 태양은 양의 에너지로 가득 차 있어. 만약 우리에게 충분한 음의 에너지가 있다면, 양의 에너지는 우리에게 자신을 표현할 힘을 주지. 내 말을 이해하겠나?"

"그러니까 당신의 말은 달이 우리의 은행 잔고를 채워 주고 태양은 그것을 사용할 수 있게 도와준다는 것 아닙니까?"

"아주 적절한 설명이군." 그가 웃으면서 말했다. "내가 자네에게 알려 주고 싶은 것은 자연이 자네가 필요로 하는 모든 에너지를 제공한다는 거야. 그저 자네는 마음을 가라앉히고 자연이 자네를 도울 수 있도록 내버려 두기만 하면 돼. 이 우주는 우리를 위해 달과 태양 그리고 그 밖의 자연을 창조했어. 지구에서 살아가는 우리들에게 필요한 에너지를 주기 위해서 말이지. 불행하게도, 지난 몇 백 년 동안 사람들은 자연에게서 도움을 받기보다 자연을 무시해야 한다고 배워 왔어. 사실 지금 우리가 처한 환경 문제는 바로 여기에서 비롯돼."

나는 환경 문제에 대해선 생각하고 싶지 않았다. 왜냐하면 환경 문제를 생각할 때마다 우울해지기 때문이었다. 나도 환경 문제를 해결하고 싶었지만 내 힘으로 어떻게 해볼 방법이 없었다.

로버트는 계속해서 말을 이어 나갔다. 그는 그런 내 마음을 짐작하고 있는 것 같았다.

"모든 사람들이 현재의 환경을 바꾸기 위해 환경 운동가가 될 필요는 없어. 그냥 단지 오늘밤 우리가 했던 일만 하면 돼. 그것만으로도 충분한 효과가 있어. 우리는 그렇게 함으로써 자연의 주기와 하나가 될 수 있고 또 자연을 무시했던 지금까지의 태도를 고칠 수도 있어. 자연은 살아 숨 쉬고 있네. 사실 자연과 우리 사이에는 아무런 차이도 없어. 사랑을 받고 있을 때 우리는 더 쉽게 자신을 치유할 힘을 얻을 수 있지. 반면 무시당하고 사랑받지 못할 때, 우리는 자신의 병을 치유할 힘을 내기가 어려워. 만약 우리가 자연의 주기를 기념하고 자연에게 우리의 사랑을 보여준다면, 자연은 스스로의 힘으로 자신을 치유하게 될 거야. 물론 자연의 주기를 기념하고 자연에게 대한 사랑을 품는다고 해서 모든 환경 문제가 해결되는 것은 아니야. 그러나 우리는 일상생활에서 이런 행동을 함으로써 환경 문제를 해결하는 것을 도울 수 있어. 지구 안에 있는 수십억의 영혼들이 이런 식으로 자연에게 힘을 준다면, 자연은 아주 빠른 시간 안에 자신을 회복할 수 있을 거야."

나는 자연의 주기를 기념하는 것으로 세상의 모든 문제를 해결할 수 있을 것이라고 확신하지 않았다. 그러나 내 안에 있는 달의 에너지를 분명히 느낄 수 있었다. 달의 에너지를 받아 이렇게 기분이 좋아질 수 있다면, 다른 생명 역시 내가 보내는 사랑을 받으면 기분이 좋아질 수 있을 것이라는 생각이 들었다. 결국 나는 이렇게 결론을 내고 말았다.

"그것도 나쁜 방법은 아니겠군요."

그렇게 말하면서 나는 매일 몇 분 동안이라도 내가 사는 이 행성에 사랑과 호의를 보내야겠다고 다짐했다. 어느새 우리는 언덕길을 내려가고 있었다. 우리는 시가지를 향해 걸어갔다.

언덕 아래로 내려오자 로버트가 말했다.

"다음에 보세."

내가 물었다.

"언제 보죠?"

그와 헤어진다고 생각하자 마음이 허전해졌다.

"때가 되면 다시 만나게 될 거야. 우리는 이제 서로에게 묶여져 있어. 그러니까 만날 시간을 정할 필요가 없어. 우주가 우리가 다시 만나야 한다고 생각하면 우리는 그때 다시 만나게 될 거야."

로버트는 손을 흔들어 작별 인사를 했다. 그리고 시가지 밖을 향해 걸어갔다. 나는 그와 반대로 내 아파트가 있는 시가지 쪽을 향해 걸었다. 내 마음은 오늘 일어났던 여러 가지 일들 사이를 부유했다. 마침내 아파트 현관 앞에 도착했을 때 나는 완전히 지쳐 있었다. 나는 곧장 침대 안으로 빠져들었다. 그리고 나를 둘러싼 정적 속으로 들어갔다. 나는 밖에 있을 때보다 훨씬 강하게 내 안에 있는 달의 에너지를 느낄 수 있었다. 뱃속에서 무엇인가가 나를 간지럽히고 있었다. 내 입술에 미소가 떠올랐다. 그리고 얼마 후 나는 깊은 잠 속에 빠져들었다.

8

....

꿈과 현실

나는 밤새도록 잠을 자지 못했다. 도무지 잠을 이룰 수가 없었다. 한동안 잠잠하던 악몽이 다시 나를 찾아왔기 때문이다. 몇 년 전 나는 한 여자와 약혼을 했다. 그녀의 이름은 세릴이었다. 우리는 이듬해 봄에 결혼할 예정이었다. 원래 우리가 처음 만난 곳은 고등학교였다. 그러나 우리가 데이트를 시작한 것은 학교를 졸업한 후였다. 졸업 후 우리는 각자 이레카 근처에서 직업을 구했다. 우리는 자연스럽게 다시 만나게 되었고 얼마 안 가 깊은 사이가 되었다. 어린 나이에도 불구하고 나는 진정한 사랑을 만난 것을 행운이라고 느끼고 있었다.

세릴은 곱슬거리는 검은 머리를 짧게 자르고 다녔다. 그녀는 음식을 만드는 것과 나를 웃게 하는 데 뛰어난 재주를 가지고 있었다. 고등학교를 졸업한 후, 그녀는 한 레스토랑의 부주

방장 자리를 맡게 되었다. 그 레스토랑은 인기가 좋았는데, 특히 인근 마을로 찾아온 관광객들 사이에서 평판이 높았다. 얼마 안 가 그녀는 직업적으로 크게 성공했다. 그것에 힘입어 그녀는 낮에는 레스토랑에서 일하고 밤에는 부업으로 출장 연회 사업을 시작했다. 나는 종종 그녀의 일을 도왔다. 그녀를 대신해서 연회가 있는 날에는 요리들을 서빙했다. 우리의 꿈은 하루 종일 같이 일하면서 생계를 유지할 수 있는 돈을 버는 것이었다.

우리가 맡았던 연회들 중에 가장 고급스러웠던 것은 산장에서 벌어지는 변호사들의 회의였다. 그것은 우리가 맡았던 출장 연회들 중 가장 규모가 큰 행사였다. 그 행사만 잘 치른다면 큰돈을 벌 수 있었다. 그렇게 된다면 세릴이 더 이상 낮에 레스토랑에서 일하지 않고 하루 종일 자신의 사업에만 매달릴 수 있었다. 그러나 행사가 시작되기 일주일 전쯤 나는 자꾸만 나쁜 예감이 들기 시작했다. 나는 필사적으로 세릴에게 그 연회를 취소하라고 부탁했다. 그것은 말도 안 되는 일이었다. 세릴은 이미 음식 재료를 주문했기 때문이다. 세릴은 갑자기 연회를 취소하면 자기 사업의 평판이 나빠질 것을 걱정했다. 왜냐하면 변호사 사회는 소문이 빨리 도는 작고 친밀한 곳이었기 때문이다. 그러나 나쁜 일이 일어날 것이라는 내 예감이 너무나 강렬했기 때문에 나는 그녀를 그대로 내버려 둘 수 없었다. 결국 나는 그녀의 일을 돕는 것을 그만두었다. 우리는 이 문제를 놓고 밤낮을 두고 싸웠다. 변호사 모임이 다가오자, 우리는 서로에게 말도 안하는 사이가 되어 버렸다. 나는 그녀를 돕기 위해 행사에 가는 것조차 거절했다.

오후 3시쯤 세릴이 행사를 마치고 돌아오는 길이었다. 세릴은 산길을 따라 운전을 하고 있었다. 그때 맞은쪽에서 오던 술취한 운전사가 중앙선을 넘어 그녀의 차를 들이받았다. 세릴은 그 자리에서 죽고 말았다.

불행하게도 이것은 꿈이 아니었다. 그것은 현실이었다.

꿈속에서 세릴이 사고 난 차 안에서 기어나왔다. 그녀의 얼굴은 상처투성이였고 팔에서는 피가 흘러나오고 있었다. 그녀는 내게 다가와 둥글게 모은 손을 내밀었다. 그녀는 내게 무언가를 주려는 것 같았다. 그러나 나는 그녀의 손 안을 보려고 하지 않았다. 그녀가 가져온 것이 무엇이든, 나는 그것이 너무나 끔찍하게 여겨졌다. 꿈속에는 우리를 지켜보는 사람들이 여럿 있었다. 내 어머니는 아기를 안고 있었다. 경찰의 모습도 보였고 고등학생 때 사고로 죽은 소녀의 모습도 보였다. 그들은 내가 어떤 반응을 할지 궁금해했다. 세릴이 내 앞에 가까이 다가왔다. 나는 몸을 돌려 그녀로부터 도망쳤다. 잠에서 깨어나자, 내 심장은 무섭게 뛰고 내 침대 시트는 식은땀으로 흠뻑 젖어 있었다.

세릴이 죽은 이후, 나는 거의 매일 밤 똑같은 꿈을 되풀이해서 꾸었다. 결국 나는 깨어나서도 꿈이 주는 불안감에서 벗어날 수가 없었다. 나는 계속해서 사고가 있었던 날 그녀와 함께 가지 못한 것에 죄의식을 느꼈다. 내가 그녀의 곁에 있었더라면, 그녀를 위해 무엇인가를 해줄 수 있었을 것이다. 나는 앞에서 돌진해 오는 술 취한 운전사를 피할 수 있었을지도 모른다. 나라면 고집을 부리지 않고 술 취한 운전사에게 길을 비켜 줄 수 있었을지 모른다. 설사 세릴이 라디오 소리에 정신이 팔렸다고 해도, 내가 대신 도로 사정을 살필 수 있었을지도 모른다. 만약 내가 운전을 했더라면 적어도 집으로 돌아오는 다른 길을 선택했을지도 모른다. 그랬다면 세릴은 그렇게 죽지 않았을 것이다.

애슐랜드에서 아파트를 얻는 데 생각보다 많은 돈이 들어갔다. 시간이 갈수록 나는 돈 문제 때문에 예민해졌다. 그럼에도 불구하고 나는 애슐랜드에서 무슨 일을 하면서 생계를 유지할지 막막했다. 눈에 들어오는 일거리는 셰익스피어 극장이나 대학에서 일하거나, 레스토랑이나 상점에서 점원으로 일하는 것이다. 그러나 나는 대학이나 극장에서 일할 만한 자격증을 가지고 있지 않았다. 나는 전화번호부를 뒤져, 차례차례 상점

이나 레스토랑에 전화를 했다. 애슐랜드에서는 로스앤젤레스
만큼 임금을 받기가 어려웠다. 그럼에도 불구하고 내가 좋아
하는 장소에서 새로운 생활을 시작하고 싶었다. 그러나 전화
를 걸 때마다 되돌아오는 답변은 항상 같았다.

"안녕하세요, 직장을 구하고 있는데요. 제가 그곳에 이력서
를 보내도 좋을까요?"

"죄송합니다. 지금은 자리가 다 찼는데요. 가능하면 여름이
지나고 나서 다시 한 번 전화를 주지 않을래요."

만약 아메리카 인디언 상점에서 일하는 여자의 설명을 듣
지 않았다면 아주 절망하고 말았을 것이다. 그러나 그녀의 친
절한 설명을 듣자, 나는 마음을 놓을 수 있었다.

"여름철에는 대학생 때문에 일자리가 꽉 차요. 그러나 가을
이 되어 새 학기가 시작되면 우리는 하루 종일 일할 수 있는
사람을 구해야겠죠."

나는 가을까지 지낼 수 있는 충분한 돈을 가지고 있었다.
그래서 이번 여름 내내 일하지 않고 즐겨 보는 것이 어떨까 생
각하게 되었다. 일이라면 가을이 되어서 찾아도 될 것 같았다.
쉬는 동안 애슐랜드 구석구석을 탐색해 보는 것도 좋을 것 같
았다. 내게는 나 자신을 뒤돌아볼 시간이 필요했다. 나는 고등
학교를 졸업한 후 계속 일해 왔기 때문에 제대로 여름휴가를
가져본 적이 없었다. 비록 일자리를 구하기 전에 돈이 떨어질

까 봐 걱정이 되긴 했지만, 솔직히 일하지 않고 한 철을 보낼 수 있다는 사실에 적지 않게 설레었다.

나는 다시 한 번 로버트를 만나 봐야겠다는 강렬한 충동을 느꼈다. 나는 그가 한 말을 기억하고 있었다. 그는 내게 때가 되면 자연스럽게 다시 만나게 될 것이라고 했다. 하지만 어디에서 그를 찾아야 할지 알 수 없었다. 그러나 그를 찾기 위해서는 먼저 우리가 처음 만났던 장소를 찾아가 보는 것이 가장 좋은 방법일 것 같았다. 나는 조합 매장 앞에 서 있는 그를 발견했다. 그러나 그를 금방 찾기란 쉽지 않았다. 그것도 그럴 것이 전과는 전혀 다른 차림새를 하고 있었기 때문이다. 그는 셔츠 같이 생긴 밝은 색깔의 판초를 입고 몸에 맞지 않는 크림색 바지를 입고 있었다. 나는 그가 갈아입을 다른 옷이 있다는 사실에 안심했다. 미국 남부 지역의 히피 복장은 사실 이곳 애슐랜드와는 전혀 어울리지 않았지만. 그의 곁으로 다가가자, 나는 그가 젊은 엄마와 이야기를 나누고 있는 것을 볼 수 있었다. 그녀는 여러 가닥의 실로 머리를 땋고 홀치기염색을 한 스커트를 입고 있었다. 그녀는 아기를 실은 유모차를 끌고 있었는데 그 유모차에는 '바이오 디젤 장착'이라고 적혀 있었다.

"정말이지 겸손하게 당신에게 감사하지 않을 수 없네요. 내게 세상에 대한 당신의 독특한 통찰을 나누어 줘서 고마워요. 당신은 정말 축복받은 분이에요."

그녀는 쾌활하고 높은 목소리로 말했다. 그리고 애완견 던이 깔고 앉은 담요 위에 1달러짜리 한 장을 내려놓았다. 그녀는 손을 흔들어 작별 인사를 하며 아기를 실은 유모차를 끌고, 내가 온 길과 정반대 쪽의 시멘트로 포장된 경사로를 내려갔다.

"로버트, 오늘 따라 기분이 좋아 보이는군요."

그 멋쟁이 히피가 떠난 후, 나는 그에게 말했다.

"오늘은 기분 좋은 하루였어."

로버트는 잠자고 있는 강아지 주위에 있는 구겨진 지폐와 동전들을 주워 모으며 말했다.

"그런데 사나운 바람이 내 전리품들을 반이나 가져가 버렸지 뭔가?"

그는 낄낄거리며 웃었다.

"왜 돈을 담요 위에 놓은 거죠? 돈이라면 좀 더 안전한 장소에 보관해야 하지 않나요?"

그는 어떤 분야에서는 매우 현명했지만 어떤 쪽에서는 아주 어수룩해 보였다.

"누구에게 돈이 필요한지를 결정하는 것은 내가 아니야."

그가 말했다. 그의 목소리는 상당히 진지했다.

"난 그저 돈을 모아 놓았을 뿐이야. 그때 바람이 불어와서 그 돈을 나보다 더 필요한 사람에게 나누어 준 거지. 게다가 바람은 친절하게도 모든 돈을 가져간 것도 아닌 걸. 사실 바람은 내가 필요로 하는 것보다 훨씬 많은 돈을 남겨 놓고 갔어. 나는 배가 고플 때 밥을 먹을 수 있을 만큼의 돈만 있으면 그만이야."

나는 로버트의 기묘한 이야기를 들으면서 표지판에 적힌 말을 곰곰이 생각했다. 그 표지판은 전에 로버트가 기대어 앉아 있던 바로 그 나무에 비스듬히 서 있었다.

자궁을 기억하라.

갑자기 내가 자궁에 있었을 때, 내가 배고프다는 것을 어떻게 알았는지 궁금해졌다. 나는 항상 내가 먹는 것에 주의를 기울였다. 내가 기억하는 한, 나는 지속적으로 식생활을 관리했다. 사람들이 유난히 몸매에 관심을 쏟는 로스앤젤레스에 온 이래로 나는 매일 몸무게를 쟀다. 그리고 지나치게 칼로리를 섭취해 군살을 찌우지 않으려고 노력했다. 자궁에 있었을 때 나는 아홉 달 동안 하루 24시간 내내 먹고 싶은 만큼 먹었지만, 태어났을 때 몸무게는 고작 3킬로그램 남짓이었다. 그때는 몸무게 때문에 문제를 겪은 적이 없었다.

"스콧, 이리 오게나."

로버트는 애완견 던을 앞으로 매는 아기 캐리어에 실으면서 말했다. 아침부터 구름이 끼기 시작했다. 덕분에 햇빛도 구름에 가려져, 평소보다 기온이 몇 도 떨어졌다. 내가 애슐랜드에 온 이후 숨 막히게 뜨거운 날들이 지겨울 정도로 계속 되었기 때문에 그것은 무척이나 반가운 변화였다. 이번에 로버트를 만나러 올 때는 전과 달리 단단히 하이킹을 떠날 대비를 하고 있었다. 나는 물병을 준비하고 두꺼운 양말과 등산화를 신었다. 그리고 해가 지고 기온이 떨어지면 입으려고 긴 소매 달린 셔츠를 허리에 묶고 있었다. 우리는 1번가 쪽으로 걷기 시작했다.

로버트가 애완견 던을 아기 캐리어에 매자, 강아지는 잠시 깨어났다. 강아지는 반쯤 감긴 눈으로 나를 바라보았다. 그리고 얼마 못 가서 언제나처럼 다시 잠 속으로 들어갔다.

"오늘은 자네에게 특별한 날이 될 거야." 아파트에서부터 몇 블록 걸은 뒤 로버트가 말했다. "지금 우리는 자네가 잃어버린 것을 찾으러 가는 중이야."

"대체 내가 무엇을 잃어버렸다는 거죠?"

"자네는 영혼의 한 조각을 잃어버렸어. 그것도 큰 조각을."

내가 물었다.

"내가 영혼을 잃어버렸다는 건가요? 내가 언제 그 영혼을 잃어버렸다는 거죠?"

"정확하게 말하기는 어렵지. 하지만 추측하건대 자네는 여러 해 전에 영혼을 잃어버렸어."

시내를 지나 우리는 묘지 근처의 인도를 걷고 있었다. 우리는 고속도로 쪽으로 가기 위해서 오른쪽으로 길을 돌았다. 시내 밖으로 나오자, 애슐랜드가 가지고 있는 매력은 점점 사라져 갔다. 고속도로 근처에 이르자 어디에서도 애슐랜드의 매력은 찾아보기 힘들었다. 사실 어느 교외에서나 흔히 볼 수 있는 교차로에 불과했다. 단지 다른 교차로와 다른 점은 숲과 산으로 둘러싸여 있다는 점뿐이었다.

"왜 당신은 내가 영혼의 한 조각을 잃었다고 말하는 거죠?"

"그거야 자네 안에 있는 커다란 검은 구멍을 보았기 때문이지. 매장 앞에서 자네가 내 선물을 거절했을 때부터 나는 그 구멍을 보고 있었어."

"나는 당신이 내게 그런 구멍이 있다는 것을 모르기를 바랐어요."

나는 부끄러워하며 말했다. 그리고 다시 한 번 그가 내게 주려고 했던 선물이 무엇인지 생각했다.

"어떻게 내가 그것을 모를 수 있겠어. 자네가 그 구멍에서 벗어나지 못하고 맴돌고 있는데. 관심을 갖고 지켜본 사람은 누구나 자네의 영혼에 나 있는 구멍을 볼 수 있어."

그 말을 듣자 나는 갑자기 부끄러워졌다. 나는 항상 시간을 들여 내 옷이 깨끗이 세탁되었는지, 옷에 주름은 없는지, 옷들이 잘 어울리는지를 살폈다. 그런데 내 영혼에는 누구나 다 알아볼 수 있을 만큼 큰 구멍이 나 있었던 것이다.

"걱정하지 마. 대부분의 사람들은 그 구멍을 볼 수 없을 테니까."

로버트는 항상 내가 무엇을 생각하는지 아는 것 같았다.

"대부분의 사람들은 육체에 신경을 쓰느라 영혼에 대해서는 무관심하지. 자네에게는 그것이 무척 다행한 일이라고 할 수 있어. 왜냐하면 자네의 외모와 달리 자네의 영혼은 무척 지저분하거든."

그의 말을 들어도 나의 기분은 나아지지 않았다.

"그러니까 로버트, 당신은 내가 오늘 안에 잃어버린 영혼을 찾을 수 있을 것이라고 생각하나요?"

"글쎄 잘 모르겠어. 잃어버린 영혼을 오늘 안에 찾을 수 있을지. 그러나 어쨌든 시작은 해봐야 할 거야. 내 예감에 따르면 자네는 잃어버린 영혼이 어디에 있는지 알고 있는 것 같아."

그의 말을 들은 후 나는 생각에 잠겼다. 나는 어디서 내 영혼을 잃어버린 것일까? 도대체 어떻게 영혼을 잃어버리는 것이 가능하다는 말인가? 로버트와 함께 고속도로를 건넌 후, 나는 내 영혼의 윤곽을 느낄 수 있다고 상상하기 시작했다. 내가 영혼을 더듬기 시작하자, 나는 느낌이 전혀 다른 부분을 찾아낼 수 있었다. 그곳에서는 어떤 살아 있는 기운도 느껴지지 않았다. 그 부분은 딱딱하게 굳어 있었다. 외부의 상처는 치유되었지만 그 안에는 어떤 감정도 실려 있지 않았다. 내가 괴짜가 된 것일까? 단순히 꼴사나운 짓을 하고 있는 것일까? 아니면 그냥 잊어버려야 할 일인가? 얼마나 많은 사람들이 그들의 영혼의 조각들을 주위에 흘리고 다니는 것일까? 영혼을 잃어버리면 그들에게 무슨 일이 생길까? 영혼이 상하게 되는 것일까? 내 마음속에는 수천 가지 질문이 떠올랐지만 나는 어떻게 그 질문들을 시작해야 할지 알 수 없었다.

마침내 나는 입을 열었다.

"내가 어떤 영혼의 조각을 잃어버린 걸까요?"

"나로서는 알 수 없지. 그러나 우리는 곧 그것을 찾아내게 될 거야."

우리는 길을 돌아 애슐랜드 외곽에 있는 호젓한 오솔길로 접어들었다. 그 길의 이름은 '죽은 인디언을 기념하는 길'이었다. 왠지 그 길의 이름은 내게 불길한 징조처럼 느껴졌다. 나는 주변을 둘러보았다. 주변 풍경의 색채가 도심의 그곳과는 무척 다르다는 사실을 발견했다. 언덕 위는 밝고 화사한 색깔의 나무와 꽃들로 채색되어 있었다. 반면 언덕 밑 계곡은 낮게 깔린 노란색 풀들로 덮여 있었다. 계곡 아래에는 공중에 떠도는 먼지 입자들마저 건조했다. 계곡 아래로 내려갈수록 내

입이 마르고 입술이 갈라지기 시작했다. 그래도 한 가지 다행인 것은 이번 하이킹에는 물병을 가지고 왔다는 것이었다. 나는 물을 마시기 위해서 야구 모자를 돌려썼다. 그렇게 물을 한 모금씩 마시면서 계곡 아래쪽으로 걸어 내려갔다.

결국 로버트와 나는 삼나무 기둥에 사슬로 묶여 있는 문 앞에 이르렀다. 금속으로 만들어진 문에는 페인트가 칠해져 있었다. 로버트는 문을 밀어 우리가 들어갈 수 있는 틈을 만들었다. 문 안으로 들어가자, 그곳에서는 더 이상 먼지투성이 길조차 찾을 수 없었다. 우리는 바짝 마른 무성한 잡초들을 헤치며 걸어갔다. 우리가 한 발자국 내딛을 때마다 수십 마리의 메뚜기 떼들이 우리를 피해 화살처럼 튀어 올랐다. 세 번째 언덕을 지나자, 황금빛 들판 한가운데 움푹 패인 곳에 세워진 티피(tepee, 아메리카 인디언이 사용하던 원통형 천막)를 볼 수 있었다. 이 인디언식 천막은 기둥을 중심으로 주변에 흰 천으로 둘러싸여 있었다. 나는 전에 이렇게 가까이에서 티피를 본 적이 없었다. 이 원통형 천막은 찢겨진 캔버스 천과 오랜 세월 비바람에 씻긴 나무 기둥들로 만들어져 있었다. 티피는 내가 상상했던 것보다 훨씬 컸다.

"이제 다 왔군."

로버트는 자랑스럽게 티피를 가리키면서 말했다.

"저 티피는 당신 것인가요?"

"그렇다네." 그는 가슴에 앉고 있던 강아지를 땅 위에 내려놓으면서 말했다. "이리로 오게."

로버트는 여섯 개의 나무 기둥 아래, 천으로 엮어진 입구를 들어 올렸다. 나는 자궁 같은 입구를 통해서 여섯 개의 나무 기둥 아래로 들어갔다. 티피 안에 들어가자, 강아지가 잠시 기지개를 켠 뒤 여러 겹으로 접힌 담요 쪽으로 걸어갔다. 그리고 즉시 그곳에 웅크리고 누워 언제나처럼 잠을 자기 시작했다.

내가 지적했다.

"당신의 애완견은 너무 많이 자는 것 같아요."

"자네도 지금 막 죽음으로부터 돌아왔다면 잠을 많이 잘 거야. 자네도 애완견 딘과 그리 다르지 않아."

"흠, 그런가요."

티피 안에는 연기가 빠져나가는 구멍이 있었다. 어두웠던 티피 안으로 한 줄기 빛이 스며들어왔다. 그 빛은 강아지의 왼쪽을 비추고 있었다. 티피 안의 둥근 바닥에는 여러 가지 옷더미와 물건이 담긴 종이 가방, 아메리카 인디언의 울 담요들이 널려 있었다. 티피 가운데에는 불을 지피기 위해 움푹 패인 곳이 있었다. 모닥불 주변에는 커다란 돌들이 촘촘히 둘러 싸여 있고 세 개의 나무 가지들이 새끼줄로 묶여 있었다. 그 가지 위에 시꺼멓게 그을린 철 주전자가 걸려 있었다. 로버트는 햇살이 들어오는 곳 한가운데에 손으로 만든 담요를 펼쳤다. 그리고 손짓으로 내게 그곳에 앉으라고 권했다. 내 마음이 안정되자, 그는 움푹 파인 곳에 작은 모닥불을 피웠다. 그리고 네 개의 작은 가죽 주머니를 펼쳤다. 그 안에는 신선한 허브들이 들어 있었다.

"오늘 아침 들판을 돌아다니며 이 약들을 모았지. 아마 이 약들이 자네에게 도움이 될 거야."

"약이라면, 어떤 종류의 약을 말하는 건가요?"

"약초를 말하는 거야. 이 약초는 자네의 마음을 진정시켜 줄 거야. 그럼 자네는 과거로 돌아가 자네의 영혼을 되찾아올 수 있을 거야."

찻주전자에서 증기가 나오기 시작했다. 몇 분 후, 물이 끓는다는 것을 알리는 휘파람 소리가 났다. 로버트는 종이 가방에서 모양이 일그러진 도자기 컵을 꺼냈다. 그 컵은 터키석으로 장식되어 있었다. 그는 컵 안에 준비한 허브들을 조금씩 집어넣었다. 그런 다음 김이 모락모락 나는 액체를 컵 안에 부었다. 티피 안은 강한 향기로 가득 찼다. 그 향기는 익숙한 동시에 낯설었다.

로버트가 약초가 담긴 컵을 내게 건네며 말했다.

"자, 이것을 마시게."

나는 양손으로 유약을 칠한 도자기 그릇을 받았다. 그것을 코로 가져가 그 향기를 맡았다. 허브 차에서는 달콤한 풋내가 났다. 그것은 따뜻한 여름날 들판에서 맡을 수 있는 풀향기와 그다지 다르지 않았다. 그 허브 차 속에는 흔히 사람들이 말하는 흙냄새라고 하는 약한 곰팡이 냄새가 났다. 나는 따뜻한 차를 한 모금씩 마셨다. 비록 그것은 내가 마셔 보았던 그 어떤 차와도 달랐지만, 놀랍게도 아주 맛이 있었다.

"이제 나는 환각에 빠지게 되는 겁니까?"

그러자 로버트가 웃으면서 말했다.

"그 차만으로는 어림도 없지."

차를 마시자 신경이 안정되었다. 나는 느긋하게 긴장을 풀고서 내게 일어나는 경험을 즐기기로 했다. 나는 앞으로 무슨 일이 일어날지 흥분되기도 하고 불안하기도 했다. 그러나 나는 로버트를 믿고 있었다. 그리고 그가 내게 진정으로 좋은 일을 해줄 것이라고 믿었다.

내가 편안해졌다는 것을 확인한 다음, 로버트는 내게 두 번째 담요를 주었다. 그는 앞으로 내게 그것이 필요할 것이라고 여긴 것 같았다. 그는 말린 허브들을 네 개의 도자기 접시에 담았다. 그런 후, 그것에 불을 붙였다. 마른 허브들이 타들어 가면서 연기가 티피 안을 가득 채웠다. 나는 세이지와 삼나무 향기를 맡을 수 있었다. 그러나 다른 허브 향들은 전에 맡아 본 적이 없는 것들이었다.

로버트는 두께가 얇은, 손으로 만든 북을 집어 들었다. 그리고 천천히 정성스럽게 그 북을 치기 시작했다. 그 커다란 북은 텅 빈 나무통으로 만든 것이다. 통의 앞뒤에 두 개의 하얀색 가죽을 잡아 늘인 뒤, 노란 가죽 줄로 열십자 모양으로 꿰맨 것이었다. 회색의 얼룩덜룩한 깃털 하나가 북에 묶여 있었다. 그가 손으로 깎아 만든 나무망치로 북을 두드릴 때마다 깃털이 춤을 추었다.

"좋아. 이제 모든 것이 준비된 것 같군. 스콧, 약을 다 마신 후 등을 대고 눕게."

나는 허브 차를 다 마신 후, 그에게 빈 컵을 건넸다. 그리고 다른 담요로 머리 뒤를 받친 뒤, 울로 만든 담요 위에 누워 몸을 쭉 펴고 누웠다.

"눈을 감고 자네 얼굴 위에 비치는 빛을 느껴 보게."

나는 눈을 감고 미소를 지었다. 따뜻한 햇빛이 내 뺨을 간질이고 있었기 때문이다. 로버트가 다시 빠른 속도로 북을 두드리자, 내 머리 안이 진동하기 시작했다.

"나는 티피 안에 가득 찬 환한 빛에 둘러싸여 있습니다. 오늘 우리는 어르신들에게 스콧의 영혼을 찾아 다시 그에게 돌려 달라고 호소합니다. 스콧이 다시 온전한 영혼을 갖게 하소서. 우리는 이제 이번 생애에서 스콧이 지나갔거나 앞으로 지나게 될 모든 장소를 여행하려고 합니다. 그 과거와 미래로 여행을 무사히 마칠 수 있도록 항상 우리를 돌보소서. 우리가 스콧의 잃어버린 영혼의 조각을 찾아 다시 그것을 스콧의 현재의 삶에 통합시킬 수 있도록 도와주소서."

로버트의 호흡이 가팔라졌다. 티피 안에는 바람 소리와 함께 북소리로 가득 찼다.

몇 분이 지났을까? 마침내 그가 말했다.

"자네의 수호령은 까마귀의 모습을 하고 있어. 그 까마귀는 나를 차 안에 있는 젊은 여자에게 인도했어. 그 여자는 자네의 영혼의 한 조각이었어. 그녀는 비록 이 세상을 떠난 사람이었지만 아직 저 세상에 가지도 못한 신세야."

나는 갑자기 온 몸에 소름이 돋는 것을 느꼈다. 나는 내가 깔고 누운 담요로 몸을 감쌌다.

"자네는 그녀가 누구라고 생각하지?"

나는 눈물 때문에 숨쉬기가 힘들었다.

"세릴이에요."

"좋아. 세릴은 자네에게 자신이 괜찮다는 것을 알리고 싶어 하네. 그녀는 자네도 평화롭기를 바라고 있어. 그러나 지금 그녀는 떠나야만 해. 저 세상으로 가는 여행을 하기 위해 그녀는 자네의 영혼을 돌려주어야 해. 자네는 세릴에게서 자네의 영혼을 돌려받을 필요가 있어."

그의 말을 듣자 나는 죄의식을 느끼기 시작했다. 나 때문에 세릴이 다른 세상으로 가지 못하고 이곳에 머물렀다는 것인가?

로버트는 점점 더 강렬하게 북을 두드리기 시작했다. 나는 얼핏 한쪽에서 애완견 던이 끙끙거리는 소리를 들은 것 같았다.

"스콧, 이제 자네의 잃어버린 영혼의 조각을 받을 준비가 되었나?"

"네."

나는 목이 잠겨 말하기가 힘들었다. 무엇인가 굉장한 일이 일어나려고 한다는 것만은 느낄 수 있었다.

"강력한 수호령이여, 직관과 영적인 자각의 상징인 성스러운 까마귀님에게 호소합니다. 스콧의 영혼을 세릴에게서 찾아올 수 있도록 도와주소서. 그 잃어버린 영혼이 이 세계에 살고 있는 주인에게 안전하게 되돌아올 수 있도록 도와주소서."

바로 그 순간이었다. 티피 밖의 태양 빛이 어두워졌다. 더불어 티피 안의 공기는 얼음처럼 차가워졌다. 갑자기 몇 초 사이에 여름에서 겨울로 계절이 바뀐 것 같았다. 티피 가운데 있던 모닥불이 아무 이유 없이 꺼졌다. 허브들에서 나는 연기가 내 목구멍을 간지럽혔다. 계속되는 북소리를 듣자 내 관자놀이가 가시에 찔린 듯 아파 왔다.

"스콧, 손바닥을 하늘을 향해 들어 올려. 어서 자네의 영혼을 받아들일 준비를 하게."

"알겠습니다."

나는 로버트가 시키는 대로 하게 되기를 바라며 말했다.

"마음을 열고 그 안을 사랑으로 채우게."

"네."

나는 작은 목소리로 속삭이듯 말했다. 나는 세릴에 대한 사랑에 집중했다. 그리고 본능적으로 가슴을 가능한 만큼 밖으로 내밀었다.

로버트는 내가 이해할 수 없는 주문을 외우기 시작했다. 그러자 발바닥이 따끔거리기 시작했다. 그리고 갑자기 구역질이 밀려왔다. 발바닥을 간질이던 그 느낌은 내 뒷다리를 타고 척추의 바닥 쪽으로 올라갔다. 결국 그 느낌은 내 뒷목까지 이르렀다. 북소리는 점점 더 강렬해지고 있었다. 그러다 문득 북소리가 멈추었다. 침묵이 티피 안을 감쌌다. 그러자 덮고 있던 울 담요가 무겁게 느껴졌다.

나는 눈을 떴다. 그러나 너무 어두워 아무것도 볼 수 없었다. 눈이 어둠에 익숙해지자 로버트의 모습을 볼 수 있었다. 로버트는 길고 가는 담뱃대의 불을 붙이기 위해, 꺼진 모닥불을 헤집어 타다 남은 나뭇가지에서 불씨를 찾고 있었다.

"그 까마귀 수호령이 자네의 잃어버린 영혼을 찾아가지고 돌아왔네. 지금도 그 수호령은 우리 주변을 맴돌고 있어. 지금 나는 다시 돌아온 자네의 영혼을 들이마시려고 하네. 내가 그 영혼을 내쉴 때 자네는 그것을 돌려받을 수 있을 거야."

로버트는 가느다란 담뱃대에 입을 댔다. 그런 뒤 가슴 깊숙이 숨을 들이마셨다. 그는 부드럽게 두 손으로 담뱃대를 땅 위에 내려놓았다. 그런 다음 꿈속에서 세릴이 했던 것과 똑같이 두 손을 둥글게 모았다. 그는 눈을 감고 입으로 연기를 뿜어냈다. 그리고 그 연기를 두 손에 담아내 가슴을 향해 내밀었다. 바로 그 순간, 티피 꼭대기의 캔버스 천으로 엮어진 벽이 바람에 부딪혀 흔들렸다. 그러자 하늘에서 새들이 날개를 퍼덕이는 소리가 들려왔다.

그 연기는 너무도 자연스럽게 나의 피부 안으로 스며들면서 몸 안으로 들어왔다. 연기가 몸 안으로 들어오자, 즉시 몸 안이 따뜻해짐을 느꼈다. 연기는 빠르게 몸 전체로 퍼져 나갔다. 처음에는 허파로 갔던 연기가 심장으로 퍼지더니 위를 거쳐 목으로 올라갔다. 그런 다음 팔다리로 퍼져 갔다. 그와 동시에, 가슴속에서 격렬한 감정이 복받쳐 올라왔다. 그것은 전에 한 번도 경험해 본 적 없는 감정이었다. 어느덧 나는 흐느껴 울기 시작했다. 그 연기는 내 마음을 슬픔으로 채웠다. 아무리 참으려고 해도 흐르는 눈물을 막을 수 없었다. 나는 슬픔 때문에 온 몸을 흔들면서 목 놓아 울었다. 그렇게 한 시간쯤 울었을 것이다. 나는 말을 할 수도 생각할 수도 없었다. 오로지 슬픔과 후회를 느낄 수 있었을 뿐이다.

"영혼이 다시 돌아온 것을 축하하네. 자네가 영혼을 되찾게 되어서 얼마나 기쁜지 몰라. 이제는 영혼을 잘 돌보겠다고, 그리고 절대 다시는 잃지 않겠다고 약속하게."

나는 그의 가르침을 최선을 다해 지킬 작정이었다. 그러나 그에게 아무런 말도 할 수 없었다. 내가 할 수 있는 일은 그저 우는 것뿐이었다.

"자네는 세릴에게 자네의 영혼의 한 조각을 주었어. 아마도 자네는 그것을 그녀에게 줄 수 있는 최상의 선물이라고 생각했겠지. 그러나 자네 말고는 그 누구도 자네의 영혼을 사용할 수 없어."

이제 겨우 되찾은 영혼이 내 안을 휘젓고 있었다. 나는 마치 오랜만에 만난 친구처럼 다시 돌아온 영혼의 조각을 느낄 수 있었다. 몸이 흔들릴 때마다 영혼의 조각은 내 안에서 부드럽게 움직였다. 점점 내 시야가 흐려지기 시작했다. 의식을 잃어 가면서, 나는 지구의 가장 밑바닥으로 떨어지는 것 같은 느낌을 받았다.

"눈을 감게." 로버트가 다정하게 말했다. "그리고 푹 쉬어."

나는 그의 충고에 따랐다. 그리고 깊고 깊은 잠 속으로 들어갔다.

9

텅 빈 영혼의 도시

다음 날 아침 깨어났을 때, 나는 내 옷에서 풍기는 퀴퀴한 연기 냄새를 맡을 수 있었다. 눈을 뜨자마자 내 눈 앞에 보인 것은 캔버스 천으로 만든 티피의 천장이었다. 그것을 보자 내가 어디 있는지, 내 자신이 지난 밤 무엇을 했는지 기억해 낼 수 있었다. 정신이 들자, 나는 주위를 둘러보았다. 당연히 로버트와 강아지가 주변에 있을 것이라고 생각했다. 그러나 그들의 모습은 보이지 않았다. 더러운 바닥에는 몇 장의 담요와 옷가지들이 어지럽게 널려 있었다. 티피 한가운데 움푹 패인 곳에는 재만 남아 있었다. 그곳에서는 더 이상 지난밤처럼 연기를 찾아볼 수 없었다.

　나는 티피 밖으로 나와 친구들을 소리쳐 불렀다. 그러나 그들은 이미 오래전에 그곳을 떠난 듯했다. 어둑어둑한 티피 안에서 밖으로 나가자, 강렬한 햇볕 때문에 잠시 앞을 볼 수 없었다. 햇빛은 나를 향해 고함을 치는 것 같았다. 나는 다시 빛에 익숙해질 때까지 잠시 손으로 두 눈을 가렸다. 비로소 초점이 맞춰지자, 온 세상의 빛깔이 더 밝아지고 온 세상의 소리들이 더 커진 것처럼 느껴졌다. 마치 누군가가 빛과 소리의 볼륨을 높여 놓은 것 같았다. 나는 태어나서 처음으로 사물을 분명하고 또렷하게 보고 들을 수 있게 되었다. 나는 주변을 둘러보았다. 그리고 내가 서 있는 계곡의 아름다움에 감동하지 않을 수 없었다. 어제는 시들대로 시든 풀밭처럼 보이던 것이 이제는 산들바람에 따라 흔들리는 황금빛 물결로 보였다. 높게 치솟은 산들은 당당하게 밑에 있는 계곡을 내려다보고 있었다. 나는 태어나서 지금까지 이처럼 순수한 아름다움을 경험해 본 적이 없었다. 모든 것은 생생하게 살아 있었다. 나를 둘러싼 모든 살아 있는 존재들로부터 아름다움이라는 에너지가 발산되고 있었다. 나는 그 광경에 전율하지 않을 수 없었다.

나는 그 순간 갑자기 이 모든 아름다움이 사라지지 않을까 두려워졌다. 세릴이 완전히 나를 떠났다는 사실을 떠올리자, 내 마음은 무거워졌다. 나는 무릎을 꿇고 주저앉아 흐느끼기 시작했다. 내 감정을 주체할 수 없었다. 한순간에 세상을 다 가진 것 같은 의기양양한 기분에서 깊이를 잴 수 없는 슬픔의 나락으로 떨어졌다. 그 어느 때보다 더 깊은 감정을 느낄 수 있었다. 과거에 나는 세릴을 떠나보낼 수 없었기 때문에, 그녀의 죽음은 내게 뜻밖의 재앙으로 다가왔다.

나는 마지막으로 티피 안으로 들어갔다. 그리고 긴 팔 셔츠를 찾은 다음 두고 온 물건이 없는지 살폈다. 그런 후, 나는 사람들이 많이 다녀 잘 다져진 길을 따라 걷기 시작했다. 황금빛 들판을 가로질러 시내 쪽으로 향했다. 집들과 우편함과 차들을 다시 보자, 그것들이 내게 큰 충격으로 다가왔다. 나는 그 사이에 문명이 아닌, 자연으로 둘러싸인 환경에 익숙해져 버린 것이다.

시내 쪽으로 걸어가면서 나는 어제 내게 일어난 일에 대해서 천천히 생각해 보았다. 그리고 내 영혼에 나 있던 구멍의 가장자리를 더듬어 보았다. 나는 그 구멍이 거의 메워졌다는 사실을 깨닫고 기뻐했다. 전에는 죽어 있던 내 영혼의 일부가 이제는 활발히 살아 움직이며 바깥 세상에 적응하고 있었다. 아직 예민하고 연약한 상태이긴 하지만.

어제 아침 이후로 아무것도 먹지 않았기 때문에, 나는 시내에 도착한 즉시 내가 가장 좋아하는 샌드위치 가게를 들르기로 했다. 그 레스토랑에 들어서자, 밖에서 보았을 때와는 전혀 다른 느낌이었다. 불빛이나 냄새가 달라졌다는 이야기가 아니다. 그 레스토랑에 대한 내 느낌이 극적으로 바뀌었다는 뜻이다. 밖에 있었을 때, 그 레스토랑은 밝고 즐거운 느낌을 주었다. 그러나 안으로 들어오자, 나는 내 가슴을 짓누르는 혼란스러운 에너지를 느꼈다. 레스토랑의 벽에는 바닥에서 천장까지 흑백 사진이 실린 네모난 액자가 걸려 있었다. 또 농장에서 볼 수 있는 동물에서부터 비행기까지, 잔가지를 엮어 만든 다양한 모형들이 빽빽하게 걸려 있었다. 나는 레스토랑의 실내 장식이 마음에 들지 않았다. 캔버스 천으로 만든 티피에 있다가, 벽에 걸린 그 액자와 모형 들을 보자 밀실 공포증에 걸릴 것만 같았다. 만약 배가 고프지 않았다면 나는 그대로 그 자리를 떠났을 것이다.

나는 레스토랑 앞쪽에 빈 테이블을 발견하고 그곳에 앉았다. 키가 작은 웨이트리스가 다가와 음식 주문을 받았다. 팔에 문신을 한 웨이트리스는 신경질적인 목소리를 가지고 있었다. 그녀는 염색한 빨간 머리를 둥그렇게 말아 올리고 눈썹에는 짙은 마스카라를 칠하고 있었다. 아마도 그 마스카라는 어젯밤 외출할 때 칠한 것 같은데, 아직까지 지우지 못하고 있는 듯했다. 나는 주문한 음식이 나오기를 기다리는 동안 부엌 뒤쪽에서 거대한 검은 그림자가 나와 레스토랑 전체를 가득 채우는 것을 느낄 수 있었다. 레스토랑의 검은 비닐 의자에 앉자마자 그 레스토랑의 다른 사람들의 감정을 느낄 수 있었다. 마치 그것은 파도가 해안에 밀려와 부서지는 것과 비슷했다. 다른 사람들의 감정이 내게 밀려와 부서질 때마다 나는 그 사람의 입장이 되어 그들의 내밀한 감정을 느낄 수 있었다. 다른 사람의 감정을 읽는다는 것은 처음에는 재미있는 일이었지만 그다지 오래 할 일은 못 되었다. 왜냐하면 레스토랑에 있는 사람들 대부분이 매우 행복하지 못했기 때문이다. 결국 나는 가능한 한 다른 사람들의 감정을 읽지 않기로 마음먹었다.

주문한 음식이 도착하자, 나는 깜짝 놀라고 말았다. 접시 위에 있는 샌드위치에서 에너지가 발산되고 있었기 때문이다. 그 에너지는 부엌에서 나오던 그 검은 그림자와 매우 비슷했다. 샌드위치를 집어 들자, 내 마음은 복잡해졌다. 나는 무척 배가 고팠고 무언가를 먹어야 했다. 그럼에도 불구하고 들었던 샌드위치를 다시 접시 위에 내려놓을 수밖에 없었다. 나는 접시 가장자리를 장식하고 있는 당근 조각을 집어먹었다. 그 당근은 아직까지 신선했다. 당근을 씹고 그것을 삼키고 그것이 내 목을 넘어가는 동안, 당근이 가진 삶의 에너지가 내 안으로 흡수되는 것을 느낄 수 있었다. 그 당근은 아주 맛있었지만 불행히도 접시 위에 놓인 당근은 겨우 세 조각에 불과했다. 당근을 다 먹은 후, 나는 주문한 칠면조 고기와 스위스 치즈를 넣은 샌드위치는 고스란히 남길 수밖에 없었다. 다시 한 번 샌드위치를 들고 먹어 보려 했지만, 그럴 때마다 샌드위치에서 나오는 어두운 에너지가 나를 어지럽혔다. 샌드위치는 먹음직스러워 보였다. 그러나 한 입 베어 물면, 거의 질식할 지경이었다. 샌드위치를 베어 물 때면, 다른 사람의 분노를 먹고 있는 것과 같은 느낌이 들었다. 그것은 내게 독과 같았다.

나는 입에 있던 샌드위치 조각을 접시 위에 뱉어 내지 않을 수 없었다. 도대체 왜 내게 이런 일이 일어나는가를 곰곰이 생각하면서 눈을 비볐다. 내 위는 공복으로 울렁거렸으며 머리는 당장이라도 기절할 듯이 어지러웠다. 나는 접시를 테이블의 한쪽 끝으로 밀어놓았다. 그러자 전보다 기분이 좀 나아졌다. 그럼에도 여전히 현기증이 났다. 나는 완전히 식욕을 잃어버렸다. 내게는 더 이상 그 레스토랑에 머물 이유가 없었다. 나는 레스토랑 안을 둘러보았다. 전보다 레스토랑 안에 있는 모든 손님들의 에너지가 어두워진 것을 알 수 있었다. 마치 그들은 이곳에 와서 요리사의 분노를 먹고 있는 것 같았다. 그들이 원하지 않았음에도 불구하고 그들은 자신을 요리사의 분노로 채우고 있었다.

나는 계산대에서 어색하게 구겨진 계산서를 내밀었다. 그리고 재빠르게 레스토랑을 빠져나왔다. 밖에 나오자 기분이 점차 나아졌다. 나를 괴롭히던 구역질도 맑은 공기를 마시자 가라앉았다. 영혼을 다시 찾게 되자, 나는 다른 사람들의 에너지에 극단적으로 예민해졌다. 나 스스로도 자신이 얼마나 예민한가에 깜짝 놀라지 않을 수 없었다. 나는 내가 레스토랑에서 겪은 경험에 때문에 화가 났다. 요리사의 나쁜 에너지가 요리할 때 음식에 옮겨지고, 그 오염된 음식을 다른 사람들이 먹는다는 사실을 용서할 수가 없었다. 레스토랑 간판에는 최상의 유기농 재료만을 사용한다고 자랑스럽게 적혀 있었다. 그러나 정작 레스토랑의 요리는 요리사의 부정적인 감정에 심하게 오염되어 있었다.

나는 레스토랑에서의 불쾌한 기억을 잊어버리고 남은 하루를 편안하게 쉬기로 마음먹었다. 나는 리시아 공원 입구를 향해 걸어갔다. 공원에 들어가, 시내 쪽에 있는 잔디밭을 거닐었다. 전에도 몇 번 이 공원에 온 적이 있었다. 그러나 마치 이 공원을 처음 와 본 것처럼 느껴졌다. 공원을 산책하는 동안, 나는 다른 나라에서 온 낯선 나무들과 마주쳤다. 그 나무들에는 이름이 적힌 동판이 걸려 있었다. 산책로에는 사치스러운 무늬목이 깔려 있었다. 그 덕분에 걸을 때마다 부드러운 감촉을 느낄 수 있었다. 시냇물이 공원을 가로질러 졸졸 흐르고 있었다. 자갈이 깔린 강둑을 걸으면서 부드럽게 흐르는 물소리를 들을 수 있었다.

공원은 이상할 정도로 고요했다. 나는 그날 하루를 공원을 거닐면서 보냈다. 게으름을 피우며 천천히 공원을 둘러보았다. 그리고 내가 쉬기에 가장 적합한 장소를 찾아다녔다. 드디어 나는 오리들이 헤엄치는 연못 위쪽, 개울가 옆에서 양지바른 잔디밭을 발견했다. 그곳은 나를 위해 마련해 놓은 자리 같왔다. 나는 자연이 깔아준 초록색 담요 위에 누웠다. 부드러운 산들바람이 내 얼굴을 스치고 지나갔다. 가까이에서 들려오는 시냇물 소리는 더할 나위 없이 평화로웠다. 어린 시절 이후, 처음으로 구름을 보며 누웠다. 나는 그렇게 잠자는 것도 아니고 깨어 있는 것도 아닌 상태에서 한 시간을 보냈다. 아직도 세릴을 떠올리면 가슴이 저려 왔다. 그러나 공원의 아름다운 풍경을 보자 살아갈 힘을 얻을 수 있었다. 나는 어젯밤 영혼을 되찾는 의식을 통해, 나 자신이 정화되었음을 느낄 수 있었다.

해가 지자, 나는 조합 매장으로 가서 이미 지어 놓은 현미밥을 집었다. 집으로 돌아가기 전에 허기를 달랠 음식을 사야 했기 때문이다. 내가 깨어났을 때 로버트와 강아지 던이 보이지 않는 것이 실망스러웠다. 나는 그들에게 버림받은 기분이었다. 그런 격렬한 경험을 한 뒤라 그런지 나는 무엇보다 내가 경험한 것을 이해하는 사람과 이야기를 나누고 싶었다. 나는 왜 로버트가 작별 인사조차 하지 않고 떠났는지 이해할 수 없었다. 그 일에 대해 생각할수록 점점 더 화가 났다. 그는 내가 영혼을 되찾을 수 있도록 의식을 주관해 준 사람이었다. 아무런 설명도 없이 그에게서 버려진 듯한 기분이 들었다.

어쩌면 내가 별일 아닌 것에 지나치게 예민하게 반응하는 것인지도 모른다. 아파트로 돌아오는 내내 나는 그에 대한 분노를 지울 수가 없었다. 큰 유리잔으로 물을 몇 컵 마신 후, 나는 현미밥을 몇 덩이 먹었다. 그러고는 부드러운 침대 속에 기어들어가 담요로 몸을 둘둘 말았다. 마치 밖에서 일어나는 그 어떤 일도 알고 싶지 않고 느끼지 싶지 않다는 듯이.

다음 날 아침 나는 누군가가 문을 두드리는 소리에 깨어났다. 내가 문을 열었을 때, 그곳에는 물결치는 긴 금발 머리를 가진 여자가 흰색 드레스를 입고 서 있었다. 그녀는 친절해 보이는 눈과 신비한 미소를 가지고 있었다. 나는 그녀에게서 만족한 삶을 사는 사람들만이 갖는 여유를 읽을 수 있었다. 정작 나는 그러한 여유를 가져본 적이 없지만. 나는 아직 잠이 덜 깬 상태였다. 그래서 주변 환경으로부터 그녀의 모습을 또렷하게 구별해 낼 수가 없었다.

그녀가 물었다.

"당신이 스콧 씨인가요?"

나는 잠에서 깨어나기 위해 눈을 비비며 대답했다.

"으음, 그런데요."

"안녕하세요. 내 이름은 마르티카예요. 로버트가 내게 말해 주었어요. 당신이 아주 굉장한 의식을 치렀다고. 그는 당신이 아주 중요한 영혼 한 조각을 다시 찾았다고 했어요."

"로버트를 아시나요?"

그녀는 고개를 끄덕였다.

"그는 대체 어디 있죠?" 로버트에 대한 이야기를 듣자, 다시 내 안에서 화가 치밀었다. "그는 내게 작별 인사도 하지 않고 떠났단 말입니다."

"로버트는 종종 그럴 때가 있죠." 그녀는 이해한다는 듯이 고개를 끄덕였다. "그때 그는 무척 바빴어요. 하지만 그런 방식으로 사람을 대해서는 안 된다고 생각해요."

"그런데 어떻게 당신은 내가 있는 곳을 알아낸 거죠?" 나는 서서히 잠에서 깨어나기 시작했다. 나는 그녀가 어떻게 내가 있는 곳을 알아냈는지 의심스러웠다. "나는 로버트에게 내가 살고 있는 곳을 말한 적이 없는데요."

"여긴 작은 마을이에요." 그녀는 웃으면서 말했다. "이곳 사람들은 다른 사람들이 무엇을 하고 있는지 모두 알고 있답니다. 당신도 조만간 그 사실을 이해하게 될 거예요. 당신에게 이 아파트를 빌려 준 사람은 내 친구 레슬리예요. 레슬리는 당신이 처음 이 마을에 왔을 때부터 당신 이야기를 했어요. 내 딸도 역시 이 아파트에 살죠. 이 아파트의 침실은 아주 근사한 전망을 가지고 있다죠? 당신도 그렇게 생각하나요?"

나는 은색 SUV를 몰고 다니는 집주인 레슬리를 떠올리며 고개를 끄덕였다. 그러고 보니 레슬리는 이웃 사람들에 대해서 이야기하기를 좋아했던 것 같다. 나는 마음속으로 이 마을 사람들과 이야기할 때는 말조심을 해야겠다고 다짐했다.

마르티카가 물었다.

"잠깐 안으로 들어가도 될까요?"

"오, 물론이죠. 아직까지 당신을 밖에 세워 두다니, 제가 아직 정신을 덜 차렸나 봅니다."

그녀가 말했다.

"별일 아닌 걸요."

나는 그녀가 아파트로 들어온 것을 확인한 뒤, 문을 닫았다. 우리는 갈색과 검은색으로 된 조립식 소파 위에 앉았다. 그제야 그녀의 모습이 또렷하게 내 시야에 들어왔다. 비록 그녀는 말할 때 큰 표정을 짓는 사람은 아니었지만.

큰 쿠션으로 자신의 등을 받친 후, 그녀가 관심 어린 목소리로 물었다.

"당신의 영혼은 어떤가요?"

그것은 좋은 질문이었다. 나는 이렇게 말했다.

"내 영혼은 점차 부드러워지고 있습니다."

"그렇군요. 부드러워지고 있다니 정말 잘됐군요. 나는 수많은 사람들이 영혼을 되찾는 과정을 지켜봤어요. 새로 되찾은 영혼이 길이 들면 점차 부드러워지죠. 지금이 매우 중요한 시기예요. 그러니까 영혼이 이 세상에 적응하게 하려면 관심을 갖고 되찾은 영혼을 돌봐야 해요. 또한 영혼이 돌아와 준 것에 대해 감사하는 것도 중요하고요."

나는 고개를 끄덕였다. 그녀가 계속해서 물었다.

"당신 기분은 어떤가요?"

나는 지난 며칠 동안 계속 울기만 한 것 같았다. 그리고 지금도 상당히 우울했다. 나는 이제까지 한 번도 세릴의 죽음을 애도해 본 적이 없었다. 몇 년에 걸쳐 쌓여 온 슬픔이 내게 한꺼번에 몰려온 듯했다.

긴 침묵을 깨고 내가 말했다.

"나는 무척 슬픕니다."

"당신이 아주 친하게 지냈던 사람을 잃었기 때문에 그래요. 당신은 충분히 애도할 기회를 갖지 못했어요. 왜냐하면 그녀를 잃은 후, 당신의 영혼은 충격에 빠졌기 때문이죠. 로버트와 나는 당신이 혼자 이 문제를 해결하기가 힘들 것이라고 생각했어요. 우리 모두, 당신에게는 당신을 지원해 주는 그룹이 필요하다는 데 동의했죠."

"내게 지원 그룹 따윈 필요 없어요."

나는 지원 그룹이라는 말을 듣자, 향초가 타는 사무실, 질 나쁜 커피, 딱딱하게 굳은 빵, 우울한 사람들의 모습이 떠올랐다.

"나는 당신이 무엇을 생각하는지 알아요." 마르티카가 말을 이었다. "당신은 잘 모르겠지만 당신은 조상들로부터 떨어져 나왔어요. 당신의 조상들은 기꺼이 당신이 이 문제를 해결할 수 있도록 도와줄 거예요. 그러기 위해서 당신은 그들과 접촉하는 법을 알아야 해요. 조상들과 접촉하는 가장 쉬운 길은 바로 영적인 모임에 참가하는 것이에요."

"지금 뭐라고 하셨나요?"

"당신이 영적인 모임에 참여한다면 당신은 당신 가족들의 영혼과 연결될 수 있어요. 그렇게 되면 당신은 일상생활에서 조상들의 도움을 받을 수 있게 되죠. 당신은 최근에 잃어버렸던 영혼을 되찾았어요. 그러나 그 영혼을 당신 혼자서 어깨에 짊어지기란 너무 무거울 거예요. 사실 당신이 세릴의 죽음을 감당할 수 없었던 것도 바로 그 때문이에요. 우리 모두는 자신을 돕는 가족들의 영혼을 가지고 있어요. 그들은 무조건적으로 우리를 지지해 주는 지원 그룹이라고 할 수 있죠."

그녀가 하는 말을 하나도 이해할 수 없었다. 나는 이제 막 잃어버린 영혼을 되찾는 아주 강렬한 의식을 치렀다. 그런데 지금 그녀는 나에게 가족들의 영혼을 되찾아야 한다고 말하고 있다. 사실 나는 가족들의 영혼이 있는지도 전혀 모르고 있었는데 말이다. 내 마음은 슬픔으로 가득 차 있었다. 그럼에도 한편 화가 나기 시작했다. 이 사람은 대체 누구인가? 왜 그녀는 이런 식으로 나를 쫓아왔을까? 나는 그저 잠을 더 자고 싶을 뿐인데. 나는 아직도 피곤한데. 왜 그녀는 나를 잠자게 내버려 두지 않는 걸까?

"스콧, 제발 함께 가요. 아마도 영적 모임이 당신에게 큰 도움이 될 거예요. 한 시간 후면 영적 모임이 시작돼요. 당신은 꼭 그곳에 가야 해요."

솔직히 말해, 나는 어디도 가고 싶지 않았다. 하지만 싫다고 말할 만한 기운도 남아 있지 않았다. 나는 아직도 완전히 몸을 가누기가 힘들었다. 그래서 낡은 계단을 내려올 때나 그녀의 자동차인 흰색 웨곤에 올라탈 때, 그녀의 부축을 받아야만 했다. 내 차가 멈춰 버린 이후, 나는 처음으로 차에 탔다. 차 안에 들어가자 왠지 갇힌 느낌이 들었다.

우리는 마을의 남쪽 지역으로 뻗은 간선 도로를 달렸다. 그러다가 죽은 인디언 기념관에서 애슐랜드 산 쪽으로 방향을 바꾸었다. 애슐랜드 시 경계에 이르렀을 때, 우리는 간선 도로에서 벗어나 잘 손질된 농장들이 늘어선 외곽 지역을 달렸다. 나무 담장으로 만들어진 커다란 우리 안에는 말, 양, 라마, 염소와 같은 가축들이 사육되고 있었다. 약 2킬로미터를 더 달린 후, 마르티카의 차는 초록색으로 포장된 진입로에 들어섰다. 길 양쪽으로는 붉은색으로 칠해진 두 개의 헛간이 보였다. 그 헛간들은 시골집에서 흔히 볼 수 있는 입구를 가지고 있었다. 우리는 천천히 집 앞으로 이어진 길을 달리고 있었다. 그리고 이윽고 작은 흰색 건물 근처에 멈추어 섰다. 원형으로 된 그 건물은 하나로 이어진 지붕을 가지고 있었다. 장엄한 떡갈

나무가 그 지붕에 반쯤 그늘을 드리우고 있었다.

"바로 여기에요." 마르티카가 말했다. "잠시 동안만 차 안에 계세요. 내가 금방 가서 당신을 위해 모든 것을 정리하고 올게요."

몇몇 사람들이 작은 건물 주위에서 곡식을 제분하고 있었다. 나는 다시 한 번 내 옷에서 나는 짙은 냄새를 맡을 수 있었다. 지난 밤 나는 너무나 피곤했기 때문에 그냥 잤다. 티피에서 밤을 보낸 이후로 샤워를 하지 못하고 있었다. 몸을 가누기도 힘든 상태라, 이틀째 옷을 갈아입지 못하고 있었던 것이다. 나는 갑자기 불편해지기 시작했다. 그리고 모임이 시작되기 전에 어떻게 하면 몸과 옷을 깨끗하게 할 수 있을까 생각했다.

마르티카는 몇 분 후에 돌아왔다. 그리고 이렇게 말했다.

"그들이 당신을 위해 모든 것을 준비했어요. 자, 이제 안으로 들어오세요."

그 순간, 나는 왠지 설명할 수 없지만 영적 모임이라는 것이 끔찍하게 싫어졌다.

"아마도 오늘은 제가 모임에 참가하기엔 적절한 날이 아닌 것 같습니다."

나는 그 자리를 떠나야만 하는 좋은 이유를 찾아내려고 애썼다.

"괜찮아요. 모든 것이 다 잘 될 테니. 내가 계속 당신 옆에 있을 거예요. 그러니 아무것도 걱정하지 마세요."

비록 마르티카를 만난 지는 얼마 안 됐지만, 나는 그녀를 믿고 싶었다. 그녀는 진정으로 사람을 사랑할 줄 아는 친절한 사람처럼 느껴졌기 때문이다. 영혼을 되찾은 후부터 나는 감정적으로 매우 예민해져 있는 상태였다. 그래서인지 나는 혼자 있고 싶지가 않았다. 오랫동안 받아보지 못한, 사람들의 친절을 받아들이는 것도 그리 나쁠 것 같지 않았다.

"이리 와요."

그녀는 그렇게 말하면서 내 손을 이끌고 작은 건물 안으로 들어갔다.

건물 안은 우아하면서도 생동감이 넘쳤다. 벽이 없는 탁 트인 공간이었다. 그곳에는 커다란 벽난로가 있었고 천장은 장식 판자로 덮여 있었다. 또한 실내 곳곳에는 아메리카 인디언의 십자가 비슷한 물건이 붙어 있었다. 밝은 색상으로 칠해진 인디언의 십자가는 윗부분이 뾰족했다. 짙은 색깔의 최고급 나무 마루 위에 여러 개의 휴지 상자들이 보였다. 그리고 둥근 방을 따라 의자들이 놓여 있었다. 열다섯 명의 여자들과 두 명의 남자가 그 의자들에 앉아 있었다. 그들은 모두 하늘색 옷을 입고 있었고 '안녕하세요. 누구입니다.'라고 적힌 명찰을 달고 있었다. 나뭇가지들 사이에서 부서진 햇살이 유리창을 통해 들어오고 있었다. 방 안에는 마음을 편안하게 해주는 톱밥 냄새와 오렌지 꽃향기가 가득 차 있었다.

"이쪽이 스콧이에요." 마르티카가 사람들에게 나를 소개했다. "그는 최근에 영혼을 되찾는 아주 강렬한 제의를 치렀어요. 그래서 그는 우리의 도움을 필요로 해요."

"안녕, 스콧."

거기 있던 사람들이 한 목소리로 인사했다. 그러자 나는 어색함을 느꼈다. 그렇게 어색함을 느낀 것은 고등학교 이래로 처음 있는 일이었다.

"이쪽은 한스예요." 마르티카가 손짓으로 한 남자를 가리켰다. 그는 어깨까지 내려오는 갈색머리를 가지고 있었다. "그가 오늘 모임을 진행할 거예요."

"스콧과 함께 오늘 모임을 시작해 보죠." 한스가 말했다. "스콧, 내 옆에 앉으세요."

나는 망설이며 그의 옆에 가서 앉았다. 마르티카는 그런 나를 보고 미소를 지었다. 그녀는 그 미소로 모든 일이 잘 풀릴 것이라고 말하는 것 같았다.

한스가 계속해서 말했다.

"오늘의 모임을 시작하기 전에 모든 사람들이 함께 필드를 만들었으면 좋겠습니다. 모두들 코를 통해 가슴 깊이까지 숨을 마시세요. 그리고 천천히 입으로 숨을 내쉬세요."

모든 사람들이 한스의 지시를 따랐다. 방 안은 숨을 마시고 내쉬는 바람 소리로 가득 찼다.

몇 분이 지난 후, 그는 나를 보고 말했다.

"오늘 당신의 기분은 어떤가요?"

나는 주위를 둘러보았다. 그곳에 있는 사람들이 모두 나를 쳐다보고 있었다. 나는 무슨 말을 해야 할지 몰랐다. 그저 간신히 한마디를 뱉어 낼 수 있었다.

"슬픕니다."

"스콧, 왜 슬픈 거죠?"

"왜냐하면 내 약혼자가 죽었기 때문입니다. 이제 나 혼자만 남은 느낌입니다."

"음. 스콧, 당신 약혼자의 이름을 말해 줄 수 있나요?"

"세릴, 그녀의 이름은 세릴입니다."

"그녀는 어떻게 죽었나요?"

"술 취한 운전사의 차에 치여 죽었습니다."

그러자 나를 동정하는 탄식 소리가 방 여기저기에서 터져 나왔다. 그것은 내게 매우 익숙한 탄식 소리였다. 내가 사람들 앞에서 세릴의 이야기를 꺼내지 않은 것도, 그 익숙한 탄식 소리를 듣기 싫어서였다.

"좋아요, 스콧. 이 방에 있는 사람들 중에서 당신을 대표할 수 있는 사람을 찾아 주세요."

나는 그가 하는 말을 이해하지 못했다.

"음, 나는, 그러니까 나는……."

그러자 방 안에서 웃음소리가 울려 퍼졌다. 나는 눈으로 아무도 모르게 슬쩍 방 안을 빠져나갈 출구를 찾았다.

"스콧, 당신은 직접 원 안에 들어가 움직일 필요가 없습니다. 당신은 그저, 원 밖에 앉아 그 안에서 일어나는 일을 보기만 하면 됩니다. 일단 원 안에 당신과 다른 인물들을 대표하는 사람들이 들어오면, 원 안은 우리가 필드라고 부르는 특별한 공간으로 변합니다. 필드는 집단 무의식으로 들어가는 입구라고 할 수 있어요. 집단 무의식 안에 들어가면, 우리는 어느 시간과 장소와도 연결될 수 있습니다. 직관을 이용해서 지금 당신과 동족이라고 느껴지는 사람을 골라 보세요."

나는 그가 하는 말을 완전히 이해할 수 없었다. 그러나 뭐라고 설명하기 힘든 이 행사가 진행되는 동안 나를 대표할 수 있는 다른 사람을 찾아야 한다는 것만은 알아차릴 수 있었다. 나는 일어서서 한스 옆에 서 있는 남자를 바라보았다. 그는 그 그룹에서 한스를 제외하고는 유일한 남자였다. 그는 폭주족처럼 코 밑에 검은 수염을 기르고 있었다. 그리고 허리에는 은으로 된 벨트 버클을 차고 있었다. 그는 내가 쉽게 동족이라고 느낄 만한 사람이라고 할 수 없었다.

"스콧, 당신을 대표할 사람이 꼭 남자일 필요는 없습니다. "한스는 내 마음을 읽고 있는 것 같았다. "그냥 적절해 보이는 사람을 찾으면 됩니다."

나는 방 안에 있는 모든 사람들을 훑어보았다. 그러자 이십
대 중반쯤 되어 보이는 한 여자가 내 눈에 들어왔다. 그녀는
검은색의 짧은 머리를 하고 있었다. 검은색 화장에 검은색 옷
을 입고 있었다. 그녀는 내가 그녀를 알아차리지 못하도록 내
시선을 피하고 있었다. 주위에 있는 모든 것은 내게 다 흐릿하
게 보였지만 왠지 그녀만은 내 눈에 또렷하게 들어왔다.

나는 천천히 손을 들어 그녀를 가리켰다. 그리고 한스에게
속삭였다.

"저기 있는 여자 분입니다."

그가 그녀에게 물었다.

"로리, 당신은 스콧의 역할을 맡을 마음이 있나요?"

로리는 원 안으로 걸어 들어가며 말했다.

"네, 제가 스콧의 역할을 대신하겠어요."

"좋아요. 스콧, 이제 세릴을 대신해 줄 사람을 골라 주세요."

나는 그곳에 있는 사람들의 명찰을 둘러보았다. 그리고 세
릴과 비슷한 이름을 가진 사람이 있기를 바랐다. 그러면 그녀
를 대신할 사람을 찾기도 쉬워질 테니까. 그곳에 있는 사람들
의 이름을 다 훑어보았지만, 세릴 역할을 대신할 사람을 찾지
못했다. 너무 당황해서 나는 온 몸이 떨릴 지경이었다. 내 다
리는 몸을 지탱하지 못하고 흔들리고 있었다. 나는 쓰러지기

전에 자리에 앉기로 마음먹었다.

"괜찮아요." 한스가 말했다. "그냥 마음에 떠오르는 첫 번째 사람을 뽑으면 됩니다."

"마르티카를 선택하겠습니다."

나는 결국 엉겁결에 그렇게 말하고 말았다. 나는 그녀가 여전히 방 안에 있기를 바랐다. 다행히도 그녀는 내 뒤에서 뷔페 음식들을 차리고 있었다. 그녀가 로리 쪽을 향해 걸어왔다. 그녀는 원 안으로 들어가면서 말했다.

"내가 세릴의 역할을 맡겠어요."

"아주 잘됐네요." 한스가 말했다. "당신이 나머지 사람들을 고르게 내가 도와도 될까요? 나는 필드 안에서 당신의 할아버지를 대신할 사람을 고르고 싶습니다. 그래도 될까요?"

내 할아버지들과 증조할아버지들은 이미 몇 년 전에 다 돌아가셨다. 나는 외할아버지와 사이가 좋았다. 그러나 그가 죽기 전까지, 몇 년에 한 번씩 그를 만났을 뿐이다. 다른 할아버지와 증조할아버지에 대해서는 아는 것이 거의 없었다. 나는 이 모임이 내게 도움이 될지 해가 될지 도무지 알 수 없었다. 그럼에도 불구하고 내 안에서 이런 말이 울려 퍼지고 있었다. '만약 이 모임이 도움이 될 것이라고 생각하면 그들을 믿어.' 주위를 둘러보자 나는 사람들 눈 속에서 슬픔과 연민이 뒤섞인 감정을 읽을 수 있었다.

한스는 먹이를 쫓는 치타처럼 조심스럽게 세부사항을 결정해 나갔다.

"엘리, 당신은 외가 쪽 할머니의 역할을 맡아 주세요. 다이애나, 당신은 친가 쪽 할머니 역할을 맡아 주세요. 셜리, 당신은 스콧 아버지의 외가 쪽 증조할머니 역할을 맡아 주세요. 스콧, 당신의 고조할아버지는 어느 나라에서 오셨나요?"

그의 말을 들었을 때, 나는 그가 누구에 대해서 묻는지 알 수 없었다. 나는 머릿속에서 집게손가락으로 족보를 한참 더 듬은 후에나 대답할 수 있었다.

"그는 아메리카 인디언이었습니다. 그는 체로키 족이었죠."

"나도 그럴 것이라고 생각했습니다. 왠지 당신은 체로키 인디언과 관련이 있을 것 같았거든요. 데보라, 당신이 체로키 부족을 대표해 주세요. 이제 각자의 역할이 다 배정된 것 같군요. 아니 뭔가 빠진 것 같은데……."

한스는 고개를 뒤로 젖히더니 원 주위를 걸어다니기 시작했다. 내가 앉아 있는 곳에서는 한스의 얼굴을 제대로 보기가 힘들었다. 그가 8자 모양으로 걸음을 걷기 시작하자, 그의 눈동자는 눈 뒤로 돌아갔다. 나는 한스가 그 이상한 행동을 멈추기를 기다리면서 주위에 있는 사람들을 둘러보았다. 그리고 다른 사람들도 그의 행동에 불편함을 느끼고 있다는 사실을 알 수 있었다.

갑자기 한스가 멈추어 섰다. 그의 눈동자도 눈 안으로 돌아왔다. 그는 방 전체에 울릴 만큼 큰 목소리로 명령했다.

"제임스." 그의 목소리가 울려 퍼졌다. "당신이 세릴을 죽인 술 취한 운전사의 역할을 맡아 주세요."

그와 동시에 내 몸에 있는 모든 피가 목 쪽으로 솟구쳤다. 콧수염이 난 남자가 원 안으로 들어가자, 나는 분노로 내 얼굴이 벌겋게 달아오르는 것을 느낄 수 있었다. 나는 그가 술 취한 운전사 역할을 맡기 위해 원 안으로 들어가는 것을 믿을 수 없었다. 나는 일어나서 그 자리를 떠나고 싶었다. 그러나 한스가 일어서려고 하는 나를 그 자리에 주저앉혔다. 그리고 나직한 목소리로 내게 속삭였다. 그러나 나는 그의 말을 알아들을 수 없었다. 나는 너무나 화가 나 참을 수 없을 지경이었다. 일어나서 그 술 취한 운전사가 쓰러질 때까지 발길로 차고 싶었다. 나는 현기증이 났다. 몸이 너무나 떨려서, 의자에 앉아 있기조차 힘들었다.

한스가 큰소리로 말했다.

"그 술 취한 운전사는 아직도 살아 있나요?"

그 말을 듣자, 치솟던 분노가 조금 가라앉았다.

"그 사고가 났던 날 그도 함께 죽었습니다."

"그 문제에 대해서는 조금 후에 자세히 다루도록 하죠." 한스가 말을 이었다. "스콧, 당신은 지금부터 이 필드 안에 있는 사람들에게 각자에게 어울리는 장소를 찾아 주세요. 숨을 가슴 깊이 들여 마시고, 필드가 이끄는 대로 행동하세요."

나는 마음을 가다듬은 다음, 조심스럽게 마르티카 곁으로 걸어갔다. 그리고 부드럽게 그녀의 어깨에 손을 댔다. 내 손을 통해서, 그녀의 몸으로부터 희미한 감각이 내 팔 위쪽으로 그리고 척추 아래쪽으로 전해졌다. 나는 그녀 가까이 다가섰다. 그녀의 머리에서 나는 향기를 마실 수 있었다. 그러자 나는 즉시 세릴을 처음 만났을 때로 돌아갔다. 마르티카는 매 순간 세릴로 변해 갔다. 나는 마르티카에게서 세릴의 향기와 몸짓과 분위기를 느낄 수 있었다. 몇 초 후, 마르티카의 모습은 완전히 사라지고 그곳에 오로지 세릴만 남아 있었다.

한스가 다시 한 번 말했다.

"당신이 생각하기에 세릴이 있어야 할 곳으로 그녀를 인도하세요."

마치 누군가가 내 어깨를 밀기라도 한 듯이, 나는 세릴을 원의 맨 끝 쪽으로 안내했다. 나는 그녀를 다른 사람들로부터 떨어진 안전한 장소에 두고 싶었다.

"잘했어요." 한스가 말했다. "이제 다른 사람들도 각자의 자리로 인도해 보세요."

나는 내 역할을 맡은 사람을 세릴의 바로 옆에 놓았다. 세릴과 내가 나란히 마주 서서 다정하게 서로를 바라볼 수 있게 만들었다. 나는 다른 역할을 맡은 사람들을 바라보았다. 그러나 내 눈에 들어오는 사람은 술 취한 운전사뿐이었다. 그를 다시 보자, 갑자기 내 안에서 화가 치밀어 올랐다. 나는 무의식적으로 그를 세릴이 서 있는 곳과 반대쪽으로 밀어 넣었다. 그리고 그가 원의 안이 아니라, 원 밖을 바라보고 서 있도록 했다. 그가 원 안에 있다고 해도, 결코 세릴에게 다가가지 못하도록 막을 작정이었다. 그는 내게 충분히 몹쓸 짓을 했다. 나는 더 이상 그가 내게 몹쓸 짓을 하도록 내버려 둘 수 없었다.

나는 원 안에 서 있는 내 가족들을 바라보았다. 내 할아버지들, 증조할아버지들 그리고 체로키 부족. 나는 그들과 어떤 관계도 느낄 수 없었다. 죽은 체로키 부족들은 이 원 안에서 할 일이 없었다. 나는 왜 한스가 그들을 원 안에 세워 두는지 이해할 수 없었다. 나는 한스를 바라보고는 어깨를 으쓱해 보였다. 그리고 결국 이렇게 말하고 말았다.

"그들은 지금 그 자리에 그대로 두는 게 좋을 것 같습니다."

그런 뒤, 나는 뒤돌아 세릴을 바라보았다. 그러나 그곳에서 마르티카를 찾아볼 수 없는 것에 깜짝 놀라고 말았다. 마르티카는 완전히 세릴로 변해 있었다. 세릴은 똑바로 나를 쳐다보고 있었다. 변한 것은 마르티카만이 아니었다. 짧은 내 머리카락은 뒷머리를 덮고 있었다. 나는 내가 세릴을 처음 만났을 때로 돌아갔다는 것을 깨달았다.

"좋아요, 스콧. 그 정도로 됐어요. 이제 그만 원 안에서 나오세요. 이제부터 당신은 자신 안에서 일어나는 일을 관찰하고 그것을 느낄 필요가 있어요. 이제부터는 가만히 지켜보는 것이 중요해요. 어떻게 하는지 알겠죠?"

나는 고개를 끄덕였다. 그러자 누가 방 안의 스위치를 내린 것도 아닌데, 방 안의 불빛이 흐릿해졌다.

한스는 내 역할을 맡은 사람에게 가서 물었다.

"지금 기분이 어떤가요?"

"나는 술 취한 운전사에게 화가 납니다."

그런 다음, 한스는 술 취한 운전사에게 걸어갔다. 그리고 그에게 같은 질문을 던졌다.

"지금 기분이 어떤가요?"

"부끄럽고 후회스럽습니다." 그는 눈물을 뚝뚝 떨어뜨리면서 말했다. "죄송합니다."

한스는 계속해서 말을 이어 갔다.

"그렇다면 스콧에게 '이 세상에서 세릴을 데리고 가서 죄송하게 생각합니다. 그것은 내가 짊어져야 할 잘못입니다. 나 혼자서 그 대가를 치르겠습니다.' 하고 말해 보세요."

그러자 술 취한 운전사 역할을 맡은 남자의 커다란 콧수염 사이로 눈물이 흘러내리기 시작했다.

"이 세상에서 세릴을 데리고 가서 죄송하게 생각합니다. 그것은 내가 짊어져야 할 잘못입니다. 나 혼자서 그 대가를 치르 겠습니다."

그 장면을 보자, 나는 너무 기가 막혀 아무 말도 할 수 없었 다. 나는 그 상황을 받아들일 수 없었다. 몸과 마음이 완전히 꽁꽁 얼어 버리는 것 같았다. 충격 때문에 정신을 차릴 수가 없었다. 나는 한스와 술 취한 운전사 역할을 맡은 사람이 완전 히 미쳤다고 생각했다. 나는 지금 진행되는 상황을 이해할 수 없었다. 나는 그들이 하는 말을 용서할 수 없었다.

한스는 내 역할을 맡은 사람에게 다가갔다. 그리고 그에게 말했다.

"술 취한 운전사에게 말하세요. '나는 당신의 잘못을 내 탓 으로 돌림으로써, 당신이 저지른 일을 책임질 기회를 빼앗아 버렸습니다. 세릴의 죽음은 내 잘못이 아닙니다. 그것은 당신 이 짊어져야 할 잘못입니다.' 하고 말하세요."

내 역할을 맡은 사람은 천천히 또박또박 그 말을 반복했다.

"나는 당신의 잘못을 내 탓으로 돌림으로써, 당신이 저지른 일을 책임질 기회를 빼앗아 버렸습니다. 세릴의 죽음은 내 잘 못이 아닙니다. 그것은 당신이 짊어져야 할 잘못입니다."

한스는 잠시 동안 말을 끊었다. 그리고 내 역할을 맡은 사 람에게 이렇게 말했다.

"그에게 말하세요. '이제 내가 짊어졌던 짐을 당신에게 돌려드립니다. 이제 편안히 잠드세요.' 하고."

한순간 방 안은 이상할 정도로 조용해졌다. 내 역할을 맡은 사람이 나를 쳐다보았다. 그리고 얼마 후 그는 내게서 시선을 돌려 술 취한 운전사를 바라보았다. 그리고 떨리는 목소리로 말했다.

"이제 내가 짊어졌던 짐을 당신에게 돌려드립니다. 이제 편안히 잠드세요."

나는 두 손으로 머리를 감쌌다. 터져 나오는 울음을 참을 수가 없었다. 슬픔이 칼날이 되어 가슴에 박혔다. 나는 울음을 멈출 수가 없었다. 지난 몇 년 동안 세릴이 죽은 것이 내 탓이라고 생각했었다. 세릴을 죽음으로 몰고 간 내 자신에게 화가 났다. 세릴이 죽은 이후, 나를 괴롭혔던 그 분노가 이제 서서히 사라지고 있었다. 세릴의 죽음은 내 탓이 아니었다. 나는 계속해서 같은 말을 되풀이했다. 그것은 내 탓이 아니야, 내 탓이 아니야. 그것은 내 탓이 아니야. 그것은 내 탓이 아니야.

나를 둘러싼 사람들도 소리 죽여 흐느끼고 있었다. 얼마나 지났을까? 어느덧 내 눈물도 마르고 말았다. 나는 내 자신이 모든 물기를 짜버린 수건처럼 느껴졌다. 그동안 나를 짓눌렀던 죄의식과 분노가 사라지자, 마음이 한결 가벼워졌다. 이 영적 모임은 제대로 진행된 것처럼 보였다. 나는 처음으로 이곳에 오기를 잘했다는 생각이 들었다. 그리고 그곳에 있는 사람들에게 감사했다.

"자, 이제 마음대로 움직여 보세요."

한스가 원 안에 있는 사람들에게 명령했다. 나는 고개를 들어, 원 안에서 움직이는 사람들을 바라보았다. 원 안에 있는 사람들은 내 역할을 맡은 사람을 위로해 주지 않고 각자 다른 사람들을 향해 움직이기 시작했다. 몇몇 사람들은 내 역할을 맡은 여자를 피해 갔다. 반면 다른 사람들은 내 역할을 맡은 여자가 보이지 않는 듯이 행동했다. 그들은 내 역할을 맡은 여자의 바로 옆을 스치듯이 지나갔다. 때론 그들은 그녀와 부딪히기도 했고 그녀의 주변을 돌기도 했다. 세릴 역을 맡은 여자는 내 역을 맡은 역할을 맡은 여자로부터 도망치려고 했다. 그때마다 내 여자는 그녀 뒤를 따라갔다. 원 안에 있던 한 사람이 세릴에게 뛰어들어 그녀를 넘어뜨릴 뻔했다. 나는 삼 분 동안 그들의 움직임을 지켜보았다. 그들을 바라보는 내 마음은 불편하기 짝이 없었다.

마침내 한스가 말했다.

"됐어요. 이제 그만해도 좋습니다."

그 말을 듣고 나는 안심했다. 이것으로 이번 행사가 끝나기를 바랐다.

한스는 원 안의 사람들 사이를 오고 가더니, 내 역할을 맡은 사람 앞에 멈추어 섰다. 그리고 이렇게 물었다.

"지금 기분이 어떤가요?"

그녀가 말했다.

"나는 외톨이가 된 기분이에요. 아무도 내 곁에 있고 싶어 하지 않는 것 같아요."

또다시 눈물이 내 얼굴을 타고 흘러내리기 시작했다. 눈물 때문에 눈을 뜰 수가 없었다. 나는 감정적으로 흥분한 상태였 지만, 한스가 하는 말을 들을 수 있었다.

"당신이 외로움을 느끼는 것은 당신이 원래 죽었어야 할 사 람이었기 때문입니다. 당신은 세릴과 함께 죽을 운명이었습니 다."

나는 내 귀를 의심했다. 한스는 자신이 한 말을 천천히 그 리고 조심스럽게 되풀이했다.

"당신이 외로움을 느끼는 것은…… 당신이…… 원래 죽었 어야 할 사람이기 때문입니다. 당신은 세릴과 함께 죽을 운명 이었습니다."

나는 천만 번도 더 세릴과 함께 죽었어야 했다고 생각했다. 그러나 그것은 한스와 같은 입장에 있는 사람이 할 말이 아니 었다. 그는 사람들에게 삶에 대한 희망을 갖게 해야 했다. 다 른 사람에게 죽을 운명이었다고 말해서는 안 되는 일이었다. 나는 그에게 화가 났다. 나는 벌떡 일어나 그 자리를 떠나고 싶었다. 그러나 내 다리가 움직여 주지를 않았다. 사실 나는 몸을 꼼짝도 할 수 없었다. 나는 그 자리에 얼어붙은 채, 그가 심한 말을 하는 것을 잠자코 들을 수밖에 없었다.

"보통 우리 삶은 자유 의지와 운명 양쪽의 영향을 받습니다. 그런데 때때로, 운명보다 당신이 자유 의지가 더 강력한 힘을 발휘할 때가 있죠. 그것이 당신의 경우입니다. 스콧, 당신은 아주 발달된 직관을 가지고 있기 때문에 그 차를 타는 것이 좋지 않다고 예감했습니다."

그는 계속해서 말을 이어 나갔다. 나는 점점 더 그가 하는 말을 분명하게 이해할 수 있었다.

"그러나 이 우주는 아주 정밀하게 움직이는 기계와 같습니다. 이 우주 안에서 수십억의 사람들이 각자 자신들에게 예정된 운명을 걸어가지요. 그들은 다른 사람들의 인생을 방해하지 않으면서, 자신의 운명대로 태어나고 자신의 운명대로 죽게 됩니다. 만약 누군가가 죽게 되면, 그 사람의 운명은 모든 사람들이 드나들 수 있도록 개방됩니다."

그 말을 듣자 다시 내 머리는 혼란스러워졌다. 나는 좀처럼 그의 말을 이해할 수가 없었다. 그는 나를 똑바로 쳐다보았다. 그리고 말을 이어 갔다.

"당신의 경우, 세릴이 죽었을 때 당신도 함께 죽을 운명이었습니다. 그런데 당신의 운명은 다른 영혼의 개입에 의해 변하고 맙니다. 당신이 원래 가지고 있던 운명을 국도라고 합시

다. 그런데 다른 사람의 운명이 개입하면서 새로운 고속도로
가 뚫렸습니다. 그런데 당신은 새로운 도로가 뚫렸는데도 여
전히 옛날의 길을 고집합니다. 그 때문에 문제가 생긴 것이죠.
왜냐하면 우주가 예전의 국도는 이제 폐기되었다고 생각하고
있기 때문입니다."

나는 그제야 그의 말이 이해가 갔다.

"당신이 외로움을 느끼는 것도 바로 그 때문입니다. 세릴이
죽은 이후, 당신의 삶이 그렇게 힘들어진 것도 바로 그런 이유
때문입니다."

한스의 이야기를 들으면서, 나는 세릴이 나를 떠난 이후 내
게 계속되었던 불행들을 떠올렸다. 세릴이 죽기 전, 나는 어떤
상점에 가도 언제나 쉽게 주차할 공간을 찾았다. 무엇인가를
사기 위해 몇 분 이상 줄을 설 필요도 없었다. 나는 항상 언제
든지 나를 도와줄 좋은 친구들을 가지고 있었다. 그러나 세릴
이 죽은 후에는 모든 것이 어려워졌다. 나는 쉽게 주차할 공간
을 찾을 수 없었고 별 것 아닌 것을 위해서 오랫동안 줄을 서
서 기다려야 했다. 내 친구들도 거의 다 나를 모르는 척했다.

한스가 한 이야기를 생각해 보면 볼수록, 더 많은 예들이
떠올랐다. 요즘 나는 인도를 걸을 때면 계속해서 사람들과 부
딪쳤다. 세릴이 죽은 이후, 대부분의 사람들이 내가 존재한다
는 것을 못 알아보는 것 같았다. 심지어 한 직장에서 매일 같

이 일하던 동료들조차 내 이름을 기억하지 못했다. 한스가 다시 설명했다.

"당신이 세릴에게 그렇게 애착하는 이유도 바로 이것 때문입니다. 왜냐하면 당신은 세릴과 함께 죽을 운명이었기 때문입니다. 그런데 당신은 죽지 않았지요. 당신은 세릴을 저 세상으로 갈 수 있게 떠나보내야 했습니다. 그리고 다시 이 세상의 삶을 받아들일 준비를 해야 했습니다."

그의 말을 듣자 머리가 어지러워졌다. 한스는 내가 죽을 운명이었다는 말을 하고 있었다. 또 죽은 그녀에게 한사코 매달리고 있기 때문에, 내 약혼자가 저 세상으로 떠나는 것을 막고 있다고 말하고 있었다. 비록 나는 한스의 말이 옳을지도 모른다고 생각하고 있었지만 그의 말을 선뜻 받아들이기 어려웠다. 나는 점점 더 혼란스러워졌다.

한스는 내게서 시선을 돌리더니, 다시 원 안에 있는 사람들을 바라보았다.

"세릴, 스콧에게 말하세요. '내 생명이 다 한 것뿐이에요. 언젠가 당신을 다시 만나게 될 거예요. 비록 한동안 당신을 떠나 있겠지만.' 하고……."

세릴이 내 역할을 맡은 사람에게 말했다.

"내 생명이 다한 것뿐이에요. 언젠가 당신을 다시 만나게 될 거예요. 비록 한동안 당신을 떠나 있겠지만."

한스가 계속해서 말했다.

"당신을 사랑해요. 그러나 당신은 나를 보내 줘야만 해요."

세릴이 그 말을 되풀이했다.

"당신을 사랑해요. 그러나 당신은 나를 보내 줘야만 해요."

나는 눈물 때문에 목이 메어 왔다. 숨쉬기조차 힘들었다. 세릴의 영혼이 내 곁을 떠나자, 불빛이 어두워졌다. 내 슬픔은 어느새 안도감으로 변하고 있었다. 그녀가 죽은 후, 처음으로 나는 그녀가 나를 떠났다는 사실을 편안하게 받아들일 수 있었다.

"스콧, 당신은 자신의 원래 운명으로부터 벗어나 있기 때문에, 조상의 힘과 지원을 받을 수 없는 상태에 있습니다." 한스가 내 역할을 맡은 사람에게 말했다. "당신의 조상은 기꺼이 당신이 새로운 운명을 갈 수 있게 도와줄 것입니다. 그렇게 되면 당신은 더 이상 혼자라고 느끼지 않게 될 것입니다."

그는 내 외할아버지의 어깨 위에 자신의 손을 얹었다. 그리고 그를 내 역할을 맡은 사람의 왼쪽으로 인도했다. 그는 또 나의 친할아버지를 내 대역의 오른쪽으로 인도했다. 내 고조할아버지는 외할아버지 옆으로 인도했다. 그리고 체로키 부족의 대표는 그 반대편에 세웠다.

나는 나를 둘러싼 내 가족들을 보았다. 그것은 매우 강렬한 경험이었다. 나는 몇 년 만에 처음으로 내가 사랑받고 지지를 받고 있다는 것을 느꼈다. 내 가족들은 마치 날개처럼 내 양옆에 서 있었다. 나는 그들의 도움을 받으면 어디든지 날아갈 수 있다고 상상했다.

한스는 아까와는 달리 조용히 서 있었다. 원 안에 있는 사람들은 모두 나처럼 지쳐 보였다. 그들의 눈가는 마스카라로 얼룩지고 바닥에는 눈물을 닦은 휴지들이 떨어져 있었다.

"좋아요." 한스가 오랜 침묵 끝에 입을 열었다. "필드 안에 있는 사람들은 모두 자기 자리로 돌아가도 됩니다."

원 안에서 각자 역할을 맡은 사람들은 자기 자리를 찾아 돌아갔다. 그리고 그들은 점차 내가 전혀 모르는 사람들로 변해갔다. 모두들 자기 자리를 찾아 앉자, 몇몇 사람들이 나를 쳐다보았다. 그들은 눈으로 내게 앞으로 어떻게 할지를 묻는 것 같았다.

한스는 주위를 둘러보더니, 그 모임에 참석한 모든 사람에게 말했다.

"여러분 모두 잠시 눈을 감아 주세요. 그리고 다시 한 번 가슴속 깊이 숨을 들이마시세요. 아마도 여러분 안에는 필드 안에서 나온 에너지가 남아 있을 겁니다. 내쉬는 숨과 함께 필드의 에너지를 전부 내뱉으세요. 이 방을 떠나기 전에 자신 몸에 남아 있는 필드의 에너지를 내보내세요. 이것은 아주 중요한 일입니다."

나는 한스의 지시에 따랐다. 그러자 불과 몇 시간 전과 달리, 내 마음이 가벼워지고 차분해지는 것을 느낄 수 있었다. 그 모든 과정이 끝나자, 나는 이루 말할 수 없는 안도감을 느꼈다.

"이 자리에 모인 사람들은 오늘 모임에서 일어났던 일을 통해, 보다 긴밀하게 연결되어 있습니다." 한스가 계속해서 말을 이어 갔다. "오늘 이 안에서 있었던 일을 다른 곳에서 말하지 마세요. 그 사실을 잊지 말기 바랍니다. 그러는 편이 모두를 위해 좋습니다."

한스는 나를 똑바로 바라보며 말했다.

"그건 당신에게도 해당되는 말입니다, 스콧. 만약 당신이 오늘 있었던 일을 잊을 수 있다면, 당신은 어떤 선입견 없이, 자신에게 다가온 에너지를 받아들이고 그것을 자신 안에 정착시킬 수 있을 겁니다. 나 역시 그것이 쉽지 않은 일이라는 것을 잘 알고 있습니다. 그러나 우리는 오늘 엄청난 양의 에너지를 불러왔습니다. 그 에너지가 당신 안에 제대로 정착하려면 앞으로 몇 년의 시간이 필요할 것입니다."

나는 그의 지시를 잘 따를 수 있을지 자신할 수 없었다. 그러나 내가 전보다 편안해졌다는 것을 알았고 그 사실에 감사했다. 만약 그가 한 말이 내가 앞으로 몇 년 동안 계속 치유의 과정을 밟아야 한다는 뜻이라면 나는 기꺼이 그럴 작정이었다.

"좋아요. 오늘은 여기까지 합시다." 그가 갑작스럽게 말했다. "잠시 쉬는 시간을 갖겠습니다. 스콧, 시간이 걸리더라도 당신이 우리 지지 모임에 익숙해졌으면 좋겠습니다."

마르티카가 내게 물병 하나를 건넸다. 그리고 내게 괜찮냐고 물었다. 모든 것이 여전히 안개에 쌓인 듯 몽롱했지만 내 기분만은 전보다 훨씬 좋아졌다. 세릴이 떠난 이후, 나는 그 어떤 때보다 삶에 대한 열정을 느꼈다. 나는 이제 그녀가 나를 떠났다는 것을 알았다. 몇 년 만에 처음으로 다시 삶으로 뛰어들 준비가 되어 있었다.

"이리 와요." 마르티카가 말했다. "내가 당신을 집까지 태워 드릴게요. 당신에게는 휴식이 필요해요."

10

....

또 다른 문에 이르기 위하여

지난 며칠 동안 나는 잃어버린 영혼을 되찾는 의식을 치르고 또 영적 지지 모임에도 참석했다. 그 과정 속에서 나의 감각은 예민해질 대로 예민해져 있었다. 내 영혼은 최근 몇 년 동안 경험해 본 적 없는 에너지로 충만했다. 마침내 내 영혼은 자신의 감정을 갖게 된 것 같았다. 그리고 사물에 민감하게 반응하기 시작했다. 그 어떤 것을 보고 들어도, 그것에 반응하는 내 영혼을 느낄 수 있었다. 내 영혼은 만지면 부서질 것처럼 연약하게 느껴졌다. 나는 아파트 창문을 열고 밖을 내다보았다. 행복해 보이는 사람, 하늘을 나는 한 마리 새, 심지어 바람마저 내 영혼을 찌르고 들어왔다. 그리고 이 세상 모든 것이 이렇게 말하는 것 같았다. '너는 마침내 살아난 거야.'

내 감각이 너무나 예민했기 때문에 나는 완전히 회복될 때까지 일주일 넘게 내 아파트에 머물렀다. 그러다 마침내 신선한 공기를 마시기 위해 밖으로 나가기로 마음먹었다. 나는 한 블록도 못 가서 스무 살이 막 지난 듯한 여성을 만났다. 그녀는 머리를 밝은 분홍색으로 염색하고 짧은 스커트에 검은색과 흰색 줄무늬가 있는 양말을 신고 있었다. 그녀는 그렇게 언덕을 뛰어오고 있었다.

"안녕."

내가 그녀에게 인사를 했다. 나는 전보다 사람들이 친근하게 느껴졌다.

"안녕하세요. 난 옴이에요."

그녀는 약간 무릎을 숙여 절하며, 기운찬 목소리로 말했다.

나는 내가 그녀의 이름을 제대로 들었는지 확신할 수가 없었다.

"음? 그것이 무엇을 뜻하나요?"

"음이 아니라 옴이에요. 왜 아시잖아요? 오오오오옴."

그녀는 엄지손가락과 가운데손가락으로 작은 원을 만들었다. 그리고 명상할 때처럼 고개를 위로 젖혔다. 나는 그녀의 한쪽 귀에 여덟 개의 귀걸이가 달리고 다른 쪽 귀에는 두 개의 귀걸이만 달린 것을 알아챘다. 나는 그녀가 양쪽에 똑같은 개수의 귀걸이를 달지 않았기 때문에 무게 중심을 잡지 못하고 넘어지지 않을까 걱정했다.

"난 스콧이에요." 마침내 내가 말했다. "만나서 반가워요, 오오오오옴."

그녀가 깔깔대며 웃었다.

"나는 정말 행복해요. 얼마나 아름다운 날이에요. 나는 지금 키르탄에 가려고 해요. 키르탄에 참여하는 날이면 항상 내 영혼은 설레죠."

나는 그녀가 무슨 말을 하는지 이해할 수 없었다. 그러나 그녀의 에너지가 내게 전해지는 것을 느낄 수 있었다. 나는 그녀의 몸에서 나오는 에너지가 내 몸 안으로 들어오는 것을 볼 수 있었다. 내 영혼은 그녀의 행복을 열심히 받아들이고 있었다. 나는 사람이 가진 호의가 얼마나 큰 힘을 가졌는지 실감하지 않을 수 없었다. 다른 누구보다 옴처럼 긍정적인 에너지로 가득 찬 사람 곁에 머무는 것이 좋았다.

그녀가 물었다.

"스콧, 당신도 키르탄에 갈 생각인가요?"

"나는 키르탄이 뭔지도 모르는데요."

"어머, 그렇다면 꼭 키르탄에 가 봐야 해요. 키르탄은 사람들이 함께 모여 찬팅을 하는 모임이에요. 나와 같이 키르탄에 가서, 내 남자친구 가루다를 만나 봐요. 키르탄은 세상에서 가장 아름다운 경험 중 하나예요. 우리의 친구인 대지와 함께 찬팅을 하다 보면, 마음 깊은 곳에서 평화를 느낄 수 있어요. 그러면 우리 모두가 연결되어 있다는 것을 깨닫게 되죠. 오늘은 공원에서 키르탄이 열려요. 뿐만 아니라, 오늘은 네팔에서 피리 연주가가 온대요. 그의 피리 소리는 너무 아름다워요. 나는 지난밤 파티에서 그를 만났는데, 그는 당신이 만나 본 사람들 중에 가장 맑은 영혼을 가진 사람일 거예요. 그는 대나무 피리를 연주하는데, 그의 연주에는 사람들을 치료하는 힘이 있어요. 정말 마술 같아요."

나는 오늘 특별한 계획을 갖고 있지 않았다. 비록 그녀가 이야기하는 키르탄에 대해서 잘 몰랐지만, 그녀의 숨결에서 설렘을 느낄 수 있었다. 나는 한동안 라이브 음악을 듣지 못했다. 그러니 공원에서 벌어지는 콘서트에 가는 것도 그리 나쁜 생각 같지 않았다.

내가 말했다.

"나도 함께 가겠습니다."

옴과 나는 함께 언덕을 내려가기 시작했다. 우리는 공원으로 이어진 보도를 걸어갔다. 한 뼘 남짓한 작은 실개천 위에 세워진 나무다리를 건너자, 길 반대편에 일본식 정원이 눈에 들어왔다.

우리는 시야가 확 트인 경사진 잔디밭에 도달했다. 잔디밭 양쪽에는 거대한 세 그루의 삼나무가 늘어서 있었다. 그 나무들은 놀라울 정도로 장엄해 보였다. 나무들은 자신의 밑둥에 사람들이 조용히 담요를 깔고 앉아 있는 것을 즐거워하는 것 같았다. 나는 전에 이렇게 많은 사람들이 공원에 모여 조용하고 평화스럽게 서로서로 어울리고 있는 것을 본 적이 없었다. 그 모습이 내게 적지 않은 감동을 주었다. 몇몇 사람들은 밝은 색깔의 옷을 입고 있었다. 또 몇몇 사람들은 주름이 흘러내리는 헐렁한 옷을 입고 있었다. 또 몇몇 사람들은 흰색 로브에 터번을 쓰고 있었다.

군중 사이를 몇 분 동안 헤집고 다닌 끝에, 우리는 옴의 남자 친구 가루다를 만났다. 그는 진심으로 나를 만난 것이 기쁜 듯했다. 그는 불교 승려처럼 머리를 깨끗이 밀고 긴 로브를 입고 있었다. 목에는 말린 씨앗들로 엮어 만든 목걸이를 걸고 있었다. 옴은 부드러운 목소리로 내게 가루다를 소개했다. 몇 마디의 농담을 주고받은 후, 우리는 커다란 흰색 담요 위에 함께 앉았다. 옴과 가루다는 계속해서 낮은 목소리로 대화를 주고받았다. 나는 그들이 나누는 대화를 모두 들을 수는 없었지만, 그들이 나를 친구로 받아들이고 있다는 것을 느낄 수 있었다. 전에 사람들에게서 느껴보지 못한 소속감이 느껴졌다. 그들이 나를 자연스럽게 그들의 일원으로 받아들인다는 사실이 나는 좋았다.

가루다는 잔디밭 한가운데에 자리를 맡아 놓았다. 덕분에 우리가 있는 위치에서는 무대가 잘 보였다. 무대는 손으로 짠 커다란 황금색 천으로 덮여 있었다. 무대 위에 있는 방석들 사이에는 흔히 볼 수 없는 악기들이 놓여 있었다. 악기들은 햇볕을 받아 반짝이고 있었다. 얼마 후 관객들 사이에서 음악가들이 나와 무대 위에 마련된 자리 위에 앉았다.

내가 처음으로 들은 곡은 첼로보다 폭이 작은 악기의 연주였다. 그 악기의 소리는 낮게 지속되는 시타르 음과 비슷했다. 바람을 타고 흔들리는 리본처럼 소리가 허공으로 퍼져 나갔다. 가루다는 내 귀에 대고 그 낯선 악기들의 이름을 하나씩 가르쳐 주었다. 내가 첫 번째 보았던 악기는 인도에서 온 탐푸라였다. 몇 분이 지났을까, 좀 나이가 들어 보이는 한 점잖은 사람이 하모니움이라고 불리는 아코디언 비슷한 악기로 키를 맞추었다. 그런 후, 작은 은으로 만든 타블라, 다시 말해 한 쌍의 북을 연주하기 시작했다. 그러자 청중들이 리듬에 맞추어 몸을 흔들기 시작했다. 마지막으로 젊은 동양 남자가 매우 소박한 대나무 피리를 들고 나왔다. 그는 지금까지 한 번도 들어본 적 없는 아름다운 음악을 연주했다. 속이 텅 빈 피리에서 가락이 흘러나왔다. 그리고 그 가락은 청중들의 마음을 적셨다. 나는 피리의 음이 길게 이어질 때마다 전율했다. 가락은 이국적이면서도 친근한 음계를 따라 춤을 추었다. 나는 지금까지 그와 같은 음악을 들어 본 적이 없었다. 그러나 그 음악은 나의 깊은 곳에 항상 숨겨져 있었던 무엇인가를 건드렸다.

그는 피리를 통해 사랑과 헌신에 대해 이야기하고 있었다. 순수한 기쁨이 한 줄기 눈물이 되어 내 뺨 위로 흘러내렸다. 나는 전에는 기쁨 때문에 울어 본 적이 없었다. 그러나 만약 울어야 할 이유를 찾는다면, 기쁨 때문에 울고 싶었다.

한동안 계속되던 피리 연주가 끝나자, 이국적으로 생긴 젊은 여자가 청중들 사이에서 나와 담요가 깔려 있는 무대 위에 섰다. 그녀는 우아한 흰색 로브를 입고 머리 위에는 터번을 둘러쓰고 있었다. 그녀는 외국어로 된 노래를 부르기 시작했다. 나는 그 노랫말을 이해할 수 없었다. 그러나 그곳에 모인 청중들은 그녀의 크고 힘찬 노래를 반복해서 따라 부르기 시작했다. 청중들이 노래를 따라 부르자, 청중들 사이에서 에너지가 휘몰아치기 시작했다. 그 에너지는 하늘 위로 흩어졌다. 그녀는 노랫말을 계속해서 반복했다. 청중들은 그 노랫말을 따라 했다. 그러자 에너지가 점점 더 강해졌다.

처음에 나는 청중들과 한 목소리로 노래를 부르는 것이 싫었다. 그러나 그들의 노래를 자세히 들어 보니, 모든 사람들이 기계적으로 한 가지 가락에 맞추어 노래를 부르고 있는 것이 아니라는 사실을 깨닫게 되었다. 나는 그 노랫소리가 서로 다른 목소리들과 가락들이 얼기설기 얽인 아름다운 직물이라는 사실을 알게 되었다. 나는 입을 열어 그 노래를 따라 부르기 시작했다. 그리고 얼마 후 다른 사람들과 함께 큰 목소리로 노래를 부르게 되었다.

> 고빈다 자야 자야, 고팔라 자야 자야
>
> 고빈다 자야 자야, 고팔라 자야 자야
>
> 라다 라마나 하리, 고빈다 자야 자야
>
> 라다 라마나 하리, 고빈다 자야 자야
>
> 고빈다 자야 자야, 고팔라 자야 자야
>
> 고빈다 자야 자야, 고팔라 자야 자야
>
> 라다 라마나 하리, 고빈다 자야 자야
>
> 라다 라마나 하리, 고빈다 자야 자야

단순한 노랫말은 곡조를 조금씩 바꾸어 가며 계속되었다. 그렇게 첫 번째 노래는, 거의 한 시간 반 동안이나 계속되었다. 드디어 노래가 끝나자 청중들은 깊은 침묵 속에 빠졌다. 그러자 음악가들이 다시 한 번 그들의 노랫가락을 부르기 시작했다. 더불어 침묵도 썰물처럼 사라졌다. 나는 서서 두 눈을 감았다. 그리고 내 영혼의 밑바닥으로부터 한 구절 한 구절 그 노래를 따라 불렀다. 그러자 내 눈에 비추어지는 사람들의 형체가 점점 희미해지기 시작했다. 그것들은 점점 움직이고 숨을 쉬는 에너지 덩어리로 변해 갔다. 나는 그 노랫말과 함께, 말 그대로 시간과 공간을 초월했다. 몇 번이나 그 노래를 따라 부르고 나자, 내 발이 잔디밭으로부터 벗어나 공중에 붕 뜬 느낌을 받았다. 나는 눈으로는 내가 중력의 영향을 받고 있다는 것을 확인할 수 있었다. 그러나 내 몸의 다른 감각은 내가 중력에서 벗어난 것처럼 느껴졌다.

키르탄은 그렇게 네 시간 동안이나 계속되었다. 키르탄이 끝나자, 나는 넋이 나간 사람 같았다. 나는 집에 가기 위해, 옴과 가루다와 함께 몽롱한 상태로 보도를 걷기 시작했다. 우리는 아무런 말도 하지 않고 그렇게 몇 블록을 걸었다. 옴은 하늘을 바라보며 두 팔로 자신을 껴안았다. 그리고 외쳤다.

"나는 정말 축복받은 것 같아요!"

나도 그녀처럼 하늘을 올려다보았다. 별들은 눈부시게 빛나고 있었지만 달은 어둠 속에 자신의 모습을 감추고 있었다.

내가 말했다.

"아마 오늘은 그믐인 것 같습니다."

내가 길모퉁이를 돌아설 때쯤, 옴이 말했다.

"그믐은 만물이 다시 태어나는 시절이에요."

"분명히 그럴 겁니다. 오늘 고마웠습니다."

나는 옴과 가루다에게 미소를 지으며 말했다. 그리고 그들과 헤어져 내 아파트가 있는 쪽으로 방향을 돌렸다.

"나마스테!"

옴과 가루다가 한 목소리로 말했다. 그들은 기도할 때처럼 두 손을 모은 채, 부드럽게 나를 향해 고개를 숙였다.

　그날 밤 나는 꿈을 꾸었다. 그 꿈은 밤마다 계속 나를 찾아왔다. 물론 나는 영혼을 되찾고 영적인 지지 모임에 참가한 이후로 세릴이 사고를 당하는 악몽을 꾸지 않았다. 그 후로 나는 몇 년 동안 평안한 밤을 보낼 수 있었다. 새로 반복되는 꿈은 세릴의 꿈처럼 무섭지는 않았다. 그러나 그 꿈이 갖고 있는 강도가 그보다 못한 것은 아니었다.

　그 꿈은 작은 마을을 배경으로 하고 있었다. 나는 그 마을이 이레카라고 생각했다. 세릴과 나는 그곳에서 어린 시절을 보냈다. 그곳은 세릴과 나에게는 특별한 곳이었다. 그녀와 데이트를 시작할 무렵의 일이다. 뜨거운 여름밤이 찾아오면, 우리는 함께 이레카를 산책했다. 꿈에서 나는 그네들의 맨 마지막에 있는 그네에 앉아 그네를 타기 시작했다. 나는 누군가를 혹은 어떤 일을 기다리고 있었다. 나는 한동안 그네를 타고 있었다. 바로 그때 내 뒤에서 에너지의 문이 나타나는 것을 감지할 수 있었다. 그러나 그 문은 내 손이 닿을 만큼 가까운 곳에 있지는 않았다. 그 에너지 문은 점점 커져 갔다. 그리고 어느덧 그네들보다 훨씬 커졌다.

　처음에 나는 그 꿈이 상징적인 의미를 가지고 있다고 생각했다. 나는 그 꿈이 세릴의 죽음을 정리하기 위해 내가 마지막으로 해야 할 일을 보여 주고 있다고 해석했다. 그러나 매일 밤 그 꿈은 점점 더 강력해졌다. 그러다 보니 깨어 있는 시간까지 꿈 때문에 영향을 받았다. 며칠 동안 잇달아 같은 꿈이 계속되자, 나는 완전히 지쳐 버렸다. 내가 꿈을 꾸고 있는지 깨어 있는지조차 헷갈릴 정도였다. 그네틀 위에 있는 에너지 문 이외의 것에 대해서는 아무것도 생각할 수 없었다. 그리고 자꾸 이레카에 가면 다른 차원으로 가는 열쇠를 발견할 수 있을 것만 같았다. 그 열쇠를 발견한다면 다른 차원으로 영적인 여행을 떠날 수 있을 것 같았다.

내가 처음 그 꿈을 꾼 뒤로부터 같은 꿈이 이 주일 이상 반복되었다. 꿈은 점점 더 분명하게 그 에너지 문이 이번 금요일에 공원에 나타날 것이라는 사실을 예고하고 있었다. 사실 그것은 말도 안 되는 이야기였다. 그러나 꿈은, 바로 그 순간에 시간과 공간의 교차가 일어나 다른 차원으로 통하는 일식이 일어날 것이라고 말하고 있었다. 나는 꿈이 말해 주는 사실에 끌리는 동시에 두려움을 느꼈다. 도대체 어떤 선택을 해야 할지 알 수가 없었다. 왜 그 꿈이 나를 찾아왔는지 이유를 알아야만 했다. 나는 내가 이제 막 영적인 여행을 시작했다는 것을 알고 있었다. 그러나 그 에너지 문이 나를 다른 영적인 세계로 인도해 줄 것 같았다. 그 에너지 문을 찾게 되면, 내 영적인 여행이 더 높은 단계에 이를 수 있을 것 같았다.

나는 영혼을 되찾은 날 이후로 로버트를 보지 못했다. 이레 카로 가라는 꿈의 메시지를 놓고 고민하는 동안, 문득 로버트와 함께 이 문제를 의논해 보는 것이 좋겠다는 생각이 들었다. 영혼을 되찾은 날, 로버트는 내게 말도 없이 사라져 버렸다. 그 때문에 나는 그에게서 버림받은 느낌이었다. 그리고 아직까지 그에게 화가 나 있었다. 그런데 문득 그는 그저 자유로운 영혼일 뿐이라는 생각이 들었다. 그는 적절한 때가 되면 내게 왔다가 사라진다. 그리고 지금이야말로, 그를 다시 만나야 할 때라는 생각이 들었다.

나는 조합 매장이 있는 거리로 갔다. 그러자 로버트가 자신이 좋아하는 나무에 등을 기댄 채 가부좌를 틀고 있는 것이 보였다. 애완견 던은 그의 발밑에서 자고 있었다. 그의 무릎에는 보통 때보다 작은 표지판이 놓여 있었다.

가슴이 하는 말을 들으라!

"안녕 로버트!"

"오, 스콧! 전보다 많이 달라졌는걸." 로버트가 나를 위아래로 한번 훑어보더니 말했다. "요즘 무슨 꿈들을 꾸길래. 이렇게 변한 거지?"

"말하기 좀 우습긴 하지만 사실 그 문제 때문에 여기에 왔습니다."

로버트의 직관 능력은 언제나 봐도 놀랍다.

"나도 그럴 것이라고 추측했지. 그래, 그 꿈들이 뭐라고 말하던가?"

"그 꿈들은 내게 이레카에 가서 어떤 그네에 앉으라고 말하고 있어요."

나는 되도록 너무 진지하게 보이지 않으려고 노력했다.

"대체 그네에 무엇이 있는데 그러지?"

"그 그네 위에 다른 차원으로 가는 문이 있는 것 같습니다."

나는 전에는 큰소리로 이런 말을 할 수 없었다. 그런 말을 한다는 것 자체가 너무 괴짜처럼 느껴졌기 때문이다.

"그런 일이 가능할까요?"

"물론 가능하고말고."

"왜 나는 그런 꿈을 꾸었을까요?"

"꿈을 꿀 때, 사람들의 영혼의 일부는 몸을 떠나 집단 무의식과 섞이게 되지. 단순히 재미로 집단 무의식과 접촉하는 경우도 있어. 그럴 때, 사람들은 하늘을 나는 것 같은 즐거운 꿈을 꾸기도 하지. 그러나 사람들은 꿈을 꾸면서 고대의 지혜나 힘과 접촉하기도 한다네. 이제 자네는 조상들의 보호를 받고 있어. 조상들이 자네를 보다 강하게 만들어 줄 거야."

"그럼 제가 이레카에 가야 한다는 말인가요?"

"자네는 어떻게 생각하나?"

"저도 그렇게 생각합니다."

"그 꿈들이 문이 열리는 시간을 알려 주었나?"

"네. 이번 금요일이라고 합니다."

"음, 그것 참 실제적인 꿈이군. 그것은 아마도 자네를 위한 일종의 영계 여행이 될 거야."

"영계 여행이 뭐죠?"

"아메리카 원주민들은 성년을 맞이한 청년들을 황야로 보내지. 청년들은 그 황야에서 어려움을 극복하고 자신의 미래에 대한 계시를 보게 돼. 아마도 자네에게 이레카는 자기 자신을 시험할 황야가 될 거야. 두려운가?"

"조금요."

"괜찮아. 겁먹지 않는 것이 이상한 거야. 만약 자네가 이레카로 가기로 마음먹었다면, 열린 가슴과 머리로 그곳에 가야만 해. 자신이 그곳에서 무엇을 발견하게 될지 미리 선입견을 가져서는 안 돼. 영적인 여행에서 영계와의 교류는 아주 강력한 체험이라고 할 수 있어. 자네가 완전히 지금 이곳에 현존하지 않는다면 영계와 교류하는 의미가 없어."

"알았습니다."

"이제 자네의 마음이 전보다 많이 열린 것 같군. 우리가 처음 만났을 때, 자네는 조개처럼 마음을 꽉 닫고 있었어. 그래서 그 안에 아무것도 들어갈 수 없었지. 내 말 뜻을 알겠나?"

나도 내 마음이 전보다 훨씬 열려 있다는 사실을 알고 있었다. 나는 전처럼 마음을 닫고 세상과 격리되고 싶지 않았다.

나는 결국 큰소리로 인정했다.

"네, 알고 있습니다."

"내 생각에 자네는 이레카에 가야 해." 그렇게 말한 뒤 그는 한참 동안 침묵을 지켰다. "그런데 자네 차는 이미 망가졌지 않은가?"

나는 꿈에 대한 생각을 하느라고 현실적인 문제에 대해서는 까맣게 잊고 있었다.

"아하 그렇군요. 차가 문제네요."

"내가 알기로는 마르티카에게 차가 한 대 더 있어. 그녀는 영적인 모임 사람들이 그 차를 필요로 하면 빌려 주곤 하지. 그녀에게 차를 빌려 보는 것이 어떤가?"

"정말 좋은 생각입니다."

"행운을 비네, 스콧. 자신이 원하는 것을 찾기를 바라네. 자네는 지금 영적인 여행에 아주 중요한 시점에 와 있어."

"고마워요. 로버트. 이번 여행에서 무언가를 찾게 되면 당신에게 꼭 이야기해 드리겠습니다."

"기다리고 있겠네."

나는 금요일 아침 일찍 애슐랜드를 출발했다. 마르티카 소유의 또 한 대의 차를 타고 신나게 시스키유 산맥을 오르고 있었다. 마르티카가 빌려 준 차는 고맙게도 전에 내가 탔던 낡은 차보다 훨씬 쉽게 산을 올랐다. 캘리포니아 주 경계선에 이르렀을 때의 일이다. 늘 푸른 오리건 주 상록수들의 활기찬 빛깔들이 시든 잎들의 어두운 색깔로 변해 있었다. 마치 자연이 선을 그어, 한쪽은 푸른색으로 다른 한쪽은 황금색으로 빛깔을 나누어 놓은 것 같았다.

주 경계선을 넘어서자 나는 내 영혼, 다시 말해 내 생명의 에너지가 내 목 뒤쪽으로 새어 나가는 것을 느꼈다. 마치 무엇인가가 오리건 주 쪽으로 나를 잡아당기거나 묶어 놓은 것 같았다. 푸른 상록수와 이별하고 황금색 단풍들 속으로 들어갈수록 내 안에서 무엇인가 새어 나가는 것 같았다. 그리고 날카롭게 빛나던 내 감각들이 점점 더 둔해져 갔다. 모든 것에서 먼지 냄새와 맛이 났다. 운전 중에 마시려고 샀던 한 병의 샘물에서도 먼지 맛이 느껴질 정도였다. 그 뿐만이 아니라 손가락의 감각마저 둔해졌다. 갑자기 두꺼운 털실 장갑을 끼고 운전을 하는 느낌이었다. 차바퀴가 포장된 도로를 구르는 소리 또한 너무나 멀게 느껴졌다. 마치 누군가 내 귀를 솜뭉치로 막아 놓은 것 같았다. 차 유리창으로 보이는 풍경 속에서는 밝은 빛이 사라졌다. 내 눈에는 색 바랜 흑백 사진과 같은 풍경만

들어왔다.

운 좋게도 과거에 운전을 할 때 익혔던 손의 감각만은 남아 있었다. 주변 교통 상황을 판단하고 그것을 바탕으로 핸들을 움직이는 대신, 과거의 습관에만 의지해 운전을 하기 시작했다. 처음에는 그런 식으로 운전한다는 사실 자체에 겁이 났다. 그러나 심호흡을 하고 눈을 크게 떴다. 나는 영리하게도 과거 습관에 의지해 운전을 한다고 해도, 눈은 뜨고 있어야 한다는 것을 알고 있었다. 그러나 졸지 않고 눈을 뜨고 있는 것조차 무척 힘이 들었다. 한 번은 나도 모르게 졸다가 번쩍 깨어난 적이 있었다. 그때 내 눈앞에 처음으로 들어온 것은 장엄한 시스티유 산이었다. 시스티유 산은 찬란한 흰색 후광과 함께 자신의 모습을 드러내고 있었다. 그에 반해 산 주변은 어둡고 칙칙한 색깔이었다. 나는 어렸을 때부터 시스티유 산과 어떤 인연을 느꼈다. 비록 오늘날까지 산 정상에 올라가 봐야겠다는 뜻을 세운 적은 없었지만 가능하면 빠른 시일 안에 그 산을 방문해야겠다는 생각을 가지고 있었다.

이레카에 가까이 갈수록 나는 둔해진 감각에 익숙해졌다. 경사진 산길을 오르는 동안 가드레일을 들이받을 뻔한 섬뜩한 순간을 제외하고는 남은 여정 내내 침착하게 운전을 할 수 있었다.

이레카에 도착했을 때, 나는 이레카가 인적 드문 마을로 변한 것을 알고 깜짝 놀랐다. 원래 이레카는 작은 마을이긴 했다. 그러나 지금은 거의 폐허나 다름없었다. 거리에서 차들을 보기가 힘들었고 하늘에서는 새들조차 찾기 힘들었다. 시내에는 사람들이 걸어다니는 모습조차 보기 힘들었다. 둔해진 감각 때문에 내가 착각을 하는 것이 아닌가 의심이 들 정도였다. 마치 이 광산 마을을 버리기로 작심한 듯, 산들바람마저 불어오지 않았다. 단지 침체된 공기만이 남겨진 모든 것을 가두고 있었다.

미니 마트 주차장에 차를 세운 뒤, 나는 길 가운데 있는 이정표 쪽으로 걸어갔다. 고속도로를 빠져나온 후, 내 눈에 흰색과 푸른색으로 만들어진 이레카 이정표가 들어왔다. 그 이정표 아래에 있는 청동으로 만든 광부와 당나귀 조각상 앞을 차로 지나갈 때였다. 내 눈에 이미 오래전부터 알고 지냈던 사람들 얼굴이 들어왔다. 나는 그들이 여기 있을 리가 없다고 생각했다. 왜냐하면 내가 과거에 이곳에서 알고 지냈던 모든 사람들은 이미 몇 년 전에 이레카를 떠났기 때문이다. 하지만 그 장면을 보고 가만히 있을 수 없었다. 나는 내가 본 것이 실제인지 상상인지 확인하기 위해서, 차를 세우고 그 청동상 앞으로 되돌아갈 수밖에 없었다.

청동상 뒤쪽에 도착했을 때, 과연 내가 보았던 사람들이 그 자리에 있었다. 나는 그들의 모습을 보자 흥분과 동시에 불안을 느꼈다. 광부 청동상 앞에는 둥글게 커트를 한 갈색 머리의 소년이 아버지와 함께 서 있었다. 아버지는 대머리였고 모래 색깔의 덥수룩한 턱수염을 기르고 있었다. 그들 곁으로 더 다가가자, 그들의 대화가 들렸다. 그들의 목소리를 듣자 나는 온몸이 오싹해졌다.

"많은 사람들이 골드러시 시절에 한밑천 잡기 위해 시스키유 카운티로 몰려왔단다." 아버지는 설명을 계속했다. "그러나 그들 중 몇 명만 성공하고 나머지는 빈털터리로 떠나야 했어."

"아빠, 그럼 우리도 금을 찾으러 이곳에 왔나요?"

"그건 아니야. 만약 우리가 열심히 일한다면, 우리는 광부들의 연장을 고쳐 주는 사람은 될 수 있을 거다."

나는 그 말 한마디 한마디를 전부 기억하고 있었다. 그것은 우리 가족이 이레카에 도착하던 날 나누던 대화였다. 우리는 캘리포니아 주 남부에서 그린뷰로 이사 가는 중이었다. 그린뷰는 이레카에서 32킬로미터 떨어진 곳에 있었다. 그 청동상은 우리가 처음으로 이레카에 오던 날 느꼈던 낙관주의를 상징했다. 우리는 무한한 가능성을 가진 기분이 들었다. 동물들을 기르고 농작물을 기를 수 있는 충분한 땅을 가진다는 사실에 우리는 흥분했다. 마음씨 좋은 나의 아버지는 아이오와 주 중심부에서 자랐다. 비록 어머니는 캘리포니아 주 남부의 토박이였지만, 아버지는 이곳이 아이들을 기르기에 훨씬 더 좋은 곳이라고 어머니를 설득했다. 처음에는 나도 아버지의 생각에 전적으로 찬성했다.

내가 청동상을 한 바퀴 도는 동안, 그 남자와 아이는 사라지고 없었다. 나는 그 자리에 주저앉아 흐느껴 울기 시작했다. 나는 가족들로부터 멀리 떨어져 있었다. 비록 생일이나 명절에 집에 전화를 걸어 안부를 묻기는 했지만, 가족들과 가깝고 따뜻한 관계를 잃었다는 상실감에 울지 않을 수 없었다. 처음 이사 오던 날 보았던 청동상과 지금 내가 보는 청동상은 같은 것이었지만, 나는 그때처럼 새로운 모험에 흥분한 아이가 되어 감탄 어린 눈길로 청동상을 바라볼 수는 없었다. 아버지는 이제 광부의 장비를 수리하려고 하는 꿈 많은 기술자가 아니었다. 이사 온 지 몇 년도 못 가 우리의 낙관주의는 현실의 벽 앞에서 깨지고 말았다. 우리의 경제사정은 어려워졌고 또한 이 광산 마을에 대해서도 실망했다. 우리가 시스키유 카운티에 정착하는 데 실패한 후, 우리는 각자 고향으로 돌아가고 말았다. 아버지는 어머니와 동생을 데리고 아버지의 고향으로 이사했다. 나는 세릴의 무덤을 떠나 내가 태어난 캘리포니아 주 남부로 향했다. 나는 그곳에서라면 나와 비슷한 사람들과 가족을 이룰 수 있을 것이라고 생각했다.

청동상 발밑에서 한동안 흐느끼던 나는 마침내 일어나 눈물을 닦고 먼지를 털었다. 그리고 광부의 거리 쪽으로 걸어갔다. 내가 이레카에 온 것은 그 거리에 있는 공원을 방문하기 위해서였다. 그러나 나는 내가 다음 세계로 이어진 입구를 만날 준비가 되어 있는지 자신할 수 없었다. 향수로 가득 찬 내 마음은 작은 상처에도 예민해져 있었다. 나는 곧장 공원으로 가는 대신, 마을 중심가에 있는 몇몇 가게들을 들르기로 마음먹었다.

광부의 거리에 있는 건물들은 1800년대 후반 양식으로 지어졌다. 그러나 그 건물들은 관리 소홀로 행복했던 시절을 기억나게 하는 기념물이라기보다, 유령 도시의 허물어져 가는 건물 같았다. 내가 기억하는 몇몇 가게들은 아직도 그 자리에서 장사를 하고 있었다. 한걸음 걸을 때마다, 마음속에서는 오래된 기억들이 떠올랐다. 거리 맨 위쪽에 있는 스포츠 용품 가게 문 앞에 서자, 옛 추억이 홍수처럼 몰려왔다.

고개를 들자, 문 앞에 걸린 물고기 모양의 나무 간판이 보였다. 나는 조심스럽게 유리문을 열었다. 가게 안의 모습과 냄새는 유년 시절 내가 경험했던 그대로였다. 내 머릿속에 열세 번째 생일의 기억이 스치고 지나갔다. 아버지는 나를 이 가게로 데리고 왔다. 그때 맡았던 썩은 치즈와 연어알 냄새와 뒤섞인 화약 냄새를 기억할 수 있었다. 선반에는 야생동물들을 죽이는 데 필요한 총들과 낚싯대와 탄약과 장비들이 늘어서 있었다.

문이 닫히자, 이 마을 사람들이 커피를 홀짝이며 가게 주인과 이야기를 나누는 것이 보였다. 그들은 삼대에 걸쳐 이곳에 살고 있는 시대에 약간 동떨어진 사람들이었다. 그들은 모두 자개단추가 달린 카우보이 셔츠를 입고 트랙터 회사의 로고가 새겨진 기름때가 묻은 야구 모자를 쓰고 있었다.

"나는 손자 놈을 위해 크리스마스 선물로 6구경 총알을 가져가야겠어."

그들의 칙칙한 가래 끓는 목소리를 듣자, 열세 번째 생일날 아버지가 했던 말이 떠올랐다.

"오늘 난 너에게 총 하나를 보여 주겠다. 네가 만약 무사히 진급한다면 이 총은 네 것이 될 거다."

"그것은 13살 난 소년에게 딱 맞는 총입니다. 그걸 보면 너무 좋아 엉덩이가 들썩거릴 겁니다."

그러자 가게 안에 있던 사람들이 웃음을 터트렸다. 그 덕에 늙은 남자의 기침 소리도 묻혀졌다.

"이것은 내 할아버지가 내가 네 나이였을 무렵 주었던 것과 똑같은 총이다. 네가 학교에서 낙제하지 않으면 이 총은 네 것이 될 거야. 이런 총을 갖게 되면 너도 남자 구실을 할 수 있을 거다."

"손자 놈이 22구경을 다루는 솜씨는 이제 명사수 수준이야. 300미터 밖에서 망원 조준경 없이 맥주 깡통을 맞출 정도니까."

"나도 그 녀석처럼 눈이 좋으면 좋을 텐데. 그랬다면 벌써 몇 년 전에 이미 6구경을 가질 수 있었을 거야."

"너와 6구경이라니 전혀 안 어울리는군. 아마 네 녀석은 6구경을 구경해 본 적도 없을 걸?"

그렇게 말하자, 나머지 두 사람도 따라 웃었다. 그런 후 먼저 말을 꺼낸 사람이 30초 동안이나 계속 콜록거렸다.

"학교 공부에 게으름을 부리다 네가 진짜 남자가 될 기회를 잃는다는 것은 부끄러운 일이야. 내 말 알아듣겠지?"

어떻게 아버지가 죄 없는 생물을 죽이는 것으로 진짜 남자가 될 수 있다고 생각하게 되었는지 알 수 없었다. 그러나 나는 낙제를 함으로써 야생동물을 살릴 수 있었다는 것을 자랑스럽게 여기고 있었다. 정직하게 말하자면, 나는 새로 전학한 학교의 교과 과정에 지루함을 느끼고 있었다. 새 학교의 교과 과정은 이사 오기 전에 내가 배웠던 것보다 2년은 뒤져 있었다.

학교가 내가 전학 오기 전에 배운 진도를 따라올 때까지, 나는 대부분의 선생님을 포함해서 모든 사람들에게 우월감을 느꼈다. 나는 어떤 숙제도 열심히 하려고 하지 않았다. 결국 나는 삼 년 뒤에 낙제를 하고 말았다.

벽의 높은 곳에는 두 개의 사슴 머리가 달려 있었다. 피 묻은 뿔을 벽에 고정시킨 채, 사슴 머리는 세월을 잊은 듯 보였다. 사슴들은 긴 혀를 입 밖으로 내밀고 있었다. 죽을 때 편히 죽은 것 같지 않았다. 왜냐하면 눈을 위로 치뜨고 있었기 때문이다. 그 사슴의 머리를 보자, 나는 즉시 아버지와 내가 처음으로 사냥을 갔을 때가 떠올랐다. 그것은 열세 살 생일로부터 몇 달 후의 일이었다. 아직 내 통지표는 집으로 우송되지 않았지만 아버지는 내게 자신의 총들 중 하나를 빌려 주었다. 그것은 내게 무척이나 큰 총이었다.

내가 총으로 사슴의 오른쪽 뒷다리를 맞추자, 아버지가 말했다.

"네 엄마에게 네가 이 총을 갖게 되었다고 말하자꾸나. 나는 네가 자랑스럽다, 아들아."

아버지는 사슴이 절뚝거리며 도망가기 전에 마지막 한 발로 끝내기를 원했다. 나는 아무 말도 할 수 없었다. 그저 사슴을 지켜보기만 했다. 그리고 내가 어떻게 하다 이렇게 아름다운 생명을 그의 가족들로부터 뺏는 데 가담하게 되었을까 궁금했다.

아버지는 커다란 사냥용 칼을 내게 내밀었다. 그리고 그의 손으로 내 손 안의 그 칼을 꼭 쥐어 주었다. 그는 침착하게 칼을 사슴의 길고 부드러운 목 밑으로 집어넣었다.

"이리 와라, 아들아. 우리는 서둘러야만 해. 죽은 지 몇 분 안에 피를 흘려보내지 않으면, 고기가 못 쓰게 된단다."

나는 어떻게 하든지 칼로 사슴을 찌르는 것만은 피하고 싶었다. 그러나 아버지는 억지로 칼을 쥔 내 손을 사슴 쪽으로 밀어 넣었다. 아버지의 강한 힘에 내 손가락이 부러질 것 같았다. 그는 조심스럽게 죄 없는 사슴을 칼질했다. 맑고 선명한 피가 거품을 내며 쏟아지기 시작했다.

옛 기억이 떠오르자 속이 메스꺼웠다. 나는 그 스포츠 용품점에서 쓰러질 뻔했다. 심한 현기증이 느껴졌다. 어느새 내 안색이 창백하게 변해 있었다. 나는 비틀거리며 문 쪽으로 걸어가 신선한 공기를 마시기 위해 문을 밀었다.

"그가 구경한 것은 총이 아니라 아기 사슴 두 마리였을걸?"

문이 닫히자마자 가게 주인이 말없이 엄지손가락을 치켜들며 웃었다.

다시 밖에 나오자마자 나는 돌에 걸려 넘어졌다. 청바지가 찢어지고 오른쪽 무릎이 까졌다. 나는 제대로 숨을 쉴 수 있을 때까지 길에 앉아 있기로 마음먹었다. 이레카로 돌아온 후, 까맣게 잊고 있었던 옛 기억들이 떠올랐다. 나는 공원으로 돌아가고 싶지 않았다. 왜냐하면 내가 앞으로 일어날 일들을 잘 다룰 수 있으리라고 확신할 수 없었기 때문이다. 나는 공원에 가기보다 주차해 놓은 곳으로 돌아가 다시 애슐랜드로 돌아가는 것이 어떨까 생각해 보았다. 그러나 공원에 가지 않으면 안 된다는 것을 알고 있었다. 오늘이 아니면 다른 세계로 이어진 출구가 열리지 않을 것이라는 사실을 직감적으로 알고 있었다. 이번 기회를 놓치게 되면 평생 후회하게 될 것이란 사실도 알고 있었다.

십 분쯤 후, 스포츠 용품점에서 받은 충격이 가시고 다시 걸을만해 지자 나는 일어나 언덕 위에 있는 공원을 향해 걸었다. 몇 블록을 걸어가자, 공원 입구의 검은 화강암으로 만든 아치문이 눈에 들어왔다. 그 모습을 보자 내 위장이 요동치기 시작했다. 나는 세릴과 이 공원에서 많은 시간을 보냈다. 그러나 지금까지 한 번도 그 아치문에 새겨진 손으로 쓴 글자들을 본 적이 없었다. 공원의 이름 밑에는 시스키유라는 글자가 크게 새겨져 있었다. 유령처럼 그 글자들은 춤을 추고 있었다. 이레카에 있는 공원 입구에 시스키유의 지명이 적혀 있는 것은 아주 이상한 일이었다. 그러나 그보다 더 이상한 것은 그 글자들 자체였다. 그 글자들은 마치 내 모든 몸짓을 흉내 내고 있는 것 같았다.

그 공원은 세 개의 부분으로 나누어져 있었다. 아치문에서 가장 가까운 부분은 산책로였다. 산책로에는 크고 위풍당당한 나무들이 늘어서 있었다. 나무 그늘 아래서 쉴 수 있도록 그 나무들 사이에는 벤치가 놓여 있었다. 입구 반대쪽에는 작은 야구장이 있었다. 어린이 야구단이 경기하기에 딱 알맞은 크기였다. 그 왼쪽에는 놀이터가 있었는데, 그 놀이터 안에 내가 꿈에서 본 그네가 있었다.

　나는 마치 중력에 이끌리듯 나도 모르게 그네 쪽으로 끌려갔다. 몇 초 후, 나는 꿈에서 다른 세계로의 출입구 옆에 있던 그네 앞에 도착했다. 그러나 그 그네는 이미 다른 사람들이 차지하고 있었다. 빨간색 머리를 한 두 명의 소녀들이 그네를 타고 있었다. 그 소녀들 뒤에서 줄무늬 버튼 셔츠를 입고 빨간색 머리를 짧게 자른 중년의 남자가 그네를 밀어주고 있었다. 두 소녀는 모두 꽃무늬가 있는 노란색 여름용 원피스를 입고 있었다. 그중 어린 소녀는 무릎에 살색 반창고를 붙이고 있었다.

　나는 소녀들의 아버지가 나를 미심쩍은 눈으로 보고 있다는 것을 눈치챌 수 있었다. 다 큰 남자가 그네 주변을 서성인다는 것은 이레카에서는 흔히 볼 수 없는 일이었기 때문이다. 나는 소녀들이 타고 있는 그네 옆에 있는 그네에 앉으려고 했다. 그러나 그 그네는 아이들을 위해 만들어진 것이라 내가 앉기에는 턱 없이 작았다. 나는 간신히 그 작은 그네에 앉았다. 그네가 낮아 무릎이 바닥과 닿았다. 내 무게를 견디지 못해 그네 줄에서는 삐걱거리는 소리가 났다. 내가 그네를 타기 시작하자, 그 아버지가 소녀들에게 이곳을 떠나자고 속삭였다. 그는 초록색 눈으로 못마땅하다는 듯이 나를 쳐다보았다. 나는 그 누구도 불편하게 만들고 싶지 않았다. 나는 아이들 그네에서 일어나 벤치 주변을 어슬렁거렸다. 그리고 그 가족들이 그네에서 떠날 때를 기다리기로 했다.

그러나 무작정 기다리기가 지겨워진 나는 다시 그들에게 다가가 그들을 안심시키려고 했다. 나는 소녀들의 아버지에게 말했다.

"날씨가 좋죠?"

"음…"

그는 여전히 나를 미심쩍은 눈초리로 바라보고 있었다.

"난 지금 조카아이를 기다리고 있어요." 나는 내 악의 없는 거짓말이 그에게 통하기를 바랐다. "그 애는 그네 타는 것을 아주 좋아한답니다."

"아, 그렇군요."

남자가 미소를 지었다. 나를 대하는 그의 태도가 약간 부드러워진 것을 느낄 수 있었다.

"우리 아이들도 항상 그런 걸요. 이것은 공원 안에서 가장 좋은 그네죠. 나는 당신이 왜 여기서 기다리고 있는지 이해할 수 있어요."

"맞아요. 그것은 내 조카가 가장 좋아하는 그네죠. 그 아이는 내게 먼저 가서 그네를 맡아 놓으라고 했어요."

나는 하얀 거짓말을 한 구절씩 엮어 내면서 웃었다.

"우리는 지금 막 떠나려고 했어요. 애들아, 이리 와라. 우린 지금 갑니다."

그 세 명은 공원을 떠나면서 작별 인사로 손을 흔들었다. 그들은 광부의 길을 따라 언덕에 있는 주택가로 걸어갔다.

그 가족들이 떠나자, 나는 꿈에서 봤던 그네로 갔다. 그것은 내가 처음에 탔던 그네와 비슷했다. 매우 작고 삐꺼덕거리는 소리가 났다. 내 몸 크기와는 전혀 맞지 않았다. 그보다 더 중요한 것은 그곳에는 다른 세계로 연결된 출구가 보이지 않는다는 것이었다. 그곳은 이레카의 다른 곳들과 별로 다르지 않았다. 그 공원에는 어떤 영적인 에너지도 없어 보였다.

혼란스럽고 실망스러웠다. 나는 꿈에 봤던 출구를 찾기를 바라며, 공원의 가장자리를 걷기 시작했다. 내가 왔던 길을 거슬러 올라가 보았다. 뭔가 느껴지는 것이 없나 해서 그네 근처에 있는 모든 나무들을 손으로 만져 보았다. 꿈에 보았던 그네틀과 직각이 되는 곳에 또 다른 그네틀이 있었다. 나는 다급한 마음에 그곳으로 갔다. 그리고 그네를 타기 시작했다. 그것은 성인들을 위한 그네였다. 그네틀의 높이는 6미터나 되었다. 그네는 큼지막한 고무 안장과 스테인리스 스틸 체인으로 만들어져 있었다.

전에 탔던 작은 그네보다 이쪽이 내 몸 크기에 훨씬 잘 맞았다. 비록 나는 뭔가 초자연적인 기운을 느끼지 못했지만 몇 분 동안 즐겁게 그네를 탔다. 심지어 나는 용감하게 그네가 가장 높은 곳에 올라갔을 때, 땅으로 뛰어내리는 것이 어떨까 생각하기도 했다. 내가 땅에 닿기 전까지 얼마나 멀리 뛸 수 있을지 궁금했다. 그러나 나는 현명하게도 그네가 밑으로 내려간 다음 뛰어내리기로 마음먹었다.

출구를 찾지 못한 나는 잔디밭에 앉아 그네를 바라보았다. 그리고 내가 혹시 꿈을 잘못 해석한 것이 아닌가 생각했다. 아마도 내 꿈을 좇는 모험은 이것으로 끝난 것 같았다. 꿈이 보여 준 비전 자체가 내 유년 시절의 기억을 탐색하라는 것이었는지도 모른다. 진짜 출구가 존재한다고 해도, 나는 그 문이 열리지 않는 시기에 찾아왔는지 모른다. 너무 늦게 왔거나 일찍 와서 내게 찾아온 기회를 놓쳤는지 모른다.

출구를 찾는 것을 포기하려고 할 때, 내 눈에 그네 하나가 눈에 들어왔다. 그 그네는 사람들이 탈 수 없게 그네틀에 묶여 있었다. 나는 조심스럽게 그 그네를 끌어냈다. 묶여 있던 그네가 풀리자, 그 그네의 그림자가 없다는 사실을 발견하고 나는 그만 깜짝 놀랐다. 다른 주위에 있는 그네들을 바라보았다. 그 그네들은 모두 그림자를 가지고 있었다. 그러나 내 앞에 있는 그네는 당연히 있어야 할 그림자가 보이지 않았다. 그네의 그림자가 없다는 것이 말이 안 된다는 것을 나는 알고 있었다. 나는 잠시 동안 시각적으로 착각한 것이라고 생각하면서 애써 그 사실을 무시하려고 했다.

나는 조심스럽게 그 그네 위에 앉았다. 그리고 다리로 그네를 밀었다. 그 순간 날카로운 칼에 배가 찔리는 듯한 통증이 느껴졌다. 나는 다리를 앞뒤로 움직였다. 그네가 흔들릴 때마다 위장의 고통은 점점 더 커져 갔다. 몸에서 물 흐르듯 땀이 났다. 몇 초 후에 나는 그네에서 떨어져 모래밭에 강하게 부딪쳤다. 그 충격에 나는 거칠게 숨을 몰아쉬었다. 뒤돌아 그네를 봤을 때 깜짝 놀라지 않을 수 없었다. 그네는 마치 내가 타지 않았다는 듯이 가만히 한자리에 멈추어 서 있었다.

너무 놀란 나는 일어나서 공원 반대쪽으로 달아나려고 했다. 그러나 다리가 움직여 주지 않았다. 내가 도망가려고 애쓸수록 근육들이 얼어붙은 듯 꼼짝도 할 수 없었다. 뒤에서 무언가가 나를 잡아당기는 것 같았다. 나는 그만 천천히 뒤로 넘어져 바닥에 강하게 부딪쳤다. 그 충격에 한동안 숨을 쉴 수가 없었다.

하늘을 바라보자, 구름이 순수한 흰색에서 악의에 찬 짙은 회색으로 변하는 것을 볼 수 있었다. 먹구름은 공원 위에서 소용돌이 쳤다. 처음에는 천천히 돌기 시작하던 구름이 점점 빨라졌다. 그리고 그 소용돌이 끝이 깔때기 모양으로 변해 공원쪽으로 다가오고 있었다. 나는 여전히 숨을 쉬기가 어려웠고 몸을 움직일 수가 없었다. 폭풍의 소용돌이가 오는 것을 보자 처음에는 두려움에 불과했던 감정이 끔찍한 공포로 변했다.

얼마 안 가, 하늘 전체가 어두워졌다. 왠지 그 소용돌이가 다가오자 내 복부의 통증이 점점 더 강해지는 듯했다.

나는 참을 수 없는 고통에 시달려야 했다. 마치 깔때기 모양의 소용돌이가 내 몸 안에 있는 장기들을 모조리 빨아들여 하늘 위로 내뱉는 것 같았다. 나는 있는 힘껏 비명을 지르려고 했다. 그러나 그 비명은 소리가 되어 나오지 못했다. 나는 그저 허공에 대고 마른 숨만 헐떡대고 있을 뿐이었다. 바로 그 순간, 공원 안은 내가 지금까지 들어 본 적이 없는 소름끼치는 소리로 가득 찼다. 그것은 분노에서 나온 소리였다. 그것은 세상 안에 존재하는 모든 증오로부터 나오는 울부짖음이었고 태초로부터 지금까지 존재하는 모든 공포에서 나온 비명이었다. 그것은 아기들이 세상에 처음 나왔을 때 내뱉는 울음소리이기도 했다. 날이 점차 어두워지고 나는 아무것도 볼 수 없게 되었다. 내 몸이 땅 위로 떠오르는 것 같았다.

어둠 속에서 나는 내가 들은 그 끔찍한 비명들이 괴기스러운 입들 속에서 나온다는 사실을 알게 되었다. 일그러진 얼굴들이 소용돌이 속에서 회오리치고 있었다. 그 일그러진 얼굴들은 한 명씩 나의 복부 깊숙한 곳으로 파고들었다. 모든 영혼들이 내 안으로 몰려들었다. 고통은 참을 수 없을 정도로 커져 갔다. 나는 눈을 꼭 감은 채 있는 힘껏 이를 악물었다.

그 영혼들은 다시 한 번 증오에 찬 비명을 내질렀다. 그리고 그 비명 소리는 한 아기의 비명으로 변했다. 내가 눈을 뜨자, 나는 공중에 붕 뜬 채로 유아용 침대를 내려다보고 있었다. 아기는 나를 보고 비명을 질렀다. 아기가 얼마나 힘껏 비명을 지르는지, 관자놀이에 있는 혈관이 불뚝 튀어나올 정도였다. 나는 그 아기가 나를 보고 비명을 지른다는 사실에 당황했다. 유아용 침대 왼쪽에는 텔레비전이 있었다. 정규방송이 끝났는지 텔레비전에서는 지지직거리는 소리만 흘러나오고 있었다. 나는 그 어린아이가 어린 시절의 나라는 것을 알 수 있었다.

   내가 태어난 지 몇 달 되지 않았을 때의 일이다. 부모님이 내 방에 텔레비전을 켜놓은 채 외출한 적이 있었다. 방송이 끝나자, 텔레비전 화면에서는 검은 점과 흰 점만이 명멸했다. 그런 일이 있은 후, 거의 매일 밤 내 침대 위에는 시커멓고 커다란 존재가 떠돌아다니기 시작했다. 그 어두운 존재는 내게 자신 안으로 들어오라고 손짓을 했다. 나는 본능적으로 그 존재의 의도가 순수하지 않다는 것을 알 수 있었다. 나는 눈을 감고 그 존재가 내 곁을 떠날 때까지 아주 오랫동안 소리 없는 비명을 질렀다. 나는 누군가가 도움을 청하는 내 비명 소리를 들어주기를 바랐다. 그러나 그 존재가 나타날 때마다 내 목은 마비되어 소리를 낼 수 없었다. 나는 할 수 없이 그 무시무시한 존재와 혼자 맞서야 했다.

생각해 보니, 처음에 들었던 그 고통스러운 절규는 내 어린 영혼에서 나온 것이었다. 그때 나는 너무 어려서, 자신을 어떻게 보호해야 하는지 몰랐다. 다행인 것은 내가 말을 배우게 되자, 그 무시무시한 존재도 더 이상 나를 찾지 않게 되었다는 것이다.

이제 그 존재가 다시 나를 찾아왔다. 그 존재의 힘은 전에 비해 조금도 약해지지 않았다.

이제 내 복부에 말 그대로 수백 명의 영혼들이 가득 찼다. 그들은 어려서 내가 무서워했던 그 검은 존재와 나를 연결시키려고 했다. 내게 달라붙은 영혼들은 실처럼 한 가닥 한 가닥씩 꼬여 갔다. 그리고 어느새 사라지고 말았다.

나는 다시 기운을 차리려고 노력했다. 내가 좌절해 모든 것을 포기하려고 할 때, 갑자기 낯익은 광경이 나타났다. 나는 다시 한 번 세릴이 사고가 났던 현장에 서 있었다. 그러나 이번에는 술 취한 운전사가 차 밖으로 나와 웃으면서 나를 쫓아오기 시작했다. 그는 나를 조롱하는 듯 킬킬거리며 웃고 있었다. 나를 쫓아오는 동안 그는 세릴을 지나쳤다. 내 어머니를 지나치고 경찰관도 지나쳤다. 그는 곧장 나를 향해 걸어왔다. 나는 전에도 수백 번이나 똑같은 꿈을 꾸었다. 그러나 그 꿈에서 나는 관찰자에 불과했다. 그러나 지금은 아니었다. 술 취한 운전사는 내 존재를 알고 있었다. 나는 지금까지 그의 얼굴을 한 번도 본 적이 없었다. 그러나 그가 가까이 다가오자 나는 그가 누군지 알아볼 수 있었다. 나는 피가 얼어붙는 것 같았다. 그의 얼굴을 보자, 나는 그만 기절하고 말았다.

그는 바로 내 얼굴을 하고 있었던 것이다.

11
....

머리의 길과 가슴의 길

나는 내가 어떻게 애슐랜드로 돌아왔는지 기억할 수 없었다. 그러나 어떻게든 애슐랜드로 돌아왔다는 것만큼은 분명하다. 왜냐하면 정신을 차렸을 때 나는 내 아파트 바닥에 누워 있었기 때문이다. 나는 옷을 입고 신발을 신은 채 잠들었던 모양이다. 또 거실 마룻바닥에 소파 쿠션과 담요로 잠자리를 만들었던 것 같았다. 왜 침실에서 자지 않고 이곳에 잠자리를 꾸몄는지 알 수 없었다. 하지만 두 개의 램프가 바닥에 넘어져 있고 테이블이 한쪽 벽에 세워져 있는 것을 보니 아마도 무척 흥분 상태였던 것 같았다.

내 배는 아직도 견디기 힘들 만큼 아팠다. 마치 누군가가 내 장기들을 끄집어내는 것 같았다. 또한 머리가 흔들리는 두통에 시달려야 했다. 천천히 이레카에서 있었던 일들을 생각해 보았다. 그 끔찍한 기억이 떠오르자 내게 누군가의 도움이 필요하다는 것을 절실하게 깨달았다. 나는 병원에 가 볼까 생각해 보았다. 그러나 의사에게 내게 일어난 일들을 어떻게 설명해야 할지 막막했다. 사실 내 자신에게도 무슨 일이 일어났는지 조리 있게 설명할 자신이 없었다. 나는 결국 로버트를 찾아가는 것이 최선의 방법이라고 결론을 내렸다. 그가 지금 조합 매장에 있기를 바랐다. 왜냐하면 그의 티피까지 찾아갈 힘이 없었기 때문이다.

나는 비틀거리며 밖으로 나왔다. 마르티카의 차가 거리 쪽으로 삐쭉 나온 채 인도 쪽을 향해 주차된 것을 볼 수 있었다. 차의 범퍼 밑에는 깡통 두 개가 구르고 있었다. 인도는 그 깡통에서 흘러나온 액체로 얼룩져 있었다. 나는 차를 다시 주차하고 쓰레기를 버려야 한다는 것을 알고 있었다. 그러나 그러기에는 너무 힘이 없었다. 간신히 걸을 수 있는 정도였다. 머릿속에서는 내가 해야 할 일들이 떠올랐지만, 전혀 운전할 수 있는 상태가 아니었다. 나는 비틀거리며 조합 매장을 향해 언덕을 내려갔다. 내가 조합 매장 쪽으로 다가가자 로버트가 내 쪽으로 달려왔다.

"대체 무슨 일이 있었던 거지?"

그가 걱정스럽다는 듯이 나를 보고 말했다. 그가 그렇게 걱정하는 것을 처음 보았다.

"그 그녀가……." 나는 갈라진 목소리로 말했다. "배가 아파요."

"자네는 위를 다친 것이 틀림없어. 지금 자네 몸통 주위를 거대한 먹구름이 감싸고 있어. 지금 우리는 당장 자네 아파트로 돌아가야 해. 자네는 집중적인 치료가 필요한 상태야."

그는 마치 쌀자루를 둘러메듯 애완견 던을 어깨에 얹고 한 손에는 내 작은 가방을 들었다. 그리고 나를 이끌고 언덕을 올라갔다. 아파트 근처에 오자, 그는 내가 보도에 주차해 놓은 마르티카의 차를 봤다. 그는 안 됐다는 듯이 머리를 흔들었다.

"내가 자네를 지켜 줄 부적을 주어야 했어." 내 아파트 문을 열면서 그가 말했다. "나는 그들이 자네를 그렇게 빨리 뒤쫓아 올 것이라고 생각조차 못했어."

"누가 날 쫓아온 거죠?"

"그것은 나중에 이야기하도록 하지. 난 뒤뜰에 있을 테니, 안에 들어가서 베개와 담요를 가지고 나오게. 실내보다 자연 속에 있는 것이 훨씬 편안할 거야."

나는 침구를 가지고 뒤뜰로 나갔다. 그는 이미 삼나무로 만든 피크닉 테이블을 커다란 마드론 나무 밑으로 옮겨 놓은 상태였다.

"이 테이블에 반듯이 누워 눈을 감게." 그는 내가 가져온 침구로 피크닉 테이블 위에 간이침대를 만들면서 말했다. "이제 치료에 들어갈 거야."

로버트는 한 손은 내 복부에 대고 다른 한 손은 내 이마에 댔다. 그리고 숨을 깊게 쉬기 시작했다. 그는 내 몸의 다른 부분들로 손을 이동했다. 그러면서 코로 숨을 들이마시고 입으로 크게 내쉬었다. 그런 다음 거의 알아들을 수 없는 목소리로 무엇인가를 중얼거렸다.

"음, 알겠어. 바로 이곳이군. 스콧, 조금 있으면 좋아질 거야. 공격당하는 일 없이 자신을 열 수 있을 거야. 그래, 바로 이 지점이야."

그는 내 팔 양쪽으로 엄지손가락과 가운데손가락을 넣었다. 그리고 내 머리 쪽을 향해 강하게 압착했다. 그런 다음 갑자기 손가락에서 타르를 뽑아내려는 것처럼 내 손가락들을 잡아당겼다.

나는 눈을 떴다. 그러자 일곱 마리의 잠자리들이 삼각형들을 이루며 내 머리 위를 날고 있는 것이 보였다. 그들은 내 코에 닿을 듯이 가까이 다가왔다. 내 치료를 도와주기 위해 나타난 것 같았다. 밝은 파란색 잠자리 한 마리가 하늘을 날고 있는 것이 보였다. 그 잠자리는 삼각형을 이루어 날고 있는 잠자리들보다 30센티미터쯤 위에서 그들을 지시하는 것 같았다.

내가 작은 목소리로 말했다.

"요정들이군요."

"맞아. 자네는 운이 좋군. 그들이 오늘 자네의 치료를 많이 돕고 있어."

로버트가 열 개의 손가락을 잡아당긴 뒤, 다리 부위로 갔다. 그리고 손가락처럼 발가락도 강하게 잡아당겼다. 그가 지압을 하자 내 사지에 따듯한 기운이 돌기 시작했다. 그리고 창백했던 내 얼굴에 화색이 돌기 시작했다. 그러나 그가 지압을 멈추자 내 위는 더 강렬하게 요동치기 시작했다.

내가 말했다.

"내 위가……."

"쉬……. 알고 있어. 이제 자네의 위를 치료할 거야."

그는 천천히 자신의 손을 내 몸통 쪽으로 가져갔다. 그는 두 손을 내 복부 아래에 두었다. 그리고 아까보다 숨을 더 깊이 마시고 내쉬었다. 숨을 내쉴 때, 그는 참지 못하고 기침을 하기 시작했다. 그러나 손을 내게서 떼지 않았다. 세 번째로 숨을 내쉬자, 그의 안에서 기침이 튀어나왔다. 그의 기침은 거대한 에너지의 물결이었다. 그의 에너지가 내 위장을 가득 채웠다. 그 에너지는 내 복부로 흐르더니 심장 쪽으로 올라갔다. 그리고 척추를 타고 온 몸으로 퍼졌다. 내 몸이 다시 완전해진 것 같았다. 나는 마치 죽었다 다시 살아난 것만 같았다. 눈을 뜨자, 로버트가 몸을 내 쪽으로 숙인 채 눈물을 흘리고 있었다.

"미안하네."

그는 구태여 자신의 눈물을 감추려고 하지도 않았다.

"무슨 일이 일어난 거죠?"

"자네는 그들에게 얻어맞았어."

"얻어맞았다니요?" 나는 너무 당황스러웠다. "대체 누구한테 말인가요?"

그는 내 질문을 듣지 못했다는 듯 자신의 말을 이어 갔다.

"그들은 자네를 두드려 팬 후, 자네의 복부에다 구멍을 냈어. 그리고 그 구멍을 통해 자네의 에너지를 빨아들였어. 그 때문에 자네의 에너지가 빠져나간 거야. 그들은 자네로부터 에너지를 빨아먹고 있었어."

"대체 누가 그런 짓을 한 거죠?" 나는 화가 나기 시작했다. "왜 그들은 내게 그런 짓을 한 겁니까?"

"그건 자네가 지나치게 강해졌기 때문이야."

"대체 누가 그런 짓을 했느냐 말입니다." 나는 그가 대답을 피한다는 사실에 점점 더 짜증이 났다. "대체 누가 이런 짓을 했다는 건가요?"

"이런 종류의 존재들을 다루는 방법에는 두 가지 견해가 있지. 가장 흔한 견해는 어떤 상황에서도 그들 존재를 못 본 척하라는 거야. 그래서 대부분의 영적인 사람들은 심지어 그들이 있다는 사실조차 부정하지."

"대체 어떤 존재를 말하는 겁니까? 로버트, 말을 돌리지 말고 말해 주세요. 도대체 누가 그런 짓을 한 거죠?"

"그건 악마들이었어." 그는 땅을 내려다보며 말했다. "악마들."

그는 한동안 말을 잇지 못했다.

"많은 영적 치유자들은 우리가 악마를 인식하면, 악마에게 힘을 빼앗긴다고 생각하지. 그러나 어떨 때는 악마들을 모르는 척하는 것이 더 위험한 경우도 있어. 그것은 여러 해 동안 내가 골머리를 앓고 있는 딜레마이기도 해. 비록 많은 영적인 선배들이 무슨 일이 있어도 악마에게 힘을 주어서는 안 된다고 하지만, 이 경우 자네는 그들의 존재를 알 필요가 있어. 그래야 그들로부터 자신을 보호할 수 있을 테니까."

갑자기 내 머릿속이 어지러워졌다.

"왜 그 악마들이 내게 그런 짓을 한 거죠?"

"악마들은 자네를 막고 싶어 했어. 안타까운 것은 앞으로도 그들이 자네를 해치지 않는다는 보장이 없다는 거야."

"대체 내게서 뭘 막고 싶다는 겁니까?"

"그들은 자네가 이 세상에 더 많은 빛을 가져오는 것을 막고 싶어 해. 자네는 언젠가 위대한 치유자가 될 사람이야. 그래서 악마들이 자네에게 관심을 가진 것이지. 아직 자네는 충분히 자네의 힘을 발휘하지 못하고 있어. 그래서 그들은 아직 상처받기 쉬운 자네를 공격한 거야. 지금 자네를 막을 수 있다면, 앞으로 자네는 그들에게 아무런 위협도 안 될 테니까."

"왜 그런 일이 이레카에서 일어났던 겁니까? 하필이면 그 공원에서."

"사실 이레카는 많은 부정적인 에너지의 출구를 가지고 있어. 이레카는 애슐랜드 산과 사스타 산 사이에 있지. 그 두 산은 강력한 긍정적인 에너지의 소용돌이야. 사실 사스타는 북아메리카에서 가장 강력한 에너지의 소용돌이 중 하나이지."

"그렇다면 왜 긍정적인 에너지가 모인 장소들 사이에 그토록 많은 부정적인 에너지가 존재하는 거죠?"

"어둠의 존재들은 항상 빛을 따르지. 마치 하루살이들이 불꽃을 좇는 것처럼. 그러나 어둠의 존재들은 빛에 너무 가까이 다가갈 수 없어. 왜냐하면 그랬다간 자신들이 사라지고 말 테니까. 그래서 그들은 자신이 좇는 빛으로부터 어느 정도 거리를 유지하려고 하지. 모든 영적인 스승들은 항상 부정적인 세력과 싸워 왔어. 누군가가 영적인 존재로 깨어나려는 순간이 악마들에게 공격당하기 가장 쉬울 때지."

"왜 내게 그 사실을 경고하지 않은 거죠?"

"나는 이런 일이 생기리라고는 생각조차 못했어……." 그는 차마 말을 잇지 못했다. "맞아. 나는 자네에게 경고를 했어야 했어. 미안하네."

"왜 내게 이런 일이 일어난 거죠? 나를 이레카에 보낸 이유가 뭔가요? 이레카에 꼭 가야만 했었나요?"

"왠지 자네의 영혼은 이레카에 끌리고 있었어. 그것은 아마도 자네의 영혼이 다차원의 존재들과 교류를 시작했기 때문일 거야. 그래서 자네는 쉽게 다른 차원과 연결된 것이지."

"무슨 뜻인지 모르겠어요."

나는 전보다 훨씬 더 혼란스러워졌다.

"쉽게 말하자면, 이제 자네가 영적 세계와 연결되었다는 뜻이네. 이제 자네는 영적 세계를 볼 수도 있고 들을 수도 있어. 이번 경우 자네는 영혼들의 에너지를 느낄 수 있었어. 보통 사람들은 물리적인 차원에서 일어나는 일에 집중하도록 훈련을 받지. 그러나 자네는 아주 쉽게 물리적 감각의 한계를 뛰어넘어 버렸어."

"그러니까 내가 영적인 세계의 부름을 들을 수 있었기 때문에 이레카에 가야 했다는 건가요?"

"그래, 그것도 이유들 중 하나지. 그러나 지금 자네는 어두운 에너지로부터 빛을 구별할 수 있을 때까지 자신을 보호하는 법을 배워야 하네."

"어떻게 하면 내가 그것을 배울 수 있습니까?"

"자네는 이런 것들에 대해 가르쳐 줄 스승을 찾아야 할 거야. 한동안 조심해야 해. 영적 세계의 부름을 경계하는 편이 좋아. 아직 자네가 약하다는 사실을 잊지 말아야 해."

"왜 당신이 내게 그걸 가르쳐 주지 않는 거죠?"

"난 그럴 수 없어." 그가 껄껄 웃으며 말했다. "난 당분간 물리적인 세계에 머물러 있을 거야. 그러니 자네는 영적인 세계에 있는 믿을 만한 스승을 찾아야만 해."

"어떻게 믿을 만한 스승을 찾죠?"

"가슴이 하는 말을 들어. 그럼 알게 될 거야. 만약 믿을 만한 스승이라는 확신이 들지 않는다면, 그는 자네의 스승이 아닌 거야. 이 문제에 대해서는 나중에 이야기하도록 하지. 난 가게에 가서 오늘 치료를 끝마치는 데 필요한 몇 가지 물건을 사 와야겠어. 금세 돌아올 거야."

로버트가 떠난 후, 나는 뒤뜰에서 나와 아파트 안으로 들어갔다. 냉장고를 열어 찬 물을 한 잔 따랐다. 그리고 접시 위에 있는 차 키를 발견했다. 나는 머리를 흔들면서 길게 숨을 내쉬었다. 보다 적당한 장소에 차를 주차하기로 마음먹었다. 그리고 범퍼 밑에 있던 깡통들을 쓰레기통에 버릴 작정이었다.

빈 깡통을 줍는 동안 로버트가 한 말이 떠올랐다. 나는 이레카로 돌아가고 싶지 않았다. 그것만은 분명했다. 확실히 그런 끔찍한 일을 경험하고 싶지 않았다. 그러나 다른 차원에서 나는 그 끔찍한 영적 세계를 체험하는 것이 내 운명의 일부였다는 생각이 들었다. 비록 이레카에서 끔찍한 상처를 입고 지금 그것을 치유해야 하는 입장이지만, 그 경험으로 인해서 나는 완전히 변하고 말았다. 나는 이제 과거로 돌아갈 수 없게 되었다.

이십 분쯤 후, 로버트가 작은 종이봉투를 들고 아파트 안으로 들어왔다. 그가 말했다.

"내가 자네의 상처를 치유해 줄 목욕물을 준비하겠네."

그는 욕실 안으로 들어가 물을 받았다. 나는 그를 따라 욕실 안으로 들어갔다.

"나는 자네에게 달라붙어 있던 커다란 에너지 줄을 잘랐어. 그 때문에 자네 복부에는 커다란 구멍이 뚫린 상태야. 바다 소금과 사과 식초로 목욕을 하면 그 상처를 치유하는 데 도움이 될 거야."

아파트 실내는 시큼한 식초 냄새로 가득 찼다. 몇 분 후, 그는 수도꼭지를 잠갔다. 그리고 내게 욕조 안으로 들어가라고 손짓했다.

"한 이십 분 정도 몸을 욕조 안에 푹 담그고 있어야 해. 그런 뒤 침대로 기어가 하루 종일 푹 쉬라고. 내일 내가 들러 자네의 상태를 점검하지. 내 생각엔 내일이면 자네는 괜찮아질 거야."

그는 그렇게 아파트를 떠났다. 나는 시큼한 냄새가 나는 욕조 속에 몸을 푹 담갔다. 그가 말한 대로 이십 분 동안 욕조 안에 있었다. 그러자 기분이 점점 나아졌다. 상처가 완전히 치유된 것은 아니지만, 전보다는 훨씬 좋아졌다. 나는 로버트가 악마가 나를 쫓아올지도 모른다는 사실을 경고하지 않은 것에 화가 났다. 그러나 또 한편으로 새로운 경험의 세계로 나를 인도해 주는 사람이 있다는 사실이 기뻤다.

나는 미래에 무엇이 나를 기다리고 있을지 자신할 수 없었다. 그러나 내가 아주 중요한 경계에 와 있다는 느낌이 들었다. 마치 내 삶이 내가 감당할 수 없는 수준으로 커지고 있는 것 같았다. 나는 다른 사람을 치유하는 막중한 책임을 짊어지려 하고 있었다. 그러나 걱정하지 않을 수 없었다. 악한 세력은 그네들을 이용해 그토록 끔찍한 짓을 할 수 있는데, 어떻게 내가 그들에 맞서서 다른 사람들을 도울 수 있는 힘을 기를 수 있을까? 나는 애써 스스로에게 우주는 내가 감당하지 못할 임무를 주지 않는다고 타일렀다. 결코 잊을 수 없을 이 여행을 완전히 뒤집어엎을 만큼 엄청난 일이 있기 전까지는 나는 그저 착실히 땅 위에 머물기로 결심했다.

다음 날 아침 나는 전화벨 소리에 잠에서 깼다. 전화기 저편에 있는 사람은 마르티카였다.

"안녕, 스콧. 기분이 어때요?"

"많이 좋아졌어요. 고마워요. 로버트가 당신에게 이레카에서 내게 무슨 일이 있었는지 말해 주었나요?"

"네, 그랬어요. 당신이 그런 일을 당했다니 무척 마음이 아파요. 그러나 그것도 일종의 통과의례라고 할 수 있죠."

"저도 그렇게 생각해요."

"당신은 이제 제대로 영적인 길에 들어선 거예요."

"로버트도 그렇게 말했어요."

"로버트는 정말 위대한 스승이에요. 나는 지난 몇 생애 동안 그와 알고 지냈어요."

"마르티카, 당신도 악마의 존재를 믿나요?"

나는 다시 이레카에서 겪었던 일을 화제로 삼았다.

"음, 잘 모르겠어요. 로버트는 그런 존재에 대한 명확한 입장을 가지고 있죠. 그러나 내 경험에 따르면, 부정적인 에너지는 치유를 받는다면 언제나 긍정적인 에너지로 변해요."

"그러니까 그런 존재는 일종의 질병이라는 겁니까?"

"그렇게 볼 수도 있다고 생각해요." 그녀는 웃었다. "나는 세상에 부정적인 에너지가 없다고 말하지는 않았어요. 그러니까 내 말은 아주 끔찍한 영혼들도 치유될 수 있다는 거예요. 그들의 가장 내밀한 문제가 치유된다면 그들은 해롭지 않은 존재로 변하죠."

나는 로버트에게 술 취한 운전사의 얼굴을 보았다는 말을 하지 않았다. 그러나 누군가와 그 일에 대해 이야기를 나누고 싶었다. 나는 마르티카에게 내가 기억할 수 있는 모든 것을 이야기했다. 그리고 그녀의 생각을 물었다.

그녀는 한동안 침묵을 지키다가 말했다.

"술 취한 운전사에게서 당신의 얼굴을 보았을 때 기분이 어땠나요?"

"모르겠어요. 그 순간 기절했으니까요."

"지금은 그것에 대해 어떻게 느끼나요?"

"분노. 잘 모르겠어요. 죄의식?"

"죄의식은 올바른 길로 가는 첫걸음이죠. 당신이 죄의식을 느꼈다는 것은 어떤 차원에서 당신이 술 취한 운전사와 자신을 동일시하기 시작했다는 뜻이에요. 많은 사람들은 자신의 그림자를 통합하려고 노력하죠. 그러나 궁극적인 목표는 자신의 그림자뿐만 아니라 인류 전체의 그림자를 통합하는 거예요."

"그 '그림자'라는 것이 무엇을 뜻하나요?"

나는 마르티카가 말하는 내용을 이미 알고 있다는 느낌이 들었다. 그러나 그녀에게는 로버트라면 짜증을 낼 질문을 던져도 괜찮을 거라는 느낌이 들었다.

"모든 사람들 안에는 어두운 부분과 밝은 부분이 있어요. 만약 우리가 그 양쪽을 인간의 중요한 요소로 받아들이지 않으면, 우리는 완전히 통합된 조화로운 존재가 될 수 없어요.

많은 사람들이 자신의 어두운 측면을 스스로나 다른 사람들에게 감추려고 노력하지요. 그런 사람들은 우울증에 걸리거나 혹은 그보다 더 나쁜 상황에 빠지기도 해요. 더 이상 어두운 부분을 억압할 수 없게 되면, 그 어두운 부분이 겉으로 폭발하게 되죠. 그럼 아주 나쁜 일이 일어나요."

"갑자기 사람들이 이유 없이 비명을 지르는 것처럼?"

"그래요. 그러나 불행하게도 대부분의 경우는 그보다 훨씬 더 나빠요."

나는 내가 봤던 심야 뉴스들을 떠올렸다. 그리고 생각했다. 만약 사람들이 자신의 그림자를 감추려 하지 않는다면 얼마나 많은 비극들을 피할 수 있을까.

마르티카가 말을 이었다.

"당신이 가지고 있는 재능은 인류의 집단 무의식 속에 있는 밝은 면과 그림자를 인식하는 거예요. 우리는 모두 집단 무의식을 가지고 있어요. 그런 면에서 인류는 서로 연결되어 있죠. 당신이 이레카에서 본 것은 이런 집단 무의식의 하나의 예라고 할 수 있어요. 알다시피 당신은 세릴을 사랑했어요. 그러나 당신은 그녀를 죽인 술 취한 운전사이기도 하죠. 그것은 나도 마찬가지예요. 우리는 모두 사랑하면서 미워해요. 인간은 원래 다양한 색채를 가진 존재니까요."

"그것은 좀 받아들이기 힘들군요."

나는 그렇게 말했지만, 그것은 사실 외교적 표현에 불과했다. 그 말을 들으면서 나는 분노와 좌절감을 동시에 느꼈다. 내가 세릴을 죽게 한 술 취한 운전사였다는 사실을 좀처럼 받아들일 수 없었다.

"알아요. 스콧. 받아들이기 힘들겠죠. 이렇게 힘든 이야기를 하게 되어 미안해요. 나 역시 그런 당신을 보고 있는 것이 안쓰러워요."

"당신은 모든 사람들이 본래 착하다고 하지 않았나요?" 나는 더 이상 참을 수 없어 화난 목소리로 말했다. "그것은 로버트의 견해와 상당히 다른 것 같은데요?"

"맞아요." 그녀가 웃으면서 말했다. "로버트와 내 의견이 항상 같은 것은 아니죠. 로버트는 이런 종류의 존재들에 대해서 저보다 더 많은 경험을 가지고 있어요. 그러니 그의 충고를 따르세요. 그러나 그들을 조심하세요. 그리고 모든 사람들 안에 좋은 면이 있다는 것도 기억하세요. 아무리 그들 안에서 좋은 면을 찾아보기 힘들더라도. 다른 사람의 치유를 돕는 것은 모든 존재의 치유를 돕는 일이기도 해요."

"우리는 모두 연결되어 있으니까요."

"그래요, 우리는 모두 연결되어 있어요." 그녀는 잠시 말을 멈추었다. "화제를 바꾸어서 미안하지만, 내 친구 한 명이 내일 그 차를 쓰고 싶다고 하네요."

"아, 미안합니다. 지금 당장 차를 돌려드리겠어요."

"서두르지 않아도 돼요. 오늘 밤까지는 괜찮으니까요. 나는 오늘 작은 모임을 열까 해요. 만약 괜찮다면 당신도 오지 않을래요? 오늘 밤 차를 가지고 오면 당신은 새로운 사람들을 만날 수 있을 거예요."

"좋은 이야기처럼 들리는데요. 가겠습니다."

마르티카는 내게 모임에 대해 자세한 이야기를 해주었다. 이레카로 영적 여행을 떠난 이후, 나는 처음으로 현실 세계로 돌아갈 준비를 하고 있었다.

나는 주유소에서 마르티카의 차에 기름을 채운 뒤, 십 분 일찍 그녀의 시골풍의 집 앞에 도착했다. 벌써 마르티카의 집에 사람들이 가득 찼다는 것에 깜짝 놀랐다. 마르티카는 문 앞에서 나를 반겨 주었다. 그녀는 흰색 실크 드레스를 입고 있었다. 그리고 머리에 커다란 흰 꽃을 달고 있었다.

"좋아 보이네요." 그녀가 두 팔 벌려 나를 활짝 안아 주었다. "완전히 회복된 거죠?"

"저도 그렇게 생각합니다. 걱정해 줘서 고마워요."

마르티카는 항상 적절한 말을 찾는 재주가 있는 것 같았다.

집 안은 현대적인 색채와 시골 농부의 집이 절묘하게 조화를 이루고 있었다. 바닥에는 활엽수로 만든 두꺼운 널빤지가 깔려 있었다. 나무로 된 바닥은 매혹적일 뿐만 아니라 그것이 오래된 집임을 동시에 알려 주고 있었다. 매우 현대적인 실내 장식들 사이에서 천연 목재 바닥이 특히 눈에 띄었다. 또한 벽에는 동양풍의 예술 작품들이 가득 채워져 있었다. 입구 쪽에 들어서자 아이보리색의 붓다 모습이 담긴 콜라주가 보였다. 그런데 벽에 걸린 그 콜라주에는 이상한 점이 있었다. 나는 그것을 자세히 보기 위해 앞으로 다가갔다. 그리고 뜻밖의 사실을 발견하고 깜짝 놀랐다.

"이것은 담배들로 만든 것 아닌가요?"

"맞아요." 마르티카가 말했다. "한 향토 예술가가 담배꽁초를 풀어서 이것을 만들었어요. 그는 담배꽁초를 모으기 위해서 마을과 대학 주변에 있는 술집들을 돌아다녔죠. 그 결과 이렇게 놀라운 작품이 태어난 거예요!"

"담배를 피우시나요?"

마르티카의 평소의 이미지와 벽에 가득 찬 담배꽁초는 너무나 어울리지 않다는 생각이 들었다. 나는 그 콜라주 앞으로 가까이 다가갔다 붓다의 선홍색 입술이 립스틱 묻은 종이로 만들어졌다는 것을 알고 뒤로 물러섰다.

"천만에요! 내가 이 작품을 가지고 있는 것은 이 작품이 내게 불쾌감을 주기 때문이에요. 내가 이 작품을 완전히 받아들이게 될 때까지 이 작품을 여기에 걸어 두기로 마음먹었어요.

아마도 나는 치유중독인 것 같아요. 나는 나를 불쾌하게 만든 것들에 끌려요. 왜냐하면 그것들 속에는 내가 치유할 것들이 있기 때문이죠."

마르티카는 내게 그녀를 따라오라고 손짓했다. 우리는 복도를 지나 그녀의 아름다운 거실로 들어갔다. 그녀는 담배에 관련해서 마지막으로 이렇게 말했다.

"아버지가 담배를 피우셨어요."

우리가 부엌에 들어가자, 전에 지지 모임에서 보았던 몇몇 사람들의 모습이 보였다. 나머지 사람들은 내가 만난 적이 없는 사람들이었다. 그곳에 모인 사람들의 연령은 다양했다. 그러나 대부분 여자였다. 바로 이 시골풍의 주방이 오늘 모임의 중심인 듯했다. 밝은 파란색과 빨간색 사기 냄비들이 레스토랑에서 흔히 볼 수 있는 스테인리스 스틸 오븐 위에서 보글보글 끓고 있었다.

"여기 있는 사람들은 모두 좋은 사람들이에요. 꼭 한 번 만나 보세요." 마르티카가 말했다. "물이나 차를 마시겠어요?"

내가 말했다.

"차가 좋을 것 같군요."

"루이보스 차가 당신 입맛에 맞아야 할 텐데." 그녀는 김이 나는 붉은색 액체를 컵에 따랐다. 그리고 그것을 내게 건넸다.

"맛이 아주 좋군요."

그 차의 맛은 시큼하고도 고소했다. 나는 그 맛이 마음에 들었다. 그것은 지금까지 한 번도 마셔 보지 못한 맛이었다.

"이 차는 아프리카에서 온 거에요. 하지만 조합 매장에 가면 구할 수 있을 거예요."

"그렇군요."

나는 미소를 지었다.

"오, 스콧. 전에 한 번 리사를 만난 적 있죠? 당신처럼 그녀도 지난번 지지 모임에 있었어요. 나는 당신과 리사 사이에 공통점이 많을 것이라고 생각해요."

마르티카는 내게 활발해 보이는 여자 한 명을 소개해 주었다. 그녀는 곱실거리는 짧은 갈색 머리와 밝은 빨간색 립스틱을 바르고 있었다. 우리가 서로 알고 있다는 사실을 확인한 다음, 마르티카는 차 주전자를 들고 다른 방으로 갔다. 이제 주방에서 이야기를 나눌 사람은 우리 둘밖에 없었다.

"지난번 모임은 정말 대단했어요." 그녀는 내가 만난 그 어떤 사람보다 빠른 말투로 말했다. "나는 당신과 이런 이야기를 나눌 수 있을 것이라고 예상하지 못했어요. 하지만 그때처럼 강렬한 모임은 전에 본 적이 없었어요."

"전에도 여러 번 지지 모임에 참가한 적이 있나요?"

나는 그날 모임에서 그녀가 콧수염 바로 옆에 앉았다는 것을 기억해 냈다.

"나는 일 년 동안 집중 훈련을 받고 있어요. 그래서 매달 일주일에 세 번씩 나를 지지해 주는 모임에 나가고 있어요. 가끔씩 다른 사람의 지지 모임에 참여하기도 하고요. 당신의 지지 모임에도 한 번 참여했죠."

"많이 참여하셨군요. 나라면 매달 그런 지지 모임에 참여할 수 없을 텐데. 연달아 삼 일씩 지지 모임에 참여하다니……."

"당신도 금세 익숙해질 거예요. 그러나 나는 당신의 지지 모임이 특별했다고 생각해요. 모든 사람들의 지지 모임이 그렇게 강렬하지는 않거든요."

그 말을 듣자 가슴이 쓰라렸다. 나로서는 그보다 더 강렬한 지지 모임을 상상할 수 없었기 때문이다.

"나는 한스가 당신이 죽을 운명이었다고 이야기했을 때 충격을 받았어요." 리사가 말을 이어 갔다. "나는 완전히 진실과 충돌하고 만 거예요."

"진실과 충돌하다니요?"

"아, 그건 닭살이 돋는다, 소름이 끼친다는 뜻이에요. 왜 목 뒤에 있는 머리카락이 곤두서는 느낌 말예요. "

"아하."

"당신은 왜 그 현상을 진실과 충돌한다고 표현하는 줄 아세요?"

"아니요."

"그건 우리가 몸보다 영혼과의 연결이 더 강해졌을 때 나타나는 현상이기 때문에 그래요. 한스의 말을 듣는 순간, 난 그만 진실과 충돌하고 말았죠. 그래서 난 한스의 말이 진실이라는 것을 알았어요. 한스가 당신 보고 죽을 운명이었다고 했을 때 기분이 어땠어요?"

"처음엔 화가 났죠. 그러나 얼마 못 가 안도하게 됐습니다."

나는 거의 알지도 못한 사람과 이런 대화를 나누고 있다는 사실에 놀랐다. 그러나 마르티카의 집 분위기는 너무 편안해서 쉽게 다른 사람에게 마음을 열 수 있었다.

"나는 안도했습니다. 상상으로라도 한 번도 그런 생각을 떠올려본 적이 없었기 때문이죠. 물론 나는 항상 내가 그때 죽었어야 했다고 생각하고 있었습니다. 그러나 한스가 말해 준 다음에야 그 사실을 의식할 수 있었죠."

"정말 강렬하네요."

그때 마르티카가 우리 곁에 다시 나타났다. 그녀는 포크 손잡이로 유리잔을 쳤다. 그러자 쨍그랑 하는 소리가 울려 퍼졌다.

"여러분 모두 식당 쪽으로 모여 주세요. 만찬이 준비되었답니다."

우리는 식당 쪽으로 이동했다. 식당에는 두 개의 커다란 식탁이 서로 마주 보고 있었다. 테이블 위 긴 벽에는 담배 종이로 만든 최후의 만찬 콜라주가 걸려 있었다. 그 콜라주는 그 방 안에서 사람들을 내려다보면서 그들이 무엇을 먹나 감시하는 것 같았다. 테이블에는 이십 인분 정도의 식기가 세팅되어 있었다. 사람들은 의자 뒤에 적힌 이름을 보고 자신의 자리를 찾아갔다. 식탁에 앉자 사람들은 누가 시키지 않았는데도 직관적으로 서로의 손을 잡았다. 나는 내가 모르는 사람의 손을 잡는 일이 익숙하지 않았다. 그러나 그곳의 분위기는 선뜻 다른 사람이 내민 손을 잡을 수 있을 만큼 맑고 순수했다. 그 때문에 그날 밤 모임이 더욱 매력적인 것이 되었다.

나는 지금까지 한 번도 만나 본 적 없는 머리가 희끗한 노부인들 사이에 앉았다. 한쪽은 붉은색 벨벳 드레스를 입었고 어깨까지 머리를 늘어뜨리고 있었다. 다른 한쪽은 푸른색 벨벳 드레스를 입고 있었다. 그녀는 짧게 자른 곱슬머리를 하고 있었다. 머리가 긴 노부인이 헐겁게 내 왼손을 잡았다. 그녀의 차갑고 축축한 손에서는 어떤 무게도 느껴지지 않았다. 반면 다른 노부인은 내 손가락들을 꼭 쥔 채 치아를 내보이면서 활짝 웃고 있었다. 나는 그녀의 살가운 행동이 왠지 가식적으로 느껴져 불편했다. 그러나 내가 할 수 있는 가장 친절한 미소를 지으면서 그녀의 미소에 답했다.

"이 자리에 모여 주셔서 감사합니다." 마르티카가 그녀의 잔을 들며 말했다. "여러분들은 내게 너무나 소중한 분들입니다. 오늘 밤 여러분들이 이 자리에 와 주셔서 나는 너무나 기쁩니다. 여기 모인 사람들 중에는 전에 만나 본 적이 없는 사람이 많기 때문에 잠시 시간을 내어 식사 전에 자기소개를 했으면 좋겠습니다."

모든 사람들이 자신을 소개하는 차례를 가졌다. 그들 대부분이 하는 말은 비슷했다.

"안녕하세요. 나는 아무개입니다. 나는 몇 주 동안 집중 훈련을 받고 있는 중입니다." 또는 "나는 누구의 소개로 이곳에 왔습니다. 나는 다음 주부터 지지 모임에 참여할 겁니다."

그런데 한 사람만은 다른 식으로 자신을 소개했다. 잘 차려 입은 젊은 숙녀였다. 그녀는 곱실거리는 긴 금발을 가지고 있었다. 꼭 마르티카의 여동생처럼 생겼다. 그녀는 단순한 흰색 블라우스와 자잘한 꽃무늬가 있는 푸른색 면 스커트를 입고 있었다. 그녀의 치마는 마치 삼층 케이크처럼 바닥에 부채꼴 모양으로 퍼져 있었다.

"안녕하세요. 내 이름은 메디신이에요. 메디슨이 아니라 메디신이에요." 그녀는 부드럽게 속삭였다. "나는 시애틀에서 이곳으로 이사 왔어요. 마르티카는 자신의 날개 속에 저를 품어 주었죠. 그러나 내가 이 모임에 들어갈 준비가 되어 있는지 잘 모르겠어요. 지지 모임이라는 말 자체가 내게는 너무 거북스럽거든요."

그녀만큼 솔직하게 그 사실을 공개한 사람이 또 어디 있으랴! 내가 처음 지지 모임에 갔던 날, 나는 먼저 그 모임이 어떤 곳인지 알고 싶었다. 만약 모임에서 일어나는 일들을 미리 알았다면 진작 그 모임에서 도망쳤을 것이다. 사실 지지 모임 자체는 내게 큰 도움이 되었지만 두 번 다시 그 모임에 참여할 자신이 없었다.

나는 다른 사람의 소개를 귀담아 듣지 않았다. 왜냐하면 내 차례가 왔을 때 해야 할 말들을 생각하기 바빴기 때문이다. 나는 내 머릿속에 가능한 모든 말들을 떠올렸다. 여러 사람들 앞에서 이야기를 하는 것이 끔찍하게 무서웠다. 만약 이렇게 여러 사람들 앞에서 자기소개를 해야 한다는 것을 알았다면 아마도 이 파티에 참여하지 않았을 것이다. 내 순서가 다가오자 나는 점점 더 불안해졌다. 내 옆의 사람이 자기소개를 마치자, 그곳에 있는 모든 사람들이 나를 쳐다보았다. 모든 사람들은 내가 말을 시작하기를 기다렸다.

"안녕하세요. 내 이름은 스콧입니다." 그렇게 말한 다음, 나는 한동안 말을 잇지 못했다. "한스는 내게 죽을 운명이었다고 하더군요."

그러자 그곳에 있던 대부분의 사람들이 웃음을 터트렸다. 나는 방 안의 사람들을 훑어보고 그 속에 한스가 없다는 사실을 알고 미소를 지었다. 나는 그들이 웃는 것을 보고 화를 내지 않았다. 그것도 그럴 것이 그것은 나를 격려해 주고 지지하는 웃음이었기 때문이다. 그들은 진심으로 나를 보살펴 주는 것 같았다.

나는 거기 있는 사람들이 내 말뜻을 이해할 것이라고 생각하지 않았다. 웃고 있는 사람들의 얼굴을 살펴보는 동안, 그들 중 많은 사람들이 내 지지 모임에 참여한 사람이라는 것을 깨달았다. 그들은 그때 모임에서 생긴 일들을 기억하고 있는 듯했다.

나는 계속 말을 이어 갔다.

"그리고 마르티카, 내가 애슐랜드로 온 이후 계속 나를 돌봐 주신 것에 대해 감사합니다. 그리고 오늘 밤 당신의 가족들과 친구들이 모이는 자리에 초대해 주셔서 고맙습니다."

만찬은 맛이 있었다. 영혼을 되찾는 의식을 치른 이후, 처음으로 먹어 보는 정식이었다. 나는 칠면조와 스위스 치즈를 넣은 샌드위치를 먹고 실망한 뒤 줄곧 빵과 야채만 먹고 살았었다. 토마토와 바질을 곁들인 엔젤 헤어 파스타는 정말이지 완벽한 연회 음식이었다. 그 음식 속에는 사랑과 기쁨이 넘치고 있었다. 그것은 내 영혼에 양분과 활기를 불어넣어 주었다. 내가 먹어 본 것 중 가장 만족스러운 음식이었다. 한 입 먹을 때마다 마르티카의 사랑과 헌신을 느낄 수 있었다. 후식으로 신선한 블루베리가 나오자, 사람들은 자리를 바꾸기 시작했다. 나는 운 좋게 메디신 맞은편에 앉게 되었다. 그녀 가까이에 앉은 덕분에 나는 그녀가 밝은 푸른색 눈을 갖고 있고 머리에는 마르티카처럼 꽃을 달고 있음을 알 수 있었다.

메디신은 자리에 앉자마자 말했다.

"음식에서 뭔가가 느껴져요."

내가 물었다.

"뭐가 느껴진다는 것이죠?"

"음식에서 아름다운 에너지가 느껴져요. 이 음식에는 좋은 의도가 가득 차 있어요."

"그건 나도 인정해요. 내가 만난 사람들 중에서 음식에서 에너지를 느낄 수 있는 것은 당신이 처음입니다. 나는 최근에야 음식의 에너지를 느끼기 시작했습니다. 한번은 레스토랑에서 음식을 먹으려고 했는데 전혀 먹을 수가 없었어요. 마치 음식이 아니라 다른 사람의 분노를 먹는 기분이었거든요."

그녀는 고개를 끄덕였다.

"나는 왜 레스토랑이 의식이 담긴 요리에 신경을 안 쓰는지 모르겠어요. 내가 외식을 할 수 없는 것도 바로 그 때문이에요."

"의식이 담긴 요리요? 처음 들어 보는 말이군요. 대체 무슨 뜻이죠?"

"의식이 담긴 요리는 세상 첫날부터 있어 왔던 거예요. 그런데 문제는 대부분의 레스토랑이 그것에 전혀 신경을 쓰지 않는다는 것이죠. 집에서 만든 음식이 밖에서 사 먹는 음식보다 훨씬 더 맛있는 이유도 그 때문이죠."

그녀는 잠시 숨을 가라앉히더니 다시 말을 이었다.

"만약 내가 레스토랑을 한다면, 기분 상태가 안 좋은 요리사가 있다면 당장 그를 집으로 돌려보내겠어요. 나는 절대로 그가 기분 나쁜 상태로 요리하지 못하게 하겠어요. 우리는 요리사가 자신의 나쁜 에너지를 손님들에게 줄 음식에 넣지 못하도록 해야 해요. 그런 레스토랑을 열어서는 안 돼요. 나는 이제 내 자신의 레스토랑을 시작해야 하지 않나 생각 중이에요. 그런데 내가 혼자서 레스토랑을 열 수 있다고 생각하나요?"

그녀는 눈을 반짝이면서 웃었다. 나는 이제껏 그녀처럼 다정하면서도 강한 의지를 가진 사람을 본 적이 없었다. 그녀의 말을 듣다 보면 강한 의지와 다정함은 서로 다른 것이 아니라는 생각이 들었다. 나는 그 둘을 절묘하게 조화시킨 그녀의 성품에 진심으로 감명을 받았다.

"정말 멋있는 팔찌네요."

그녀는 어색하지 않게 화제를 바꾸었다. 그녀는 로버트가 내게 준 팔찌를 보면서 고개를 끄덕였다.

"그렇게 말해 줘서 고마워요. 이것은 내 친구가 나를 위해 만들어 준 겁니다."

"팔찌에 대해 좀 더 자세히 말해 줘요."

"이 팔찌는 카넬리안으로 만든 겁니다. 이 팔찌 안에는 문스톤과 은이 박혀 있는데 그것들을 통해 나는 달과 연결됩니다. 이것을 차고 있으면 편안해져요."

"정말 일리가 있는 말이네요." 그녀가 웃었다. "나는 당신에게서 달의 에너지가 나온다는 것을 느낄 수 있었어요. 나도 영적으로 나를 도와주는 보석을 가지고 있어요. 이게 바로 내 거예요."

그녀는 자신이 차고 있는 목걸이를 가리켰다. 목걸이 안에는 한자가 새겨진 세 개의 달걀 모양의 은구슬이 있었다. 그리고 그 은구슬 밑에 투명한 수정이 달려 있었다.

"매우 아름답군요."

"그렇죠. 나는 이 목걸이를 아주 좋아해요. 마르티카의 친구에게서 이 목걸이 디자인을 사용해도 좋다는 허락을 얻었어요. 사실 나는 남자들이 쓸 수 있는 새 디자인을 찾고 있는 중이에요. 그 팔찌를 만들어 준 당신 친구가 나와 함께 일하고 싶어 할까요?"

"아마 틀림없이 그럴 겁니다. 내가 당신에게 그를 소개해 드리죠."

나는 로버트가 부수입을 얻게 되면 조합 매장에서 돈을 구걸할 필요가 없을 것이라고 생각했다. 그렇게 되면 그는 더 많은 시간을 다른 사람을 가르치는 데 쓸 수 있을 것이다.

"전화번호를 주실래요. 좀 더 많은 디자인을 마련한 다음에 전화 드릴게요. 그러는 동안 당신은 그 친구 분이 우리 일에 흥미가 있는지 알아봐 주세요."

"그렇게 하죠."

나는 그녀에게 내 전화번호를 주었다. 그리고 가능하면 그녀가 빨리 전화해 주기를 바랐다. 내가 그녀에게 전화번호가 적힌 종이를 건네고 있을 때, 그녀의 친구가 다가와서 그녀 귀에 무언가를 속삭였다.

"그건 내 차예요." 메디신이 자리에서 일어나면서 말했다. "난 지금 가 봐야겠어요. 당신과 이야기를 나눌 수 있어서 기뻤어요."

"나도 그래요."

"안녕, 루나 보이."

그녀는 문밖으로 나가면서 윙크를 했다.

나는 하마터면 얼굴이 빨개질 뻔했다.

"잘 가요."

메디신이 떠난 후 나는 아직 이레카에서 입은 상처가 완전히 아물지 않은 상태라는 것을 깨달았다. 나는 지금이 떠나기 좋은 때라고 생각했다. 현관 앞에서 다른 손님들과 작별 인사를 나누는 마르티카를 찾을 수 있었다. 나도 그녀에게 작별 인사를 했다. 그리고 하얗게 칠해진 계단을 밟으며 내 집을 향해 어둠 속으로 들어갔다.

　큰길로 나올 때까지는 거리에 가로등을 찾아볼 수 없었다. 그러나 하늘에 떠 있는 보름달이 내 앞길을 비추어 주고 있었다. 달빛을 받으며 혼자 걷는 것으로 나는 즐거웠던 하루를 마감했다. 아파트에 도착하자 곧장 침대 속으로 들어갔다. 내 마음은 마침내 나를 그토록 환영해 주는 집단의 일원이 되었다는 사실에 흐뭇했다. 나는 눈을 감고 잠 속으로 들어갔다. 몇 년 만에 가장 행복한 날이었다.

12

나의 가장 소중한 영혼, 가을

이레카에서 돌아온 후, 내 잠자리 패턴은 정상이 아니었다. 나는 몇 년 동안 세릴의 사고에 대한 꿈을 꾸었었다. 그러나 이레카에서의 끔찍한 경험은 나의 악몽의 수준을 전적으로 다른 차원으로 바꾸어 놓았다. 새로운 꿈들은 내가 걸음마를 떼기도 전에 억압해 놓았던 유년의 공포를 건드리고 있었다. 그 꿈들은 내 존재의 핵심을 흔들어 놓았다. 몇 주가 지난 후, 나는 잠자기가 두려워졌다. 꿈속에서 이레카에서 경험했던 끔찍한 일들이 계속해서 등장했기 때문이다. 로버트는 내가 안전하다고 안심을 시켰다. 그러나 잠자는 동안 나를 쫓아오는 검은 존재들이 점점 더 다가오고 있음을 느낄 수 있었다.

거의 두 주 동안 제대로 잠을 잘 수 없게 되자, 이 문제에 대해 진지하게 고민할 수밖에 없었다. 나는 그 꿈들이 무엇을 의미하는지, 어떻게 그 꿈들을 조절할 수 있는지 열심히 찾아 보았다. 그러나 밤에 충분히 쉬지 못한 것이 낮에도 영향을 미쳤다. 점점 더 꿈과 현실 사이를 구별할 수 없게 되었다. 나는 도서관의 책꽂이를 샅샅이 뒤졌다. 결국 자각몽에 대한 책을 발견하고는 안도했다. 그 책에는 꿈을 통제하는 실제적인 기법이 간략하게 설명되어 있었다. 나는 꿈속에서 내 자신이 상황을 통제할 수 있기를 바랐다. 꿈속에서 이것이 꿈이라는 것을 자각한다면, 더 이상 악몽 때문에 잠을 설치는 일은 없을 것이었기 때문이다.

나는 책이 말하는 지침을 정확하게 따랐다. 잠자기 전에, 내가 무의식에 빠질 때 나를 안내해 줄 안내자들을 만나기를 염원했다. 나는 지지 모임에서 만났던 내 조상들을 나의 안내자로 삼았다. 그들은 세릴을 제외하고 내가 아는 유일한 망자들이었기 때문이다. 그들이 나의 부름에 응답해 주기를 바랐다. 왜냐하면 지지 모임에서 잠시 그들을 만났을 뿐이기 때문이다. 그들이 살아 있는 동안, 나는 그들과 많은 시간을 함께 보내지 않았었다.

처음에는 모든 것이 뜻대로 되지 않았다. 그러나 계속 시도해 나가자 꿈이 달라지기 시작했다. 나는 깨어 있을 때나 꿈을 꿀 때나 더 이상 이레카에 대한 환각 속에 빠져들지 않았다.

마지막으로 내가 한 작업은 꿈속에 들어가자마자 내가 한

곳에 서 있다고 상상하는 것이다. 그리고 가능한 빨리 주변을 한 바퀴 돌았다. 그렇게 주변을 돌면, 꿈을 꾸면서도 여전히 상황을 통제할 수가 있었다. 몇일 동안의 연습 끝에 나는 주변을 도는 과정을 생략하고 직접 꿈에 들어갈 수 있게 되었다.

　나는 마침내 자각 상태에서 꿈에 들어가는 것을 성공했다. 내가 처음으로 성공했을 때의 일이다. 나는 그만 꿈속에서 나무로 만든 오래된 흔들의자에 앉아 있는 노인과 부딪힐 뻔했다. 나는 흔히 볼 수 있는 회색 집 현관 앞에 있었다. 그 집 옆에는 커다란 옥수수 밭이 있었는데, 그 옥수수 밭은 흰색 말뚝으로 울타리가 쳐져 있었다. 나는 어디선가 그 집을 본 적이 있는 것 같았다. 그러나 그곳이 어딘지 기억이 나지 않았다. 어느새 해가 지고 있었다. 날은 덥고 습기가 많았다. 귀뚜라미의 울음소리가 고즈넉한 저녁나절을 메우고 있었다. 한동안 풍경을 둘러본 후에야 나는 그 집이 누구의 집인지 기억해 낼 수 있었다. 어렸을 때, 나는 할머니 집에 놀러 간 적 있었다. 할머니는 어린 손자인 나를 이 집에 데리고 갔다. 사람이 살고 있지 않은 그 집은 이미 무너지기 바로 직전이었다. 그러나 할머니는 자신이 유년 시절을 보낸 집을 내게 보여주고 싶어 했다.

　"안녕, 스콧."

　아주 늙은 할아버지가 나를 보고 말했다. 그 할아버지는 신발을 신지 않은 채 흔들의자를 움직이고 있었다.

나는 멍하게 그를 쳐다보았다.

"내가 너의 증조할아버지란다."

"못 알아뵈서 죄송합니다."

"괜찮다. 우리는 지구에서 한 번도 만난 적이 없으니까."

그는 내가 태어나기 전에 사냥터에서 사고로 죽었다. 할머니는 아버지가 내 열세 살 선물로 총을 주었다는 것을 알고는 불같이 화를 냈다. 할머니가 그렇게 화를 낸 이유는 자신의 아버지를 총기 사고로 잃었기 때문일 것이다. 내가 성인이 될 때까지 아무도 내게 증조할아버지에 대해 이야기를 해준 사람이 없었다. 내가 그를 만난 것은 나를 지지하는 모임에서가 전부였다. 그 모임에서 한 여자가 내 증조할아버지의 역할을 대신했었다.

"넌 정말이지 꿈속의 세상에서 많은 시간을 보내는구나." 증조할아버지가 말을 이었다. "너는 지구에서 사는 것이 싫으냐?"

"전 잘 지내고 있다고 생각합니다." 나는 그 사실에 대해서 지금껏 생각해 본 적이 없었다. "내가 이곳에 오게 된 것은 아마도 무엇인가를 찾기 위해서인 것 같습니다."

"무엇을 찾고 있는데 그러느냐?"

"잘 모르겠습니다. 그러나 굉장히 중요한 것 같아요."

"아마 그럴 테지. 너는 네 직관이 하는 말에 관심을 갖기 시작했어. 그것은 좋은 징조야. 아마도 이제 너는 직관이야말로 가장 믿을 만한 지각이라는 것을 깨달았을 게다. 눈과 귀로 들어오는 감각은 우리를 곧잘 속이지만 직관만은 그렇지 않아. 직관은 너를 인도해 줄 나침반이 될 것이다."

바로 그 순간 집을 둘러싸고 있던 흰색 말뚝 울타리가 밝은 색의 시멘트 벽으로 변했다. 그 시멘트 벽에는 원색으로 다양한 종류의 사각형들이 그려져 있었다. 내 눈앞에 있던 잔디밭은 이제 모래밭으로 변했다. 그리고 몇 초 만에 모래밭 위에서 금속으로 만들어진 미끄럼틀과 시소가 나타났다. 나는 금세 그것이 내가 어린 시절에 다닌 초등학교의 운동장이라는 것을 알아차릴 수 있었다. 내가 증조할아버지 쪽을 돌아보자, 증조할아버지의 집은 회색 벽토를 바른 단층짜리 학교 건물로 변해 있었다.

"우리는 어디 있는 거죠?"

나는 어린 시절의 추억이 서려 있는 운동장을 향해 소리쳤다. 그러자 그 소리는 메아리가 되어 운동장을 가득 채웠다.

"우리는 네 꿈의 영역에 있단다."

"내 꿈의 영역이라니요? 대체 그건 뭐죠?"

"네 꿈의 영역에서는 네가 원하는 모든 것이 다 이루어지지. 너는 지상의 문제를 풀기 위해 이곳을 이용할 수 있어. 다시 지구로 돌아가기 전에 여기서 최상의 해결책을 찾아낼 수 있지. 네가 지구에 있으면서 영적인 차원과 접촉할 수 있는 가장 좋은 방법 중 하나란다."

비록 그가 하는 말이 논리적으로 타당해 보이지 않았지만, 나는 가슴으로는 그가 하는 말이 진실이라는 것을 알 수 있었다.

"이곳 꿈의 영역이 영적인 차원인가요?"

"아니. 여긴 의식과 영적인 차원 사이에 있는 안전지대라고 할 수 있어. 물론 이곳은 비슷한 룰에 따라 작동되긴 하지만, 너의 꿈의 영역에서는 네가 초대한 사람만 들어올 수 있단다."

"내가 여기서 영적인 차원으로 들어갈 수 있을까요?"

"그렇단다. 넌 여기서 영적인 차원으로 넘어갈 수 있어. 그러나 지금의 너로서는 무리란다. 넌 이곳에서 더 많은 시간을 보내야만 해. 우선 네 꿈의 영역에 익숙해지는 것이 중요해. 만약 그 이후에도 네가 영적인 차원으로 넘어가고 싶다면, 그때 가서 다시 이야기해 보자꾸나."

꿈의 영역에서 시간을 보낸다는 것은 매우 재미있는 일이었다. 나는 마술처럼 내가 원하는 모든 장소나 시간으로 이동할 수 있었다. 또 내가 만나고 싶은 친구나 친척들을 만날 수도 있었다. 그것도 내 마음대로 그들의 연령을 조절해 가면서. 처음에 나는 내가 가장 행복했던 시절과 장소들을 방문하기 시작했다. 차례대로 그 행복한 추억들을 다시 경험했다. 내가 처음 자전거를 탔던 때, 처음으로 강아지를 가졌을 때, 요세미티 국립공원으로 놀러 갔을 때. 나는 하나씩 행복했던 순간들을 찾아갔다. 더 이상 기억할 것이 남아 있지 않을 때까지.

그 다음에 나는 나의 가장 끔찍했던 기억들을 가지고 마법을 부리기 시작했다. 나는 그 끔찍한 기억들을 즐거운 기억들로 바꾸었다. 내가 학교에 처음 등교하던 때로 돌아갔다. 그때 나는 그만 쉬는 시간에 바지에다 오줌을 싸고 말았다. 나는 힘들지만 그 사건을 바꾸기 위해 애쓴다면, 그 사건을 바꿀 수 있다는 것을 알게 되었다. 그래서 수업시간이 되기 전에 화장실에 갔다. 그 덕분에 쉬는 시간이 됐어도 바지에 오줌을 싸는 그 참혹한 사건은 일어나지 않았다. 나는 완전히 마른 바지를 입고 시소를 탈 수 있었다. 나는 나쁜 기억들을 샅샅이 뒤져, 그것들을 모두 고쳐 놓았다. 그런 식으로 내 과거를 새롭게 창조할 수 있었다. 물론 그렇게 한다고 해서 내 과거의 역사가 진짜로 변하지 않는다는 것을 잘 알고 있었다. 그러나 꿈의 영역에서 나의 과거를 고치는 과정을 통해서, 나는 내 자신을 보다 편하게 받아들일 수가 있었다. 그런 작업을 통해서, 내가 실수를 통해서 배워 왔다는 것을 깨닫게 되었기 때문이다.

그런데 꿈의 영역에서 내가 알 수 없는 것이 하나 있었다.

나는 증조할아버지에게 물었다.

"왜 나는 세릴과의 추억을 다시 경험할 수 없는 건가요?"

"아까 내가 말했다시피, 너는 꿈의 영역에 네가 원하는 사람들과 장소들을 초대할 수 있어. 그러나 사람들과 장소들이 네 초대에 응하지 않는다면, 그들은 네 꿈의 영역에 나타나지 않는단다. 네가 그들을 자신의 꿈속에 부르기 위해서는 그들의 자발적인 참여가 필요해."

"그렇다면 왜 세릴이 이곳에 오기를 원하지 않는 건가요? 심지어 유치원 때 이후로 만나지 않은 사람들도 내 초대를 받아들이는데, 왜 그녀만은 여기에 오지 않는 건가요?"

"넌 수년 동안 그녀를 네 꿈의 영역에 묶어 두었어. 그래서 그녀는 자신이 가야 할 곳으로 갈 수 없었지. 그렇기 때문에 지금 그녀는 네 꿈의 영역에 오는 것을 경계하는 것 같아."

"이곳에 오려면 본인의 자발적인 참여가 필요하다고 하셨 잖습니까? 그런데 어떻게 내가 그녀를 이곳에 가둘 수 있는 것이죠?"

"처음에 그녀는 자발적으로 네 초대를 받아들였겠지. 너와 그녀 사이에는 특별한 유대가 있었으니까. 그런데 그녀가 이 곳에 도착하자마자, 넌 그녀 안에 있는 너의 에너지 갈고리로 그녀가 이곳을 떠나지 못하도록 잡아 둔 거야."

"정말입니까? 왜 내가 그런 짓을 한 거죠?"

"한 사람이 다른 사람의 에너지에 애착하는 이유는 여러 가지가 있지. 네 경우는 두려움 때문이야. 넌 그녀가 죽었을 때,

자신의 일부를 잃게 될 것이라고 두려워했지."

증조할아버지의 말이 나의 심금을 울렸다. 나는 그 말이 진실이라는 것을 알 수 있었다. 더 많은 것을 알게 될수록 나는 세릴이 죽은 후 내가 그녀에게 했던 일이 끔찍스러워졌다.

"그렇게 자신을 자책하지 말아." 증조할아버지가 말했다. "사실 그것은 서로 사랑하는 사람들에게는 흔히 나타나는 일들이니까."

"그녀는 내게 몹시 화가 났나요?"

"그럴지도 모르지. 그녀가 죽은 뒤 다른 생애를 얻을 때까지, 그녀에게 자유롭게 움직일 수 있는 여지를 남겨 두어야 했어. 그러나 그녀가 안정이 되면 앞으로 널 찾아올 것이라고 나는 확신한다."

내가 지금껏 꿈의 영역에 대해서 관심을 가졌던 이유 중 하나는 그녀를 찾고 싶다는 것이었다. 그런데 그녀가 나를 만나기를 원하지 않는다는 것을 알게 되자, 꿈의 영역을 탐색하는 일이 지루해졌다. 나는 증조할아버지에게 영적인 차원으로 안내해 달라고 부탁했다. 그는 지금 나로서는 영적인 차원을 여행할 준비가 안 되었다고 말했다. 그렇지만 조만간 영적인 차원을 여행할 수 있을 것이라고 했다. 결국 그는 내게 영적인 차원을 여행하는 데 필요한 것을 가르쳐 주었다.

"먼저 너는 다른 영혼들로부터 너의 에너지 체를 보호하는

법을 배워야 한다." 그는 그렇게 말을 시작했다. "이곳 꿈의
영역에서는 다른 에너지 체로부터 자신을 보호할 필요가 있
어. 그러니까 너는 먼저 네 주위에 방어벽을 치는 것부터 배워
야 할 거다."

"방어벽이라니요? 그건 대체 뭐죠?"

"네 주위에 너를 보호해 줄 흰 빛을 둘러쳐야 해. 오로지 좋
은 에너지만 네게 들어올 수 있도록. 그런 보호막을 쳐도, 넌
모든 것을 예민하게 감지할 수 있을 것이다. 그러나 보호막을
치지 않는다면 이레카에서처럼 심각한 손상을 입게 될 거야."

"제가 이레카에서 당한 일을 알고 있나요?"

"물론이지. 그날 나는 네 곁에 있었으니까. 네가 태어난 날
부터 난 언제나 너와 함께였어. 너는 전혀 눈치채지 못했겠
지만."

나는 왜 지금에서야 내 조상이 나를 돕게 허락했는지 안타
까웠다. 조상의 도움을 받는다는 것이 내게 과분한 일로만 여
겼었다. 그러나 가족들의 힘을 끌어오는 법을 이해하자, 조상
들의 도움을 받는 것 역시 자연스럽게 느껴졌다.

"증조할아버지는 악마를 믿나요?"

나는 겉보기에는 단순한 개념 같지만 생각하면 할수록 점
점 이해하기 힘든 악의 개념에 대해 물었다.

"나는 우리가 모두 선하거나 악하다고 생각하지 않아. 또

악마가 내 밖에 있다고 생각하지 않아. 만약 자신이 완전히 선하거나 완전히 악하기만 하다면 우리는 자신을 보호할 필요가 없을 거다. 그렇지 않느냐? 진실은 우리는 선과 악 사이에 존재한다는 거야. 우리는 근본적으로 같지만, 각자 상대적인 힘을 가지고 있어. 각자가 가진 힘이 다르다는 말이지."

"그게 무슨 뜻이죠?"

"예를 들어, 여기에 부정적인 에너지가 있다고 하자. 그 에너지가 모든 인류가 가진 부정적인 에너지를 끌어들인다고 상상해 봐. 그런데 너는 겨우 자신이 가진 긍정적인 에너지만 가지고 그 부정적인 에너지들과 맞선 거야. 그럼 그 부정적인 세력에게 압도당하게 되지."

"마치 내가 이레카에서 당했던 일처럼 말이죠?"

"바로 그래. 결국 넌 네 편이 되어 줄 다른 에너지를 끌어모으는 법을 배우게 될 거다. 그러나 아직까지 그런 방법을 시도해서는 안 돼. 왜냐하면 다른 에너지와 연대하기 위해서는 네 자신을 열지 않으면 안 되기 때문이지. 자신을 열고 다른 에너지를 받아들이기 전에 넌 도움이 되는 에너지와 그렇지 못한 에너지를 구별하는 법부터 배워야만 해."

"내가 어떻게 그 둘을 구별할 수 있을까요?"

"지금은 그저 네 자신을 보호하는 법부터 익혀. 네가 개인적으로 점점 더 성장해 가면 너는 자연스럽게 너와 비슷한 성향을 가진 존재들에게 끌리게 될 거야. 그러나 이레카에서 그런 일을 당한 후니까, 더욱더 조심하는 것이 좋아. 너는 이미 네가 원하지 않는 에너지를 끌어들인 경험이 있으니까."

"내가 어떻게 자신을 보호해야 하는지 보여 주시겠어요?"

나는 절대로 다시는 이레카에서 당했던 일을 경험하고 싶지 않았다.

"그건 아주 단순해. 그저 긴장을 풀고 네가 흰빛으로 된 거품 방울 속에 있다고 상상하기만 하면 돼. 네가 그렇게 상상하면 할수록 더 많은 빛이 네 영혼을 감싸면서 보호할 것이다."

"그런데 그 흰빛은 대체 어디에서 오는 겁니까?"

"그 빛은 우리 내면에서 나오지. 흰색은 네 안에 있는 모든 종류의 빛을 통합했을 때 나타나는 색이야. 네 안에 있는 빛의 에너지를 일제히 밖으로 풀어놓으면, 네가 원치 않는 다른 에너지가 끌려와도 그 빛과 섞여 다시 흰색으로 변하고 말지. 그럼 너는 원하지 않는 에너지로부터 자신을 깨끗하게 지킬 수 있게 돼."

증조할아버지의 말은 매우 추상적이고 복잡했다. 나는 여름학교에서 배웠던 미술 교실을 떠올려 보았다. 그리고 그때 배운 색의 혼합에 대해서 기억해 보려고 했다. 그러나 기억나는 것이 아무것도 없었다.

"글쎄 제가 그것을 제대로 해낼지 모르겠는데요."

"그것은 네가 너무 많은 생각을 하기 때문이야. 그저 자신이 보호받고 있다고 느끼기만 하면 돼. 자신이 안전하다고 말이야. 그런 식으로 네 마음을 흩트리지 말거라. 색들은 이미 자신이 어떻게 해야 하는지 알고 있다. 그냥 긴장을 풀고 안심하면 돼. 내가 여기 있지 않느냐. 넌 잘 해낼 수 있을 거야."

나는 숨을 가다듬고 내가 안전하고, 보호받고 있다고 상상했다. 내 안의 깊은 곳에서 따뜻한 빛이 새어나오는 것을 느낄 수 있었다. 처음에 그 빛은 천천히 나를 채웠다. 내가 눈을 뜨자, 빛이 켜진 전구 속에 있는 것처럼 나는 밝은 빛 속에 서 있었다. 그 빛은 문자 그대로 내 안에서 나오고 있었다. 그 에너지가 사방으로 50센티미터쯤 퍼져 나갔다. 그 빛이 나를 따뜻하게 위로했다. 내가 긴장을 내려놓으면 놓을수록 빛은 더 밝아졌다. 그러나 이것이 무슨 현상인지 의심하기 시작하자 그 빛은 희미해졌다. 사실 내 자신이 불이 켜진 전구처럼 빛난다는 것이 이상한 일이었지만, 또한 그것이 무척 자연스럽게 느껴졌다.

"좋아." 증조할아버지가 말했다. "규칙적으로 연습하거라. 네가 스스로 빛을 내는 데 익숙해지면 내가 영적인 차원으로 데려가 주지. 영적인 차원에서는 스스로 보호하는 일이 매우 중요하단다. 자신에게 나쁜 일이 생기지 않기를 바란다면 말이야."

나는 그 후 며칠 동안 나를 보호해 주는 빛으로 나를 둘러싸는 법을 연습했다. 그렇게 연습을 하자 나는 점점 더 밤에 잠드는 것이 덜 무서워졌다. 그 연습을 통해 나는 이레카에서 일어났던 것과 같은 끔찍한 일이 다시 일어난다고 해도 스스로를 안전하게 보호할 수 있을 것 같았다.

식생활 면에서도 내게 큰 변화가 일어났다. 나는 레스토랑에서 식사하는 것을 완전히 그만두었다. 왜냐하면 언제나 요리사들이 즐거운 마음으로 음식을 만들 것이라고 자신할 수 없었기 때문이다. 음식을 먹으면서 그것을 만든 요리사의 에너지까지 소화해야만 했기 때문이다. 그러면 요리사의 감정이 내 감정에까지 영향을 미쳤다. 나는 이제껏 스스로 요리하는 법을 배운 적이 없었다. 그럼에도 불구하고 음식에 너무 예민해진 덕분에 다른 선택의 여지가 없었다.

예민해진 것은 음식뿐만이 아니었다. 나는 감정적으로도 예민해졌다. 그리고 내 몸 또한 변하고 있는 것 같았다. 나는 기름기가 많은 음식을 더 이상 소화할 수 없었다. 그래서 내 식사를 과격할 정도로 단순화시켰다. 현미밥과 붉은색 루이보스 차가 내 식사의 전부였다. 이 음식들은 매우 깨끗했다. 물론 그렇게 식단을 바꾼 후 한동안 기운을 차리지 못했다. 그러나 시간이 지나자 나는 전보다 훨씬 활기에 넘쳤다. 나는 이런 식단을 계속하는 것이 길게 보면 건강에 좋지 못하다는 것을 알고 있었다. 그러나 온갖 종류의 변화들이 일어나는 동안 그것이 내가 내 위를 채울 수 있는 유일한 방법이었다. 또 한 가지, 나는 몸무게가 줄수록 내가 꿈의 영역에 머물기가 편하다는 것을 알게 되었다. 몸무게가 초과되면 나는 밑으로 끌어내려지는 것 같았다. 반대로 몸이 마르면 보다 자유롭게 의식의 안과 밖을 오고 갈 수 있었다.

드디어 영적인 차원을 탐험하기로 한 날짜가 다가왔다. 증조할아버지는 나를 전에 가보지 않았던 꿈의 영역으로 데리고 갔다. 우리는 내가 다녔던 유치원 운동장을 지나, 사춘기라는 고속도로의 고가도로를 거쳐, 십대라는 산을 넘어갔다. 우리는 그 산의 다른 편에 있는 거대한 낭떠러지로 올라갔다. 그 낭떠러지는 너무 높아서 바닥이 보이지 않을 정도였다. 우리가 볼 수 있는 것은 넓게 펴져 있는 구름들이었다. 오로지 새들만이 파도를 가르며 헤엄치듯 그 구름 사이를 날고 있었다. 나는 이미 나의 꿈의 영역을 완전히 탐험했다고 생각했다. 그런데도 아직까지 이 특별한 절벽에 대해서는 모르고 있었다. 마치 그 절벽은 내가 그것을 볼 준비가 되자, 순간 갑자기 어디선가 나타난 것 같았다. 구름은 파도처럼 절벽에 와서 부딪치며 내게 오라고 손짓하고 있었다. 내 앞에 펼쳐지는 그 놀라운 아름다움에 나는 마음을 빼앗기고 말았다. 몇 마리의 까마귀 떼가 내 머리 위를 맴돌며 발밑에 불길한 그림자를 떨어뜨렸다.

증조할아버지가 말했다.

"까마귀는 변화의 상징이지."

나는 웃으면서 말했다.

"까마귀들은 항상 내 뒤를 따라오는 것 같아요."

"까마귀들이 널 따라다니는 것은 그것이 바로 너의 영적인 동물이기 때문이야. 너는 이번 생애에서 수많은 변화를 경험하게 될 거야. 그 까마귀들은 항상 네 곁에 머물면서 네가 자신의 길을 갈 수 있도록 도울 거야. 그들은 네게 바른길을 지시하는 표지판이라고 할 수 있지."

증조할아버지는 오른손으로 내 왼손을 잡았다. 그는 절벽 가장자리로 걸어가면서 다른 손을 들어 올렸다. 나는 직관적으로 그의 행동을 따라했다.

증조할아버지가 물었다.

"스콧, 준비가 됐느냐?"

나는 고개를 끄덕였다. 그리고 우리 둘은 함께 절벽에서 뛰어내렸다. 우리의 발이 바닥에서 떨어지는 순간, 우리는 계곡 아래로 곤두박질쳤다. 내 위가 뒤집어져 목에 닿는 것 같았다. 우리는 구름을 스치면서 무서운 속도로 떨어졌다. 나는 너무 무서워 공연한 짓을 했다고 후회했다. 계곡의 바닥이 점점 더 빠르게 우리 쪽으로 다가오고 있었다. 증조할아버지는 부드럽게 내 머리를 껴안았다. 그는 그런 식으로 내게 모든 것이 괜찮을 것이라고 말하는 것 같았다. 그의 따뜻한 미소와 깊고 현명한 눈동자를 쳐다보자 나도 모르게 어깨의 긴장이 풀리는 것을 느낄 수 있었다.

점차 공포와 긴장이 사라지고 내 몸이 차분해졌다. 그러자 무서운 속도로 밑으로 떨어지는 것도 멈추었다. 우리는 시위를 떠난 화살처럼 우아하게 위쪽의 구름들을 향해 포물선을 그리며 날고 있었다. 우리가 구름을 뚫고 위로 솟구치자, 신비스러운 흰색 빛이 프리즘을 통과한 것처럼 무지갯빛으로 변했다. 그 무지갯빛은 아메바처럼 형태가 일정치 않은 에너지 덩어리들의 바다 안에서 이리저리 움직이며 굽이치고 있었다. 내가 증조할아버지를 쳐다보자, 나는 그가 형태 없는 에너지의 막으로 변했다는 것을 알고 깜짝 놀랐다. 그러나 신기하게도 나는 육체 없이도 그를 그 어느 때보다도 더 쉽게 인식할 수 있었다. 그의 진정한 모습을 가리는 물리적 세계의 혼란과 소음이 없어지자, 있는 그대로의 그의 참모습을 볼 수 있었다.

우리는 계속해서 현란한 색채 속을 날았다. 거침없이 자유롭게 하늘을 난다는 것은 무척이나 흥분되는 일이었다. 그러나 사실 그것은 나는 것보다 헤엄치는 것과 비슷했다. 우리는 영혼들의 바다를 헤엄치고 있었다. 내 영혼이 육체로부터 자유로워진 이후로, 나는 지구에 있을 때보다 사물들을 보다 선명하게 느낄 수 있었다. 그것은 마치 평생 동안 먼지 낀 선글라스를 끼고 있다가 마침내 처음으로 안경을 벗고 일몰을 보게 된 것과 비슷했다.

그러나 영혼이 사물을 지각하는 것은 시각이나 촉각 같은 감각이 아니었다. 내 모든 감각은 이제 하나가 되었다. 나는 나를 둘러싼 모든 것을 동시에 볼 수 있고, 들을 수 있고, 느낄 수 있고, 냄새 맡을 수 있고, 맛 볼 수 있었다. 지구에서의 감각은 나를 둘러싼 환경의 일부만 지각할 수 있는 작은 구멍이었다. 그런데 여기서 나는 내 존재 전체로 지각하고 있었다. 그것은 내게 커다란 충격으로 다가왔다. 영적인 차원에서는 시각과 촉각, 미각, 청각, 후각 사이에 어떤 차이도 없었다. 이곳에서는 존재하는 것이 지각하는 것이었다.

"정말 믿을 수가 없군요."

나는 증조할아버지에게 텔레파시로 말했다. 성대를 통해 말하는 것보다 그 편이 왠지 더 자연스럽게 느껴졌다. 영적 차원에서는 생각 자체가 말이 되어 전해졌다. 여기서는 더 이상 내 생각을 표현할 적절한 단어를 찾기 위해 걱정할 필요가 없었다.

"그렇기도 하겠지. 영적인 차원은 순수한 에너지 그 자체야. 그것은 육체라는 물리적 제한을 받지 않는 본질적인 생명력이라고 할 수 있지. 물리적 세계는 여러 가지 장점을 가지고 있지만 영적인 차원이 가지고 있는 직접성과는 비교할 수가 없어. 수많은 철학자들이 지금 이 순간을 사는 것이 중요하다고 주장했지. 그러나 여기서는 지금 이 순간을 사는 것 이외는 다른 방법이 없어."

"과연 그렇군요."

나는 그가 말하는 의미를 쉽게 이해할 수 있었다. 이곳에서는 모든 것이 순간순간 변하고 있었다. 그 때문에 나는 순간순간 자신에게 일어나는 일들을 자각하지 않을 수가 없었다. 매 순간을 자각해야한다는 것보다 내가 더 적응하기 힘들었던 것은 영적 차원에서는 개인적인 공간이 부족하다는 것이었다. 내 영혼의 가장자리는 항상 다른 영혼의 것과 겹쳐져 있었다. 처음에는 그것 때문에 약간의 밀실 공포증을 느낄 정도였다. 그러나 나는 점차 영혼들의 바다를 떠돌아다니는 데 익숙해졌다. 영혼들의 바다는 마치 작은 천 조각들을 꿰매어 만든, 다양한 색깔과 소재들이 넘실대는 퀼트 조각보 같았다.

처음에 나는 조심해서 증조할아버지 주위에 머물려고 했다. 그러나 조금씩 자신이 붙자 증조할아버지로부터 떨어져 혼자 돌아다니다 다시 그에게로 돌아왔다. 영적인 차원이 점점 익숙해지면 질수록, 나는 이곳저곳 돌아다니는 것을 더 좋아하게 되었다. 영적인 차원은 지구에서처럼 중력의 영향을 받지 않았다. 나는 다시 한 번 어린 시절로 돌아가, 양말 바람으로 숙모네 집 마룻바닥을 미끄러지는 것 같았다. 물론 영적 세계에서 미끄럼을 탈 때는, 내 양말(내 발, 혹은 그 어떤 것이고 해도 좋다)에서 전혀 마찰이 느껴지지 않았다. 나는 속도가 줄어들지 않은 채, 몇 킬로미터씩이나 영혼의 바다를 미끄러질 수 있었다.

한 번은 아주 멀리까지 영혼의 바다를 미끄러진 적이 있었다. 속도를 줄이고, 멈추고 싶었지만 그 방법을 찾을 수 없었다. 점점 더 빠르게 증조할아버지로부터 멀어지고 있었다. 나는 증조할아버지를 불렀다. 왜냐하면 검은 존재가 빠른 속도로 내게 다가오는 것을 알아차렸기 때문이다. 내가 일어난 상황을 제대로 파악하기도 전에, 그 검은 존재는 재빨리 나를 자신의 어두운 중심으로 끌어들이려고 했다. 나는 검은 존재가 만들어내는 소용돌이 속으로 빠져들었다. 검은 에너지의 끈이 내 영혼을 휘감아 검은 존재 안으로 끌어들이고 있었다. 그때 고맙게도 증조할아버지가 나타나 내가 그 상황에서 빠져나올 수 있게 도와주었다.

"스콧, 네 자신을 흰빛으로 보호하거라. 네 빛이 너무 약해져 있어. 너는 지금 아무런 보호막도 치지 않고 있어."

나는 주위를 둘러보았다. 그리고 증조할아버지의 말이 맞는 것을 알았다. 내 빛이 완전히 꺼져 있었다. 나는 내 안에서 빛을 끌어내려고 했다. 그러나 두려움 때문에 좀처럼 집중할 수가 없었다.

"안 돼요." 나는 비명을 질렀다. "못 하겠어요."

"그냥 마음을 가라앉히고 긴장을 풀어라. 네게는 내면의 빛을 끌어낼 힘이 있어. 연습했던 대로 하면 돼. 네 안에서 빛이 나올 거다."

증조할아버지는 내가 할 수 있다고 굳게 믿고 있었다. 그 사실을 알자 나는 긴장을 풀 수 있었다. 증조할아버지는 내게 빛을 내는 방법들을 가르쳐 주었다. 그러나 내가 전보다 더 큰 힘을 끌어낼 수 있었던 것은 그가 내게 보여 주었던 조건 없는 신뢰 때문이었다. 얼마 안가서 내 영혼은 안정된 파장을 되찾았다. 하얀 전구가 켜지듯 내면의 빛이 나를 보호하고 있다는 것을 느낄 수 있었다. 그 빛이 안정되자, 어두운 존재는 내 궤도로부터 물러나기 시작했다. 위험이 완전히 사라진 것을 확인한 뒤 증조할아버지는 내게 가까이 다가왔다. 그리고 내게 마지막으로 주의를 주었다.

"너는 규칙적으로 너를 보호해 주는 빛의 상태를 점검해야만 해. 그것이 너의 제2의 천성이 될 때까지 말이다. 처음에는 쉽게 보호막을 풀고 빛을 내는 것을 잊어버릴지 모른다. 그러나 한동안 연습하다 보면 그것은 네 일부가 될 거야. 그리고 너도 알다시피 영적 차원은 매우 미끄럽다. 혼자 돌아다니는 것은 좋은데, 잘못하다가는 어두운 존재를 만나 영영 회복할 수 없는 상처를 입게 될 수도 있어."

어두운 존재를 만난 두려움이 사라지자, 나는 가능하면 오랜 시간을 영적 차원에서 보내려고 했다. 우리가 현실이라고 부르는 의식 세계에 머무는 것은 내게 점점 더 재미없는 일이 되어 버렸다. 나는 꼭 필요한 일이 아니면 좀처럼 집 밖으로 나가지 않았다. 물리적인 몸에 갇혀 있는 사람들을 만나는 것에 흥미를 잃었다. 물론 로버트와 마르티카라면 지금 내가 경험한 일들을 잘 이해해 주리라는 것을 알고 있었다. 그러나 그들을 만나기 위해 현실 차원에 오래 머물고 싶은 생각이 없었다. 지구에서의 삶은 너무나 원시적인 것 같았다. 그곳에서는 아주 작은 구멍을 통해서 자신을 둘러싼 세계의 조각들을 지각한다. 나는 육체라는 신체적인 형태를 갖는다는 것이 매우 거칠고 성가신 일이라고 생각했다.

나는 급속도로 지상의 삶이 제공해 주는 모든 것에 싫증을 느꼈다. 우편으로 요금을 빨리 내라는 독촉장을 받기 시작하자 슬슬 짜증이 치밀어 오르기 시작했다. 물리적인 세계에서 편안하게 살기 위해서는 사회적 의무를 다해야만 했다. 나는 내가 책임 있는 시민으로서 남아 있어야 한다는 것을 알고 있었다. 그러나 의식 차원이 짐스럽게 느껴질 때마다 더 이상 그것에 대해 생각하고 싶지 않다는 마음이 더 커졌다.

영적 세계를 다시 방문한 후, 나는 전보다 훨씬 조심스럽게 주변을 탐색하기 시작했다. 영적 세계에서 나를 가장 매혹시키는 것은 항상 내가 접촉했던 영혼들이었다. 나는 늘 그들과 대화를 해보려고 했지만 왠지 뜻대로 되지 않았다. 영혼들의 다른 부분을 만질 수 있듯이 그들의 생각도 만질 수 있었다. 그러나 영혼들은 서로 겹쳐져 있었기 때문에, 한 영혼의 생각을 다른 영혼들의 생각에서 구별해 내는 것이 쉽지 않았다. 그것은 마치 수많은 사람들이 모여 있는 폭포 옆에서 작은 속삭임을 구별해 내는 일과 비슷했다.

나는 처음부터 아주 쉽게 증조할아버지의 목소리를 구별해낼 수 있었다. 이미 그의 에너지에 익숙해졌기 때문이다. 그러나 내가 모르는 영혼들의 목소리를 알아듣는 것은 무척 힘든 일이었다. 증조할아버지는 내가 다른 영혼의 목소리를 구별하지 못하는 것은 지구에서 생긴 내 습관 때문이라고 했다. 지구에서 나는 한꺼번에 여러 가지 일을 하는 데 익숙해져 있었다. 나는 항상 시간을 절약하기 위해, 저글링을 하듯이 여러 일들을 한꺼번에 처리했다. 영적인 차원에서는 지금까지 존재해 온 모든 존재들과 만날 수 있었다. 그리고 이곳에서는 모든 것이 항상 변하기 때문에, 오로지 한 번에 한 대상에게만 집중할 수 있었다. 그렇지 않을 때면 꼭 무리가 생겼다.

증조할아버지의 도움으로 나는 지금 이 순간에 온전히 집중하는 법을 배웠다. 일단 현재에 몰입하는 법을 배우고 나자,

다른 영혼과 단순히 인사를 나누는 것만으로도 이제껏 내가 해왔던 것보다 훨씬 깊이 있는 대화를 나눌 수 있게 되었다. 다른 영혼들은 내가 진심으로 그들의 말을 들어주고 그들의 상황을 이해해 주기를 바랐다. 금세 나는 내가 주변에서 일어나는 많은 일들을 놓치고 살았다는 것을 깨달을 수 있었다. 나는 여러 가지 일들을 한꺼번에 처리하느라고 지금 일어나고 있는 일에 집중할 수 없었기 때문이다.

얼마 못 가서, 나는 지구에 있는 것보다 영적 세계에 머무는 것이 훨씬 더 편해졌다. 내가 영적 세계를 자주 방문하면 방문할수록 더 많은 영혼들이 내 주위로 몰려들었다. 내가 다섯 번째로 영적 세계를 방문했을 때는 너무 많은 영혼들이 몰려들어 움직이기가 불편할 정도였다.

내가 증조할아버지에게 말했다.

"이곳에는 점점 더 많은 영혼들이 몰려드는군요."

"이곳에 많은 영혼이 몰려 있는 것은 바로 너 때문이란다." 증조할아버지가 말했다. "영혼들은 너를 만나기 위해, 영적 세계 끝에서부터 몰려오고 있어."

"내게 뭔가 특별한 것이라도 있나요? 아니면 내가 단지 이곳에 새로 온 존재이기 때문에 그런가요?"

"둘 다라고 할 수 있지. 그러나 가장 큰 이유는 네 주위에 밝은 빛이 빛나고 있기 때문이다. 너의 에너지는 영혼들을 위로하지. 그래서 그들은 네 곁에 있고 싶어 하는 거야."

"그러나 그들도 내면에서 자신을 감싸는 흰빛을 끌어낼 수 있어요. 그들은 자신 안에 이미 그 빛이 존재한다는 것을 모르고 있나요?"

"불행하게도 그들은 그것을 모른단다. 대부분의 사람들은 행복이 자신 밖에 있다고 생각하지. 그 점에 있어서는 영적 세계의 존재나 지구 사람이나 다를 바가 없어. 그것이 바로 삶에서 가장 커다란 비극 중 하나지. 바로 그 때문에 많은 존재들이 자신의 삶에 어떤 기쁨도 느끼지 못한 채 살아가지."

"그러나 내면의 빛을 끌어내는 일은 무척 쉬워요. 왜 내게 그랬듯이 증조할아버지는 영혼들에게 그것을 가르쳐 주지 않나요?"

"그것은 내 운명이 아니란다. 나는 널 위해서라면 네게 필요한 모든 것을 기쁘게 가르칠 수 있어. 그러나 나는 모든 사람들을 돕는 데는 흥미가 없단다. 아마도 모든 사람들을 돕는 것은 너의 길이겠지."

바로 그 순간, 내 주위를 떠돌던 작은 영혼이 나와 가볍게 부딪혔다. 나는 그 영혼이 살아온 삶을 읽을 수 있었다. 영적 세계에 머물 때면 나는 되도록 많은 시간을 다른 영혼에 집중하고 그들의 삶을 읽는 데 보내려고 했다. 다른 영혼과 접촉하는 순간, 마치 내 삶을 알 듯이 그들의 삶을 읽을 수 있었다.

그 영혼의 마음이 열려 있을수록 나는 그로부터 더 많은 것을 읽어 낼 수가 있었다. 내가 그 영혼이 큰지 작은지, 늙었는지 젊었는지, 기쁜지 슬픈지를 알아낼 수 있다는 것은 놀라운 일이었다. 그러나 그런 일이 내게 일어났다. 영적 세계에서 지각은 지구에서 내가 경험했던 것보다 더 분명했다.

그 작은 영혼은 어린 소년의 것이었다. 그 소년은 화재로 부모를 잃은 아이였다. 그 아이는 자신을 사랑해 주지 않는 양부모들의 집들을 떠돌다가 한겨울에 일곱 살 어린 나이로 폐렴에 걸려 죽었다. 영적 세계로 온 후에도, 그 아이는 길을 잃은 채 겁을 먹고 있었다. 그 아이는 자신이 어디에 있는지도 이해하지 못하고 있었다.

내가 물었다.

"네 이름이 뭐니?"

"탐린."

"탐린, 겁먹을 필요 없단다. 너도 나처럼 주위를 빛으로 감싸고 싶니?"

"으응."

"빛을 내는 비밀은 바로 네 안에 있어. 좋은 일들을 생각해 봐. 널 사랑하는 부모님을 떠올려 봐. 부모님은 지금도 널 걱정하고 있단다. 부모님은 네가 행복해지기를 바라고 있어."

나는 어떻게 이런 말들이 내 안에서 나왔는지 이해할 수 없었다. 그러나 굳이 그 말들을 멈추려고 하지 않았다. 그 말들이 그 아이를 위로하는 것 같았기 때문이다.

천천히 탐린의 영혼 안에서 작은 빛이 깜박이기 시작했다. 그 빛은 처음에는 해변의 모래 알갱이만큼 작았지만 점차 커지기 시작했다. 나는 직관적으로 아이에게로 다가가 부드럽게 그 빛을 쓰다듬었다. 그러자 그 빛은 아이를 감싸고도 남을 만큼 커졌다. 어느 정도 슬픔에서 벗어나자 아이는 전보다 밝고 행복해졌다. 그리고 몇 초 후, 수많은 영혼들 사이에서 아이의 부모가 나타났다. 그들은 아이를 꼭 껴안았다.

"어디에 있었던 거예요."

어린 소년이 물었다. 아이의 영혼은 분노와 반가움을 동시에 발산하고 있었다.

"우리는 지금까지 너를 찾고 있었어. 우리는 너를 찾으러 안 가본 곳이 없단다." 아이의 엄마가 말했다. "지구에 있을 때, 너는 밝게 타오르는 횃불 같았어. 우리는 네가 영적 세계에 와 있다는 것을 알고 있었지만, 어디에서도 너의 밝은 빛을 찾을 수 없었어. 몇 초전에 너의 불빛을 보자마자, 우리는 그것이 너라는 것을 알 수 있었어."

"나는 더 이상 이곳에 있을 필요가 없겠구나." 증조할아버지가 내게 말했다. 그는 내게 미소를 지은 채 천천히 사라지기 시작했다. "도움이 필요하면 언제나 나를 부르렴."

나는 영적 세계에 머물면서, 가능한 한 많은 영혼들을 도우려고 애썼다. 다른 존재를 돕는 것이 나의 천성 같았다. 나는 바로 이 일을 하기 위해 태어난 것처럼 느껴졌다. 나는 많은 영혼들을 행복과 기쁨으로 이끌었다. 나는 진실로 큰 변화를 만들어 냈다. 그것은 무척이나 강렬한 경험이었다. 영적 세계를 방문할 때마다 그곳에는 점점 더 많은 영혼들이 치유를 받기 위해 나를 기다리고 있었다. 나는 마침내 나의 존재 이유를 발견했다. 그것은 다른 영혼을 치유하는 경험을 통해 내가 얻는 보상이었다.

때때로 나는 세릴의 모습을 볼 수 있었다. 그러나 그녀는 내게 다가오지 않고 멀리서 손만 흔들 뿐이었다. 그녀를 다시 볼 수 있다는 것은 정말이지 기분 좋은 일이었다. 그러나 나는 전처럼 그녀에게 집착하지 않았다. 나는 그녀가 자신의 길을 가고 있다는 사실에 만족했다. 그리고 언젠가 마음의 준비가 되면 그녀가 내게 다가올 것이라는 것을 알고 있었다. 무의식의 세계를 방문할 때마다 나는 영적 세계 입구인 절벽 근처에서 자주 작은 소녀의 모습을 볼 수 있었다. 소녀는 무척 낯익은 에너지를 갖고 있었다. 그러나 나는 그 소녀를 어디에서 보았는지 알 수 없었다.

그 소녀를 본 지 얼마 안 가서 나는 그 아이를 다시 만나고 싶다는 생각을 하기 시작했다. 만날 때마다 우리는 서로를 향해 미소를 지었다. 처음에 나는 그 아이의 영혼이 어두운지 밝은지 알 수 없었다. 왜냐하면 그 아이의 영혼이 무척 강렬했기 때문이다. 그러나 시간이 지나자 그 아이가 무척 다정한 영혼이라는 것을 알 수 있었다. 마침내 나는 용기를 내어 그 아이가 누군지 물어보기로 했다.

나는 마침내 아이에게 인사를 건넸다.

"안녕."

아이는 덤덤하게 내 말을 받았다.

"안녕하세요."

"넌 누구니?"

"내 이름은 가을이에요. 나는 당신의 딸이에요."

그렇게 말하고서 아이는 장난스럽게 깔깔거리며 웃기 시작했다. 그런 후, 아이는 내 눈앞에서 밝은 파란색 잠자리로 변했다. 잠자리는 내 콧등 위를 맴돌았다.

"네가 내 딸이라고?"

나는 소리쳤다. 그러나 잠자리의 눈과 마주치자 더 이상 말을 잇지 못했다.

가을은 투명한 날개를 퍼덕거리며 날아올랐다. 가을은 다시 한 번 깔깔거리며 웃었다. 그리고 저 멀리 희미한 빛 속으로 날아갔다.

가을과 처음으로 이야기를 나눈 후, 내 마음속에 수많은 질문들이 떠올랐다. 그 아이는 언제 태어날까? 그 아이는 얼마나 오랫동안 나를 기다렸던 것일까? 그리고 가장 궁금했던 것은 내가 아버지라면 그 아이의 어머니는 누구일까 하는 것이었다.

그 후 나는 꿈의 영역에서 몇 번 더 그 아이와 만났다. 그러나 그 아이의 존재를 자주 느낀 것은 오히려 현실의 영역에서였다. 음식과 물을 먹기 위해서, 혹은 화장실에 가기 위해서 의식 차원으로 돌아왔을 때마다 나는 그 아이가 근처에 있다는 것을 느낄 수 있었다. 아이는 이곳에 태어날 준비를 하기 위해서 물리적 세계가 어떤 곳인지 탐색하는 것 같았다.

그러던 어느 날의 일이다. 나는 지구에서 특별한 일 없이 밤을 보내고 있었다. 뒷문에 기대 앉아 달이 떠오르는 것을 지켜보았다. 달빛이 뒷마당에 내가 이제껏 본 적 없는 가장 아름다운 그림자를 내리고 있었다. 뒷마당 나무 사이에 내려온 그림자의 모습을 보자, 나는 근처에 가을이 있다는 느낌을 받았다. 주위를 둘러보자, 달빛과 그림자가 하나 되어 커다란 자두나무의 일그러진 가지 사이에 거대한 토끼 그림자를 만들어 놓은 것을 볼 수 있었다.

"가을아?" 나는 큰 소리로 물었다. "너 거기 있니?"

그러자 내게 인사하듯이 토끼의 귀가 쫑긋거리기 시작했

다. 나는 그것이 내 상상일 뿐이라고 생각하며 애써 무시했다. 나는 밤공기가 움직이지 않고 멈추어졌다는 것을 눈치챌 수 있었다. 뜨거운 여름밤, 신기하게도 한줄기 산들바람마저 불어오지 않고 있었다. 가지 주변에 있는 것은 모두 정지해 있었다. 그럼에도 토끼 그림자만은 계속해서 귀를 쫑긋거리고 있었다.

뱃속에서 수천 마리의 나비 떼들이 날아오르는 듯, 나는 약간의 현기증을 느꼈다. 나는 삼십 분 동안이나 자두나무 가지들 사이에서 토끼가 춤추는 것을 지켜보았다. 춤을 구경하는 것이 지루해지자, 가을은 그것을 눈치채고 즉시 토끼 그림자를 백조의 모습으로 바꾸었다. 달빛을 받으며 백조들이 우아하게 하늘 위로 날아오르고 있었다.

그 후 가을은 다양한 동물들의 복잡한 춤을 안무했다. 몇 시간 동안이나 여러 가지 동물이 차례로 모습을 바꾸어 가며 춤을 추었다. 백조들은 기린들로 바뀌고 기린들은 북극곰들로 바뀌었다. 또다시 북극곰들은 닭들로 변하고 닭들은 고양이들로 바뀌었다. 나는 가을이 가지고 있는 창의성과 독창성에 감동했다. 그러나 가장 나의 마음을 사로잡은 것은 그녀가 가지고 있는 장난기와 순진함이었다.

영적 세계에서 보내는 시간이 길어질수록 내가 먹는 음식

량도 줄어들었다. 그러나 내가 아무리 적게 먹는다고 해도, 결국 가지고 있던 현미와 루이보스 차가 바닥이 나고 말았다. 영적인 세계를 방문한 이래 처음으로 나는 식량을 사기 위해 물리적 세계로 나가야만 했다. 물리적 세계로 나가 다른 사람들과 다시 접촉해야 한다는 것이 꺼림칙했지만, 내가 겪은 새로운 경험을 로버트와 나눌 수 있다는 사실만큼은 기뻤다. 나는 로버트가 가을에 대해서 알고 있기를 바랐다. 외출할 마음의 준비를 한 후, 나는 직관적으로 세상으로부터 나를 보호하기 위해 긴 소매 옷을 입고 모자를 쓰고 선글라스를 걸쳤다. 그리고 용기를 내어 조합 매장을 향해 걸어갔다. 이 시간이라면 로버트가 조합 매장 앞에 있을 것이라고 확신했다. 그가 무슨 표지판을 들고 있을지 궁금했다. 그 표지판에서 항상 내 상황을 풀어나갈 실마리를 발견하곤 했었다.

　나는 인사도 하지 않은 채 곧장 로버트에게 다가갔다. 그리고 그의 새로운 표지판을 소리 내어 읽었다.

　　자연 안에는 똑바른 길은 존재하지 않는다.

　"솔직히 말해 봐요." 나는 그에게 농담을 던졌다. "그 표지판은 나를 위해 쓴 거죠? 그렇지 않나요?"
　로버트가 말했다.

410

"물론 아니지."

그러나 나는 로버트가 내 시선을 피해 애완견 던에게 윙크하는 것을 볼 수 있었다.

"언젠가 자네도 이 표지판의 의미를 알게 될 거야."

"그런데 로버트, 표지판의 말들은 어떻게 찾는 겁니까?"

"그 말들을 들어야만 하는 사람들이 내게 그 말들을 가르쳐 준다네. 나는 그 말들을 듣고 싶어 하는 사람들을 위해 그것을 적을 뿐이야. 때론 그 말을 한 사람이나 그 말을 듣고 싶어 하는 사람이 같을 때도 있지."

"알겠어요."

나는 잠시 동안 말을 멈추고 그가 내가 하는 말을 적는 것을 본 적이 있나 생각해 보았다. 그런 다음 그에게 내가 경험한 새로운 모험들에 대해 털어놓았다. 나는 그가 내게 어떤 통찰을 주기를 기대했다.

"가을을 만났다고?" 내 이야기가 끝나자 로버트가 물었다. "스콧, 그 아이에 대해 어떻게 생각하나?"

"그 아이는 정말 장난기가 심해요."

그가 웃었다.

"하긴 그랬지."

"가을에 대해 알고 있나요?"

"자네 영혼을 되찾는 의식을 치르는 동안 그 아이를 본 적이 있거든."

"왜 그럼 내게 말하지 않은 거죠?"

"내가 아직 태어나지 않는 자네 딸에 대해서 이야기하면 자네가 어떻게 받아들일지 알 수 없었거든. 거기다가 그때 자네는 영혼을 찾는 의식 때문에 완전히 지쳐 있었어."

"맞아요. 그랬을 겁니다."

"그런 그렇고, 자네는 다른 세계에서 너무 많은 시간을 보내고 있는 것 같군. 그렇지 않나?"

"사실입니다. 그런데 그것을 어떻게 아셨죠?"

"왜냐하면 지금 자네 영혼이 육체에서 완전히 벗어나 있기 때문이야. 자네 영혼은 몸으로부터 50센티미터나 떠 있는 데다가 왼쪽으로 30센티미터나 쏠려 있어. 지구에서 사는 동안 자네는 영혼을 육체 안에 담고 있어야 해. 새로운 선택을 하기 싫다면 말이지."

"새로운 선택이라니요?"

"어느 쪽에서 살 것인가 결정하는 선택 말이야. 자네는 지구에서 살고 싶은가 아니면 영적 세계에서 살고 싶은가?"

"왜 내가 그런 선택을 해야 하죠? 지금처럼 영적 세계를 방문하면 안 될까요?"

"내가 보기에 자네는 단순히 방문하는 정도가 아니야. 그렇지 않나?"

"나는 영적 세계에 있을 때 더 강해져요. 그곳에서라면 많은 영혼들을 치유할 수 있어요. 지구에 있을 때보다 영적 세계에 있을 때 훨씬 더 의미 있는 삶을 살아요. 내가 마치 다른 사람을 돕기 위해 태어난 것 같아요."

"그래. 그 재능이 자네가 받은 선물이지. 그러나 자네는 언제나 그런 재능을 가지고 있었어. 그리고 자네는 이 행성에서 사는 것 역시 또 하나의 선물이라는 것을 알아야 해. 자네는 여기서도 할 수 있는 일이 많아. 영적 세계에서 살 것인가 지구에서 살 것인가를 선택하는 것은 자네 몫이야. 어쩌면 두 번씩이나 이런 선택의 기회를 갖는 것이 행운일지도 모르지."

"그러니까 로버트, 내가 그런 선택을 한 것이 처음이 아니라는 말인가요?"

"태어나기에 앞서 모든 사람들은 같은 선택에 직면하지. 태어나기 전, 영혼들은 어머니 자궁 안에 있는 자신의 몸속으로 들어가지. 그리고 태어날 때까지 그곳에서 기다려. 그리고 태어난 후, 그들은 제한된 육체를 입고 지구에서 살아갈 것인지를 선택하지. 몇몇 영혼들은 지구에 있는 것을 원치 않아 떠나기로 결정하네. 우리는 흔히 그것을 SIDS라고 부르지."

"영유아 돌연사(영유아 급사) 증후군을 말하는 건가요?"

"그렇다네. 하지만 그것은 전혀 틀린 이름이야. 그것은 전혀 갑작스러운 죽음이 아니기 때문이지. 물론 아기의 영혼이 지구에서 영적 세계로 이동하는 것은 순식간에 이루어져. 그러나 그 전에 아기의 영혼은 충분히 이 문제에 대해서 선택할 시간을 갖지. 이 세계의 삶을 경험하기 위해 제한된 육체를 받아들일 수 있느냐? 그것은 우리가 이 세계에서 태어난 이후, 처음으로 내리는 중요한 결정이야."

"그러나 이해할 수 없군요. 대체 누가 제한된 육체를 입고 이 세계에서 살아가려고 할까요? 이 세계에서는 끔찍한 일들이 많이 일어납니다. 영적 차원의 에너지들에 비하면 육체는 너무나 제한되어 있습니다."

"스콧, 이 세계에서만 배울 수 있는 경험과 교훈들이 있다는 것을 잊지 말아야 해."

"대체 어떤 것 말입니까?"

"아이를 갖는 것도 그중 하나지."

그 말을 듣자 내 마음속에 가을이 떠올랐다. 나는 가을의 아버지가 된다는 것이 어떤 일일까 생각했다. 마음 깊은 곳에서 가을을 돌봐 주고 그 아이에게 지구에서 살아가는 법을 가르치고 싶다는 욕망이 꿈틀대기 시작했다. 그것은 지금까지 내가 가지고 있던 그 어떤 욕망보다도 강렬했다.

"왜 지금처럼 나는 두 세계를 오가면서 살 수 없는 거죠?"

"왜냐하면 자네의 몸이 그것을 견딜 수 없기 때문이지. 자네가 이대로 영적인 세계에서 시간을 보내느라 자네의 몸을 소홀이 하면 결국 자네는 죽게 될 거야. 자네가 아파트에서 나오지 않은지가 얼마나 되었다고 생각하나?"

"글쎄요, 잘 모르겠습니다. 아마 한 일주일쯤."

"내가 보기엔 그 이상이야. 적어도 삼 주는 넘었을 거야. 자네 자신을 보게. 자네는 몸무게가 팔구 킬로그램이나 빠졌어. 자네의 영혼은 헬륨 풍선처럼 자네의 몸 위에 매달려 있어. 자네 바지가 발목 밑으로 흘러내려오는 것이 안 보이나?"

"맞아요. 나는 좀 더 많이 먹어야 할 겁니다. 그렇지만 벌써 삼 주나 지났다는 것은 믿기지 않네요."

"이것을 봐."

로버트가 내게 신문을 건넸다. 신문에 적혀 있는 날짜는 9월 10일이었다. 그것을 보자 나는 충격을 받았다. 그것은 내가 마르티카의 파티에 참석한 이래로 벌써 5주가 흘렀다는 것을 알려 주고 있었기 때문이다. 나는 그제야 우편함에 왜 그리 많은 요금 고지서와 납부를 재촉하는 경고장들이 쌓여 있는지 이해할 수 있었다.

"자네는 선택을 해야 해."

그가 다시 한 번 말했다. 그러자 이번에는 내 가슴에 그의 충고가 절실하게 다가왔다.

"가을은 어떻게 되나요? 내가 지구를 떠나면 그 아이는 어떻게 될까요?"

"그 아이라면 괜찮아. 가을은 아주 강한 영혼이야. 그 아이는 자네가 어떤 선택을 하든 잘 해나갈 수 있을 거야. 그 아이에게 많은 선택의 길이 있어. 그 아이에 대해서라면 걱정할 필요가 없어. 그 아이가 지구에 오는 것은 이번이 처음이 아니야. 그 아이는 앞으로 어떻게 해야 할지 잘 알고 있어. 문제는 자네야. 이대로 이곳을 떠나게 되면, 자네는 이 우주 안에서 가장 큰 즐거움들 중 하나는 잃게 되고 말거야. 영적 세계에서 다른 영혼을 돕는 일은 언제라도 할 수 있어. 그러나 아이를 갖는 즐거움은 아주 특별한 기회야. 그런 기회는 매일 찾아오는 것이 아니야."

"언제 그 아이의 어머니를 만날 수 있을까요?"

"자네 영혼이 이곳에 머물기로 결정하면 자연스럽게 그녀가 자네 앞에 나타날 거야. 자, 다른 생각하지 말고 어서 매장으로 들어가 먹을 음식들을 집어와. 자네는 마치 곧 쓰러질 사람같아 보여."

나는 매장으로 들어가 현미와 루이보스 차를 샀다. 그리고 밖으로 나와 로버트와 애완견 던에게 손을 흔들어 작별 인사를 했다. 나는 내 아파트로 이어진 익숙한 언덕길을 걷기 시작했다. 집에 절반쯤 왔을 때의 일이다. 세 마리의 잠자리들이 나를 따라오는 것을 알 수 있었다. 그들을 보자 친근한 느낌이 들었다. 내 가까이에 있는 두 마리에게는 특별히 더 애틋한 느낌이 들었다. 나는 가을의 장난에 제법 익숙해졌기 때문에, 그들 중 하나가 가을일 것이라고 생각했다.

"그래 가을아. 네 두 친구들은 누구니?"

가을의 모습에 상관하지 않고 나는 소리 내어 가을에게 물었다. 나는 거리 한가운데 멈추어 섰다. 그러자 세 마리 잠자리가 내 머리 위를 맴돌기 시작했다. 그들은 밖에서부터 원을 돌며 점점 내 머리 꼭대기로 다가왔다. 마침내 그들은 내 머리 위에 내려앉았다. 나는 잠자리로 된 왕관을 쓴 것 같았다. 마치 잠자리들의 왕이라도 된 기분이었다. 순간 내 마음속에서 뭔가가 떠올랐다. 그것은 가을이 내게 보내는 대답이었다. 그것은 소리 없는 대답이었지만 내가 들었던 그 어떤 말보다 내 가슴을 크게 울렸다.

"그 둘은 아빠와 엄마예요."

13

소울 시크릿

그 일이 있은 후, 열흘 동안 나는 이번 생애에 가장 중요한 선택을 내리기 위해 명상에 들어갔다. 나는 마침내 다른 영혼들을 치유하는 것이 나의 존재 이유라는 것을 알아냈다. 나는 아주 쉽게 다른 영혼들을 치유할 수 있다는 사실을 발견했다. 그러나 나의 소명을 따를 것인가, 아니면 아직 태어나지 않은 딸을 기다릴 것인가를 놓고 결정을 내려야만 했다.

그 문제를 놓고 명상을 하면 할수록, 어떤 선택도 틀리지 않는다는 생각이 들었다. 지구에서 삶을 산 뒤에도 영적 세계에서 영혼들을 치유할 수 있다는 것을 나는 알고 있었다. 또한 물리적 차원에서 내가 가을의 아버지가 못 되어 준다고 해도, 가을이 나를 이해할 것이라고 마음속으로 믿고 있었다. 나는 가을이 나를 아버지로 선택해 준 것에 대해서 자랑스럽게 생각하고 있었다. 그러나 그렇기 때문에, 막상 그 아이를 이 세상에 태어난 게 한 뒤 제대로 아버지의 역할을 하지 못할까 두려운 부분도 없지 않았다.

나는 가을에게 묻고 싶었다. '진정으로 내가 너의 아버지가 되기를 바라니?' 가을은 전에 자주 내 꿈속에 나타나곤 했다. 그러나 이상하게도 그 아이는 더 이상 꿈속으로 나를 찾아오지 않았다. 나는 그 아이가 아직도 물리적 세계 안에 있다는 강렬한 느낌을 받았다. 아마도 가을은 물러서서 내가 결론을 내릴 때까지 기다리는 것 같았다.

나는 지구에서 더 많은 시간을 보려고 노력했다. 그리고 되도록 내 몸을 잘 돌보려고 애썼다. 그래야만 균형 잡힌 선택을 할 수 있을 것 같았기 때문이다. 다시 규칙적으로 식사를 하는 것은 그다지 어렵지 않았다. 내 마음에 걸린 것은 영적 세계에서 나를 기다리고 있는 영혼들이었다. 그들이 내게 도움을 청하고 있다는 것을 감지할 수 있었다. 그리고 내가 그들을 도울 수 있다는 것을 알고 있었다. 그러나 또한 가을을 이 세상에 태어나게 할 것인지를 빨리 결정해야 한다는 것을 알고 있었다.

그날은 마침 보름이었다. 황혼 무렵부터 나는 명상을 하고 있었다. 그런데 누군가가 현관문을 두드리는 소리가 들렸다. 현관문을 열자 삐쩍 마른 수도승처럼 생긴 사람이 나타났다.

그는 흰 수도복을 입고 있었고 붉은색 노끈을 목걸이처럼 걸고 있었다. 그 발밑에는 검은색 강아지가 있었다. 신기하게도 그 강아지는 로버트의 강아지와 무척 닮아 있었다.

내가 물었다.

"던?"

그러자 내 귀에 낯익은 목소리가 들려왔다. 그것은 평소보다 작고 약했지만 분명히 로버트의 목소리였다.

"그래, 스콧. 우리들이야. 안으로 들어가도 되겠나?"

나는 흰색 수도복을 입고 서 있는 사람을 발끝에서 얼굴까지 훑어보았다. 내 시선이 그의 눈에 닿자 나는 깜짝 놀라 뒤로 물러섰다.

"로버트, 이게 당신 맞습니까?"

"물론, 나지. 자네는 대체 이게 누구라고 생각하나?"

"하지만 머리가……."

나는 옆으로 비켜나 손짓으로 그의 어깨 부위를 가리켰다. 얼마 전까지 만해도 그의 머리는 목 주위를 덮고 있었다.

"그래, 머리를 잘랐지."

"그저 자른 것이 아니라 밀기까지 했네요." 내가 그 사실을 강조하며 이렇게 덧붙였다. "로버트, 머리가 없으니까 전혀 다른 사람처럼 보여요."

안으로 들어온 후, 우리는 거실과 부엌을 나누는 작은 식당 쪽으로 갔다. 그리고 그곳에 있는 테이블에 앉았다. 테이블 위의 전등을 켜고 나는 애완견 던을 내려다보았다. 그리고 애완견 던이 로버트의 목에 걸린 것과 똑같은 붉은색 노끈을 매고 있는 것을 보았다. 나는 허리를 굽혀 그 노끈을 자세히 살폈다. 그 노끈이 로버트가 최근에 자른 머리카락으로 만들어졌다는 것을 깨닫고는 주춤하지 않을 수 없었다.

"로버트, 머리카락으로 목걸이를 만든 건가요?"

내 표정이 일그러졌다. 나는 역겨움을 감출 수 없었다.

로버트는 그저 담담히 고개를 끄덕였다. 그가 목에 달고 있는 노끈과 애완견 던의 목에 걸린 노끈 사이에는 가느다란 흰색 실이 연결되어 있었다. 언제나처럼 강아지는 로버트 발밑에 웅크리고 앉아 눈을 감았다. 불빛 아래서 로버트의 얼굴을 자세히 볼 수 있었다. 그리고 그의 눈이 움푹 들어가고 그의 입가에 깊은 주름이 패인 것을 볼 수 있었다.

"정말 괜찮은 건가요?" 내가 물었다. "몸이 무척 안 좋아 보입니다."

그러자 로버트는 쉰 목소리로 나직이 말했다.

"내가 생각했던 것보다 병의 증상이 심해졌어." 그런 다음 그는 깊고 무겁게 한숨을 내쉬었다. "아마도 얼마 못 가 이 몸을 쓰지 못하게 될 것 같아."

"그게 무슨 뜻이죠? 로버트, 당신이 전에 말했잖습니까? 병은 우리가 마음먹기에 따라 얼마든지 고칠 수 있는 것이라고. 당신이 내게 말했어요. 무언가를 진정으로 원한다면 우리는 그것을 가질 수 있다고. 그런데 지금 당신은 뭐라고 하는 거죠? 당신은 이렇게 떠날 수 없어요!"

나는 당황했고 그만큼이나 화가 났다. 로버트는 내가 겪어온 모든 과정을 이해하는 유일한 사람이었다. 나는 그 없이 살아갈 준비가 되어 있지 않았다.

"자네는 아직 이 별에 남을지 말지도 모르면서 그런 말을 하는군. 만약 자네가 지구에 남는다면 자네 곁에는 가을이 있을 거야."

"왜 자신의 몸을 고치려고 하지 않는 거죠? 당신은 전에 그렇게 할 수 있다고 말했잖아요?"

"나도 내가 이 몸을 고칠 수 있다고 생각했었지. 그러나 너무 병이 너무 심해졌어. 게다가 나는 이미 애슐랜드에서 해야 할 모든 일을 마쳤네. 자네는 더 이상 내가 필요 없어."

"말도 안 돼요. 내겐 당신이 필요해요. 이렇게 떠나서는 안 됩니다."

그것이 부질없는 매달림이라는 것을 잘 알고 있었다. 그러나 나는 그가 너무나 절실히 필요했다.

로버트가 말했다.

"자네에게 한 가지 부탁이 있어."

양 뺨에 흐르는 눈물을 닦으며 내가 말했다.

"뭐든 말하세요."

"나는 자네가 던을 돌봐 주었으면 해. 나는 전에 그와 약속을 했어. 그가 이 몸을 갖고 있는 동안 돌봐 주겠다고."

"그러나 전……."

"그래, 알고 있어. 자네가 지구를 떠나기로 결정내릴 수 있다는 것을." 그가 말을 끊었다. "마르티카가 이미 애완견 던을 돌봐 주겠다고 약속했어. 그런데 그녀는 세미나 때문에 샌프란시스코에 가 있어. 그래서 이번 주까지 돌아올 수가 없어. 스콧, 그녀가 돌아올 때까지 그 선택을 미루어 주지 않겠나?"

"그렇게 하겠습니다."

그 부탁은 내가 지금껏 그에게서 받은 것을 생각하면 아무 것도 아니었다.

"고맙네, 고마워. 그것은 자네나 나 모두에게 의미 있는 일이 될 거야." 로버트는 천으로 된 가방을 뒤지며 말을 이어 갔다. "나는 자네에게 더 이상 부담을 주고 싶지 않아."

그의 부탁은 내게 전혀 부담이 되지 않는다고 그에게 말해 주고 싶었다. 그러나 그는 손을 흔들어 내가 하려는 말을 막았다.

"애완견 던을 존중하는 뜻에서 의식을 치르고 싶은데 괜찮겠나? 나는 그가 내게 빌려 준 몸과 우리가 함께 했던 삶을 기넘하고 싶어."

그의 말을 듣자 두려움이 내 가슴을 파고들었다. 얼마나 심각한 상황인지 이해할 수 있었다. 나는 그의 눈을 깊숙이 바라보았다. 그곳에서 전에 내가 한 번도 볼 수 없었던 것을 찾아냈다. 그것은 감사였다. 그것도 엄청난 양의 감사였다. 그는 고개를 숙여 잠자고 있는 애완견 던을 바라보았다. 나는 로버트가 애완견 던에게 품고 있는 고마움(다시 말해 일종의 부채 의식)을 느낄 수 있었다. 그 감정은 말로 표현할 수 없을 정도로 강렬한 것이었다. 그는 입을 열어 거의 들리지 않을 만큼 작은 목소리로 말했다.

"고맙네, 스콧."

나는 할 말을 잃었다. 나는 내가 그 자리에 있다는 사실조차 잊을 뻔했다. 내 영혼은 몸에서 완전히 벗어나 있었지만 간신히 그에게 대답할 수 있었다.

"당연한 일인 걸요. 당신이 원하는 것이라면 뭐든지 하겠습니다."

로버트는 부드럽게 웃으면서, 조심스럽게 자신의 가방에서 손으로 만든 아름다운 한지 한 장을 꺼냈다. 그리고 정성스럽게 두 손으로 그것을 앞에 있는 식탁에 펼쳤다. 결이 나 있는 아이보리색 종이 위에 붉은색 랍스베리 꽃을 펼쳐 놓았다. 그러자 가지 위에 있는 황금색 잎 사이에서 노란 빛들이 반짝이면서 춤을 추었다. 그는 기다란 흰색 깃털을 꺼냈다. 깃털 끝은 날카롭게 다듬어져 있었다. 그러더니 이번에는 아주 오래된 검은 잉크병을 꺼냈다.

그는 기다란 나무 성냥으로 경건하게 테이블 위에 놓인 세 개의 양초에 불을 붙였다. 그런 후 천천히 그 양초들 중 하나를 내 앞으로 밀고 다른 하나를 자신 앞에 놓았다. 그리고 세 번째 양초를 애완견 던이 엎드려 있는 마룻바닥 앞에 놓았다. 양초에 불을 붙인 후, 그는 나를 향해 손짓으로 전등 불빛을 줄이라고 부탁했다. 내가 그가 시킨 대로 불빛을 줄이자, 그는 눈을 감고 몇 분 동안 말없이 앉아 있었다. 그 무겁고 심각한 침묵 때문인지 그가 가쁜 호흡을 내쉴 때마다 더 크게 그의 허파가 콜록거리는 소리가 들려왔다.

이윽고 그가 눈을 떴다. 그는 깃털을 들어 잉크병에 담갔다. 깃털에 잉크를 묻힌 후, 종이 위에 섬세한 필치로 무엇인가를 길게 써 내려갔다. 내가 앉아 있는 위치에서는 좀처럼 그가 쓴 글씨를 읽기가 힘들었다. 그러나 그의 눈을 보고 그가 그 어느 때보다 집중하고 있다는 것을 알 수 있었다. 그는 계속 정신을 집중해서 정성스럽게 글자들을 써 내려갔다. 그러더니 쓰는 것을 잠시 멈추고는 깃털을 잉크병에 담갔다. 그리고 다시 글자를 쓰기 시작했다. 글씨 쓰는 것을 마친 후, 그는 부드럽게 깃털을 테이블 위에 내려놓았다. 그러자 직관적으로 애완견 던이 일어나 앉아 두 귀를 쫑긋거리며 로버트를 바라보았다.

로버트는 의자에서 일어나 양손으로 글씨가 쓰여진 종이를 집어들었다. 그리고 소리 내어 그것을 읽기 시작했다. 나는 그날 밤 처음으로 그가 힘차고 또렷한 목소리로 말하는 것을 들을 수 있었다.

"이 유언시를 남기면서, 나는 던 뉴포트의 삶과 우리가 이 소중한 몸을 입고 함께 했던 여행을 기립니다. 비록 육체는 영혼이 입는 옷에 불과하지만 이 몸은 이 생애 동안, 우리를 위해 성실히 봉사했고 우리를 보호해 주었으며 우리를 중요한 영적인 여행으로 이끌었습니다."

그런 후 로버트는 애완견 던 앞에 무릎을 꿇었다. 이제 로버트와 던은 얼굴을 맞대고 서로를 응시했다. 로버트는 계속해서 말을 이었다.

"나는 당신에게 커다란 은혜를 입었습니다. 영원히 그 빚을 갚을 수 없을 겁니다. 나는 앞으로 세 번의 생애 동안 당신에게 봉사할 것을 맹세합니다. 당신의 편에 서서 당신이 원하는 것을 이룰 수 있도록 내 생명을 바치겠습니다."

그런 후 로버트는 애완견 던 앞에 그 종이를 내려놓았다. 그리고 이마를 마룻바닥에 대고, 던의 발 앞에 절했다. 그러자 던은 로버트가 쓴 종이를 내려다보았다. 마치 강아지가 그 종이를 읽고 있는 것처럼 보였다. 얼마 후 던은 헐떡거리는 소리를 내며 로버트의 얼굴을 핥기 시작했다.

로버트는 그 종이를 집고 천천히 일어섰다. 그리고 의자로 돌아와 내 앞에 그 종이를 내밀었다.

나는 테이블 위에 놓인 종이를 내려다보았다. 그리고 그 아름다운 서체에 감동했다. 종이 위에 부드럽게 흐르는 선들과 세밀한 잉크의 번짐은 마치 영어가 아니라 일본의 서예를 보는 듯했다. 한동안 서체의 아름다움을 감상한 후, 나는 단숨에 그 하이쿠를 읽어내려 갔다. 그 시 한 구절 한 구절이 내 마음 깊숙이 저며 왔다.

겨울날, 하얗게 나무들을
덮고 있는 눈송이들이
이제 물로 돌아가는구나.

다시 한 번 그 시를 읽자, 내 눈에서 눈물이 고이기 시작했다. 눈물 한 방울이 떨어져 콧등을 타고 흘러내렸다. 그리고 시의 마지막 구절에 떨어졌다. 그러자 종이 위에 검은 잉크가 빠르게 번지기 시작했다. 나는 로버트를 올려다보았다. 이제 눈물은 주체할 길 없이 내 얼굴을 적시고 있었다.

로버트는 그 종이를 집어들더니, 망설이지 않고 종이를 양초의 불꽃 앞으로 가져갔다. 이윽고 종이 위에 불이 붙었다. 애완견 던과 나는 그의 유언시가 타고 있는 것을 감동어린 눈으로 바라보았다. 나는 로버트가 양초 앞에서 물러서기를 기다렸다. 불꽃이 그의 손등 위에 있는 털을 그을리기 시작했기 때문이다. 나는 매 순간 가슴을 졸이면서 그가 하는 행동을 지켜보았다. 그는 불이 붙은 그 종이를 가방에서 꺼낸 엷은 초록색 사기 접시에 올려놓았다. 불꽃은 가장자리에서부터 종이를 태워나가고 있었다. 얼마 후, 종이를 다 태우고 불꽃도 꺼졌다. 접시 위에는 타고 남은 재만 남아 있을 뿐이었다.

다시 한 번 로버트는 캔버스 천으로 만든 가방을 뒤져 의식에 필요한 다른 물건을 꺼냈다. 이번에 그가 꺼낸 것은 은으로 만든 작은 바느질용 가위였다. 그는 그 가위로 애완견 던의 목덜미에 묶어 놓은 흰 실을 잘랐다. 그리고 이번에는 자기 목에 걸고 있는 붉은색 노끈에 달려 있는 흰 실을 끊었다. 그는 그 흰 실을 왼손에 모았다. 그리고 다시 가위를 가방에 집어넣었다. 그는 테이블 주위를 한 바퀴 돌았다. 그리고 내 앞에 멈추어 섰다. 나는 직관적으로 의자 위에서 일어났다. 그리고 나와 그 사이를 가로막는 의자를 옆으로 밀었다.

로버트가 말했다.

"스콧, 이제부터 자네가 나와 애완견 던을 묶어 주는 끈이 되어 주었으면 해. 자네가 이 지상에 남아 있기로 결정하거나 아니면 영적 세계로 돌아가거나 상관없이, 자네가 우리들을 연결하는 고리가 되어 주길 바래. 만약 자네가 우리를 연결시키는 그 책임을 다하고 우리를 이끌어 준다면, 다음 생애 동안 던과 나는 자네에게 고마워할 걸세. 다음 계절이 오면 자네가 갖고 있는 통찰력은 점점 더 커질 거야. 자네는 아주 금세 나와 던의 환생을 알아볼 수 있을 거야. 우리가 어떤 모습을 하고 있더라도 말이지. 스콧, 이 책임을 맡아줄 수 있겠나?"

다음 생은커녕 다음 주에 무슨 일이 일어날지도 모르고 있었지만, 나는 로버트에게 많은 것을 빚졌다고 느끼고 있었다. 그리고 가능하면 내가 받은 것을 그에게 되돌려 주고 싶었다. 나는 내가 과연 그런 책임을 맡을 능력이 되는지 알 수 없었다. 그러나 이토록 로버트가 나를 믿어 주는 것을 보니, 내가 그 일을 감당할 수 있을 것이라는 생각이 들었다.

마침내 내가 입을 열었다.

"그 책임을 맡게 되어 영광입니다."

내가 그렇게 말하자 로버트는 두 손으로 내 손을 덥석 잡았다. 그리고 부드럽게 내 손바닥에 그 실을 건넸다.

나는 있는 힘껏 그 실을 꼭 쥐었다. 흰 실 주위가 점점 더 따뜻해지는 것을 느낄 수 있었다. 마침내 나는 그 실에서 로버트와 애완견 던의 에너지가 고동치는 것을 느낄 수 있었다. 그것은 매우 친근한 에너지였다. 나 같은 사람이 그들의 영혼을 묶어 주는 성스러운 유물을 간직하게 되었다는 사실에 부끄러움을 느꼈다. 나는 사람들 사이에 진실한 사랑이 존재한다는 것을 알고 있었다. 그러나 내 손으로 사람들 사이에 진정한 사랑의 에너지를 느껴보는 것은 처음이었다.

나는 로버트를 올려다보았다. 로버트는 자신의 촛불 앞에 서 있었다. 그는 내게 고개를 숙여 합장했다.

"이제 가봐야 할 것 같아."

말을 마치자 그는 허리를 굽혔다. 그리고 입김을 불어 촛불을 껐다. 촛불이 꺼지자 방은 갑자기 아까보다 훨씬 어두워졌다. 방 안에는 여전히 두 개의 촛불이 타고 있었지만, 로버트의 촛불이 나와 애완견 던의 촛불보다 훨씬 더 밝게 빛나고 있었던 것이다. 그런데 이제 그 촛불이 꺼지고 말았다.

나는 몸이 떨리는 것을 막을 수 없었다.

"다음에는 어디에서 태어나실 겁니까?"

"확실하지 않아. 아마도 캐사디가 아닐까 싶어. 그곳에는 반짝이는 눈을 가진 작가가 한 명 있어. 그는 앞으로 수백만 명의 마음을 울리게 될 거야."

나는 캐사디가 어디에 있는지조차 몰랐다. 그러나 그곳이 가깝지 않다는 것만큼은 알고 있었다.

"언제 떠나실 거죠?"

"오늘밤."

그가 말했다. 그의 미소를 보자 내 마음이 찢어지는 것 같았다.

"잘 있게, 스콧."

그 말을 마치고 그는 문을 닫고 내게서 떠났다. 나는 유리창을 통해서 그를 바라보았다. 그는 거리를 내려가더니, 이내 모퉁이를 돌아 사라졌다. 나는 어떻게든 몰려오는 슬픔을 참아내야만 했다.

그가 사라지고 나자 눈물을 주체할 수 없었다. 이윽고 남아 있던 두 개의 촛불마저 꺼졌다. 나는 유리창 너머로 하늘 위에 떠 있는 보름달을 보았다. 나는 오늘 밤, 달의 에너지를 받아들려고 했다. 아마도 그러는 편이 나와 가을의 앞날을 결정하는 데 도움이 될 것이라고 생각했기 때문이다. 그러나 더 이상 한가하게 달빛을 벗 삼을 수 없었다. 로버트가 떠났다는 것을 떠올리자, 지상과 영계를 결정하는 일마저 부질없게 느껴졌다. 나는 방에 달빛이 들어오지 못하도록 거칠게 블라인드를 내렸다.

나는 침대로 기어들어갔다. 눈물이 뺨을 타고 흘러내려 내 입가를 적셨다. 짭짤한 액체가 내 혀에 닿았다. 물리적 세계 안에 있는 것은 모두가 덧없었다. 적어도 그 순간만큼은 나는 삶과 죽음을 반복하는 물리적 세계에 있는 모든 것을 증오했다. 이 한계 투성이의 세계로부터 벗어나고 싶었다. 그러나 나는 마르티카가 돌아올 때까지 애완견 던을 돌봐 주겠다고 약속했다. 만약 그런 약속마저 없었다면, 나는 지금 당장 영적 세계로 돌아가 다시는 이곳에 오지 않았을 것이다.

다음 날 아침 깨어났을 때는 어젯밤보다 기분이 나아졌다. 신기하게도 식욕이 돌아왔다. 몇 주일 만에 처음으로 허기를 느꼈다. 나는 애완견 던을 데리고 산책을 나가기로 마음먹었다. 그 길에 공원 근처에 있는 노점에서 아침으로 부리토를 사먹었다. 음식을 먹은 후, 애완견 던과 함께 공원 안으로 들어갔다. 그리고 계절이 바뀌기 시작했다는 것을 깨달았다. 바람 속에서 희미하게 느껴지는 쌀쌀한 기운은 가을이 왔음을 알리고 있었다. 나뭇잎의 색깔이 얼마나 달라졌는지를 알고 놀라지 않을 수 없었다.

나는 지난 몇 주 동안 공원에 온 적이 없었다. 나무판이 놓인 작은 오솔길을 걸으면서 나는 나뭇가지 위를 장식하고 있는 오렌지색과 노란색 그늘들을 바라보았다. 그리고 그 아름다움에 감탄했다. 공원은 여러 가지 색깔을 내뿜고 있었다. 가을은 온 세상을 바꾸어 놓았다. 던과 내가 개울가 근처에 이르렀을 때, 우리는 반짝이는 물 위에 낙엽들이 게으른 카누처럼 떠내려가는 것을 볼 수 있었다.

아침이 되어도 로버트에 대한 생각은 내 마음속에서 떠날 줄 몰랐다. 모든 것들이 내게 그를 기억나게 했다. 나는 커다란 떡갈나무 아래를 바라보고 있었다. 지난 몇 달간 가지 위에 달려 있던 나뭇잎들은 이제 노랗게 물든 낙엽이 되어 나무와 작별을 고하고 있었다. 그러나 얼마 전까지 함께 했던 친구가 아쉬웠던지, 낙엽들은 떠나지 못하고 나무 주위를 서성이고 있었다. 나는 지난 밤 로버트가 떠나기 전에 내게 수줍게 감사를 표시하던 장면을 떠올렸다. 그와 함께 그 심오한 의식에 참여할 수 있었다는 것이 자랑스럽게 느껴졌다.

낙엽들이 땅에 떨어지는 것을 보면서, 나는 직관적으로 던의 귀를 쓰다듬어 주었다. 어느새 손가락이 던의 목에 걸려 있는 붉은색 노끈에 가 닿았다. 지난 밤처럼 서러움과 그리움이 솟구쳐 오르는 것을 느꼈다. 나는 애써 그와 내가 함께 했던 모든 일에, 그것이 사소한 것이라 해도 감사하려고 했다. 짧은 시간이긴 하지만 로버트는 내게 많은 것을 주고 갔다. 나는 가슴속 깊은 곳에서 언젠가 다시 그를 만나게 될 것을 알고 있었다.

지난 밤, 나는 더 이상 아무 미련 없이 지상을 떠나고 싶었다. 그러나 지금은 지난 밤 그랬던 것처럼 영적 세계로 떠나고 싶은지 확신할 수 없었다. 나는 운 좋게 영적 세계에서 나의 소명이 무엇인지 알고 있었다. 그리고 지상에 남으면 가족을 갖는 축복을 얻을 수 있다는 것 또한 알고 있었다. 그러나 나는 어떤 길이 우주의 커다란 계획에 더 큰 의미를 갖는지 알 수 없었다. 그렇게 조용히 내 생각을 정리하려고 했다. 그러다 문득 가을을 낳고 기르는 것이 그 어떤 일보다 영적으로 더 값진 일이라는 생각이 들었다. 나는 내가 진정으로 원하는 것이 무엇인지 깨달았다. 그러나 여전히 문제는 남아 있었다. 그렇다면 어떻게 내 인생을 긍정적인 방향으로 이끌 수 있을까?

던과 나는 오리들이 헤엄치고 있는 연못 가장자리로 내려갔다. 로버트의 가방이 작은 단풍나무 아래 낙엽들 사이에 놓여 있는 것을 보았다. 그는 지난 밤 이 세상을 떠나기 전에, 끈으로 졸라맨 가방을 이곳에 놓아둔 모양이었다. 나는 달려가 그 가방을 잡았다. 그리고 무의식적으로 그 가방 끈을 풀어 가방 안을 들여다보았다. 그 안에는 마분지로 만든 몇 장의 표지판이 들어 있었다. 그 표지판 안에는 로버트가 휘갈겨 쓴 글씨가 적혀 있었다. 꺼내 보니 표지판은 모두 일곱 장이었다. 나는 그 표지판을 하나씩 꺼내 조심스럽게 내 앞에 있는 잔디밭에 놓았다. 각각의 표지판에는 모두 똑 같은 말이 적혀 있었다. 그 표지판 가운데 있는 것은 단 하나의 글자였다.

yes.

"정말 로버트답군."

나는 큰 소리로 감탄했다. 혹시 다른 말이 적혀 있지 않나 각각의 표지판을 앞뒤로 살펴보았지만 새로운 것을 찾을 수 없었다. 로버트는 한 번도 내 질문에 직접적인 대답을 준 적이 없었다. 심지어 그가 떠나고 없는 지금도 그의 마음속을 알 수 없기는 마찬가지였다.

나는 일곱 개의 표지판을 늘어놓은 채 잔디밭에 앉아 있었다. 로버트가 낮은 목소리로 속삭이는 것을 들을 수 있었다.

"네 마음속을 '예스'라는 말로 가득 채워. 그러면 올바른 결정을 내릴 수 있을 거야."

나는 다시 한 번 그의 바다빛 눈동자를 볼 수 있기를 바라면서 주위를 둘러보았다. 그러나 근처에는 아무도 없었다. 나는 던 쪽으로 시선을 돌렸다. 애완견 던은 귀를 쫑긋 세우고 있었다. 지난 밤 로버트가 떠난 이후, 애완견 던이 완전히 깨어 있는 모습을 본 것은 처음이었다.

갑자기 뒤쪽에서 까마귀가 미끄러지듯 우리 위로 날아와 방향을 바꾸었다. 까마귀가 날개를 퍼덕이며 우리를 스치고 지나가자, 던은 껑충 뛰어 그 새를 쫓기 시작했다. 나는 이제껏 던이 그렇게 재빠르게 움직이는 것을 본 적이 없었다. 나는 던의 뒤를 따라갔다. 모퉁이를 돌아서자, 던이 한 여자에게 반갑게 달려가는 것을 볼 수 있었다. 그 여자는 긴 금발머리를 가지고 있었고 무릎까지 내려온 밝은 파란색 스웨터를 입고 있었다. 가까이 다가가자 그녀가 마르티카의 디너파티에서 만난 메디신이라는 것을 알 수 있었다.

내가 말했다.

"안녕하세요!"

"안녕, 루나 보이. 당신이 이렇게 귀여운 강아지를 키우는 줄 몰랐어요." 그녀는 던의 머리를 쓰다듬어 주면서 말했다. "이 강아지 이름이 뭐예요?"

"던입니다."

그러자 메디신은 이마를 찡그렸다.

"이 강아지에겐 더 이상 그런 이름이 안 어울려요. 이 강아지에게는 뭔가 특별한 이름이 필요해요. 오닉스는 어때요? 강아지야, 넌 오닉스란 이름이 마음에 드니?"

그러자 오닉스는 그녀의 품 안으로 달려들었다. 그리고 메디신의 말에 동의한다는 듯이 꼬리를 흔들며 그녀의 얼굴을 핥기 시작했다.

"아마도 그 이름이 마음에 드나 봅니다."

나는 웃으면서 말했다. 활기찬 강아지를 바라보면서 던이 전과는 달라졌다는 것을 눈치챘다. 강아지는 뭔가를 잃어버리고 있었던 것이다.

"개 목걸이가 없어졌어요."

나는 침착해지려고 노력했다. 그러나 나도 모르게 불안에 떨며 바닥에서 붉은색 노끈을 찾기 시작했다.

"이 강아지에게는 이제 목걸이가 필요 없어요." 메디신이 미소를 지으며 말했다. "우리는 이미 이 강아지가 누구인지 알고 있잖아요? 그렇지 않니, 오닉스?"

"그렇군요." 내가 물었다. "그런데 아직도 애슐랜드에 머물 생각이신가요?"

"네, 물론이에요. 여기서 몇 블록 떨어진 곳에 집을 얻었어요. 난 그 집이 무척 마음에 들어요. 빛이 잘 들어 집이 너무 환해요. 그리고 공원과 가까운 것도 너무 좋아요. 난 자연을 아주 사랑하거든요. 나무들 속에 있으면 언제나 나도 모르게 행복해져요."

우리 셋은 함께 산책로를 걷기 시작했다. 우리는 별다른 말을 하지 않았지만 이미 여러 생애 동안 알고 지낸 사람들처럼 서로에게 편안함을 느꼈다. 내가 그렇게 생각할 만한 몇 가지 이유가 있었다. 아름다운 자연 속을 걷다 보니, 우리들의 발자국 소리는 어느새 하나가 되어 있었다. 나는 태어난 이후 처음으로 모든 것이 원래 있었던 제자리로 돌아가고 있다는 느낌을 받았다. 우리는 아직 가보지 않은 먼 곳까지 산책을 계속했다. 우리가 가파른 언덕길에 이르렀을 때의 일이다. 길 한가운데 커다란 나무가 쓰러져 있는 것이 보였다. 그 나무는 아무래도 최근에 쓰러진 것 같았다.

메디신은 주위를 돌아보며 그 길을 돌아갈 손쉬운 방법을 찾았다. 그리고 아무 생각 없이 이렇게 말했다.

"자연 안에는 똑바른 길은 존재하지 않는가 봐요."

"어디서 그 말을 읽었나요?"

나는 혹시 그녀가 로버트를 알고 있는가 싶어 물었다.

"나는 그 말을 다른 곳에서 읽은 적 없어요. 그것은 내가 아주 어린 소녀였을 때부터 갖고 있던 비전이에요. 나는 항상 마음속 깊은 곳에 그 말을 담아 두고 있었어요."

그때 갑자기 낯익은 밝은 파란색 잠자리가 하늘에서 날아왔다. 그러고는 메디신의 금발 머리에 살며시 내려앉았다. 잠자리는 날갯짓하는 것을 멈추고 대신 메디신이 걸을 때마다 떨어지지 않게 가느다란 다리로 머리카락을 꼭 붙들고 있었다.

내가 미소를 지으며 말했다.

"당신 머리 위에 요정 한 마리가 붙어 있군요."

얘들이 내 가족이에요."

그녀는 활짝 웃으며 말했다. 그리고 집게손가락을 들어 머리 위로 가져갔다. 마치 잠자리가 그녀의 손가락으로 옮겨 오기를 바라는 듯이. 잠자리는 천천히 그녀의 손가락 쪽으로 날아왔다. 메디신이 잠자리를 내 쪽으로 가져왔다. 덕분에 우리는 찬찬히 그 잠자리를 살펴볼 수 있었다. 잠자리는 몇 초 동안 그녀의 손가락 위에 머물더니, 이내 나무들 사이로 날아갔다.

나뭇가지에서 부서지는 찬란한 햇빛을 받아 메디신의 금발이 아름답게 반짝이고 있었다. 나는 몇 년 만에 처음으로 지상에서 사랑하는 사람을 찾은 것 같았다. 나는 이제 내가 완전히 세릴을 떠났다는 것을 깨달았다.

갑자기 메디신은 길 한가운데 멈추어 서서 나무들을 바라보았다. 그리고 입을 열었다.

"나는 정말 가을이 좋아요."

나는 할 말을 잃은 채, 그녀를 바라보았다. 어느새 온 몸에는 소름이 돋아 있었다. 그것은 내가 진실과 만났다는 증거이기도 했다.

그녀가 하늘을 향해 두 손을 뻗으며 소리쳤다.

"나는 언제나 가을이 여기에 있었으면 좋겠어요."

나는 미소를 지었다.

"나도 그래요. 나도 그렇답니다."

....

행복한 길을 걷게 되기를 바라며

삶이 초라하거나 힘겹다고 느껴질 때 우리는 종종 "운명이다."라고 말하곤 한다. 사람들이 그렇게 말하는 것을 보면서, 또 내 자신의 중얼거림을 들으면서, 어디까지가 순응이고 어디서부터가 도피인가를 생각해 본다. 우리의 "운명이다."에 담긴 의도는 자유의지의 한계를 넘어선 것에 대한 단념이기도 할 테지만 한편으로는 더 이상의 노력이 버거워 손을 놓아버리는 것에 대한 죄책감을 덜어내려는 것이 아닐까 하는 생각을 해왔었다.

던과 로버트를 열심히 쫓아 다니다 보니 운명이라는 것이 존재할 수는 있겠지만 그 운명 안에서 흘러가는 방법을 선택하는 것은 우리 자신이라는 것을 발견한다. 던은 자신의 삶을 종결시킴으로써 참기 힘든 역경을 회피할 수도 있었다(결국 다음 생에서 반복해야 했겠지만). 그러나 강아지의 몸으로 다시 태어나 자신의 삶을 지속시키고 이생에서의 교훈을 다 마칠 것을 선택한다. 그 같은 선택을 함으로써 새로운 사람과 숨어 있던 자신을 만나고, 삶의 또 다른 길을 발견해 가는 모험에 맞닥뜨린다. 주어진 운명을 향한 여정이 뒤바뀐 것이다. 이제, 똑같은 운명의 무대 위라 할지라도 무대에 서는 사람의 표정과 의상은 달라져 있지 않을까?

정해진 운명이 있는 것이 아니라, 정해진 길이라도 있는 것처럼 나는 매일을 반복하고 받아들이며 "운명이다."를 습관적으로 내뱉지는 않았었는지 뒤돌아본다. 같은 실수를 반복하는 것도, 모든 이들이 걷는 길을 따라 무료하게 걷는 것도, 알고 보면 결국 나의 선택이었던 것이다.

새로운 길에 대한 호기심과 약간의 용기가 있다면 '강아지던'처럼 인간이었을 때 갖지 못했던 자신감과 홀가분함을 느낄 수 있을지 모른다. 운명에 다다르는 길을 더 행복하게 지날 수 있을지도 모른다.

단념의 "운명이다."가 아닌 다짐의 "운명이다."를 마음에 새기며.

이솔내

우리 존재의 러브스토리

나는 단단하지 못한 물건을 다룰 때면 언제나 불편함을 느꼈다. 말하자면 영혼 같은 것 말이다. 왜냐하면 영혼은 분명한 경계를 가지고 있지 않기 때문이다. 영혼은 한 장소에 매여 있는 것이 아니라 빛이나 소리처럼 널리 퍼져 있다. 또 영혼은 우리가 태어나기 전에도 있어 왔고 죽은 후에도 계속된다.

사실 영혼은 우리가 '나'라고 믿는 자아와는 전혀 별개의 것이다. 심리학에 따르면, 자아는 태어난 지 3년 후에 완성되는 것이며, 우리가 죽을 때 함께 사라지는 것이기 때문이다.

어쨌거나, 영혼은 내게 아주 낯설고 곤란한 개념이었다. 지금까지 살아오면서 애써 배워온 것은 나와 너를 가르는 명확한 울타리를 세우는 것이었다. 요컨대 자아의 경계를 분명히 하라는 것이었다.

내가 알고 있는 대부분의 사람들은 마음에 커다란 구멍을 가지고 있었다. 그들은 다른 사람을 삼키거나 혹은 다른 사람에게 먹힘으로써 마음의 허기를 메우려고 했다. 그들은 혼자라는 사실을 견디지 못하는 것 같았다.

나는 누군가를 삼키고 싶지도 않고 그렇다고 누군가에게 먹히고 싶지도 않았다. 그렇기 위해서는 나는 어디까지가 나의 영역이고 어디서부터 다른 사람의 영역인지를 분명히 하지 않으면 안 됐다.

나는 단단한 바위, 고립된 섬,
아무도 들어올 수 없는 굳건한 성이었다.

그리고 그것으로 충분했다. 아니 충분했었다. 적어도 한 사람을 만나기 전까지는 말이었다. 바로 나의 스승 켄포 나왕 룬드룹을 만나기 전까지는 말이다.

그는 내게 말했다. 너는 한정된 시공간에 묶인 자아인 동시에 환생을 반복하는 영혼이며 동시에 형태와 개념을 초월한 공空이라고. 나는 육체적인 존재Nirmanakaya인 동시에 어디에나 편재하는 에너지Sambhogakaya였고 만물의 본성 그 자체 Dharmakaya였던 것이다.

지금까지 나는 자신을 육체적인 존재로 생각해 왔다. 그런 내게 자신이 에너지, 혹은 그 어떤 형태도 넘어선 존재라는 사실을 받아들이는 것은 쉽지 않은 일이었다. 더 솔직히 말하자면, 그것은 내 사고와 상상력의 한계를 훌쩍 뛰어넘는 일이었다. "나는 전선을 타고 흐르는 에너지도 아니고, 만물을 생성시키는 텅 빈 구멍도 아니란 말이야." 나는 그렇게 외치고 싶었는지도 모른다.

그때 인연이 닿았던 책이 바로 스콧 블룸의 《가을을 기다리며》였다. 이 아름다운 책은 스콧이라는 하나의 육체적인 존재가 자신이 어디에나 편재하는 에너지이며 환생을 반복하는 영혼이라는 것을 깨닫는 과정을 담고 있다. 그는 잃어버린 영혼을 되찾기 위해 여행을 하고 조상의 영혼의 도움을 받아 영계를 탐험한다. 그리고 육체적인 존재로 남을 것인지 영혼으로서 살 것인지를 고민한다.

물론 이 책에서는 영혼(에너지)을 초월한 본성 그 자체에 대해서는 언급하고 있지 않다. 왜냐하면 스콧은 불교와는 전혀 다른 영적 전통에 속해 있기 때문이다. 그러나 이 책을 읽고 나는 진지하게 내가 시공간에 갇힌 육체가 아니라, 모든 곳에 편재한 에너지일지 모른다고 생각하게 되었다.

나는 탁 트인 하늘, 자유로운 바람,

바다에 이르러 모두와 하나가 되는 강이었다.

나는 지금까지 견고하게 쌓았던 자아의 벽을 무너뜨려야 할 때가 왔다는 것을 깨달았다. 그리고 그 자리에 (스콧의 조상이 그에게 가르쳐준 것처럼) 영혼의 등불을 밝히려고 한다. 나는 이제 내 진정한 본성이 맑은 의식과 더 없는 기쁨이라는 것을 믿으려고 한다. 그리고 내 본성에서 나오는 빛이 나를 모든 악으로부터 보호해 줄 것이라고 믿는다.

스콧은 모든 것을 에너지의 형태로 바라본다. 그리고 여러분이 지금 읽고 있는 이 페이지에도 에너지가 담겨 있다고 말한다. 잠시 눈을 감고 손바닥을 펼쳐 그 에너지를 느껴보기를 바란다. 그리고 만약 그곳에서 진실과 사랑이 느껴진다면 이 사실을 기억해 주었으면 좋겠다. 스콧은 진실을 말했고, 나는 사랑으로 그것을 전했다고.

류가미

이솔내

숙명여자대학교 정보방송학과를 졸업했다. 14년간 외국투자 법인에서 근무하였으며 국제 세미나 및 문화 교류를 위한 통역 활동을 했다. 또한 독일 미술 소개를 위한 영어 자료 및 각종 기업 자료를 번역했다.

류가미

1968년 서울에서 태어나 연세대학교 심리학과를 졸업했다. 1999년 〈문학과 사회〉 봄 호에 〈아름다운 날〉을 발표하면서 등단했다. 최근에는 신화와 역사에 대한 깊은 이해 를 바탕으로 데일리 서프라이즈에 〈류가미의 환상여행〉을 연재한 바 있다. 장편소설 《라디오》, 《거미 여인의 집》, 《아이온》, 《니벨룽의 반지》 등을 썼으며, 번역한 책으로는 《융, 중년을 말하다》, 《마법의 책》, 《내 주머니 속의 다이아몬드》 등이 있다.

연금술사와 함께 떠난 여행

소울 시크릿

1판 1쇄 인쇄 2010년 11월 15일
1판 1쇄 발행 2010년 11월 25일

지은이   스콧 블룸
옮긴이   이솔내 · 류가미

발행처   내서재
발행인   이상용 이성훈

신고번호   제406-2008-000089호
신고일자   2008년 12월 3일

주소   경기도 파주시 교하읍 문발리 파주출판정보산업단지 507-7번지
전화   031-955-6031~4
팩스   031-955-6036

값은 표지에 있습니다.
ISBN 978-89-94020-02-0   03840